D1213503

Le canard de bois

Du même auteur

L'illusionniste suivi de *Le guetteur*, contes et poèmes, Écrits des Forges, 1973

L'emmitouflé, roman, Seuil, 1982 (édition définitive en format de poche)

Le bonhomme Sept-Heures, roman, Leméac, et Robert Laffont, 1978

Les fils de la liberté I – Le canard de bois, roman, Boréal, et Seuil, 1981

Les fils de la liberté II – La corne de brume, roman, Boréal et Seuil, 1982

Racontages, récits, Boréal, 1983

Au fond des mers, conte pour enfants, Boréal, 1987

Louis Caron

Les fils de la liberté I

Le canard de bois

roman

Boréal

Illustration de la couverture: Monique Chaussé

Dépôt légal: 2e trimestre 1989
Bibliothèque nationale du Québec

Données de catalogage avant publication (Canada)

Caron, Louis, 1942-
Les fils de la liberté
(Boréal compact; 11,12).
Sommaire: v. 1. Le canard de bois. v. 2. La corne de brume
ISBN 2-89052-282-2 (v. 1)
ISBN 2-89052-283-0 (v. 2)
I. Titre. II. Titre: Le canard de bois. III. Titre: La corne de brume. IV. Collection.
PS8555.A76F54 1989 C843' .54 C89-096144-1
PS9555.A76F54 1989 PQ3919.2.C37F54 1989

Benoît mon fils,
je te lègue ma peur,
celle de tous les hommes,
et le courage, surtout,
propre à certains,
de la surmonter.

Après avoir pris la décision, en septembre 1978, d'écrire un roman dont l'action se situerait à l'époque de la révolution de 1837-1838 au Bas-Canada, je me suis mis à faire comme le héros de mon roman : j'ai défriché. Des mètres de rayonnages de livres et des piles hautes comme moi de photocopies de documents historiques. C'était un combat solitaire et quotidien dans la quiétude de mon bureau.

Ma femme, Carmen Nadeau, et à l'occasion mon jeune frère Serge battaient la campagne. Rien n'a été négligé. Quand j'écris : « Les proclamations du gouverneur ne sont faites que pour aveugler le peuple ! Ce sont autant de chiffons de papier bons pour se torcher ! », je sais qu'un de mes concitoyens a été emprisonné pour avoir prononcé ces mots. Et je sais surtout que l'histoire n'a pas retenu son nom. Je l'ai fait revivre sous le manteau d'un personnage.

Pour moi l'histoire n'a de sens qu'entre les lignes des manuels. Chaque fois que je veux mettre en scène des personnages qui ont vécu à des époques antérieures à la mienne, une figure s'impose : celle du citoyen obscur qui tient la fourche, la faux ou le bâton, qui a faim, qui a froid, qui n'a pas dormi depuis des jours et qui n'a qu'une bien vague notion de l'aventure parfaitement illégale dans laquelle il s'est laissé entraîner au nom de la justice même.

Il est vrai qu'à l'époque où je situe l'action de ce roman, un groupe d'insurgés, connus sous le nom de Patriotes, tentèrent de faire la révolution au Bas-Canada. En ce pays orphelin de mère (la France) et rudoyé par son tuteur (l'Angleterre), des événements se produisirent entre 1832 et le début de 1837 qui devaient inciter certains de ses enfants à se former en association des Fils de la Liberté. Quelques années plus tôt, des Américains s'étaient aussi donné le nom de Sons of Liberty. Leur aventure avait été un triomphe. Mais n'anticipons pas.

Il est surtout important de dire qu'à mon point de vue tous les vrais fils de la liberté n'adhèrent pas à des sociétés secrètes qui ont des visées politiques. Pour moi, la seule confrérie universelle des fils de la liberté est formée de ceux qui se révoltent depuis toujours contre la misère et l'injustice. Dans quelque pays que ce soit.

On aura compris que je ne cherche pas à faire œuvre d'historien. Je ne veux pas servir de cause politique non plus. Cela n'est pas mon affaire. Si j'ai eu une intention précise en écrivant le premier tome des Fils de la Liberté, *c'était d'offrir à ceux qui le liront un bouquet d'humanité. Mais d'humanité sauvage.*

J'ai déjà laissé entendre que la toile de fond de ce roman respectait, dans toute la mesure du possible, l'histoire et la géographie. J'ajoute que, dans cet espace et dans ce temps, évoluent certains personnages historiques. D'autres sont nés dans le cœur du romancier. Puissent les lecteurs ne pas sentir de différence entre eux.

PREMIÈRE PARTIE

La poche de loup

« Voici les larmes des opprimés,
et personne pour les consoler.
Leurs oppresseurs leur font violence,
et personne pour les consoler.
Et j'ai estimé les morts qui sont morts,
plus heureux que les vivants,
qui sont encore en vie... »

L'ECCLÉSIASTE.

Un bleu de fin de jour. La neige commençait à se tasser au pied des bouleaux. Bruno Bellerose finissait de couper des repousses sur le tracé d'un chemin qui n'avait pas servi depuis plusieurs années. C'était sur la concession des McBride, à une heure de marche du camp, à six heures de camion du plus haut relais dans la forêt, à quatre heures d'autobus ensuite de La Tuque, la ville la plus au nord, puis à deux heures de train de Trois-Rivières, d'où il fallait encore prendre le *Jean-Nicolet,* un bon petit bateau blanc, pour traverser le fleuve jusqu'au Port Saint-François, après quoi il restait encore une bonne demi-heure de marche pour arriver à la maison du père, si jamais il vous prenait l'envie de rentrer chez vous.

Bruno avait commencé son travail à la barre du jour, en bottines de feutre recouvertes de claques de caoutchouc, un bonnet d'étoffe sur la tête avec deux oreillettes de poil de lapin qui battaient l'air autour.

Seul. Bruno avait quinze ans. C'était en 1935.

Le bleu s'entrouvrit. C'était le gros Gagnon.

— Gingras veut te voir tout de suite !

Gagnon s'en retourna. Bruno était resté une patte en l'air.

— Qu'est-ce que j'ai fait ?

Il ramassa sa poche : deux tranches de pain du midi, son couteau et des chaussettes au cas où il se serait mouillé les pieds.

— Qu'est-ce qu'il me veut, Gingras ?

Il y avait de l'air puisque Bruno faisait de la buée en expirant. Mais on n'entendait rien. Les troncs secs des bouleaux qui se frottaient et c'était tout. Bruno fourra sa hache dans sa poche de jute sur laquelle se lisait encore l'inscription « Potatoes — Product of New Brunswick ». Il fit deux pas. Il n'y avait pas encore assez de neige pour marcher avec des raquettes.

— A l'heure qu'il est j'achevais ma journée ! Il aurait pas pu attendre, Gingras ?

Bruno se mit à éclabousser du bleu partout en marchant. Derrière lui, les traces de ses pas dans la neige s'emplissaient de silence. Une heure avant d'arriver au camp !

— S'il est pas content de mon ouvrage, Gingras, qu'il le dise !

Bruno s'arrêta au beau milieu du chemin. Rien que des épinettes, des sapins et des bouleaux. Il tira sa pipe de sa poche. Il l'avait mal culottée. Vaugeois l'avait prévenu :

— Une pipe c'est comme une femme, le jeune ! Faut partir ça bien tranquillement !

Maintenant que le bois de la pipe avait commencé à brûler, il était trop tard. Elle finirait par être trouée.

— Le diable l'emporte ! J'en achèterai une autre !

Il la bourra et frotta l'allumette sur ses gros pantalons lacés au mollet. Vaugeois disait aussi :

— Des culottes de cette étoffe, mon petit garçon, ça pique assez, c'est tout ce qu'il faut pour chasser les mauvaises pensées !

Avec son allumette, Bruno retarda un moment l'approche de la nuit. La fumée de sa pipe s'accrochait à l'humidité. Il tira le papier de sa poche et s'efforça de le déchiffrer :

« Moi, soussigné, reconnais m'être engagé de ma libre volonté à Wellie Gingras, agissant pour T.-C. McBride, lequel soussigné promet de se conformer à tout ordre qui lui sera donné de la part de Gingras. Il est entendu que tout temps qui sera perdu par le soussigné lui sera compté une piastre par jour. Il est aussi entendu que, si le soussigné fait son devoir comme un bon et fidèle serviteur, il sera payé à raison de huit piastres par mois. »

Bruno Bellerose avait signé de la main de l'écolier qui s'affranchit. Il replia la feuille de papier qui se cassait, et la glissa dans sa poche. Il se mit en marche du pas d'un homme.

D'autres avant lui avaient marché bien plus loin. Bien plus longtemps. Avaient porté beaucoup plus lourd. Des Bellerose comme lui. Un surtout, il devait bien y avoir cent ans. Les arbres s'en souviennent. C'était en janvier 1837.

Les sapins frissonnaient à l'orée de la clairière. Hyacinthe Bellerose regarda derrière lui sa cabane qui brûlait. Les flammes se tordaient dans la bourrasque. Sa vache, qu'il venait de libérer, restait là, enlisée à mi-pattes dans la neige, la corne tournée du côté de l'incendie. Un meuglement inquiet. Un coup de feu sec. Et la neige toute rouge.

Hyacinthe se pencha sur sa traîne, simple traîneau sans patins couché sur des lattes de frêne recourbées à l'avant. Une catalogne recouvrait son chargement. C'était une couverture à dominante mauve, confectionnée avec tous les bouts de tissu de cinq ans d'usage domestique. Hyacinthe en borda soigneusement la traîne. Il s'attela à une corde dont la longue boucle se refermait sur la partie recourbée de la traîne. Cette corde, il fallait la passer en avant sur la poitrine puis la renvoyer en arrière par-dessous les bras.

Il fit trois pas pour ramasser ses mitaines de laine grise que la neige commençait à dévorer. Il souleva ensuite une poche faite de plusieurs peaux de loup gris cousues ensemble. La poche avait des bretelles, il se la mit sur le dos. Puis il avança vers ses raquettes aux cadres de bois courbé et mince sur lesquels étaient tressées des lanières de peau de chevreuil. Il les jeta devant lui, monta dessus avec ses mocassins relevés de hausses de cuir jaune, et les arrima à l'aide de lacets serrés.

Les flammes tordues par le vent s'agrippaient au bois de la cabane. Le toit de planches, d'écorce et de terre s'était effondré. La porte balançait sur ses charnières de cuir. Les quatre carreaux de la seule fenêtre, orientée au sud-ouest, avaient éclaté en même temps. La cheminée fumait, dérisoire.

Hyacinthe Bellerose se mit à marcher d'un bon pas. Il avançait dans un espace découvert où se dressaient des souches surgies des fonds neigeux. Elles cherchaient à le mordre aux chevilles.

La poudrerie sculptait un masque sur la face de l'homme. Les poils de son manteau se hérissaient. Il assujettit d'un coup la poche de loup sur son dos, et ce geste précipita des larmes dans sa barbe. Chacun de ses pas, haut relevé contre les houles de neige, le chavirait presque. Il marchait avec tant de détermination que les pins, les sapins et les érables semblaient s'écarter devant lui. Un bouleau finit cependant par lui arracher son bonnet. En se penchant pour le reprendre, il tomba de tout son long, la face dans la neige, la bouche ouverte et les dents serrées. La poche de loup avait fait trois bonds de côté.

Hyacinthe s'était roulé en boule, les mitaines sur la poitrine. Il ne fut plus et pendant longtemps qu'un gémissement sourd qui s'enveloppait sur lui-même. La poudrerie s'employa tout de suite à effacer sa trace. Les aiguilles des conifères grondaient.

Hyacinthe releva la tête. La morve et les larmes formaient une croûte glacée sur sa barbe. A quatre pattes, son manteau était raide de bas en haut, il fit un demi-tour sur lui-même en grognant. Il secoua vigoureusement son bonnet qu'il venait d'arracher à la neige et se l'enfonça sur la tête de manière à se couvrir les oreilles. Il replaça la poche de loup sur son dos et se remit à marcher à grands pas écartés, laissant derrière lui les traces invraisemblables d'un animal dix fois plus gros que lui.

Il pouvait être deux heures de l'après-midi. Hyacinthe Bellerose marcha deux heures. Il franchit une lieue. Quand il s'arrêta, le noir était partout. Hyacinthe ne voyait plus qu'avec sa main. Il reconnut qu'il était arrivé à un endroit convenable quand il toucha des troncs de forte corpulence, des érables sans doute. Il posa la poche de loup au pied d'un arbre et se défit de la corde de la traîne. Un givre fin recouvrait la catalogne mauve.

Hyacinthe tira une petite hache de sa ceinture et il s'enfonça dans le noir. Il s'y débattit un moment, puis vint jeter au pied de son arbre une bonne brassée de sapinages. Ainsi une dizaine de fois. Retourné dans les ténèbres, il s'acharna encore sur les branches et le tronc d'un long bouleau sec dont il fit des pièces de la longueur du bras d'un homme. Il disposa les moignons du bouleau en forme de cône juste devant l'endroit où il avait entassé ses branches. Il s'employa enfin à écorcer quelques-unes des pièces de bouleau dont il fourra les lambeaux sous le cône. Il tira alors son batte-feu de ses hauts-de-chausses en même temps que les accessoires indispensables. Il frappa avec ce batte-feu sur un morceau de pierre à fusil sur lequel il avait eu soin de placer une pièce d'amadou. Le feu sauta bien vite sur l'écorce de bouleau.

Puis il dénoua les lanières de ses raquettes et les planta dans la neige à la limite de la lueur. Il enleva ses mitaines qu'il déposa sur les branches à ses côtés. Il allongea les jambes en direction du feu jusqu'à ce que la pression de ses pieds sur la semelle de ses mocassins lui renvoie une sensation de chaleur. Puis il se retourna vers la poche de loup, appuyé sur un coude. Il en défit le lacet de cuir et il y plongea la main, en ramenant successivement un bout de pain dur, un morceau de lard enveloppé dans une écorce de bouleau et un couteau croche à manche usé. Un petit chaudron enfin, boule de fer grossière qu'il emplit de neige. Détachant son manteau, il prit à sa ceinture une bourse dans laquelle se trouvaient quelques grains de thé qu'on aurait facilement pu confondre avec du tabac. C'était du thé des bois dont les feuilles brunies s'étaient égrenées. Il en saupoudra la neige fondue dans le petit chaudron et réchauffa le quignon de pain en le passant au-dessus de la flamme. Il trancha ensuite deux épaisses tranches de ce pain qu'il recouvrit d'une mince couche de gras de lard. Et, comme si la perspective de manger lui eût rendu la parole, il se mit à parler à voix haute :

— Sors, mon hibou ! Sors, à présent !

A ces mots, la poche de loup se mit à tressauter en tous sens. Une tête apparut dans l'ouverture dénouée, une tête d'enfant roux, une tête de bête à yeux d'enfant sur lesquels la lueur du feu se jeta tout de suite. Hyacinthe se pencha sur l'enfant pour lui nouer le lacet de la poche sous les aisselles. Il traîna ensuite la poche près du feu et il tendit le pain à l'enfant. Celui-ci se jeta dessus en montrant toutes ses dents.

La nuit sifflait. Hyacinthe puisa un peu de thé brunâtre au fond de son chaudron de fer et il en présenta une tasse à l'enfant. Des yeux de feu au-dessus de l'étain brûlant.

Puis Hyacinthe dénoua l'enfant qu'il tira de sa poche. C'était un tout petit enfant de moins de cinq ans. Hyacinthe entreprit de le dégager de ses fourrures. Il s'arrêta soudain, la main à la hauteur du visage, entre le feu et l'enfant.

— Tu t'es mouillé !

Il entraîna l'enfant à l'écart. Les lourdes fourrures relevées sur la tête, les fesses blanches dans l'air vif, l'enfant ne parvenait pas à ses fins.

— Pisse au moins !

L'enfant urina sur la neige. Hyacinthe le remit ensuite dans la poche de loup et renoua le lacet au-dessus de sa tête. Allongé sur les sapinages, Hyacinthe avait pris la poche de loup contre lui. Il avait posé sa main dessus. La nuit craquait de tous ses arbres.

— C'est une histoire comme tous les soirs, dit-il. Un grand navire qui avait levé l'ancre en partance pour les pays chauds. Il s'en allait quérir une pleine cargaison d'épices. Tu sais, les pains d'épice pour les petits enfants...

Hyacinthe ne s'entendait plus. Il avait posé son autre main sur la catalogne mauve qui recouvrait la traîne.

— C'était un grand navire...

Hyacinthe bascula sur le ballot de la traîne, les deux mains sur la poitrine.

— ... qui s'est perdu en mer... le mousse et le capitaine !

Il pleura une bonne partie de la nuit. Aux premières lueurs de l'aube, il s'assoupit, rejeté en arrière, les bras ouverts, dévasté comme un abatis. Quand sa peine était trop forte, même dans son sommeil, il se ramenait les deux mains sur le ventre. Il dormit deux heures.

Bruno Bellerose s'était arrêté pour souffler au pied de la Cascade aux Fées.

— Qu'est-ce qu'il me veut Gingras ? J'ai toujours travaillé comme un homme ! S'il a trop à redire je lui mets mon poing sur la gueule !

Bruno n'avait pas l'âge de monter aux chantiers. Il avait tout juste l'âge de se révolter contre le père et de partir par défi.

— Si vous êtes pas content, vous viendrez me chercher !

La Haute-Mauricie pesait de tout son poids sur le Canada. La nuit surtout. Et les hommes qui fréquentaient ces terres d'épinettes ne savaient pas qu'ils étaient des géants. Tous, jusqu'au plus petit ! Il en avait toujours été ainsi. C'était dans le sang. C'était dans la sève.

Hyacinthe Bellerose se remit en marche de bon matin. Son pas s'ouvrait sur des clairières passées au blanc du jour. L'homme soulevait ses raquettes en roulant à gauche et à droite comme un navire. Derrière lui, la traîne, canot de sauvetage bien dérisoire.

Hyacinthe savait qu'il avait devant lui les savanes de Bulstrode, de Stanfold et de Somerset. La piste de Bulstrode chuintait entre ses petits bouleaux secs. Hyacinthe avait participé trois ans plus tôt aux corvées pour tracer ce chenal dans les marécages.

Les paroisses des deux rives du fleuve étaient déjà toutes défrichées dans ce temps-là. On n'était pourtant pas nombreux. Le pays était démesuré, mais les pères ne trouvaient plus de terres pour y établir leurs fils. Les plus courageux s'exilaient dans les Bois-Francs, dix, quinze lieues plus au sud. Ils partaient en hiver sur la croûte que le vent avait fini par cuire sur la neige. Ils s'arrêtaient là où leur instinct leur commandait de le faire. Ils abattaient des arbres pour se chauffer. Ils se bâtissaient une cabane. Au printemps, ils se retrouvaient prisonniers. Un marécage infranchissable s'étendait sur près de deux lieues devant eux. Comment revenir aux paroisses du fleuve chercher une vache, un poêle ou des couvertures ? Un tout petit chaudron de fonte dont on avait tant besoin ! Le premier été, Hyacinthe subsista d'herbes et de racines, plus démuni qu'une bête. Et toute sa force fut consacrée à lutter de nuit comme de jour contre les hordes de moustiques qui l'assaillaient. En septembre, il avait acquis la conviction que d'autres malheureux partageaient son exil : des coups de hache étaient portés par le vent. A six hommes ils entreprirent de jeter une passerelle de branches sur le bourbier. Quand ils atteignirent la rivière Bécancour, deux bons mois plus tard, ils n'avaient plus apparence humaine. Et c'est sur cette piste de la savane de Bulstrode qu'il marchait ce matin de janvier 1837, une poche de loup gris sur le dos, dans laquelle l'enfant roux devait avoir fermé les yeux.

De tout ce jour, Hyacinthe ne s'arrêta que pour permettre à l'enfant de faire ses besoins et pour lui donner à boire une tasse de thé des bois. Au milieu de l'après-midi, il s'immobilisa pour regarder venir un étonnant équipage. C'était d'abord un gros chien noir tirant à grands coups de langue une traîne sur laquelle deux enfants étaient littéralement ligotés dans des fourrures. Un homme venait ensuite, courbé sous le poids de deux sacs de farine, un sur chaque épaule. Une femme fermait la marche, entièrement recouverte d'une grande couverture grise sous laquelle elle devait transporter divers ustensiles qui lui faisaient une silhouette difforme. On savait que c'était une femme à la douceur de ses yeux. L'homme posa ses sacs de farine sur le devant de ses raquettes. Il examina longuement Hyacinthe, sa traîne et sa poche de loup avant de parler :

— Vous retournez dans les paroisses du fleuve ?

Il ne comprenait vraiment pas. Selon lui, seuls les Bois-Francs présentaient encore quelque espoir de salut pour les habitants du Bas-Canada. Il dit encore :

— Les Bois-Francs, c'est le nouvel Eldorado !

Hyacinthe Bellerose ne répondit pas. Il écarta l'homme pour passer outre. Celui-ci n'en revenait pas.

— On m'avait dit que les Bois-Francs étaient un pays de géants !

Hyacinthe s'éloignait. La poche de loup le courbait en deux. La traîne laissait un sillage mauve derrière lui. Le jour maigre s'achevait déjà.

— Il ne faut pas que la nuit me surprenne ici ! Vite un abri ! Un creux, une grosse roche, un arbre ! Et du feu !

Bruno Bellerose n'était pas resté longtemps au pied de la Cascade aux Fées. Le temps de laisser son cœur se débattre un peu dans sa poitrine.

— Il me fait pas peur Gingras ! Le diable non plus !

Il avait tout de suite regretté cette dernière parole. On ne doit pas évoquer le diable à la tombée du jour en Haute-Mauricie. A plus forte raison quand on a quinze ans.

— S'il vient, je lui plante ma hache entre les deux yeux !

Trop tard maintenant. Il avait éveillé l'attention du Malin. Qui sait si Lucifer ne s'était pas levé de sur son trône de feu ? Avait-il secoué sa pipe puante sur le rebord de l'abîme où il régnait ?

Bruno Bellerose se mit à courir en remontant la côte. Tout ça parce que Gingras lui avait fait dire de venir tout de suite.

— Maudit Gingras ! Que le diable t'emporte !

Ce qui n'arrangeait vraiment pas les choses.

A la tombée du jour, Hyacinthe s'arrêta, courbé sous le poids de l'effort. La nuit rôdait, menaçante. Le vent s'était levé depuis peu. Il amenait avec lui une odeur de feu de bois. Redressant sa fatigue, Hyacinthe se dirigea vers l'odeur familière.

La mère Simon sortit, un falot de fer-blanc à la main. Les dizaines de trous du falot jetaient des éclairs alentour. Un grand chien jaune leur donnait la chasse en mordant la neige. La mère Simon trotta vers son hangar. Elle accrocha le falot au mur de planches brutes, puis elle donna un coup de pied précis au cul d'un petit traîneau. Le traîneau se coucha à ses pieds. Farfouillant par la porte ouverte, la mère Simon le chargea de six quartiers de bois. Le chien grondait.

— Tout doux, Démon !

La mère Simon avait fini d'emplir son traîneau quand elle

entendit le crissement régulier des raquettes qui écrasaient la neige. Le chien fonça dans la nuit.

— Ho ! fit Hyacinthe.

La mère Simon se tourna du côté de la voix :

— Tout doux, Démon ! Vous avez rien à craindre. Il est sans malice.

Hyacinthe fronçait les sourcils pour apercevoir la mère Simon entre les rayons pointus de la lumière.

— Tu Dieu ! lança-t-elle. C'est-y une heure pour arriver chez les gens ? Un peu plus, tu te faisais prendre par la nuit !

Hyacinthe ne disait mot. Le chien grondait contre la poche de loup. La mère Simon éleva le falot à la hauteur de ses yeux, le plat de la main faisant office d'écran contre les éblouissements. Elle observa Hyacinthe un long moment.

— Où tu t'en vas ? T'arrives ou tu repars ? Peut-être bien que ta femme est en douleurs ?

— Les douleurs, c'est plutôt moi qui les aurais ! répondit Hyacinthe.

— Dans ce cas, point besoin d'eau bouillante. Mais j'ai d'autres médecines. Donne-toi donc la peine d'entrer.

Hyacinthe gesticula pour se défaire des bretelles de la poche de loup qu'il posa à ses pieds. Il se détela ensuite de la traîne. Le chien s'énervait. Hyacinthe fit sauter les lanières de cuir de ses raquettes. Les raquettes semblaient prêtes à repartir d'elles-mêmes. La mère Simon tirait sur son traîneau.

— Tu pourrais me donner un coup de main !

Mais Hyacinthe était trop occupé à défendre la poche de loup contre l'insistance du chien.

— Tu Dieu ! Laisse tes agrès dehors ! Crains-tu que les esprits viennent te les prendre pendant la nuit ? Qu'est-ce que t'as là-dedans ? Un quartier de viande ? Des lièvres ? Quelle sorte de bête ?

Hyacinthe tenait le lacet de la poche de loup à deux mains. Il dit enfin :

— Une bête comme vous n'en avez peut-être jamais vue.

Il dénoua le lacet, et les yeux d'enfant apparurent.

— Sainte mère de Dieu ! s'exclama la mère Simon, il est malade ?

— Il ne souffre que d'avoir le ventre creux.

— Ça se guérit !

La mère Simon se courbait sur la corde de son traîneau. Le falot s'agitait dans sa main comme un encensoir pour chasser les esprits de la nuit. Elle fit quelques pas vers sa cabane avant de se retourner. Hyacinthe avait tiré l'enfant aux yeux de la poche et l'avait posé sur la neige. L'enfant restait là. Hyacinthe avait ensuite dénoué les lanières qui arrimaient le ballot sur la traîne et, comme il se penchait pour le prendre dans ses bras, la mère Simon reconnut une forme humaine sous la catalogne mauve.

— Tu Dieu ! T'en as encore beaucoup d'autres ?

Elle se penchait pour regarder, ronde, bossue et vieille, les lèvres minces, recouverte d'un grand châle, le falot au poing. Le chien ne pouvait plus se contenir. La mère Simon le ramena à la raison d'un coup de pied.

— Qui c'est ?

— Ma femme.

— Sainte mère de Dieu ! Qu'est-ce qu'elle a ?

Hyacinthe écarta la catalogne. Des yeux fermés, une bouche noire, le teint gris. La mère Simon poussa un grand cri :

— Miséricorde ! Tu me crois capable de ressusciter les morts !

Elle se signa promptement de la main gauche. Hyacinthe avait le visage penché sur celui de la morte. La mère Simon lui agita la manche.

— Mets-la dans le hangar ! Je veux pas d'une morte dans ma maison !

Hyacinthe ne bougeait pas.

— Si elle reste dehors, j'y reste aussi !

La mère Simon était à bout d'arguments. Elle tournait sur elle-même interrogeant tour à tour le chien jaune, le traîneau de bois et l'enfant planté dans la neige. Elle finit par se ressaisir.

— T'as dit les prières ?

Hyacinthe fit signe que non.

— Allons bon. On les dira. Tu la sortiras après.

Elle se mit cette fois à marcher vers sa cabane du pas de celle qui n'a pas l'intention de revenir en arrière. Le traîneau resta là. Hyacinthe la suivit, la morte dans les bras. L'enfant venait derrière, s'efforçant d'écarter le chien qui cherchait à lui lécher le visage.

La porte de la cabane battit à l'intérieur sur des ténèbres encore plus profondes que celles du dehors. Une chaleur intense y régnait cependant. En face de la porte, une étroite fenêtre dont deux des carreaux étaient constitués de pièces de carton fort, renvoyait faiblement les éclairs du falot. La mère Simon dégagea la table, et Hyacinthe y déposa le corps.

Le chien et l'enfant se disputaient le passage dans la porte.

Hyacinthe était retourné chercher sa poche de loup. La mère Simon l'interpella dès son retour :

— Tu Dieu ! Entre ou sors ! Et ferme la porte ! Si le bon Dieu veut se chauffer il a qu'à faire l'hiver moins froid !

Puis à elle-même :

— C'est-y pas des misères ! V'là qu'y m'amènent les morts à présent !

Pourtant, Gingras a été correct avec moi, se disait Bruno. Il m'a pas demandé mon âge. Il m'a regardé. Il a écrit quelque chose sur son petit carnet. Il a levé les yeux.

— Sais-tu signer ton nom ?

J'ai fait oui de la tête. Il m'a tendu la formule d'engagement. Il a mis son gros doigt dessus.

— Signe ici. Marque à côté : dix-sept ans.

C'est comme ça que j'ai été engagé.

Bruno Bellerose marchait maintenant dans le noir. Il en avait l'habitude. Il lui était arrivé plus d'une fois de rentrer au camp à la nuit tombée. Vaugeois le réprimandait :

— J'aime pas ça que tu rentres à la noirceur, le jeune ! Tu sais pas tout ce qui te guette dans le bois !

Gingras a toujours été correct avec moi. Mais Vaugeois, lui, c'est comme un père. Pas comme le père à la maison. Non. Comme celui que j'aurais voulu avoir. Un père qui parle.

Bruno se retourna tout en continuant de marcher. Dans son dos, une gigantesque aurore boréale le pointait du doigt.

La mère Simon était à genoux devant la morte couchée sur la table.

— Je sais pas deux mots de latin mais Il comprendra.

Elle leva la tête vers les cieux pour désigner celui qui devait recevoir son invocation, puis elle fit signe à Hyacinthe de s'agenouiller à ses côtés.

L'enfant avait ôté son bonnet. Il avait les cheveux roux. Il regardait la morte en se mordant l'intérieur des joues avec les dents.

— A genoux tous les deux ! fit la mère Simon.

Ils s'exécutèrent. La mère Simon poussa un profond soupir, puis fit remonter un râle sourd du fond de sa poitrine.

— Mon Dieu, vous le savez aussi bien que moi, cette pauvre femme de colon des Bois-Francs a pas dû manger tous les jours à sa faim. Elle a pas eu chaud tous les jours à son contentement non plus. Autant vous le dire tout net : je verrais plutôt d'un mauvais œil que vous la fassiez attendre trop longtemps à la porte de votre paradis. Amen.

La mère Simon se signa, toujours de la main gauche, puis elle fronça les sourcils jusqu'à ce que Hyacinthe en eût fait autant. Celui-ci se releva en même temps qu'elle. Il semblait ne plus savoir poser ses gestes. Il était comme un arbre creux. L'enfant roux le regardait. La mère Simon se planta devant Hyacinthe :

— Au cas où tu le saurais pas, mon nom c'est la mère Simon. J'ai des herbes, ajouta-t-elle en désignant les ténèbres au fond de la pièce.

Hyacinthe ne répondit pas. Il avait toute une chevelure de femme dans la poitrine. La mère Simon trottinait dans la pièce. Hyacinthe et l'enfant s'assirent sur le banc de la table fait de planches brutes et de rondins. La mère Simon était allée farfouiller dans l'ombre. Elle revint, pressant entre ses mains sèches une poignée d'herbes qu'elle jeta dans un chaudron plein d'eau bouillante.

— Sainte mère de Dieu ! Les mettre au monde puis les priver de manger !

Elle prit sur l'appui de la fenêtre un morceau de lard qu'elle déposa sur le banc près de l'enfant roux. Celui-ci ne quitta plus le lard des yeux. Le pain était dans la huche. C'était un pain noir, dur, ancien. Des traces de moisissure s'étaient formées à un bout de la croûte. La mère Simon les rogna et les donna au chien. Puis elle se laissa tomber sur le banc entre Hyacinthe et l'enfant.

Tous les trois tournaient le dos à la morte. La vie était entre eux sur le banc. Du pain et du lard. Devant eux, la porte du poêle était entrebâillée. Ils mangèrent en silence. Hyacinthe et l'enfant se balançaient d'un même mouvement d'avant en arrière. Quand elle jugea qu'ils avaient assez mangé, la mère Simon leur retira les provisions. Ils avaient encore la bouche pleine tous les deux. Hyacinthe se retourna et posa sa main sur la catalogne mauve. L'enfant se laissait nettoyer les doigts par le chien.

— Allons bon, dit la mère Simon, c'est pas tout !

Elle prit l'enfant sous les bras et le transporta sous la fenêtre, ses petits pieds pendant, dérisoires, dans le vide. Elle le débarrassa de ses fourrures et l'assit sur un seau de fer-blanc. Elle ne le quitta pas des yeux jusqu'à ce qu'elle fût assurée qu'il s'était soulagé. Elle le porta ensuite sur sa paillasse de feuilles de maïs. Elle le recouvrit presque entièrement d'une peau d'ours. L'enfant se laissait faire. Seuls les yeux résistaient.

— Tu vas dormir comme un loir dans le lit de la mère Simon !

Hyacinthe était assis devant le poêle. La mère Simon revint et jeta deux quartiers d'érable dans ce poêle sur lequel on pouvait lire les lettres FSM, ce qui signifiait que l'appareil avait été fondu aux Forges de Saint-Maurice près des Trois-Rivières. Le falot avait été soufflé.

Hyacinthe avait tiré la poche de loup à ses pieds. Il se pencha pour en extraire une pipe de plâtre dont le tuyau était à moitié rogné. La mère Simon prit la sienne et une blague faite d'une vessie de cochon séchée dont l'ouverture était ornée d'un ruban rouge. Hyacinthe bourra sa pipe avec le tabac de la mère Simon et, tous deux, le bas du corps léché par la lueur du poêle, se mirent à rejeter leur fumée vers les ténèbres. La mère Simon demanda :

— Alors ?

Hyacinthe mordait le tuyau de sa pipe. La mère Simon insista :

— Alors ?

— Alors quoi ?

— Parle ! T'arrives avec un enfant dans un sac, tu mets une morte sur ma table et tu dis rien ! A quoi ça sert les morts si ce n'est à les veiller ?

Une main sur la catalogne, Hyacinthe respirait à peine.

— T'auras beau mordre le tuyau de ta pipe jusqu'au fourneau, insista la mère Simon, j'ai du tabac à te fournir jusqu'au printemps. Parle donc ! Ça guérit qu'on dit !

Hyacinthe se leva pour secouer les cendres de sa pipe dans le poêle. Le plâtre lui brûlait les doigts. Il resta accroupi un moment. La mère Simon l'examinait. Il commença par répondre à une question qui n'avait pas été posée :

— C'est injuste !

Hyacinthe téta un long moment le tuyau de sa pipe éteinte.

Bruno s'était arrêté devant une vaste cuvette remplie de ténèbres jusqu'à ras bords. Il ne reconnaissait pas les lieux.

L'aurore boréale était toujours dans son dos. Par conséquent, le camp devait être quelque part devant.

— Je dois pas être loin de la rivière Blanche. Pourtant, il me semble que je suis jamais passé par ici.

Bruno se demandait s'il devait s'enfoncer dans la dépression qui s'ouvrait devant lui ou la contourner.

Il se mit à marcher parmi des buissons. La nuit fermait les yeux pour contrarier son avance. Bruno commençait à entendre les pas de sa peur qui se posaient sur ses traces, derrière lui. Il se souvint des paroles de Vaugeois :

— Un homme qui a peur dans le bois, c'est un homme fini.

Il rentra la tête dans les épaules.

— Qu'est-ce que j'ai ?

La nuit s'assourdissait. Bruno avait le souffle court. Son cœur lui emplissait la poitrine.

— C'est injuste ! répéta Hyacinthe.

Il tourna lentement la tête vers la mère Simon. Il la regardait sans la voir.

— Vous vous rappelez ? Vous aussi, vous avez eu quinze ans.

La mère Simon le fixait comme s'il venait de dire une monstruosité.

— Quinze ans ! poursuivit Hyacinthe.

La mère Simon se leva, alla cracher dans le poêle, puis elle bourra sa pipe en tournant sur elle-même. Un œil sur la morte et l'autre sur cet Hyacinthe Bellerose. Les mains tremblantes et les lèvres plus minces que jamais.

— Allons donc, fit-elle enfin, tu sais pas encore que les plus beaux petits minous finissent toujours par devenir des gros matous que tout le monde chasse à coups de pied ? T'arrives ici tout galeux et tu voudrais que je te berce comme un enfant ! Ah, je vois ce que c'est ! Tu sauras, mon garçon, que la mère Simon s'apitoie sur le sort de personne.

Hyacinthe n'écoutait pas la vieille femme. Il était retourné en arrière, au temps de ses quinze ans. Tout le monde avait quinze ans à cette époque. Tout le monde, sauf les indispensables pères et mères. Miss Miller, l'institutrice, était jolie. Hyacinthe aurait aimé apprendre l'anglais à son école. Rien que pour l'entendre dire : « Hyacinthe, va poser *la* chapeau sur *le* patère. » Avec les « r » anglais si délicieux. Mais Hyacinthe n'était allé ni à l'école anglaise ni à l'école française. Il avait appris à se lever à la barre du jour pour aller tirer l'eau du puits. Ses enseignements, il les avait trouvés dans ses rêves, la tête appuyée contre les gros flancs de Mademoiselle, à l'heure de la traite. La vie, il en savait ce que lui en avaient montré les entrailles des bêtes clouées sur la porte des bâtiments et que le père évidait en sifflotant.

C'était une jeune fille du village qui lui avait révélé ses quinze ans. S'il avait osé, il aurait dit qu'elle était belle comme la Vierge Marie sur le tableau à l'église. Il se contentait de lui apporter des fraises des champs.

— La mère Simon connaît la chanson, fit cette dernière. Un beau gars, une belle fille, un violon, et hop !

Oui, mère Simon. C'était un jeudi du plus bel été. Nous étions une poignée de garçons et de filles. On avait été chargés de faire la toilette du cimetière : arracher les mauvaises herbes et ratisser les allées. Bérubé avait son violon. Les filles étaient des fleurs dans leurs grandes robes pâles. Les garçons avaient le cœur en feu. Chacun sait qu'il n'est pas convenable de jouer du violon au cimetière. On s'était installés sous la tonnelle du presbytère. L'abbé Mailloux était allé porter le réconfort divin à la mère Gauthier. On l'avait vu partir, précédé de son enfant de chœur, dans la poussière de l'après-midi.

Les vrilles des plantes grimpantes s'accrochaient au treillis. Les garçons enlaçaient les filles. Bérubé surchauffait son violon. Soudain, Léon avait crié : « L'abbé Mailloux ! » Les jeunes gens et les jeunes filles avaient promptement sauté la rambarde. Trop tard pour fuir. On s'était tapis dans les parterres de fleurs. L'abbé Mailloux approchait, les yeux hors de ses lunettes rondes. Il avait entendu l'air de violon mais n'avait pu discerner d'où il provenait. Les cœurs battaient sous les corsages des filles. Des ongles s'enfonçaient dans les bras des garçons. Des fous rires montaient. Pour en réprimer un, Flavie Piché avait posé ses lèvres sur celles d'Hyacinthe Bellerose. Plutôt deux fois qu'une.

— Veux-tu bien me dire comment il se fait que je vous retrouve tous les deux dans les Bois-Francs ? fit la mère Simon.

La main d'Hyacinthe effleurait la catalogne. La mère Simon s'impatientait :

— Parle donc, insistait-elle. Ça la ramènera pas, mais ça nous aidera à passer la nuit. Tu me feras pas croire que vous avez dansé toute votre vie ! Ah ! Vous êtes bien comme tous les autres ! Vous avez cru que les Bois-Francs c'était le paradis !

La mère Simon mit la main sur le genou d'Hyacinthe. Son autre main tenait la pipe de plâtre droit devant elle.

— Écoute bien ce que va te dire la mère Simon : le paradis, c'est vert, jamais blanc. Souviens-toi de ça.

Une terrible bourrasque secoua la cabane. Dehors, la neige et le vent modelaient un nouveau pays.

— Il faut que je m'arrange pour pas passer la nuit dehors, se dit Bruno.

Il s'assit sur une souche afin de reprendre ses sens. Les trois lampes de la cuisine de la maison paternelle au Port Saint-François luisaient dans sa tête. Sa mère les allumait toutes les trois malgré la désapprobation du père.

— C'est pas trop pour les avoir à l'œil tous les sept, expliquait-elle.

Malgré cela, les sept petits Bellerose multipliaient les ombres aux quatre coins de la cuisine. La mère virevoltait dans son tablier gris. Les filles avaient du mal à la suivre, des piles d'assiettes plein les mains. Avec toujours un bout de chanson dans la bouche. Seul le père se taisait au bout de la table.

— Le paradis ! dit Hyacinthe. Certains jours, on s'y serait cru.

La mère Simon sursauta. Elle se tourna franchement du côté de la morte :

— Tu oses dire ça devant elle !

— Elle l'avait en elle, le paradis, répliqua Hyacinthe.

La mère Simon hocha la tête, la pipe à bout de bras.

— Contente-toi de croire qu'elle y est à présent.

Hyacinthe avait posé la main sur la seule partie du corps de Flavie qui ait retenu un peu de sa douceur antérieure. Il se mit à lisser une mèche de cheveux. La mère Simon ne tenait plus sur son banc.

— Parle ! Quand tu dis rien, on croirait l'entendre respirer.

Les Bois-Francs gisaient sous leur neige et ils avaient la même respiration que Flavie. Son silence avait atteint la dimension du pays.

— C'est injuste ! répéta Hyacinthe. C'est mon amour qui l'a tuée. J'aurais dû la laisser au cordonnier.

— Allons bon, fit la mère Simon. Parce qu'il y a aussi un cordonnier ?

François. Il n'était pas beau. C'était peut-être pour cela qu'il lisait dans les livres. Une épaule plus basse que l'autre, le dos rond, les cheveux dans la face. Sa boutique était au milieu du village. Il courait d'une fenêtre à l'autre pour la regarder passer. Il se précipitait dehors.

— Quelle chaleur, mademoiselle Flavie ! Entrez si vous avez envie de vous reposer. C'est pas grand, mais il y a de la place.

Flavie retroussait le coin des lèvres. Allez savoir si elle souriait ou si elle montrait les dents. Elle redressait le buste. Elle pressait le pas.

— Un autre jour, François.

Le cordonnier restait là sur son perron pourri, les bras ballants de chaque côté du corps, plus bossu que jamais. Son cœur dans sa poitrine était un oiseau en cage.

— A un de ces jours, mademoiselle Flavie.

On savait au village que la fille d'Elphège Piché et le garçon d'Ismaël Bellerose se fréquentaient en cachette. Ce qui signifiait bien peu de chose en l'occurrence. Vingt pas côte à côte, fortuitement, dans la rue principale. Un bout de jasette, la faux ou la fourche sur l'épaule, appuyés sur une clôture de perches de cèdre. Au mieux, deux mains qui s'effleurent sur le comptoir du magasin général.

Les deux familles n'étaient pas faites pour s'entendre. Les Bellerose étaient arrivés au pays dès 1672, mais les Piché, débarqués soixante ans plus tard, avaient déjà vingt bêtes. Le cordonnier en profitait. A genoux devant la jeune fille, il lui essayait une bottine lacée qu'il avait faite spécialement pour elle.

— Ce que je dis, c'est pour votre bien, mademoiselle Flavie. Vous ne trouverez jamais à vous en accommoder.

— De ma chaussure ?

— Non. D'Hyacinthe Bellerose. C'est pas un garçon pour vous. Il vous faut quelqu'un de plus ambitieux que lui. Il ne rêve que de vous entraîner au fond des bois. Il voudrait faire de vous une femme de colon. C'est pas une vie pour vous ça, mademoiselle Flavie.

— Je m'y sens tout à fait à mon aise.

— Avec Hyacinthe ?

— Dans ma chaussure.

Le cordonnier protesta avec véhémence quand Flavie voulut le payer.

Chez les Bellerose, le père sortait de son mutisme une fois tous les trois mois. Il frappait sur la table.

— C'est pas une fille pour toi, race de pape ! Reste à ta place si tu veux éviter la chicane.

Le village élevait une barrière d'argent entre les jeunes gens. Un dimanche après la messe, Hyacinthe avait pris Flavie par le bras et il était allé défendre leur cause devant le père Piché, muet de colère dans sa voiture couverte.

— On n'en veut pas de votre or, avait dit Hyacinthe. On n'a pas besoin de vous. On ira vivre au fond des bois s'il le faut.

La mère Simon toussota et se leva pour aller farfouiller dans le poêle.

— Trois fois le trajet aller et retour entre les paroisses du fleuve et les Bois-Francs. La première, tout de suite après cette altercation avec le père Piché. La seconde, un an plus tard pour aller chercher Flavie Piché. La troisième...

La mère Simon renâclait pour s'extirper un épais crachat du fond de la gorge.

— Il y a un temps pour tout, fit la mère Simon. Même les arbres le savent.

Hyacinthe suivait le cours de ses pensées.

— Les arbres, mère Simon, je les ai détestés. Les raser au sol, les dépecer, arracher les souches à leurs racines, les jeter en tas, y bouter des feux qui durent des semaines, mettre les cendres refroidies dans des sacs, les entasser dans un hangar, rêver du jour où on irait les vendre à ceux qui en font de la potasse. Rêver. Flavie essuyait la sueur sur son front avec le dos de sa main. Elle était noire de suie. Je mouillais mon doigt avec ma salive pour lui laver le tour des yeux. Et on s'embrassait, mère Simon, comme il n'est pas permis de le faire. On jetait nos habits partout. Le ciel, la terre et nous deux. Oui, mère Simon. Les Bois-Francs ont vu bien des choses. Un homme attelé à une charrue comme une bête et une femme accrochée à des mancherons qui se dérobent. En hiver, on s'encabanait comme des ours. Trois, quatre mois sans aller plus loin que le hangar à bois.

— Les gens du Bas-Canada ont l'habitude de profiter de ce temps-là pour se faire des petits, dit la mère Simon.

Hyacinthe referma sa main sur la catalogne.

— T'auras beau tirer sur elle de toutes tes forces, tu réussiras jamais à la ramener de ce côté-ci. Elle t'a pas fait de petits, ta Flavie Piché ? Cinq ans dans les Bois-Francs, et t'arrives ici avec un seul enfant, rouquin comme les démons de l'enfer. Il est pas d'elle assurément. Pas de toi non plus à ce que je vois.

Hyacinthe était à genoux sur le banc et il pleurait avec tant de retenue que la mère Simon ne s'en aperçut pas tout de suite. Ses épaules finirent par le trahir. La mère Simon se leva.

— Allons bon. Je t'avais dit qu'il fallait pas la rentrer. Les morts, ça prend tout et ça donne rien.

Bruno avait quitté la maison parce que le père se taisait depuis trop longtemps au bout de la table. C'était devenu insupportable. Le père rentrait à l'étable. Il posait le talon de sa botte de caoutchouc dans un arrache-bottes de sa confection, un bout de planche fendu en « V ». En chaussettes de laine grise à bandes rouges et blanches, le père s'asseyait et frappait sa pipe sur le cendrier. Il se relevait, allait soulever le rond du poêle à bois et revenait s'asseoir. Ou bien il se mettait à la fenêtre, le plat des mains posé sur l'appui. Il écartait le rideau avec sa tête. Il restait des heures derrière le rideau. Il ne sortait de son mutisme que pour donner des directives :

— Bruno, t'oublieras pas de mettre de la graisse sur le pis de Thérèse.

Ou bien encore :

— Le vent a commencé à lever la tôle sur le petit hangar. Tu planteras deux ou trois clous à grosse tête là-dedans.

Jamais plus. Bruno avait fini par croire que son père était dépourvu de sentiments.

La morte, le feu, et la tourmente dehors. L'enfant roux sur le lit devait rêver aux grands navires qui s'en vont chercher de pleines cargaisons d'épices dans les pays chauds.

Hyacinthe avait encore des soubresauts dans la poitrine. La mère Simon ignorait l'usage des paroles de consolation. Elle alla quérir dans un coin un petit cruchon de grès bouché avec une cheville de bois. Elle versa deux doigts d'alcool dans la tasse d'étain qui avait servi au repas d'Hyacinthe.

— Tiens, bois. Paraît que ça fait oublier.

Oublier, mère Simon ? Vous n'entendez pas ses cris ? Pareils à ceux d'une bête prise au piège.

Flavie était si grosse qu'elle avait peine à marcher. Elle tenait à venir avec moi sur l'île où je défrichais.

— Même dans mon état, je peux toujours être utile à quelque chose.

J'étais devant un arbre dont je ne pouvais pas faire le tour avec mes bras. J'enfonçais ma hache dedans depuis un bon moment. Je me suis arrêté pour souffler. Flavie criait. Depuis combien de temps ? Je me suis précipité. Elle avait le visage mouillé de sueurs. De larmes aussi, je crois. La tête rentrée dans les épaules.

— Ce matin, c'était une brise. Maintenant, c'est la tempête.

J'ai voulu la prendre dans mes bras pour la transporter à la cabane.

— Laisse. Tu me fais mal. Va vite chercher ce qu'il faut.

J'avais peur, mère Simon. J'avais peur et je ne savais plus que faire.

— C'est là qu'il t'aurait fallu quelqu'un comme moi, fit la mère Simon avec une certaine satisfaction.

J'hésitais à laisser Flavie seule sur l'île. D'un autre côté, je me disais qu'il faudrait bien envelopper l'enfant dans quelque chose. Je pense, mère Simon, que j'ai dû marcher sur les eaux en regagnant la terre ferme. A la cabane, j'ai pris tout ce qui me tombait sous la main. En revenant, j'entendais Flavie hurler. C'était au milieu du jour. En plein été. Ma femme était en train de faire son premier petit. Toute seule sur une île au fond des Bois-Francs.

Flavie s'était accrochée à une branche d'arbre qui se trouvait à la hauteur de ses épaules. Les yeux fermés, elle regardait le soleil en face. Elle serrait les dents. Elle respirait comme une bête. Jambes écartées. Les bras soudés à sa branche. Elle criait, puis elle devenait molle comme une poupée de chiffon. J'avais peur de la toucher. Et ça recommençait. A la fin, ses yeux s'ouvraient à chaque effort. De plus en plus grands. Mais ils ne voyaient pas. Elle ne criait plus. Elle gémissait. Elle a dit :

— Le couteau. Vite.

Elle a glissé lentement le long du tronc de l'arbre. Elle s'est allongée sur le côté. Elle a ramené ses deux mains sous sa jupe. Puis elle a souri dans ses larmes.

— Donne la couverture.

Ce qu'elle m'a tendu était un paquet de linge. Je n'osais regarder dedans. Elle a dit :

— Il faut qu'il pleure.

J'ai secoué le paquet de linge. Il ne pleurait pas.

Bruno traversait la nuit en pensant que son père était un de ces arbres morts qui restent debout au milieu des champs après avoir été foudroyés. A moins qu'il ne se soit éteint petit à petit comme un vieux volcan ? Bruno ne pouvait croire que son père ait jamais connu un tumulte comparable à celui qui grondait dans sa poitrine à lui. Comment pouvait-il être le fils de cet homme-là ?

Il en était venu à ne plus le respecter. Le craindre, lui obéir, mais cultiver un sentiment contraire au fond de son cœur. C'était d'autant plus insupportable que le père ne pouvait entreprendre quoi que ce soit sans s'assurer d'abord de la présence du petit Bruno à ses côtés.

— Après-midi, Bruno, on va aller faire de la clôture ensemble.

Bruno s'arrangeait toujours pour ne pas toucher les mains de son père. Il les trouvait trop froides. Même en plein été.

— Tiens bon. Tire à présent. Tire.

Le père mettait sa grosse main courte sur celle de Bruno pour conjuguer sa force à la sienne. Et Bruno avait le sentiment d'être agrippé par un mort.

— On a fait ce qu'il fallait. J'ai passé tout un jour à évider une section d'un tronc d'arbre que j'avais abattu pour tuer ma peine. On a couché la petite chose dedans. Puis je suis allé l'enterrer loin du regard de Flavie. Sans croix ni rien. Je voulais oublier. J'ai pas pu.

La mère Simon avait les deux mains dans sa blague à tabac. Sa pipe rallumée, elle se leva pour aller jeter un quartier de bois dans le poêle. Elle faisait tout le bruit qu'elle pouvait.

— Il lui venait pas d'autres enfants à ta Flavie Piché? demanda-t-elle enfin. Les femmes du Bas-Canada sont fertiles de coutume.

— Une terre sans moisson.

Hyacinthe s'était levé pour aller du côté du lit : cadre de bois rempli de feuilles de maïs séchées avec deux peaux d'ours pour dormir dessus et une autre pour se couvrir. L'enfant roux était dans toute cette fourrure. Quand il avait les yeux fermés, il ressemblait à tous les autres enfants.

— Je lui ai ramené un Irlandais, dit Hyacinthe.

— T'as bien fait, affirma la mère Simon.

— Il n'est pas grand pour son âge.

— Il grandira.

— Ses parents sont morts à Grosse-Ile quand il était petit.

La mère Simon se signa promptement de la main gauche.

— Sainte misère! L'île de la quarantaine! T'es sûr qu'il a pas emporté le mal avec lui au moins?

Hyacinthe ne répondit pas. Il vint se placer au pied de la morte et ses lèvres frémissaient sous la pression de la douleur dans sa poitrine. Son visage était éclairé d'un seul côté par la lueur du feu. Il n'avait qu'un œil et cet œil était gonflé de chagrin.

— C'est un Irlandais. Il est passé de mains en mains jusqu'ici. Quand il est arrivé, il ne voulait ni parler ni manger. Et Flavie ne l'aimait pas.

Non, Flavie Piché n'avait pas aimé tout de suite cet enfant petit mais bien vivant qui venait prendre la place du sien, encore plus petit et mort. Elle avait refusé de lui sourire. C'était justice puisque lui ne souriait pas non plus. Hyacinthe allait et venait entre eux deux. A lui :

— Mange! Tu grandiras.

A elle :

— Il te tiendra compagnie. En attendant.

C'était l'enfant qui avait fait les premiers pas. Avec ses yeux. A force de jeter ses grands yeux étonnés sur tout ce que faisait Flavie. Celle-ci avait commencé par réprimer le petit sourire qui lui montait aux lèvres. Puis elle avait été forcée de détourner la tête parce que le sourire se dessinait malgré elle. A la fin, elle lui souriait franchement. L'enfant, lui, riait en montrant toutes ses dents. Que restait-il d'autre à faire que de le prendre dans ses bras et de tournoyer sur soi-même jusqu'à ce qu'on soit étourdis tous les deux ? Tout un été.

A l'automne, Hyacinthe construisit une soupente au-dessus de son lit pour y loger l'enfant.

— Il sera plus au chaud là-haut.

La vérité c'était qu'il n'avait pas perdu l'espoir d'avoir des enfants bien à lui. Et Flavie n'était pas là pour le contredire. Pour passer le temps, elle avait commencé à enseigner des mots de français à l'enfant. Celui-ci s'obstinait à confondre le français et l'anglais. Une fourchette devenait une forkette. Et il avait un mot tendre pour désigner sa paillasse. Un mot qui laissait entendre combien il s'y sentait en sécurité. Pailhouse. On y reconnaissait « paille » et aussi « house » qui signifie maison en anglais. Tout un programme de bonheur pour un enfant !

Inutile de dire qu'on avait rentré du bois dans le hangar pour passer un hiver deux fois long comme ceux du Canada. Novembre, et il n'avait pas encore neigé. Hyacinthe s'amusait à enfouir l'enfant sous des monceaux de feuilles mortes. Sans penser à ce que cela aurait pu évoquer.

Alors qu'on attendait les neiges, deux hommes étaient venus. Un Anglais avec son costume noir maculé de boue et un Canadien le fusil à la main. Ils étaient arrivés en canot par la rivière. Il fallait qu'ils soient poussés par quelque chose d'important pour s'aventurer si loin dans l'arrière-pays en canot à cette période de l'année. L'Anglais avait passé la porte et était entré sans façons. Le Canadien était resté dehors, mais il regardait dans la cabane avec son grand nez et le bout de son fusil.

— Depuis combien de temps êtes-vous ici ?

L'Anglais parlait français comme quelqu'un qui a bien appris sa leçon. Flavie avait posé sa main sur le bras d'Hyacinthe. L'enfant était entre eux deux.

— Cinq ans bientôt. Pourquoi ?

— Et vous n'avez jamais payé de redevances, je suppose ?

Des redevances ? Les Bois-Francs appartenaient à la Couronne d'Angleterre. Les Anglais avaient pris le pays, mais les Canadiens y avaient conservé leurs droits. Celui de défricher les terres de la Couronne en tout cas.

— Le gouverneur a donné les Bois-Francs à des messieurs anglais. British American Land. C'est le nom.

L'Anglais avait tiré une feuille froissée de la poche de son costume. Il la tenait d'une main et il frappait dessus avec l'index de l'autre main.

— C'est écrit sur ce papier. Vous n'avez pas de papier, je suppose ?

Un papier ? Hyacinthe avait fait signe que non.

— Alors, il faut payer. Cinquante livres.

Hyacinthe enfonçait les doigts dans le bois de la table.

— Je ne peux pas payer. J'ai à peine de quoi nourrir ma femme et mon enfant.

— Il faut payer ou s'en aller. Je vous donne jusqu'au printemps.

L'Anglais repartit en glissant la feuille froissée dans la poche de son costume noir. Il n'y avait plus que l'œil du Canadien et le canon de son fusil dans la porte. Hyacinthe courut vers lui :

— Qu'est-ce que ça veut dire ?

L'autre leva le canon de son fusil comme pour le soupeser, puis il lança un sourire de loup avant de suivre l'Anglais.

— Toi aussi ? fit la mère Simon. Je vois ce que c'est.

— C'était il y a deux mois.

— Un malheur vient jamais seul, ajouta la mère Simon. Qui sait ? C'est peut-être ton Anglais qui lui a jeté un sort à ta Flavie Piché ?

Bruno était descendu dans la cuvette que la nuit avait creusée devant lui. Il s'y débattait dans un air aussi épais que de la soupe aux pois. Beaucoup de temps était passé depuis que le gros Gagnon était venu le prévenir que Gingras voulait le voir. Bruno devait être seul maintenant à circuler en forêt. A cette heure, tous les bûcherons de la Haute-Mauricie étaient accrochés à leur pipe devant les poêles.

Gingras était furieux.

— Qu'est-ce qu'il fait le petit maudit ?

Et Vaugeois avait commencé à parler d'organiser une battue.

— Je sais bien qu'il s'est pas perdu. Il a rien que quinze ans mais il connaît le bois comme le fond de sa poche. A moins qu'il soit tombé dans un trou...

Bruno était effectivement tombé au fond d'un trou d'inquiétude. Il y avait d'abord cette cuvette qui avait recueilli assez de neige par endroits pour que vous enfonciez dedans jusqu'au ventre. Les claques et les bottines de feutre pleines de neige, une croûte glacée entre les chaussettes et la peau.

Puis il y avait surtout le père qui avait posé ses deux mains froides sur ses épaules et qui le tirait en arrière pour l'empêcher d'avancer.

— Lâchez-moi, le père. Vous allez me faire mourir.

La phrase était singulière dans la solitude de la Haute-Mauricie.

La mère Simon versa deux autres doigts d'alcool dans la tasse d'Hyacinthe. Celui-ci but le liquide brûlant d'un trait sans quitter sa faction au pied de la morte. L'air était épais dans la cabane. La mère Simon commençait à trouver qu'on y respirait mal.

— C'était il y a trois jours. Elle s'est levée comme moi à la barre du jour et elle a battu de l'aile toute la matinée. Elle était blanche du visage et des mains. Elle se plaignait aussi de douleurs à l'estomac. Elle s'est couchée au milieu du jour. Elle se relevait sans cesse pour aller sur le seau. Vers le soir, elle vomissait aussi. Elle s'est vidée de toute son eau.

Les lèvres minces de la mère Simon tremblaient.

— Cette nuit-là, elle ne pouvait plus faire le moindre mouvement sans se plaindre. Elle s'est desséchée comme un arbre en hiver. Une fois que j'allais vider le seau, j'ai regardé dedans. Comme une eau blanche.

Hyacinthe parlait si bas que la mère Simon avait été obligée de s'approcher pour entendre. Elle était assise au bout du banc et elle levait la tête vers lui. Elle se mangeait nerveusement les lèvres.

— Je l'ai veillée toute la nuit. L'enfant était à mes côtés. Nous la regardions à la lueur de la chandelle. Elle avait les yeux ouverts sans nous voir. Creux. La paupière bleue. Les ongles bleus aussi. A la fin, ses mains et ses pieds se sont mis à noircir. Sa peau s'est plissée aux doigts et aux orteils comme si elle les avait trempés trop longtemps dans l'eau. Elle se tordait sur le lit. Elle parlait, mais la voix n'était pas la sienne. Une voix de l'au-delà. Puis son corps s'est tendu. Elle se soulevait sur la paillasse. Elle ne reposait plus à un bout que sur la tête et à l'autre sur la pointe des pieds. Puis elle a cessé de respirer.

— Le choléra ! s'écria la mère Simon.

Elle s'était levée d'un bond et elle avait couru à l'autre bout de la pièce prendre un balai de branches de cèdre qu'elle vint brandir sous le nez d'Hyacinthe.

— Le choléra ! répétait-elle. Le choléra !

Elle dressait le balai à la hauteur du visage d'Hyacinthe. Celui-ci la regardait sans rien dire.

— Allez-vous-en ! Toi, ta morte et puis l'enfant ! Allez-vous-en !

Hyacinthe ne bougeait toujours pas. Il tenait les pieds de la morte dans ses mains sous la catalogne. L'enfant roux s'était éveillé. Il était assis sur le lit de la mère Simon, la peau d'ours remontée jusqu'au menton.

— C'est lui qui a ramené le ver de l'île de la quarantaine !

La mère Simon désignait l'enfant du bout de son balai. Hyacinthe fit un pas vers elle.

— Si t'approches, je te plante mon balai dans la gueule.

L'enfant regardait la mère Simon en se mordant l'intérieur des joues. Dehors, la tourmente avait pris son parti. A défaut de parvenir à soulever la cabane pour l'entraîner ailleurs, elle s'employait à la couvrir de neige. Déjà, tout un pan de mur avait disparu du côté d'où venait le vent.

— C'est un ver qu'il a. Un ver si petit qu'il se voit pas. Allez-vous-en !

Hyacinthe faisait non de la tête.

— Comment voulez-vous que je parte ? Un homme qui étendrait le bras devant lui ne verrait même pas sa main.

Le balai de branches de cèdre frémissait toujours dans la main de la mère Simon. L'enfant s'était levé et il était venu se jeter dans les jambes d'Hyacinthe. Celui-ci ne quittait plus la mère Simon des yeux.

— Mettez-vous à ma place...

— Jamais ! hurlait la mère Simon. Jamais ! Je sais pas quel péché t'a commis, mais il devait être bien grand pour que le bon Dieu te punisse de cette façon.

Nouvelles convulsions dans le manche du balai.

— Si tu penses que tu vas m'entraîner avec toi au fond des enfers, tu te trompes grandement, mon garçon ! Allons ! Ramasse tes affaires ! Les morts et les vivants ! Dehors !

Bruno commençait à se demander s'il ne passerait pas la nuit à tourner en rond dans cette cuvette tapissée de neige. Le noir semblait posé dessus comme un couvercle. Et le vent s'était levé pour touiller son inquiétude. La Haute-Mauricie retournait lentement à son état premier, celui des bêtes et rien d'autre.

Bruno avait sa poche sur son épaule, mais une hache et des chaussettes de rechange n'assurent pas contre tous les désarrois. Quelques phrases de Vaugeois pouvaient encore être de quelque utilité.

— Quand on est perdu dans le bois ça sert à rien de tourner en rond toute la nuit.

Et encore :

— Un abri et du feu d'abord. Les prières ensuite, pour ceux qui s'en souviennent...

On a beau n'avoir que quinze ans, les muscles et le cœur savent ce qu'il faut faire dans certaines circonstances. La tête aussi peut servir à condition qu'elle ne se mette pas à entendre toutes sortes de voix et à voir des choses qui n'existent pas.

Bruno avait coupé une cinquantaine de branches fines deux fois hautes comme lui et il les avait alignées contre le tronc d'un arbre mort qui filait dans la nuit à quatre pieds du sol, pour se faire un abri contre le vent. Il avait ensuite monté savamment un feu comme Vaugeois le lui avait appris. La lueur de la flamme écarta ses derniers doutes. Il avait fait ce qu'il fallait faire. Déjà, la neige fondait autour du foyer.

— Il me reste plus qu'à attendre le matin, se dit-il en tirant de sa poche sa pipe et son tabac.

La mère Simon était d'un côté. Hyacinthe et l'enfant de l'autre.

— Allez-vous-en ! Allez-vous-en !

Hyacinthe hésitait. Il savait qu'il avait mal agi en insistant pour entrer le corps dans la cabane. Il n'ignorait pas de quoi Flavie était morte. Le choléra sévissait épisodiquement depuis deux ans au moins. Hyacinthe avait souvent entendu dire que la terrible maladie était arrivée au pays dans les bagages des malheureux Irlandais que des bateaux pourris débarquaient à pleines cales à l'île de la quarantaine. Pour un Irlandais que le gouverneur établissait dans les Bois-Francs, deux reposaient sous la terre de Grosse-Ile. Les Irlandais le savaient avant même de s'embarquer. Et, pourtant, un bateau n'attendait pas l'autre, avec sa cargaison humaine en décomposition. On disait que les Irlandais n'avaient pas un sort meilleur dans leur Irlande natale. Qu'un plat de pommes de terre bouillies était un festin dans ce pays-là. Et que l'Angleterre s'entêtait à expédier des Irlandais dans la colonie pour se débarrasser d'eux, d'abord, et pour contrer l'accroissement de la population chez les Canadiens, ensuite. C'était sans compter que les Irlandais étaient catholiques comme les Canadiens. Malgré tout ce qui les séparait, les deux groupes n'arrivaient pas à se détester. La misère unit tout aussi bien que le sang.

Hyacinthe ne savait plus ce qu'il fallait faire. Il était connu que le choléra se propageait par le toucher. Et la mère Simon n'avait pas posé la main sur la morte.

— Je partirai à la première lueur du jour, dit Hyacinthe. Pardonnez-moi, mais je ne peux pas faire autrement.

La mère Simon n'avait réfléchi ni si fort ni si vite de toute sa longue vie. Elle avait la science des herbes, des baumes et des compresses. Mais le choléra ? Un ver si petit qu'il ne se voit pas.

— Que tu restes, passe encore, mais elle, au moins, mets-la dehors.

Hyacinthe fit celui qui n'avait rien entendu.

A son tour la mère Simon se réfugia dans un profond mutisme. Elle poussait seulement de grands soupirs de temps en temps comme pour écarter d'elle l'air empoisonné. Elle était au fond de la pièce du côté des ténèbres. On entendait sa présence plus qu'on ne la voyait. La nuit semblait prise pour longtemps. Hyacinthe avait recouché l'enfant.

— Dors, mon hibou. C'est ce que tu peux faire de mieux.

La mère Simon grommelait :

— C'est ça. Profite du lit de la mère Simon. Tu vas voir ce qu'elle en fera de sa paillasse demain matin. Les peaux d'ours avec. Il y aura pas assez de feu dans l'enfer du démon pour brûler tout ça.

Puis, beaucoup plus tard :

— Comme de raison, tu t'es mis du bord où il fait chaud.

— Voulez-vous changer de place avec moi ?

— Reste où tu es où je te plante mon balai dans la gueule.

— Pardonnez-moi, mère Simon. Je ne voulais vous faire aucun mal.

Un moment de silence, puis la mère Simon trouva à répondre à cette affirmation bien légère à son goût :

— Les ours non plus vous veulent pas de mal quand ils vous mettent la patte dessus. Paraît qu'ils sont enjoués comme des enfants. Mais ils vous épluchent proprement.

Hyacinthe s'était assis sur le banc. Il se couvait les mains entre les cuisses. On ne savait pas ce que faisait la mère Simon à l'extrémité sombre de la pièce. On l'entendait seulement remuer de temps en temps. La nuit s'éternisait. A en juger par les coups de bélier du vent, les murs de la cabane ne tiendraient pas jusqu'au matin. La mère Simon éleva la voix :

— Tu pourrais au moins te donner la peine de mettre du bois dans le poêle.

Puis, encore, un peu plus tard :

— Si tu veux t'allonger, t'as beau. Compte pas sur moi pour en faire autant.

Chacun devait s'être assoupi quand, peu après minuit, on entendit des pas sur le perron. Hyacinthe leva la tête. La mère Simon chuchota dans les ténèbres du fond de la pièce :

— Reste où tu es.

La mère Simon s'était approchée en traînant les pieds sur le bois rugueux du plancher. Elle était venue jusqu'à la porte où elle avait troqué son balai contre un mousquet qui devait dater du temps des Français. Elle le tenait maladroitement, loin d'elle, comme un objet dangereux.

— Qui va là ?

Des pas qui dansent pour secouer la neige des mocassins, puis un long hurlement du vent. La mère Simon se cala le canon du mousquet sous le bras pour soulever lentement la barre qui défendait la porte.

— Ce serait le diable en personne que j'en serais pas autrement étonnée.

La porte s'ouvrit sur une rafale de vent et de neige qui envahit la cabane. Un homme entra dans la pièce. La mère Simon referma promptement la porte derrière lui. On ne voyait pas son visage. Son bonnet de fourrure et sa barbe se confondaient sous une même couche de glace. Il n'avait que ses yeux. Et encore, ses sourcils étaient couverts de givre. Une grande capote grise, rongée de neige dans le dos, le couvrait de bas en haut. Il ouvrit les bras en apercevant la mère Simon. Celle-ci fit un pas en arrière. L'homme avançait vers elle.

— Palsanguié, mère Simon, voilà bientôt plus d'un an !

— Sainte mère de Dieu ! C'est le fondeur de cuillères ! D'où c'est qu'il sort par un temps pareil ?

Celui que la mère Simon appelait le fondeur de cuillères s'était mis à faire des pas de gigue pour secouer toute sa neige. Il tournait le dos à Hyacinthe et à sa morte tandis qu'il se découvrait progressivement. Il se mit à débiter sur le ton d'une comptine :

V'là le fondeur de cuillères
Qui passe de chaumière en chaumière.
Il sait aussi tirer les dents
Et guérir les morsures de serpents.

Le fondeur de cuillères s'était débarrassé de sa capote. La mère Simon la tenait comme s'il se fût agi d'un vêtement sacré. Elle s'efforçait en même temps d'attirer l'attention du nouvel arrivant sur le drame qui se jouait à son insu dans son dos. Celui-ci finit par se retourner. Il regarda la morte, puis ses yeux exprimèrent toute la détresse du monde.

— C'est votre femme ?

Hyacinthe fit oui de la tête.

Le fondeur de cuillères s'approcha de la table. Il se voûta légèrement les épaules.

— Où que tu sois repose en paix.

Bruno fumait nerveusement sa pipe devant son feu. C'était en Haute-Mauricie sur la concession des McBride, mais le garçon n'en savait pas plus. Le vent s'était levé et couchait le feu au ras du sol. La nuit était chargée de malice.

— On rira bien de ça demain matin quand je serai revenu au camp, se dit-il à haute voix.

Mais le vent emporta si promptement cette parole qu'elle n'eut pas le temps de faire son effet rassurant. Bruno avait eu la présence d'esprit d'ôter ses claques, ses bottines de feutre et ses chaussettes craquantes de glace. Ses pieds nus devant le feu étaient si gelés qu'ils ne semblaient plus lui appartenir.

— Ma première nuit dans le bois, se dit encore Bruno. Ça devait arriver un jour ou l'autre.

Il tira son couteau de sa poche. C'était un petit couteau court dont la lame ébréchée se refermait sur un manche de corne noire. Il se mit à écorcer un bout de branche de pin qu'il venait de ravir à son feu.

Le fondeur de cuillères se frappa le front avec la paume de la main. Il se tourna vers Hyacinthe, debout devant lui comme quelqu'un qui ne sait que faire de sa peine.

— Je compatirais bien avec vous, monsieur, mais c'est pas mon métier. A part fondre les cuillères, je sais faire trois pas de gigue, mais je vois bien que ce n'en est pas l'heure.

Il se tourna vers la mère Simon. Celle-ci approchait justement, les gestes pleins d'avertissements.

— C'est le diable en personne. Sa morte a le ventre plein de choléra. Puis l'enfant aussi. Là, sur le lit.

Le fondeur de cuillères aperçut l'enfant qui le regardait avec ses grands yeux, la peau d'ours remontée une fois de plus jusqu'au menton.

— Ils rejettent les miasmes du choléra à chaque respir qu'ils font, insistait la mère Simon.

— Vous frappez à la mauvaise porte, mère Simon. Il se trouve que je n'ai peur ni des morts ni des enfants.

— Je t'aurai prévenu, fit la mère Simon avant de se retirer dans l'angle de la pièce où, croyait-elle, les vers invisibles de la terrible maladie ne s'étaient pas encore répandus.

Entre-temps, le fondeur de cuillères était allé vers le lit. L'enfant l'avait regardé venir avec des yeux féroces. Le fondeur de cuillères l'avait tiré de sous sa peau d'ours et il l'avait assis sur le bout du banc sous les pieds de la morte. Il était allé farfouiller dans son sac, qu'il avait jeté près de la porte en entrant, et il en était revenu tenant à la main un pantin de bois dont les membres articulés s'animaient à chacun de ses pas.

— Tiens, prends-le.

Le fondeur de cuillères était allé quérir deux cuillères sur une tablette au mur. Il était revenu se placer devant l'enfant, un genou à terre. Les deux cuillères posées dos à dos sur la paume de sa main gauche, cette main reposant elle-même sur le genou, il leur avait imprimé des mouvements secs et saccadés de son autre main et de toute la jambe, de telle sorte que, heurtées entre elles dans leur courte course, les cuillères crépitaient sur un rythme vif. L'enfant tenait le pantin à la main, les joues gonflées d'émotion. C'était un petit personnage de bois verni, haut comme la main d'un homme, et qu'on tenait par une poignée fichée dans son dos. A l'origine, le gigueux devait être accompagné d'une planchette étroite et longue qu'on tenait entre ses cuisses. Le mouvement régulier de celle-ci, de bas en haut, devait suffire à inspirer au gigueux des pas de danse. Mais la planchette avait sans doute été jugée trop encombrante pour trouver place dans le sac d'un fondeur de cuillères. Ne restait au pantin qu'à giguer dans l'air comme un pendu.

— Fais-le danser. Les enfants savent ça.

Le fondeur de cuillères déchaînait son instrument primitif. Le claquement sec des cuillères risquait de tirer la morte de sa torpeur. Du moins, la mère Simon en jugeait-elle ainsi. Mais le fondeur de cuillères ne semblait pas trouver la chose inconvenante. Sans doute estimait-il que la joie des enfants passait avant le respect qui est dû aux morts. Fussent-ils bourrés de choléra.

L'enfant avait fini par se laisser gagner par le rythme, et ses yeux s'ouvraient grands. Quand il fut bien certain que l'enfant saurait se débrouiller seul, le fondeur de cuillères revint se placer devant Hyacinthe, ses deux cuillères à la main.

— Me semble que personne a envie de dormir ici-dedans. Avec votre permission, je m'en vais faire mon métier.

Le fondeur de cuillères se mit à l'affût de tous les ustensiles de la mère Simon. Quand il les eut rassemblés, il vint les poser sur le banc devant le poêle. Il alla tirer de son sac un grand tablier de cuir dont il se revêtit. Il avait l'air d'un maréchal-ferrant. Puis il déposa sur le poêle un petit chaudron de fer dans lequel il jeta les ustensiles de la mère Simon, après les avoir proprement tordus un à un. Les fourchettes, les couteaux et les cuillères se déformaient sous l'effet de la chaleur, et se mettaient à fondre. L'étain dont ils étaient faits était particulièrement vulnérable. Le fondeur de cuillères mettait de temps en temps de petites quantités de poudre blanche dans son chaudron. Bientôt, celui-ci fut rempli d'une substance tremblante. Alors le fondeur de cuillères rassembla soigneusement entre ses genoux les deux parties d'un moule de fonte et il s'employa à y verser délicatement un peu d'étain fondu. Le chaudron retourné sur le feu, le moule tenu à deux mains par ses deux poignées de bois, le fondeur de cuillères attendit que le temps ait fait son œuvre.

Il leva la tête, ferma les yeux un moment. La catalogne mauve l'éblouissait. Puis il se mit à parler à voix basse. Comme pour lui-même. La tête penchée sur ses mains qui se refermaient sur les deux parties du moule de fonte dans son tablier de cuir.

— Fichu métier, fondeur de cuillères dans les Bois-Francs !

Dehors par tous les temps. Le cœur me bat à chaque porte. Une fois sur deux, c'est la misère qui me répond. Il m'est même arrivé d'entrer dans des cabanes vides. Désertées. Les tables, les bancs, cul par-dessus tête. Pas besoin d'être sorcier pour deviner ce qui s'est passé.

Le fondeur de cuillères avait levé les yeux vers Hyacinthe Bellerose. Celui-ci le regardait depuis un moment.

— Vous voulez que je vous dise ? continua le fondeur de cuillères. Le père a couru après la mère et les enfants pour leur tordre le cou comme à des poulets en automne. Quand il a eu bien fini son ouvrage, il a avalé une décharge de mousquet. Tout ça parce qu'il voulait pas les voir mourir à petit feu tout l'hiver sous ses yeux, le ventre creux et la bouche pleine de sanglots.

Le fondeur de cuillères laissa tomber sur le banc la cuillère qu'il venait de fondre et qui lui brûlait les doigts. Les deux parties du moule roulèrent à ses pieds. Il s'était laissé gagner par la sourde colère qu'il avait sentie monter en lui à l'instant même où il avait prononcé sa formule de compassion à l'endroit de la morte. Il ne pouvait supporter le silence de cet homme qui ravalait humblement sa douleur.

— Sauf le respect que je vous dois, savez-vous lire, monsieur ?

Hyacinthe fit signe que non et baissa la tête.

— Tout le mal vient de là.

Le fondeur de cuillères tira de la poche de ses hauts-de-chausses un vieux numéro froissé d'un journal couvert de caractères minuscules.

— Vous savez ce que c'est ?

Il tendit le journal à bout de bras en frémissant dans sa barbe.

— Les bourgeois les lisent, ajouta-t-il ; les gueux s'en servent pour envelopper leur poisson ou leur tabac. Et pourtant, c'est vous qui devriez les lire. C'est de vous qu'on parle dans les gazettes.

Il tenait le journal déployé d'une main et il frappait dessus avec les doigts de l'autre. Un petit bruit sec ponctuait ses phrases.

— La misère et l'injustice. C'est écrit en toutes lettres. Même vous, monsieur, votre malheur est écrit là-dedans. Ça s'appelle famine, choléra, expulsions. Vous voyez ? Je ne vous connais pas, mais les gazettes m'ont appris ce qui vous est arrivé. Ah ! si seulement vous saviez lire ! Le pays naviguerait bien autrement.

Le fondeur de cuillères regardait Hyacinthe droit dans les

yeux. Celui-ci n'avait plus la force suffisante pour affronter tant de vérité. Il tourna la tête du côté du lit.

— La mère Simon a raison. Je m'en vais, ajouta-t-il presque à voix basse.

Le fondeur de cuillères s'interposa tout de suite.

— Vous avez pas le droit de faire ça. Vous voulez qu'on vous retrouve morts tous les deux, gelés durs, au printemps, comme des lièvres pris au piège ?

Puis, comme pour racheter sa colère, il mit sa main sur le bras d'Hyacinthe. Il regardait l'enfant sur la paillasse.

— Il faut que je vous dise aussi : il y a plus de vérité dans les yeux d'un enfant que dans toutes les gazettes de la terre. Mais il n'est pas bon de laisser les morts et les enfants dormir ensemble.

Il souleva délicatement les pieds de la morte. Hyacinthe finit par aller se placer docilement à la tête.

La nuit se resserrait autour du feu de Bruno, entraînant avec elle les créatures malignes qu'elle engendre. Et d'abord celles qui ne se voient pas. Qui n'ont que leur bruit pour toute existence.

C'est une chouette ? Un hibou ?

— Il ne faut pas que la peur me gagne, se dit Bruno.

On avait entendu des récits à propos de voyageurs qui avaient couru jusqu'au bout de leur souffle pendant des nuits entières, jusqu'à ce que les lubies de leur imagination les rejoignent pour les dévorer vivants. Des bûcherons avaient retrouvé leurs os desséchés l'été d'ensuite. C'était arrivé plus d'une fois.

— Pourquoi qu'ils ont pas attendu autour de leur feu, tout simplement, qu'on vienne à leur secours ? demandaient les plus jeunes.

Et les vieux hochaient silencieusement la tête.

A quinze ans, Bruno n'avait pas du tout l'intention de s'en laisser imposer par ces racontars. Il finit néanmoins d'assembler la petite croix qu'il avait tirée de la branche de pin et il la planta dans la neige à portée de la main.

Le fondeur de cuillères était passé le premier avec le falot. Il s'efforçait d'aider Hyacinthe à porter son fardeau, mais il ne lui était d'aucune utilité. La porte était trop étroite, l'escalier du perron trop raide. Hyacinthe avait fini par prendre la morte dans ses bras. Le fondeur de cuillères lui éclairait le chemin. Il ouvrit une porte du hangar qui donnait sur une grande pièce remplie de toiles d'araignées, avec un établi couvert d'outils et de vieux objets entreposés là depuis toujours.

Le fondeur de cuillères accrocha le falot à un clou apparemment réservé à cet usage, et il s'empressa de dégager l'établi. Hyacinthe y déposa la morte avec précaution, replaçant la catalogne mauve autour de son cou et à ses pieds. Puis il s'effondra, les deux genoux sur le sol de terre battue, la tête contre le bois de l'établi.

Le fondeur de cuillères se tordait les mains et grimaçait dans sa barbe. La morte semblait irréelle dans un endroit aussi incongru. La lueur du falot jouait dans son visage et sur ses cheveux. Le fondeur de cuillères s'approcha d'Hyacinthe et lui mit la main sur l'épaule. Celui-ci se retourna lentement, levant ses yeux rougis de larmes vers ceux du fondeur de cuillères.

— C'est injuste, dit encore une fois Hyacinthe. On n'a pas le droit d'amputer un homme de tous ses membres et de le laisser là, vivant et impuissant. Qui que ce soit ! Dieu ou un autre ! On n'a pas le droit.

Le fondeur de cuillères regardait Hyacinthe sans rien dire. Celui-ci se tirait péniblement les mots du cœur.

— Qu'est-ce que j'ai fait pour qu'on m'arrache mes feuilles et mes branches une à une ? Est-ce offenser Dieu que de porter, au plus profond de soi, le goût de la vie ? C'est injuste, répéta Hyacinthe. Ou alors, il ne fallait pas faire les hommes avec un cœur. Leur donner un peu de frayeur comme aux bêtes et c'est tout.

Hyacinthe leva les yeux vers le plafond vermoulu du hangar.

— Je ne peux pas lui pardonner ce qu'il m'a fait. J'ai fauté, certes, mais il m'a corrigé avec démesure.

Le fondeur de cuillères s'était assis sur les talons, et il avait entraîné Hyacinthe avec lui dans cette position. Il avait passé son bras autour de son épaule et il se mit à se balancer doucement pour bercer une douleur que les mots n'auraient même pas entamée.

La croix n'avait pas suffi. Bruno continuait d'entendre la nuit respirer tout près. Ce n'était pas le souffle puissant qui entraîne la terre sur son axe pendant que les astres en font le tour. C'était l'haleine d'une bête aux aguets. Une force brutale qui pouvait se jeter sur vous à tout moment. Et contre laquelle vous saviez que vous étiez impuissant.

Par défi ou par résignation, Bruno se mit à chanter à tue-tête :

Auprès de ma blonde
Qu'il fait bon, fait bon, fait bon,
Auprès de ma blonde
Qu'il fait bon dormir.

Je donnerais Versailles, Paris et Saint-Denis...

Au matin, le fondeur de cuillères avait donné une petite tape sur l'épaule d'Hyacinthe.

— Je veux seulement te dire une petite chose : c'est qu'on n'a jamais connu d'hiver que le printemps ne soit venu adoucir. Jamais.

Puis il s'en était allé de son côté. L'enfant roux était resté avec le gigueux dans les mains. Il avait tant protesté qu'Hyacinthe avait fini par lui laisser la tête et les bras hors de la poche de loup.

— Tu te gèleras.

Mais l'enfant se réchauffait en agitant le pantin au-dessus de la tête de la morte.

La tempête de neige avait pris fin avec la nuit. Le pays était blanc à vous en crever les yeux. Hyacinthe suivit tout le jour le cours de la rivière Bécancour. La rivière n'allait pas droit au fleuve. Elle serpentait sans cesse, et ses rives étaient escarpées. Il fallait rester sur la surface plane de la rivière quitte à parcourir trois fois plus de distance que ne l'aurait fait un oiseau.

Hyacinthe marchait avec détermination. Un souffle puissant lui montait à la bouche chaque fois qu'il soulevait une de ses raquettes. L'enfant roux était ballotté dans la poche sur son dos. Et la traîne emportait son secret en silence.

Hyacinthe franchit cinq lieues. Le soleil n'était pas encore couché que le soir commençait déjà à emplir ses traces. Y eut-il des loups à la fin de ce jour ? Ces loups étaient-ils apparus soudain dans sa tête ou avaient-ils vraiment marché sans se faire voir derrière lui ? Les Bois-Francs sont une terre de loups, c'est entendu, mais les loups ne sont-ils pas spontanément évoqués chaque fois que quelqu'un est malheureux ?

Des traces dans la neige, et c'était tout. L'enfant avait fini par s'endormir, le pantin dans sa mitaine grise. Hyacinthe aurait sans doute marché toute la nuit s'il n'avait aperçu le moulin au détour d'une courbe de la rivière.

Il s'empressa de gagner la rive, car il savait que la glace n'est jamais sûre aux abords des moulins. On les construit aux endroits où les rivières ont des rapides qu'on peut mettre à contribution pour faire tourner leur grande roue. Hyacinthe ne tarda d'ailleurs pas à constater que l'eau plongeait dans le noir sous une glace fine et transparente. Une eau sans sentiments.

Hyacinthe faisait de grands gestes en marchant dans la pente abrupte de la rivière. L'enfant s'était éveillé. Il avait peur. Hyacinthe était arrivé au pied du moulin. C'était un moulin solide dont les gros piliers de bois s'enfonçaient silencieusement sous la glace.

L'étage était ouvert de tous les côtés. Ce n'était rien d'autre qu'un plancher et des colonnes carrées pour supporter le toit. Mais cette plate-forme était encombrée d'arbres de transmission, de courroies, de tables à scier et de lames rouillées, dans une jungle de câbles et de poulies. Le tout abondamment envahi par la neige.

Le moulin avait une large passerelle du côté de la terre ferme. Hyacinthe y monta et y laissa sa traîne. Il déposa aussi la poche de loup et en tira l'enfant qui se mit à courir en agitant son gigueux. Pendant ce temps, Hyacinthe s'était empressé d'examiner les lieux. Il avait remarqué en approchant du moulin que de minces filets de fumée s'échappaient entre les madriers de la partie inférieure. Un malheureux comme lui s'y était probablement abrité.

Les voyageurs du Bas-Canada avaient une règle sacrée. Surtout en hiver. Celle de se chauffer à un même feu et de partager leurs provisions. C'était inspiré des Indiens. La géographie et le climat avaient imposé ces conditions : il ne pouvait en être autrement.

Hyacinthe fit le tour de la plate-forme. Il finit par trouver dans le plancher une grande ouverture rectangulaire qui donnait accès aux profondeurs du moulin. Une grosse poulie de bois était accrochée juste au-dessus. Un bon câble épais en pendait. On devait utiliser cette ouverture pour hisser toutes sortes de marchandises ainsi que des pièces de bois. A la belle saison, des embarcations pénétraient à cette fin jusque sous le corps du moulin.

Hyacinthe avait repris la poche de loup sur la passerelle. Il avait remis l'enfant dedans. Il avait passé la bretelle de la poche dans un gros crochet de fer au bout du câble. Puis il s'était mis à descendre doucement la poche. Il revint ensuite s'agenouiller sur la passerelle devant la traîne. La morte s'évanouissait lentement dans la pénombre. Hyacinthe la borda soigneusement.

Il se laissa glisser le long du câble. Ses grosses mitaines de laine grise lui assuraient une poigne solide. Ses pieds finirent par se poser au fond du trou. La poche de loup n'était plus là mais on apercevait la lueur d'un feu au bout d'un étroit tunnel. Hyacinthe se dirigea de ce côté. Il marchait sur de la glace lisse comme du verre.

Au bout du tunnel, il fallait se mettre à quatre pattes pour franchir le passage qui donnait accès à une autre pièce. Hyacinthe commença par regarder à l'intérieur. Les murs étaient tapissés de peaux de bêtes. Des raquettes, des haches, des arcs, un fusil. Trois lièvres faisandaient au plafond. Une épaisse litière de branches de sapin recouvrait la glace. Au centre, un petit foyer de pierres contenait le feu dont la fumée flottait dans l'air avant de s'échapper entre les interstices des madriers. Et, surtout, un Indien tenait la poche de loup et l'enfant roux sur ses genoux. Hyacinthe avança à quatre pattes avant de se dresser devant l'Indien.

— Mon frère blanc a fait une bien drôle de chasse, dit l'Indien d'une voix sombre.

Hyacinthe s'approcha encore.

— Rends-le-moi.

— Les enfants sont à tout le monde, répondit l'Indien.

Hyacinthe ne savait pas s'il devait se jeter sur l'Indien pour lui arracher l'enfant ou l'amadouer avec des paroles. Il finit par s'asseoir devant le feu. L'Indien l'observait sans rien dire. L'enfant devait faire des efforts pour se dégager de son emprise, mais l'Indien le tenait fermement sur ses genoux. Il tira calmement quelques bouffées de sa courte pipe de terre. L'enfant roux écartait la tête pour ne pas recevoir toute cette fumée dans les yeux. Une fois de plus, le temps avait suspendu son cours.

Bruno se souvint qu'au plus profond de son enfance, son père le prenait sur ses genoux le soir après souper. Lui, ainsi qu'un ou deux autres de ses frères et sœurs choisis en fonction de leur taille. Le père devenait un arbre et les berceaux de sa berceuse étaient ses racines. Ses branches avaient des rêves d'enfants sous leur chevelure tendre. Et le père chantait :

J'irai revoir ma Normandie
C'est le pays qui m'a donné le jour.

A l'époque, Bruno n'avait pas prêté attention à la signification des paroles de la chanson. Cela n'avait aucune importance. Le timbre de la voix de son père et son haleine suffisaient à le combler. Beaucoup plus tard seulement, Bruno avait retourné dans sa tête les paroles de la chanson. Quand le père s'était tu. Et il n'avait pas tardé à établir un rapport entre l'exil de la chanson et le mutisme du père. Celui-ci souffrait peut-être de n'être jamais retourné dans sa Normandie. C'était bien loin, c'était en France. Beaucoup plus loin que les profondeurs de la Haute-Mauricie.

Hyacinthe et l'Indien se faisaient toujours face. Le feu leur tenait lieu de témoin. L'Indien s'était mis à parler d'une voix qui avait viré au noir. Une voix sourde et chargée de colère :

— De quel droit viens-tu souiller la neige de mon pays ? Les traces que tu y laisses sont une offense à mes ancêtres. Leurs esprits gémissent et se lamentent. Et toi, tu vas et viens comme si tu étais dans ta maison. De quel droit ?

Hyacinthe cherchait une réponse au creux de sa respiration. La question s'était lovée dans son ventre.

— La terre est à tout le monde.

— Et ton enfant, il est à tout le monde aussi ?

— Les enfants sont à ceux qui peinent pour les élever.

L'Indien n'en finissait pas de proférer la vérité :

— Cette terre est à nous. Ce qu'elle produit est le fruit de nos peines. Fouille-la et tu y trouveras les ossements de nos pères.

— Moi aussi, j'ai des ossements dans cette terre.

L'Indien s'offusquait.

— Faudra-t-il donc que les ossements de nos pères se lèvent des entrailles de la terre et nous suivent dans une contrée étrangère ?

L'Indien était maintenant debout devant son feu et il s'adressait, au-delà d'Hyacinthe, à tous les Blancs qui s'étaient établis comme lui dans les Bois-Francs.

— Les hommes blancs sont venus, et nous leur avons fait partager notre feu. Quand ils ont été bien reposés, ils nous ont jetés dehors. C'est injuste.

— Il y a de la place pour tout le monde dans ce pays, répliqua Hyacinthe.

L'Indien ne semblait pas l'entendre.

— Nous voici condamnés à errer comme des esprits dans les neiges qui nous ont vus naître.

Hyacinthe fit un pas en direction de l'Indien. L'autre recula d'autant. L'enfant en profita pour se jeter dans les jambes de son père.

— Les Indiens chassent et les hommes blancs cultivent la terre, dit Hyacinthe. Rien ne nous empêche de vivre ensemble.

L'Indien regarda longuement Hyacinthe avant de répondre.

— Ce que tu dis est peut-être vrai, mais mon cœur ne veut pas l'entendre. Les Indiens ont appris à ne pas écouter la parole de l'homme blanc.

L'Indien se jeta une fourrure sur les épaules. Il était à quatre pattes dans l'ouverture de la pièce. Il sortit. Hyacinthe se pencha pour voir l'Indien qui s'en allait.

— Attends. Ne pars pas. Nous pouvons très bien passer la nuit ici, toi, l'enfant et moi. Je ne te veux aucun mal.

— Le mal, tu le portes en toi sans même t'en apercevoir.

On entendit les mocassins de l'Indien glisser sur la glace vive. Il devait maintenant se hisser le long du câble qui donnait accès à la plate-forme du moulin. Ses pas résonnèrent bientôt là-haut. Puis un silence aussi vif qu'une lame de couteau. Hyacinthe avait le cœur qui lui battait dans la gorge. Il resta un long moment à se refaire une respiration. L'enfant était allé reprendre son gigueux.

La nuit tendait l'oreille. Plus tard, Hyacinthe prit l'enfant sous les bras, et il l'assit sur un ballot de fourrures.

— Il faut que je dorme. Toi, tu ne fais que ça tout le jour. Tu vas veiller. Appelle au moindre bruit.

Hyacinthe jeta du bois sur le feu et il s'allongea à côté, le fusil entre les jambes. Il s'endormit comme une bête. L'enfant roux veillait en compagnie de son gigueux. Bientôt, le pantin resta seul à remplir sa mission dans la nuit craquante de froid.

Bruno n'en finissait pas de nourrir son feu que le vent mauvais houspillait.

— Il faut pas que je me laisse gagner par le sommeil, se dit-il. A ce temps-ci de l'année, on peut s'endormir pour jamais se réveiller.

Les heures de la nuit sont longues. Elles ont la respiration lente des dormeurs. Et rien n'arrête les pensées les plus incongrues qui finissent toujours par s'y glisser. Déformées cependant, livrées à elles-mêmes.

Le père est si gros et si grand au bout de la table qu'il emplit toute la pièce. Son souffle soulève la tourmente dans la cuisine. Les enfants sont assis par terre le long du mur. Alignés selon leur âge, les mains posées sur leurs genoux, ils n'ont pas d'autre vocation que d'écouter : ce que dit le père a force d'Évangile. Et il ne se prive pas de le prêcher, l'Évangile.

— Ceux qui mettent leurs mains dans leurs poches pour autre chose que pour dire leur chapelet finissent toujours par attraper le bout de la queue du diable.

Et encore :

— Je vous aurai prévenus. Le premier qui ira prendre des pommes sans permission dans le petit grenier sentira le souffle du diable dans son cou.

Quand on n'a pas entendu d'autre leçon depuis sa plus tendre enfance, on y croit encore fermement à quinze ans. Tout en affirmant péremptoirement le contraire à qui veut l'entendre.

Le feu était mort quand Hyacinthe s'éveilla. L'enfant dormait sur son ballot de fourrures, le gigueux entre les mains. Hyacinthe se leva d'un bond. Les murs du moulin conspiraient contre lui.

Le silence enfonçait des bâtons pointus dans ses oreilles. Et le froid cherchait à lui grignoter le bout des doigts. Hyacinthe éveilla l'enfant et il entreprit de rassembler ses affaires. Mais ses membres défaisaient un à un ses gestes. Sa tête sonnait comme un baril vide. Son cœur était une grosse motte de terre humide dans sa poitrine. Il crut qu'il allait vomir et s'appuya contre un pilier. Le moulin tanguait devant ses yeux. Il s'agenouilla. L'enfant s'était approché avec ses grands yeux inquiets.

— Ce n'est rien. Il faut que je mange. Voilà tout.

Il ranima le feu. L'enfant soufflait dessus, à quatre pattes, les joues gonflées. Encore du pain, du lard et du thé. Manger sans goût. Parce qu'il le faut. Pour rester en vie. Pour être le plus fort. Pour ne pas être mangé à son tour.

Hyacinthe et l'enfant ne tardèrent pas à reprendre pied sur la plate-forme du moulin. Le soleil embrasait le paysage, mais le froid était si vif que la neige geignait sous chacun de leurs pas.

Hyacinthe s'apprêtait à mettre l'enfant dans la poche de loup quand il leva les yeux vers la passerelle. La traîne et son précieux fardeau avaient disparu. Il courut jusque-là, jeta un coup d'œil aux alentours. L'éclat de la lumière élevait une barrière d'ombre devant ses yeux. Il finit par distinguer le sillage de la traîne et lança un grand cri muet. Hyacinthe se précipita dans la côte sans même prendre le temps de chausser ses raquettes. Il enfonçait dans la neige jusqu'au ventre. L'enfant était resté sur la passerelle ; il le regardait bondir, faire de grands gestes fous, les bras tendus à la hauteur des épaules, les mains se refermant vainement sur l'air.

Hyacinthe était entré sous les arbres. Des sapins sournois lui déversaient soudain toute leur charge de neige sur la tête. Hyacinthe avait pris le parti de ramper. Il avançait plus vite de cette façon. Les traces ne semblaient pas suivre une direction précise. Elles dérivaient lentement sur le versant d'une pente. Elles allaient droit sur un grand pin, le contournaient, puis semblaient revenir en arrière jusqu'à une clairière. La traîne était là. La catalogne rejetée sur la neige. La veille, l'Indien avait sans doute voulu se venger. Il avait pris le bagage de l'étranger et avait couru jusque-là avant de jeter un coup d'œil à son butin.

Hyacinthe posa sa joue contre celle de la morte. Elle était dure comme une pierre. Il la souleva doucement entre ses mains et glissa la catalogne sous le corps inerte. Les cheveux de Flavie balayaient la neige.

Rappelle-toi Flavie. Je mettais mes lèvres sur ta bouche et le germe de tes seins durcissait. Je t'embrassais et tu me donnais ton souffle à manger. J'en étais tout enivré. Nos genoux fondaient et nous tombions l'un sur l'autre. Là où nous étions. Dans le lit. Dans nos abatis. Sous les yeux de la rivière. Partout. Nous avions si mal de nous aimer que tu geignais. Tu te faisais toute ronde. Les yeux fermés, j'allais droit mon chemin. Tu disais : je t'aime. Je t'aime. Et cela voulait dire : le peu de souffle qui reste en moi je te le donne. Je m'en emparais tout entier. Et nous mourions un instant tous les deux ensemble. C'était chaque fois comme une mise au monde. Tu ne peux pas l'avoir oublié.

Hyacinthe replaça la morte sur la traîne. Il ligota la poche de loup sous les bras de l'enfant. Il se remit à marcher. Un autre jour. Deux ? Le froid avait figé le temps.

Rappelle-toi, Flavie. Je recueillais tes seins dans mes mains. Deux bêtes bien vivantes qui se mettaient à me mordiller avec leur bouche avide. Plus je m'enfonçais en toi, moins je parvenais à toucher le fond de ton désir.

Les jambes d'Hyacinthe ne savaient plus qu'elles marchaient. Chacun de ses mouvements plantait des poignards dans son dos.

En hiver, on restait des journées entières allongés sous nos fourrures. J'avais autant besoin de tes baisers que du bois dans le poêle. Le petit Irlandais était dans sa soupente. Je lui avais sculpté trois personnages dans des cœurs d'érable. Tu lui avais habillé deux pommes de pin. Il entretenait tout ce monde dans sa langue que nous ne comprenions pas.

La tête d'Hyacinthe n'appartenait plus à son corps. Elle n'allait pas dans la même direction que lui. Elle était restée en arrière. Et c'était sans doute ce qui rendait sa marche si lente et si pénible.

Je faisais une marque chaque jour avec mon couteau sur un des poteaux du lit qui servait à supporter la soupente. Je te disais : quand il sera plein, le jour sera venu de te bâtir une vraie maison. Tu prenais ma tête entre tes mains et tu me forçais à la poser sur la fourrure du lit. Tu riais et tu disais : ma vraie maison, c'est toi.

Vers la fin du troisième jour, Hyacinthe tomba lentement à genoux dans la neige. Le poids de son corps s'y creusa une fosse. Il y serait encore, sa douleur engourdie une fois pour toutes, si l'enfant n'était venu se coucher sur lui comme un bon chien pour le réchauffer.

Bruno se débattait, dans la nuit, avec sa peur. Il lui semblait qu'un buisson plus dense que les autres profitait de chacun de ses moments d'inattention pour faire quelques pas dans sa direction. Il commença par essayer de penser à autre chose.

— Si ça continue, je passerai pas la nuit avec le bois que j'ai coupé. Faudra que j'aille m'en faire d'autre.

Bruno prit dans sa poche sa paire de chaussettes sèches tricotées par sa mère. Il les enfila. Il leva la tête. Le buisson était juste en face de lui de l'autre côté du feu.

Bruno ne savait plus s'il devait prendre sa hache ou se garder les deux mains libres pour mettre en toute hâte ses bottines de feutre et ses claques de caoutchouc. Les bottines étaient mouillées et collantes. Le buisson s'était mis à faire de grands gestes pour se moquer de lui. Bruno s'enfuit en courant, une bottine à un pied et l'autre à la main.

Hyacinthe arriva en vue de son village à la tombée du jour. Avec sa poche de loup sur le dos et sa traîne derrière lui, il avait traversé tous les Bois-Francs d'alors et suivi la rivière Bécancour jusqu'au fleuve. Le fleuve Saint-Laurent était dix fois large comme la rivière Bécancour et pénétrait lentement dans le pays en direction du couchant. Il prenait sa source au cœur du continent dans des lacs vastes et profonds comme la mer. L'acharnement des pionniers avait élevé des villes sur ses rives : Québec, Montréal. Trois-Rivières allait en devenir une. Et la rivière Bécancour débouchait précisément en face des Trois-Rivières.

Mais, tout le long du fleuve, d'autres établissements de moindre importance prospéraient. On ne savait pas encore lesquels deviendraient les cités d'aujourd'hui et lesquels connaîtraient le destin des gros villages de campagne. Encore moins ceux qui disparaîtraient.

Le fleuve était couvert de glace de bord en bord. Cette glace, épaisse d'un bon mètre, portait déjà la neige de la moitié d'un hiver. Et, partout sur sa surface, on voyait des petits sapins plantés de travers sur les bancs de neige. Ces balises permettaient aux voyageurs de s'y déplacer en voiture en toute sécurité.

Hyacinthe longea patiemment la rive sud du fleuve pendant deux lieues avant d'apercevoir le quai du Port Saint-François. C'était un gros village besogneux qui savait tirer parti de sa situation au bord du fleuve. Même en hiver, il s'y faisait d'importants transports de bois, de pierres et de matériaux divers qui s'accumulaient en attendant la reprise de la navigation.

Hyacinthe marchait sur une piste bien battue au bord du fleuve. Il n'avait plus de pensées maintenant. Il n'avait plus d'énergie. Plus de peine non plus. Seulement sa détermination. Et son regard pour l'exprimer.

Il avait posé l'enfant sur la neige et le tirait par la main. L'enfant avait la tête dans le dos. La piste se mit à monter lentement la berge blanche. Hyacinthe longeait le quai de bois. Un traîneau tiré par un cheval bai passa tout près de lui. Celui qui le conduisait ne vit pas Hyacinthe tant il était engoncé dans ses fourrures.

De l'autre côté du quai, au fond du lac Saint-Pierre qui est un épanchement naturel du fleuve, la fin du jour s'imposait. Hyacinthe avait pris pied sur le chemin d'en bas du village. Tout de suite à gauche se trouvait la boutique du forgeron. La porte en était entrouverte et une furieuse vapeur s'en échappait dans l'air vif. Un homme se tenait au milieu de toute cette humidité. Hyacinthe avançait sans rien voir. L'homme sortit de son brouillard. Il n'en croyait pas ses yeux. Il fit un pas en direction de la forge pour aller prévenir le forgeron qu'Hyacinthe Bellerose était revenu. Mais il se ravisa et se mit à courir vers le haut du village.

Hyacinthe marchait. L'enfant n'avait pas assez de ses deux yeux pour tout regarder. La morte sur la traîne entrait doucement dans le crépuscule. Hyacinthe était arrivé devant l'auberge de la dame Morel. L'homme de la forge y était déjà. Il avait attiré dehors trois buveurs en grosse chemise de laine.

— Qu'est-ce que je vous disais ? C'est Hyacinthe Bellerose.

— Qu'est-ce qu'il y a dans sa traîne ?

— Ses affaires.

— Sa Flavie, elle est pas avec lui ? A moins que ce soit elle, sur la traîne ?

— Elle est malade peut-être bien.

— Non. On voit pas son visage. Elle est morte je te dis.

— L'enfant. Qui c'est ?

— Qui veux-tu que ce soit ? Leur enfant.

— Un seul ? Cinq ans partis. Moi, j'en aurais fait un par année.

— Elle est moins fière à présent, Flavie Piché.

— Il a eu la fille, mais il a pas eu l'or au père Piché.

L'homme de la forge et les trois buveurs de l'auberge s'étaient mis à suivre de loin Hyacinthe et son cortège. Le village grouillait de l'activité qui précède la fin du jour. Les enfants étaient encore dehors. Les femmes rentraient du magasin général. Les hommes ramenaient des hangars de pleins traîneaux de bois. Les chiens s'énervaient tout simplement à cause de l'heure. Et, partout où Hyacinthe passait, toute activité cessait aussitôt. On aurait dit que le village entier s'était mis à le suivre.

François, le cordonnier, était dans sa boutique. C'était une toute petite échoppe de planches brutes à la croisée du chemin d'en bas et du chemin d'en haut, en plein cœur du village du Port Saint-François. Le cordonnier vivait dans deux pièces. Il travaillait dans celle de devant. Le soir, il mangeait, lisait et dormait dans celle de derrière.

Le jour était presque éteint, mais le cordonnier travaillait encore, le nez collé sur son ouvrage. Le feu ronronnait dans le poêle, et François entretenait sa méditation sur les malheurs du Bas-Canada. Le cordonnier n'était pas loin de croire que seule une révolution pourrait sauver les Canadiens avant que les Anglais leur aient tiré tout le sang du corps : quand la gangrène s'est mise dans une jambe, il faut l'amputer avant qu'elle ait dévoré tout l'organisme. Et s'il fallait que quelques-uns des Canadiens y laissent leur peau, il serait volontiers un de ceux-là. Il n'avait pas de femme, pas d'enfants, seulement une boutique sans valeur. Mais du cœur, ajouta-t-il à mi-voix dans la pénombre.

Il leva la tête. Un brouhaha montait dehors. Il tendit le cou pour voir à la fenêtre. Les gens allaient tous dans la même direction, vers le haut du village, comme le dimanche à l'heure de la messe.

Le cordonnier se leva pour regarder franchement. Ce mouvement avait quelque chose d'inusité. S'ils avaient couru plutôt que de marcher comme à un enterrement, on aurait pu croire qu'une cheminée avait mis le feu au toit d'une maison... Le cordonnier sortit sur son perron. Au premier coup d'œil, il ne distingua rien d'anormal. A moins que les villageois n'aient suivi celui qui s'en allait, devant, un enfant à la main, tirant une traîne recouverte d'une catalogne mauve. Mais que pouvait-il avoir de si particulier celui-là pour drainer tant d'hommes, de femmes et d'enfants ?

Un vieillard édenté passa près de lui et dit simplement :

— Il est revenu.

Alors, le cordonnier comprit ce qui se passait. Ce fut comme un coup de poing dans le ventre. Il descendit l'unique marche de son perron. Il avait le pas d'un homme ivre. En chemise malgré le froid, une frange de cheveux noirs dans la face, le cordonnier marcha lentement tout d'abord, puis de plus en plus vite.

— Bellerose, cria-t-il.

L'autre ne s'arrêta pas.

— Bellerose.

Les villageois regardaient tour à tour le cordonnier et celui qu'ils suivaient. La neige du chemin d'en haut était durcie par les pas des chevaux et les patins des traîneaux. Le cordonnier se mit à courir de toutes ses forces. Il avait peine à tenir debout.

— Arrête, Bellerose. Arrête.

L'autre faisait comme s'il n'entendait rien. Le cordonnier écartait sans égards ceux qui se trouvaient sur son chemin. Il ne tarda pas à se trouver à la hauteur d'Hyacinthe Bellerose.

— Arrête, Bellerose. Dis-moi qui c'est, qui est dans ta traîne. Pas Flavie ? Pas Flavie Piché.

Hyacinthe n'entendait rien et marchait toujours. Alors, le cordonnier se jeta sur la traîne, se coucha de travers sur la catalogne. Le cordonnier défit prestement la catalogne, et le visage horrible de la morte apparut.

— Salaud. T'as piétiné la plus belle fleur du village. T'avais pas le droit de faire ça. Oh ! Flavie, Flavie !

Le cordonnier sanglotait. Hyacinthe s'était arrêté. Il se défit de l'attelage de la traîne et il vint droit sur le cordonnier. Il l'attrapa par la chemise et se mit à le secouer en tous sens. Le cordonnier avait réussi à se relever. Hyacinthe l'envoya rouler dans la neige. Hyacinthe avait repris la corde de la traîne et il s'en allait. A quatre pattes dans la neige, le cordonnier hurlait :

— Salaud, Hyacinthe Bellerose. Salaud. Je la vengerai. Je lui montrerai que je l'aimais mieux que toi. Je la vengerai. Tu m'entends ? Je te tuerai.

La voix déchirée du cordonnier emplissait tout le village.
— Je te tuerai.
Hyacinthe marchait toujours en direction du presbytère.

Bruno courait sans regarder devant lui. Des branches fines lui fouettaient le visage. Des troncs taciturnes se mettaient parfois sur son chemin et le recevaient de plein fouet sans broncher.
Bruno courait aussi vite que sa peur pouvait le porter. Un hurlement aigu entre les dents. Sans s'en rendre compte, il émergeait lentement de la cuvette. Quand il fut sur le plateau, il était parvenu à distancer sa peur. Il ne la voyait plus, mais il savait qu'elle était là dans le noir.

Hyacinthe laissa la traîne et l'enfant devant le perron du presbytère. Il se mit à marteler la porte. Les villageois s'étaient arrêtés à distance respectable. Ils formaient un vaste demi-cercle devant le presbytère. Hyacinthe frappait comme s'il avait voulu défoncer. L'abbé Mailloux n'osait aller ouvrir. Sa main prudente écarta le rideau de fines dentelles maillées par les dames pieuses de la paroisse. N'eussent été ses lunettes, les yeux lui seraient tombés du visage. Hyacinthe Bellerose ! Quelle impertinence ! Il referma promptement le rideau et se réfugia dans son cabinet.
Hyacinthe finit par comprendre qu'il frappait en vain. Il descendit de la galerie, prit la corde de la traîne, la main de l'enfant et se dirigea à grands pas vers l'église.
C'était une modeste église de bois tout au fond du village. Le prédécesseur de l'abbé Mailloux, qui l'avait fait construire, avait tenu à ce qu'elle se dresse au milieu du chemin qui va du Port Saint-François à Nicolet. La route la contournait. De cette façon, à l'aller comme au retour, les voyageurs marchaient vers leur église, et sa vue devait les inciter à élever leurs pensées vers Dieu.
Hyacinthe ouvrit toutes grandes les deux portes de l'église. En entrant à droite pendait le câble de la cloche. Il la fit sonner à

toute volée. Les villageois étaient dans la porte, mais n'osaient entrer.

Hyacinthe tira la traîne jusque devant la balustrade. Il s'effondra à genoux et, après avoir ôté ses mitaines, il se prit la figure dans les mains.

Un air d'harmonium monta dans sa tête. L'odeur d'une messe du dimanche en automne. Cinq ans plus tôt.

Flavie était dans son banc avec ceux de sa famille. Hyacinthe, qui revenait des Bois-Francs après un an d'absence, n'avait pu trouver de place parmi les siens. Il était dans le banc de sa sœur Régine. Celle-ci avait un mari qui passait la plus grande partie de l'année aux chantiers.

Déjà, cinq ans plus tôt, on regardait Hyacinthe avec suspicion au village. L'été d'avant, il avait grossièrement insulté le père de Flavie Piché au sortir de la messe avant de s'exiler dans les Bois-Francs. On croyait ne jamais le revoir. Il était revenu.

L'abbé Mailloux officiait dans toute sa splendeur. Revêtu de ses plus beaux ornements, il rendait grâce à Dieu des fruits de la terre. Le moment de l'élévation était arrivé. L'abbé Mailloux se pencha sur l'hostie qu'il allait consacrer et il s'agenouilla lourdement. Les fidèles baissèrent humblement la tête. Il se relevait déjà pour tendre l'hostie à bout de bras quand Hyacinthe et Régine sortirent de leur banc. L'enfant de chœur agita sa clochette. Flavie et un de ses frères s'avançaient à leur tour dans l'allée.

— Ces deux-là nous préparent un joli mariage à la Gaumine, se dit le notaire Plessis.

Il rajusta ses lunettes d'un geste vif pour n'en rien manquer.

Hyacinthe et Flavie étaient debout devant la balustrade. Régine et le frère de Flavie de part et d'autre. Un murmure montait de la nef. L'abbé Mailloux tourna imperceptiblement la tête par-dessus son épaule. Lui aussi comprit tout de suite ce qui se préparait. Mais les prescriptions canoniques concernant le Saint-Sacrifice de la Messe lui interdisaient de faire quoi que ce soit d'autre que de procéder à la consécration du sang du Christ et à son élévation. L'enfant de chœur agita encore une fois sa clochette. L'abbé Mailloux s'agenouilla devant son calice. On entendit alors distinctement la voix d'Hyacinthe Bellerose :

— Devant Dieu et devant les hommes, je prends pour épouse Flavie Piché ici présente.

L'abbé Mailloux éleva le calice. Les têtes s'inclinèrent, mais tous les yeux regardaient par-dessus leurs lunettes ou leurs sourcils.

— Devant Dieu et devant les hommes, je prends pour époux Hyacinthe Bellerose ici présent.

L'abbé Mailloux conclut l'élévation par une dernière génuflexion. L'enfant de chœur ponctua d'un coup de clochette. Hyacinthe et Flavie, la main dans la main, descendaient l'allée suivis de leurs témoins. Le tumulte grandissait dans les bancs.

— C'est un mariage à la Gaumine. C'est un nommé Gaumin qui l'a fait le premier.

— C'est valide ?

— Plus ou moins. Plutôt oui que non. D'habitude, ceux qui le font vont se faire bénir par un autre curé un peu plus tard.

— Il y a bien longtemps qu'on n'avait vu un mariage à la Gaumine. Ça ne se fait plus.

Hyacinthe et Flavie étaient sortis de l'église. Une voiture les attendait dehors. Leurs maigres affaires étaient préparées. Le frère de Flavie les conduisit aux abords de la piste de Bulstrode à l'entrée du royaume des Bois-Francs.

Chacun tâcha de les oublier. On était persuadé au village qu'on ne reverrait plus ni l'un ni l'autre.

Bruno courut une partie de la nuit. Il s'arrêtait parfois pour reprendre souffle et mesurer la distance qui le séparait de sa peur. L'instant d'avant, elle était derrière lui. L'instant d'après, elle venait de la direction opposée. Bruno se remettait à courir.

Il tournait en rond. Il croisait ses propres pistes. La nuit n'en finissait pas de stagner. Bruno devait à la vigueur de ses quinze ans d'avoir encore assez de force pour fendre la nuit en tous sens. Sa tête avait éclaté depuis un bon moment. Son cœur lui donnait de grands coups de poing pour lui faire comprendre de s'arrêter. Mais Bruno n'avait pas du tout l'intention d'en tenir compte.

Il n'était même plus capable de se faire à l'idée que la lueur qui se dessinait à l'est était réellement celle de l'aube.

Hyacinthe ôta lentement ses deux mains de sur son visage. Il était assis sur les talons devant la balustrade. La traîne à côté de lui. L'enfant derrière. Il se retourna. L'abbé Mailloux se tenait là, énorme et noir, la barrette sur la tête, trop offusqué pour prononcer une seule parole.

Hyacinthe leva sur lui ses yeux meurtris :

— Bénissez-la, monsieur l'abbé. Bénissez-la.

DEUXIÈME PARTIE

Le Berluseau

« Qu'est-ce que ma force pour que j'attende,
Quel est mon terme, pour que je patiente ?
Est-ce que j'ai la force des pierres ? »

LE LIVRE DE JOB.

— Te voilà donc ! Sais-tu que tu as réussi à faire parler de toi au village ! Partout où l'on va, on n'entend que ton nom, Hyacinthe Bellerose.

Le notaire Plessis chevauchait sa chaise avec une familiarité qui ne lui était pas coutumière. Il s'était approché d'Hyacinthe pour lui parler dans le blanc des yeux. Pendant ce temps, la mère Bellerose était allée faire du bruit avec des verres et un cruchon dans une armoire vitrée encastrée dans la pierre du mur. Elle n'avait cessé d'aller et venir depuis que le notaire était entré. Celui-ci s'était défait de son grand manteau de chat sauvage que la mère Bellerose avait mis à sécher devant le poêle.

C'était là que, depuis leur retour, se tenaient Hyacinthe et son enfant. En arrivant, Hyacinthe avait pris un petit rondin de bouleau dans ses mains et il l'avait retourné en tous sens pendant une journée au moins avant de se décider à tirer son couteau de sa poche. Le bout de bois était maintenant poli comme un os et une forme encore imprécise cherchait à en sortir.

Hyacinthe était dans la force de l'âge. Large d'épaules et puissant de poitrine, les bras noueux, les cheveux noirs rejetés de chaque côté de la tête, deux yeux qui voyaient à travers les choses, et un sourire, quand il le pouvait, propre à atténuer les plus grandes froidures de janvier, des lèvres généreuses, un nez bien à lui. La tête d'un homme du pays.

Il gardait ses mocassins dans la maison comme les Canadiens de ce temps. Ses hauts-de-chausses d'étoffe grossière donnaient du relief à son ample chemise écrue. Ses mains sortaient de là comme deux promesses tranquilles. Et toute sa force, il l'employait maintenant à trouver une signification à un bout de bois qui n'en avait pas encore. L'enfant, lui, caressait de temps en temps le manteau du notaire sans que personne s'en aperçoive.

— L'hiver est bien long cette année, dit la mère Bellerose pour se donner une contenance.

— On dit ça chaque hiver, rétorqua le notaire.

La mère Bellerose revenait avec un petit verre de son alcool des grandes occasions.

— Tenez, notaire, ça va vous réchauffer.

Le notaire leva le verre à la hauteur de ses yeux.

— A ta santé, Hyacinthe. A la vôtre aussi naturellement, mère Bellerose.

Il avala le contenu du petit verre d'un trait, à la manière des Canadiens dont il n'était pas tout à fait. Puis il désigna Hyacinthe d'un haussement de sourcils.

— Mais je ne savais pas que les sauvages des Bois-Francs lui avaient coupé la langue.

Le cœur des mères bat plus fort en certaines circonstances. C'en était une.

— Hyacinthe, il est comme la terre en hiver, dit doucement la mère Bellerose. Il est dans sa saison morte.

Le notaire fit la moue de quelqu'un peiné de se faire rappeler ce qu'il aurait dû constater lui-même. Puis il se tourna vers l'enfant :

— Et celui-ci ?

— C'est l'Irlandais qu'il a adopté avec Flavie.

Le notaire acquiesça encore une fois.

— Bien. Vous allez le confier aux Irlandais du village ?

— Il est à moi. Je le garde, dit Hyacinthe.

— Tiens ! Il parle, fit le notaire en feignant l'étonnement. Cet enfant est à toi. Je ne te chicane pas là-dessus. Mais n'est-il pas une lourde charge pour toi, maintenant ?

La mère Bellerose s'interposa, les mains dans son tablier :

— Les enfants, c'est jamais une charge.

Le notaire Plessis levait vers elle des yeux désolés.

— Quand on en a les moyens, mère Bellerose. Avec ces deux-là, vous avez deux bouches de plus à nourrir.

— On les nourrira.

— Certes. Mais il faut aussi penser aux obligations que vous avez.

Le notaire s'était levé. Les mains dans le dos, il faisait lentement le tour de la table en examinant attentivement toute la pièce. Il commença par s'excuser de devoir parler de ces choses. Il évoqua les exigences de ses fonctions.

Le notaire Jean-Michel Plessis était le chargé d'affaires du seigneur William-Michael Cantlie. Le régime seigneurial subsistait alors au Bas-Canada. Les Français avaient jugé commode de l'instaurer en leur temps pour favoriser le développement de la colonie. Les Anglais ne l'avaient pas abrogé après leur conquête. Et les descendants des premiers Bellerose, arrivés au pays en 1672, devaient encore chaque année prélever sur leur récolte et leurs bêtes pour verser le cens au seigneur comme de bons et loyaux censitaires, puiser aussi dans leur bourse de velours ou de taffetas quand ils le pouvaient. Le notaire Plessis devait veiller à ces choses en sa qualité de chargé d'affaires du seigneur. Et les Bellerose n'avaient pas payé leurs redevances depuis deux ans.

— Je sais, notaire, répondait la mère Bellerose. J'y pense tous les jours. Et bien souvent la nuit.

— Les prochaines redevances sont dues en août, insistait le notaire. Vous avez deux ans de retard. Comment allez-vous faire ?

— Du temps de votre défunt père...

— Laissez les morts tranquilles, mère Bellerose.

La mère Bellerose avait touché le point sensible. Il ne fallait pas parler de son père devant Jean-Michel Plessis. Car le père du notaire avait été seigneur en son temps. Il avait été forcé de vendre. Son fils était entré alors au service de son successeur, William-Michael Cantlie.

— N'empêche, insistait la mère Bellerose, que le seigneur Plessis avec son grand cœur...

— Trop bon cœur, mère Bellerose. S'il n'avait eu si bon cœur, je serais sans doute seigneur à mon tour. Plutôt que d'être le valet d'un Anglais.

— Les Anglais ont pris le pays. C'est normal qu'on ait un seigneur anglais, raisonna la mère Bellerose.

Le notaire Plessis commençait à trouver que la mère Bellerose finassait trop à son goût.

— Une seule chose est normale : c'est que les censitaires comme vous doivent verser leurs redevances. Vous avez deux ans de retard. L'échéance d'août sera la dernière.

Hyacinthe s'accrochait à son bout de bois devant le poêle. La tête lui faisait mal. Un Anglais bien mis s'y était installé et brandissait un bout de papier en répétant : « Il faut payer ou s'en aller. »

Il se leva, prit le manteau du notaire et se dirigea vers ce dernier. Il tenait le manteau à bout de bras pour que le notaire puisse l'enfiler facilement. Plessis était surpris.

— Elle a compris, dit Hyacinthe. Ce n'est pas la peine de répéter la même chose jusqu'à demain matin.

— Excusez-le, s'empressa de dire la mère Bellerose.

Le notaire s'efforçait de sourire dans sa petite barbe de bouc tout en gesticulant pour endosser son lourd pardessus. Au moment de partir, il se tourna vers Hyacinthe qui était retourné près du poêle.

— Dépêche-toi de sortir de ta saison morte, dit-il, si tu ne veux pas faire périr tous les tiens avec toi.

C'est le grand Nestor Beauchemin qui aperçut Bruno Bellerose le premier.

— Il est là. Derrière la touffe d'épinettes.

Les autres coururent dans cette direction. Ils étaient une quinzaine. Vaugeois était resté en arrière. C'était un homme gros et grand dans la quarantaine. Il avait une chemise à carreaux rouges et noirs, des bottes lacées, et il fumait une courte cigarette maladroitement roulée à la main, le fusil sur l'épaule. Avant même que Vaugeois les eût rejoints, les autres s'étaient mis à crier.

— Attends. On est venus te chercher.

Vaugeois comprit tout de suite ce qui se passait. Il se précipita vers le groupe :

— Courez pas après lui. Laissez-moi faire. Où c'est qu'il est ?

Ils désignèrent une petite clairière qui descendait doucement vers des profondeurs. Vaugeois prit le temps de rallumer sa cigarette et marcha tranquillement dans cette direction.

Le petit matin était en train de sortir des ténèbres. L'air était vif et bon. Vaugeois sifflait entre ses dents :

A la claire fontaine m'en allant promener
J'ai trouvé l'eau si belle...

Il s'assit sur le tronc d'une épinette fracassée et ralluma sa cigarette comme il devait le faire cent fois par jour. Bruno le regardait avec des yeux de lièvre poussé dans ses retranchements.

Le père Bellerose entra. Il lança comme à l'accoutumée : « Race de pape ! » en ôtant ses mitaines de cuir et en martelant le plancher pour secouer la neige de ses mocassins. Tout habillé, il paraissait plus gros qu'il n'était en réalité. Ses étoffes et ses lainages enlevés, il semblait frêle. Il passa la main sur ses maigres cheveux gris et fit un geste de la tête en direction de la porte.

— Le notaire sort d'ici ? Je l'ai croisé. Qu'est-ce qu'il voulait ?

La mère Bellerose était dans tous ses états.

— Rien. Il a parlé pour ne rien dire, puis il est reparti.

Le père Bellerose hocha la tête. Il tira sa pipe de sa poche et il alla s'asseoir devant la fenêtre du fleuve. Hyacinthe l'y rejoignit.

— Le notaire n'a pas parlé pour rien. Et je l'ai mis à la porte.

Le père Bellerose n'était pas certain d'avoir bien entendu. Il interrogea sa femme du regard.

— Hyacinthe l'a aidé à enfiler son manteau, précisa-t-elle.

Le père Bellerose était debout.

— Tu es fou ? Tu veux qu'il nous chasse ?

— Le notaire a bien pris la chose, assurait la mère Bellerose.

Le père Bellerose tourbillonnait dans son inquiétude. Il alla frapper sa pipe de plâtre sur la fonte du poêle pour la vider. Elle cassa net. Il se pencha pour soulever la trappe qui donnait accès à la cave de terre et y jeta ce qui restait de sa pipe.

— S'il veut, le notaire, il peut nous faire connaître le même sort. Et tu te permets de l'insulter !

Hyacinthe regardait tranquillement son père. Il tira sa propre pipe de la poche de ses hauts-de-chausses. Le tuyau en était presque rogné jusqu'au fourneau. Il l'examina longuement, puis dit :

— Il ne me laissait pas le choix. Il tourmentait ma mère.

Le père Bellerose n'en revenait pas. Il retourna prendre sa faction devant la fenêtre du fleuve. La mère Bellerose s'était mise à coudre, le nez sur son bout de tissu. Le silence lui-même s'entendait.

— Qu'est-ce que tu vas faire à présent ? finit par demander le père.

Hyacinthe ne répondit pas.

— Ta Flavie, elle est dans le charnier au cimetière. Ils vont l'enterrer au printemps. Mais toi ?

Hyacinthe était penché sur son bout de bois et il le polissait du pouce.

— Qui va bûcher ton bois ? Tes agrès vont geler dans ta cabane. On n'abandonne pas sa terre en plein hiver.

— Je n'ai plus de terre, dit sourdement Hyacinthe. Plus de cabane non plus.

— Qu'est-ce que tu dis ?

— Vous m'avez bien entendu.

— Alors, tu n'as plus rien ? Pas d'argent non plus ?

Hyacinthe fit signe que non. Le père Bellerose réfléchissait de toutes ses forces en se passant la main sur ses courts cheveux de laine folle.

— Tu vas défricher un autre lot ?

Hyacinthe faisait toujours signe que non.

— Je peux peut-être quelque chose pour toi, fit timidement le père Bellerose. Ce qu'il a dit, le notaire, c'est vrai. Deux ans qu'on n'a pas payé. Trois, au mois d'août. Il faut pas que le notaire empoche la terre que les Bellerose ont cultivée depuis les commencements. Tu vas m'aider.

Le père Bellerose était debout au milieu de la pièce. Il faisait de grands gestes pour bien se convaincre de ce qu'il disait.

— Toi, moi, tes frères, tous ensemble, on peut y arriver. Suffit de trimer d'un soleil à l'autre.

« Il faut payer ou s'en aller », ne cessait de répéter l'Anglais bien mis dans la tête d'Hyacinthe.

— Qu'est-ce que tu en dis ? demanda le père.

— Le pain que je mange, j'ai l'habitude de le gagner.

Le père Bellerose avait un petit frisson dans les épaules. Il fallait réussir. On le pouvait.

— Tes frères et moi, on coupe de la glace pour le compte du marchand Smith. Il lui en faut à l'auberge et au magasin général pour l'été prochain. Tout juste si on peut dire qu'il nous paye. Mais tu vas nous aider. Ça fera toujours ça de plus.

Hyacinthe ne dit rien, il retourna lentement à sa place près du poêle. L'enfant l'attendait là dans ses yeux, quand la porte s'ouvrit toute grande. Les frères Bellerose, Michel et André, entrèrent en soufflant de longs jets de vapeur.

— Sacrebleu, le père, dit André, qu'est-ce qui vous a pris de nous laisser sur la glace ?

Michel enchaîna pour atténuer la dureté des paroles de son frère :

— On vous a attendu. On était gelés comme des rats. Vos faiblesses vous ont repris ?

— Le notaire, répondit simplement le père Bellerose.

Les frères Bellerose avaient compris. Ils avaient fini de se dépouiller de leurs lourds vêtements d'hiver. En bretelles et en chaussettes, ils tirèrent chacun une chaise devant le poêle et se prirent mutuellement un pied dans les mains, le frictionnèrent le plus vite qu'ils pouvaient pour amener le sang à y circuler à nouveau.

— Arrête ! cria André.

Il se leva. Des aiguilles infimes lui transperçaient les pieds de toutes parts. Il sautillait en tournant en rond comme si le plancher avait été brûlant.

— J'en ai assez ! criait-il. Le marchand Smith profite de nous.

— Il serait pas marchand s'il agissait autrement, répondit le père Bellerose tout en continuant de regarder le fleuve. Mais il faut pas s'en faire. On travaillera plus fort. Hyacinthe aussi. Il reste. Il va nous aider.

André se tourna vers son frère.

— Tant mieux, dit-il. Je commençais à trouver que Monsieur faisait le grand seigneur avec sa peine au coin du feu.

Vaugeois prenait son temps. Il savait que, s'il se précipitait sur Bruno, celui-ci détalerait. Cela s'était vu plus d'une fois. Des équipes de sauveteurs, partis à la recherche d'un de leurs compagnons qui n'était pas rentré, avaient dû se résigner à le poursuivre pendant des heures après l'avoir retrouvé, tout simplement parce que le malheureux ne savait plus faire la différence entre le fruit de son imagination et ses vrais compagnons.

Vaugeois parlait tout seul à voix haute :

— Prends ton temps. On n'est pas pressés. Tu vas voir, le soleil va se lever. Tu me crois pas ? Regarde derrière toi.

Bruno tourna la tête comme un animal inquiet. Une promesse rose se dessinait au-dessus des épinettes.

— Quand tu te décideras, tu viendras me trouver. Si tu veux, t'allumeras ta pipe et on parlera. Je t'ai pas encore tout dit, tu sais.

Vaugeois tirait lentement Bruno à lui avec ses paroles.

— Regarde. Ils s'en vont.

Vaugeois faisait de grands signes aux autres pour qu'ils s'éloignent.

L'instant d'après Bruno pleurait, le nez dans la grosse chemise de Vaugeois, comme un enfant de quinze ans qu'il était.

L'hiver, cette année-là, se laissa entraîner dans un furieux rigodon qui dura jusqu'en avril. Après la glace, le bois. Les trois frères Bellerose partaient dans le petit matin frileux sur un traîneau plat tiré par un gros cheval. Ils naviguaient un moment dans les champs derrière la maison, puis le froid se refermait sur eux. Ils abattaient les plus gros arbres, des érables pour la plupart, qui avaient quelque déformation ou qu'on pouvait soupçonner de maladie : il fallait préserver les érables sains pour la saison des sucres qui venait.

Le soir, ils ramenaient à la maison une pleine cargaison de troncs ébranchés. Il fallait encore les hisser un à un sur de grands chevalets pour les couper en sections. Deux des frères tenaient chacun une poignée du long godendard et ils faisaient alternativement deux pas en avant, deux pas en arrière. Le troisième veillait à tout. C'était habituellement Hyacinthe.

Pendant ce temps, le père fendait des bûches à longueur de journée. Avec le talon de sa hache, il enfonçait un coin de fer dans le bois dur comme de la pierre. Parfois deux. Et la bûche éclatait dans un craquement sec. Il fallait se presser. L'action du froid sur le bois permettait de venir à bout de certaines bûches qu'il aurait été impossible d'entamer en d'autres temps de l'année. Et le tas de bois du prochain hiver s'élevait déjà dans la cour.

Puis vint le temps des sucres. Les corneilles étaient de retour. Il y avait encore de la neige dans les bois, mais elle était pourrie par en dessous. On croyait poser le pied sur une bonne couche franche, et on se retrouvait le pied dans l'eau. La glace se soulevait sur les rives du fleuve pendant le jour. La nuit, elle renfonçait. Le père Bellerose disait :

— Les sucres, c'est une manne qui tombe du ciel. Faut en profiter.

Les premiers temps, lui et ses fils André et Michel partaient le matin et revenaient du bois le soir, laissant à Hyacinthe le soin des vaches. Ils pratiquaient des entailles dans les érables avec un grand vilebrequin, enfonçaient un chalumeau de bois dans l'ouverture, accrochaient un petit seau là-dessous. Tous les érables de leur terre connurent ce sort.

Quand les érables se mirent à couler pour de bon, ils ne

revinrent plus à la maison pendant toute une semaine. Ils passaient leurs journées à recueillir la sève qui emplissait les seaux, et leurs nuits à faire bouillir cette sève dont l'eau s'évaporait jusqu'à ce qu'il ne reste plus qu'un sirop coloré au fond des grandes marmites. Il fallait faire vite. Les seaux débordaient. L'abri sous lequel ils officiaient était auréolé de vapeur.

La mère Bellerose allait leur porter à manger, à pied, en contournant les plaques de neige qui résistaient dans les champs. Elle leur disait les nouvelles :

— L'eau lève la glace sur le fleuve un peu plus tous les jours. Il y en a encore qui traversent aux Trois-Rivières en traîneau. Mais c'est les derniers.

Ou encore :

— Ça se fait par en dessous. On entend la glace gronder. Ça devrait pas tarder.

Cependant, le comportement d'Hyacinthe intéressait autant le père Bellerose que la débâcle qui venait. Il s'était d'abord réjoui d'avoir deux mains de plus à son service. Mais il s'était vite aperçu que le cœur n'y était pas. Le père était convaincu qu'Hyacinthe jugeait la partie perdue. Qu'il les aidait sans conviction. Et cela le blessait autant que si son fils avait refusé de faire sa part.

— L'autre, il t'aide au moins ? demandait le père.

— Il voit aux bêtes.

— Ça le tient pas occupé toute la journée. Qu'est-ce qu'il fait ?

La mère Bellerose dissimulait qu'elle et son fils passaient de longues heures de la journée en grande conversation dans la cuisine. Elle ne révélait pas que, la plupart du temps, Hyacinthe parlait d'iniquité, des redevances élevées que des gens comme le marchand Smith et le notaire Plessis devraient payer à la place des paysans, et de la terre dont il ne serait que justice que ceux qui la cultivent finissent par la posséder un jour.

— Il s'occupe, répondait la mère Bellerose. Il y a toujours quelque chose à faire.

Et elle s'en retournait bien vite à la maison pour ne pas avoir à affronter d'autres questions. Alors, le père et ses deux fils se remettaient à discourir interminablement en versant de pleines louches de sirop doré dans de grandes jarres de grès. Ils veillaient tour à tour les grandes marmites dans lesquelles l'eau s'évaporait en bouillant. Et il se trouvait toujours un des fils qui ne dormait pas pour attiser l'espérance du père :

— Les érables coulent bien cette année. On aura du sucre et du sirop en abondance.

— Pourvu que le marchand Smith nous en donne un bon prix !

— S'il veut pas payer, je le noie dans un baril de sirop ! menaçait André.

Le père Bellerose se permettait de sourire dans la pénombre.

Une nuit qu'ils regardaient tous les trois bouillir la sève, le père dit soudain :

— Écoutez. Entendez-vous ?

Les fils tendirent l'oreille. Il n'y avait qu'un grand vent fou dans la nuit.

— Ça c'est un vent de débâcle, mes enfants. Préparez-vous. On s'en va.

Bruno était assis sur son lit. Vaugeois était à ses côtés. C'était dans le camp six. Tous les hommes étaient partis. Vaugeois avait décidé de sacrifier sa journée.

Ils fumaient tous les deux. Bruno se taisait. Vaugeois parlait de temps en temps. Ses paroles ronronnaient dans la pénombre du camp. L'aube n'avait pas tenu ses promesses. Il neigerait avant le soir. C'était un jour lourd.

— T'en fais pas, disait Vaugeois. C'est arrivé à des hommes bien plus grands et bien plus gros que toi.

Et encore :

— C'est peut-être même ça qui fait grandir.

Il prenait le temps de rallumer sa courte cigarette entre chacune de ses paroles.

— Tu sais, ça fait déjà longtemps que j'ai pas mis les pieds dans une église. Il y a pas un curé dans tout le Canada qui s'attend à me confesser pendant le temps du Carême. Dieu, je sais pas ce que c'est. A force de me passer de bon Dieu, j'ai bien été obligé de me rabattre sur ce qu'il y avait dans le cœur des hommes. Ça m'a forcé à m'apercevoir qu'il y avait là-dedans toute la misère mais aussi toute la beauté du monde.

— J'ai su tout de suite en te voyant à qui j'avais affaire, dit encore Vaugeois en roulant une cigarette entre ses gros doigts. Les petits gars de ton âge, qui décident de monter aux chantiers, c'est pas n'importe qui. C'est pas comme les grands flancs-mous de vingt ans qui nous arrivent avec leur peine d'amour et leur cruche de vin sous le bras. Non, vous, c'est pas pareil. Il faut que vous ayez quelque chose de plus que les autres dans le cœur pour vous décider à laisser vos père et mère à un âge où on dit encore le chapelet à genoux en famille le soir après souper.

Vaugeois avait sa cigarette entre les lèvres, et la fumée qui en montait le forçait à plisser les yeux.

— Non, ajouta-t-il, toi, c'est pas pareil. Je vais te le dire, moi, ce que tu cherches. Tu veux forcer la vie à être autrement qu'elle est. Et tu as bougrement raison. Ici, on se bat tous les jours avec l'essentiel. T'as vu comme ça pouvait être difficile la nuit passée.

Il se leva en rentrant la tête dans les épaules pour ne pas se cogner au montant du lit superposé à celui de Bruno.

— A présent, tu vas aller voir Gingras puisque tu me dis qu'il t'a fait demander. Après, tu te coucheras le reste de la journée. Pas pour oublier : pour digérer ce qui t'est arrivé.

Ça se faisait dans la nuit. On ne pouvait pas le voir mais on l'entendait. C'était un fracas d'enfer. Les blocs de glace se heurtaient, se rongeaient mutuellement. Des banquises larges comme le fleuve se mettaient en marche. Ces radeaux démesurés écrasaient tout sur leur passage. Mais les blocs de glace qui se trouvaient coincés sous cette carapace s'alliaient et résistaient. A la fin, la banquise chevauchait un barrage dur et compact comme les chaussées de pierre qu'on aménage en travers des rivières pour en faire dévier le cours sous la roue des moulins. Tout s'immobilisait.

Alors, on n'entendait plus rien. Et ceux qui connaissaient vraiment le fleuve s'arc-boutaient le dos et serraient les poings dans leurs poches car ils savaient que la bataille qui venait de commencer serait bien plus rude que celle qui finissait.

C'était le combat de l'eau pour sa survie. Dans la situation présente, l'eau se heurtait à un barrage. Et il en venait toujours, de l'eau. Un murmure montait. Puis un grondement. Avec parfois des coups sourds. Les vieux disaient : « L'eau appelle l'eau. »

Il fallait savoir pour comprendre. Quelque part, au milieu du Bas-Canada, à peu près en face des Trois-Rivières, le cours de l'eau était bloqué. Une formidable pression s'exerçait sur la barrière de glace. Rien de ce qui aurait pu être érigé par les hommes n'aurait pu y résister. Mais l'embâcle naturel tenait bon. Il fallait dire aussi que l'amoncellement des glaces jusqu'au fond du fleuve s'étendait sur toute sa largeur, sur une demi-lieue de distance. Et cela pouvait durer des jours.

Alors, l'eau se mettait à bouillonner en amont de l'embâcle. La nuit s'emplissait de gargouillements. Les riverains du fleuve savaient ce qu'il fallait faire dans ces circonstances. Tout avait été répété maintes et maintes fois.

Le père Bellerose fit signe à ses fils qui se hâtèrent vers la maison, lanterne au poing. La mère Bellerose avait tout préparé. La trappe du haut de l'escalier qui donnait sur l'étage était ouverte. Deux lampes emplissaient la chambre principale d'ombres remuantes. Déjà, les chaises de la cuisine étaient montées. Le petit Irlandais transportait des piles d'assiettes. Le père Bellerose et ses fils soulevèrent la grande armoire. Puis le lit-cabane fut démonté prestement.

— Dépêchez-vous, répétait le père Bellerose entre ses dents.

Des ombres empressées se déformaient sur les murs et dans l'escalier. Hyacinthe courut dehors.

— On a encore le temps.

— Qu'est-ce que tu connais à ça ? demandait le père Bellerose.

Hyacinthe ne répondit pas. Il aida ses frères à emporter leur grabat à l'étage ainsi que les seaux d'eau potable. Le père Bellerose avait ouvert la trappe du plancher qui donnait sur la cave de terre. Il plongea un fanal dans les ténèbres comme un marin inspecte le fond de la cale d'un navire. Il cria :

— Ho donc ! vous autres. Il y a une voie d'eau dans la cave.

Toute la famille se précipita. Il fallut faire la chaîne en se passant les sacs, les poches, les barils, les pots et les seaux. Tout ce que la cave recelait de victuailles fut monté à l'étage. Quand il fut à peu près assuré que tout parviendrait à temps en lieu sûr, le père dépêcha Hyacinthe à l'étable.

— Les bêtes. Vite.

Une par une, Hyacinthe sortit les six vaches de l'étable. Les bêtes avançaient dans la nuit sur leurs sabots mal assurés en poussant des meuglements de détresse. Il fallait les entraîner sur le pont étroit qui menait à l'étage de la grange où une étable temporaire avait été installée depuis quelques jours. Faire de même pour les vingt poules caquetantes dans une poche. Les deux cochons lui donnèrent du mal. Un des deux sauta en bas du pont et se tordit une patte. Hyacinthe dut le monter dans ses bras.

Entre-temps, le père Bellerose, la mère Bellerose, André, Michel et même le petit Irlandais transportaient des brassées de bois. Quand le père Bellerose jugea qu'il y en avait une provision suffisante pour tenir un siège d'un mois, il ordonna à André d'aller mettre en marche le petit poêle d'en haut, et il sortit sur le pas de la porte avec son fanal.

Hyacinthe revenait de l'étable en barque. C'était une courte embarcation à fond plat dont les deux bouts carrés retroussaient abruptement.

— Il était temps, dit Hyacinthe. Il y a de l'eau sur le plancher de l'étable. J'ai monté tout le grain. Mais j'ai pas pu sauver toute la paille.

— Je le savais, répondit le père Bellerose, je le savais qu'on pouvait pas compter sur toi.

Hyacinthe regarda son père dans les yeux. Celui-ci finit par baisser la tête.

La maison s'élevait sur une butte. Il n'y avait pas encore d'eau jusque-là. Hyacinthe tira la barque sur la terre jusqu'au pied du remblai qui renchaussait les fondations. Il s'assura que le câble de l'embarcation était bien attaché, puis il leva la tête et fit « Ho ! » dans la nuit. La fenêtre de l'étage s'ouvrit. Hyacinthe lança le câble à son frère André qui l'amarra à un gros anneau de fer scellé dans le mur.

En haut, régnait un fouillis indescriptible. L'enfant irlandais était assis au milieu de la pièce sur une pile de poches de pommes de terre et d'oignons. Le petit poêle bas, qui n'avait pas chauffé depuis près d'un an, tirait mal et fumait. André s'énervait :

— Sacrebleu ! Tu vas chauffer !

— Laisse-lui le temps de s'accoutumer, dit le père Bellerose. Il est comme tous nous autres.

— C'est toute une embardée, dit la mère Bellerose. Mais ça fait rien. Je suis contente. Le printemps est arrivé.

Elle regarda son fils Hyacinthe. Celui-ci lui sourit. C'était la première fois qu'il souriait depuis son retour.

Gingras était dans son bureau. Il n'y avait pas d'air. Rien que de la fumée de pipe. Gingras avait posé les deux pieds sur la bavette de son poêle Lyndsay. Sa chemise à carreaux jaunes et noirs éclairait toute la pièce. Il tourna la tête avec difficulté comme si son gros cou était fixe. Bruno le regardait, les oreillettes de son casque pendantes.

— Tu peux pas venir quand on t'appelle ? fit Gingras. Je t'ai fait demander hier soir et c'est à matin que tu te montres ?

— Je me suis perdu.

— Sais-tu que j'ai quinze hommes qui ont passé deux grosses heures à te chercher ?

— J'aurais fini par retrouver mon chemin tout seul.

Gingras n'était pas fâché de cette réponse. Il se tourna franchement vers Bruno pour voir comment il réagirait à ce qu'il allait dire.

— Chez vous te font demander.

Seules les oreillettes de poil de lapin bougèrent imperceptiblement.

— Ils vous ont rien dit ?

— Le gars qui a fait la commission en a pas dit plus.

Bruno avait des épaules de vieillard. Gingras faisait semblant de ne pas s'en apercevoir.

— J'ai un camion qui part à onze heures. Mais tu ferais mieux de dormir. Il y a un autre camion dans deux jours.

— J'aime mieux m'en aller tout de suite.

— Comme tu voudras, dit Gingras en mordant le tuyau de sa pipe pour écraser un sourire moqueur. Viens par ici. Il faut qu'on fasse nos comptes si tu veux être payé.

Il ouvrit un cahier d'écolier à la page marquée « Bruno Bellerose ».

— Bon. T'es arrivé le 27 août. T'as commencé à travailler le lendemain. 28, 29, 30. Le 31, c'est un dimanche. Ça te fait trois jours dans le mois d'août. Mettons-les de côté.

Il écorna la feuille du calendrier en voulant la tourner trop vite avec son pouce.

— Il y a trente jours dans le mois de septembre. T'as fait ton mois. C'est correct. Huit piastres.

Il inscrivit : Septembre, 8 piastres.

— Octobre, c'est pareil. Huit piastres. On est le 18 de novembre. Un mardi. Sans compter les dimanches, t'as travaillé quatorze jours dans le mois. C'est un mois de trente jours. Ça fait que t'as travaillé les quatorze-trentièmes du mois. Donc je te dois les quatorze-trentièmes de ton huit piastres pour le mois de novembre. Tu me suis ? Je vais pas trop vite ?

Bruno fit non de la tête. Gingras s'absorbait dans ses calculs. De temps en temps, il passait la mine de son crayon sur sa langue.

— Quatorze multiplié par huit divisé par trente, ça fait trois piastres et soixante-treize. Veux-tu faire le calcul ?

— Non, dit Bruno. Je vous fais confiance.

— Bon. On a dit huit piastres en septembre, huit piastres en octobre, trois piastres et soixante-treize en novembre. Ça fait... seize plus trois dix-neuf et soixante-treize. C'est bien ça ?

Il leva encore une fois la tête vers Bruno.

— Je vais faire une affaire avec toi. T'oublies les trois jours que t'as travaillé au mois d'août et on parle pas des heures que mes hommes ont perdues à te chercher à matin. Et je te compte pas ton transport jusqu'au relais non plus. Qu'est-ce que tu dis de ça ?

Bruno acquiesça volontiers. Gingras tourna les pages de son cahier jusqu'à la section vierge de la fin. Il arracha une page et il inscrivit dessus : Dû à Bruno Bellerose dix-neuf piastres et soixante-treize. Signé Wellie Gingras foreman.

Il tendit le bout de papier à Bruno qui le mit promptement dans sa poche. Gingras avait fait basculer sa chaise sur ses deux pattes de derrière.

— Tu peux t'en aller à présent. Si jamais t'as envie de remonter aux chantiers, on est toujours prêts à te reprendre. Bonne chance.

Au matin, on constata qu'il y avait de l'eau à hauteur de la ceinture d'un homme dans la cuisine.

— Le coup d'eau est pas encore tout donné, fit remarquer le père Bellerose. Ça va monter encore aujourd'hui.

Il avait repris son quart de veille à la lucarne. De temps en temps, il disait : « Race de pape ! » et il se frottait le menton avec sa main. C'était tout. Ses fils étaient revenus de l'étable en barque. Il n'y avait rien d'autre à faire que de prendre son mal en patience, de passer le plus clair de son temps à somnoler sur son grabat ou dans le lit-cabane.

Une après-midi, la mère Bellerose constata qu'Hyacinthe et l'enfant n'étaient plus là et que la barque était partie.

Il faisait un temps superbe. L'air était riche et épais. Il y avait déjà quelques mouches. On pouvait se demander comment elles résistaient au froid de la nuit. Les corneilles craillaient pour donner du relief aux branches des arbres. Hyacinthe était debout à l'arrière de la barque qu'il manœuvrait avec une longue perche. En chemise sous le soleil, les cheveux dans le visage.

L'enfant était couché sur le dos au fond de l'embarcation. Il s'amusait à regarder le monde à l'envers. Les branches sèches des arbres étaient des racines qui s'enfonçaient dans l'air bleu. Elles se nourrissaient de lumière.

Le tronc des arbres surgissait de l'eau, et parfois la barque effleurait des hauts-fonds qui n'étaient rien d'autre que la tête des piquets des clôtures. Hyacinthe allait partout avec aisance. D'une simple poussée de la perche, la barque pénétrait entre des touffes de branches emmêlées. Il fallait ici et là se coucher complètement pour accéder à des baies abritées et se laisser dériver paresseusement jusqu'à ce que la nonchalance de l'eau ait immobilisé l'embarcation contre le tronc d'un arbre qui lui grattait le flanc en grinçant.

Hyacinthe s'allongea à son tour au fond de la barque. C'était humide mais chaud. Il mit ses deux mains derrière sa tête et ferma les yeux. L'intérieur de ses paupières était rouge. Il respira profondément. Le sang circulait généreusement dans tout son corps. Il se mouilla les lèvres avec sa langue. Il se laissa flotter un peu, puis il se mit à descendre dans ses profondeurs.

A son grand étonnement, il n'y rencontra pas les images habituelles. Il était traversé par des pans entiers de son enfance : des chants de messes de minuit, de longues après-midi sur la plage devant la maison de ses parents, des hérons effrayés et un butor taciturne…

Il descendit encore plus creux. Il n'y avait plus d'images. Rien que des sensations. Une chaleur d'abord. Le murmure du vent dans les branches de l'été, le bourdonnement d'un insecte, les lambeaux d'une parole : « … deux petits pots de beurre… », puis son nom, Hyacinthe, un soupir. Il s'endormit.

Quand il s'éveilla, l'enfant lui secouait l'épaule.

— Papa. Papa. Regarde.

Hyacinthe se releva sur ses coudes. Laissée à elle-même la barque avait fini par trouver moyen de sortir de la baie dans laquelle il l'avait laissée, et elle avait dérivé au large des champs jusqu'à une butte de terre qui formait maintenant un îlot désolé. Et, sur cet îlot, un petit chien noir les regardait en agitant la queue. Hyacinthe aborda et descendit. Le chien fit quelques pas en arrière, mais il continuait de faire des invitations avec la queue.

Quand il revint à la maison, Hyacinthe avait un petit chien noir dans les bras. Le poil ras, le museau humide et les yeux inquiets.

— Un chien ! s'exclama le père Bellerose. Race de pape ! A quoi veux-tu que ça serve ?

Mais la mère Bellerose s'empressait auprès de l'animal éploré.

— On va le garder le temps de l'inondation. On le laissera aller après.

Mais le père n'était pas content.

— Qu'est-ce que t'avais d'affaire à partir toute l'après-midi avec la barque ? Pensais-tu qu'on s'en irait d'ici à la nage ?

— Pour aller où ? demanda simplement la mère Bellerose.

— Au bâtiment. Voir aux bêtes.

— Le soleil n'est même pas encore couché.

Le père Bellerose retourna d'ailleurs dans l'enfoncement de sa lucarne. Mais la mère Bellerose sentait des bouffées de chaleur lui monter au cœur. A quatre pattes sur le plancher, Hyacinthe donnait des caresses bourrues au chien qui commençait à se dégourdir et à lui mordiller le bout des doigts.

Bruno entra dans le camp six pour prendre ses affaires. Il y faisait presque nuit. La seule fenêtre était obscurcie par une couchette supplémentaire qu'on avait montée juste devant, et la paillasse du haut l'obstruait à peu près complètement.

Bruno retira le globe de la lampe, releva la mèche et l'alluma. Les murs, qui étaient faits de troncs d'arbres posés horizontalement les uns sur les autres, se resserrèrent. Bruno plia soigneusement sa couverture de laine grise au fond de son sac. Il mit aussi dans son sac les deux chemises, les quatre paires de chaussettes, les trois caleçons longs, le peigne et le petit livre de prières.

— Où tu vas comme ça, petit gars ?

C'était François Galipeau, couché trois lits plus loin. Bruno referma promptement ses deux mains sur le cou de son sac.

— Chez nous me font demander.

— C'est grave ?

— Je sais pas.

Un moment de silence, puis Bruno finit par poser la question :

— T'étais là tout à l'heure ?

— Quand t'as parlé avec Vaugeois ? Oui. Mais t'en fais pas, je dirai rien à personne.

Bruno avait déjà la main tendue derrière le globe de la lampe pour recevoir son souffle.

— Laisse allumé un peu, dit Galipeau. Me semble qu'un homme est moins malade quand il fait clair.

Bruno sortit, le dos rond, sur la pointe des pieds.

Le printemps survint tout de suite après l'inondation. La terre était impatiente. L'eau l'avait mise en appétit. Le soleil la gagna sans peine. Le plus petit arbuste faisait éclater des bourgeons gros comme le pouce.

Au Canada, le printemps débouche sans transition sur l'été. Chez les Bellerose, on avait laissé les lits à l'étage pour la belle saison comme chaque année.

— Le cœur me vole rien qu'à penser qu'on a recommencé à coucher en haut, disait la mère Bellerose.

Mais le père Bellerose s'enfonçait toute la journée dans sa morosité. Il avait une seule préoccupation : l'échéance d'août. Il s'en ouvrait à sa femme le soir, dans le lit-cabane, dont on ne fermait plus les tentures maintenant.

Un matin, il annonça d'une voix énergique qu'on allait faire une ultime tentative pour amasser le pécule qu'il faudrait avoir en main pour affronter le seigneur et son chargé d'affaires.

— On ira vendre notre bois au marchand Smith pour qu'il en fasse de la potasse.

— Avec quoi on se chauffera l'hiver prochain ? avait demandé André.

— Avec du bois qu'on ira couper de bonne heure cet automne, avait répondu le père.

— Du bois vert ! Sacrebleu !

— Vaut mieux du bois vert que pas de bois du tout.

Les trois frères Bellerose firent comme le père avait dit. Ils chargèrent une pleine voiture de leur meilleur bois et ils s'en allèrent vers le Port Saint-François.

La fabrique de potasse du marchand Smith n'était qu'une installation en plein air, près du quai, à proximité du hangar à glace. Cela se résumait en une quinzaine de chaudrons énormes dans lesquels on faisait bouillir de l'eau mêlée à la cendre même qui provenait des feux qu'on allumait dessous.

Partout où la British American Land avait un agent au Canada, comme c'était le cas au Port Saint-François, elle imposait qu'on fabrique chaque année une certaine quantité de potasse.

Les frères Bellerose arrivèrent au Port Saint-François par une chaude matinée de juin. Une activité intense y régnait. Des hommes partout, des charrois, des chevaux. André Bellerose avait arrêté le cheval près de l'endroit où on déchargeait les bûches. Michel et Hyacinthe, après avoir craché dans leurs mains, s'apprêtaient à faire leur besogne quand un cri leur fit lever la tête :

— Attendez. On ne décharge pas sans s'être entendus sur le prix.

Le marchand Smith venait vers eux du pas d'un homme outragé.

André alla à sa rencontre :

— Qu'est-ce qu'il y a ? C'est le même prix que d'habitude, non ?

Smith jouait avec sa badine. Il s'en donnait de petits coups secs dans la paume de la main.

— J'ai du bois qui me coûte moins cher que le vôtre.

Smith tourna la tête en arrière, et les frères Bellerose regardèrent dans cette direction : quatre grands Irlandais roux étaient en train de décharger des voitures de bois.

— Les traîtres ! grommela André.

Les Irlandais étaient ni plus ni moins les esclaves de la British American Land : elle les envoyait dans la colonie sur ses propres bateaux et exigeait d'eux qu'ils se mettent à la disposition de ses agents dans ses différents postes avant de leur concéder des parcelles à défricher dans les Bois-Francs que la société possédait maintenant presque en entier.

— Deux guinées, dit Smith. C'est à prendre ou à laisser.

— Alors, on laisse, dit Hyacinthe qui s'était approché.

Le marchand Smith n'en revenait pas. Michel se précipita sur Hyacinthe :

— Pense au mois d'août.

— On ne pourra pas payer de toute façon.

Mais Michel n'avait pas perdu espoir. Il écarta Hyacinthe et il se mit à courir vers le marchand Smith qui s'éloignait.

— Monsieur Smith.

L'autre s'arrêta mais ne se retourna pas. Il attendit que le fils Bellerose soit venu se placer devant lui.

— C'est pas juste, dit Michel, mais on prendra ce que vous nous donnerez.

Smith laissa monter sur sa figure un grand sourire narquois.

— Toi, tu es beaucoup plus raisonnable que ton frère. Marché conclu.

Il se tourna vers la voiture des Bellerose juste à temps pour voir qu'André venait de cracher dans sa direction. Hyacinthe, lui, s'en allait tranquillement, les mains dans les poches.

Le collet relevé, Bruno grelottait. Les mains dans le dos, il pelait l'écorce du mur. Toute l'amertume de sa nuit passée en forêt faisait surface maintenant.

Il lui fallait deux fois plus d'air que d'habitude pour respirer. Un goût de tabac froid lui remontait dans la bouche. Il avait envie de vomir.

Sa tête était vaste et sonore. Chacun des bruits qu'il entendait s'y déformait. Le pépiement d'un moineau d'automne avait la gravité d'un harmonium. Puis elle était lourde aussi, sa tête. Il essayait de ne pas la bouger. Quand il le fallait, cela entraînait des vagues d'étourdissements qui le laissaient pantelant.

Il n'avait pas faim mais il se dit qu'il ne supporterait pas le voyage en camion s'il ne mangeait pas. Il alla vers la cuisine. Sa poche était lourde comme si elle eût été pleine de roches.

La mère Bellerose était dans son jardin. Le petit Irlandais courait dans les allées. Elle leva la tête. Une grosse charrette chargée de foin entrait dans la cour. Le père Bellerose était juché dessus, et son chapeau de paille avait la couleur de son foin. Il sauta en bas de sa charge et, tenant le cheval par la bride, il entreprit de tourner la voiture pour la faire entrer à reculons dans la grange. La bête ne voulait pas obéir. Le petit Irlandais courait autour.

— Race d'Irlandais, dit le père Bellerose.

Sa mauvaise humeur ne fut pas atténuée par l'arrivée de ses fils Michel et André. Ce dernier vint se placer droit devant son père et lui débita le discours qu'il avait mûri pendant le voyage de retour du Port Saint-François.

— On n'en verra pas le bout ! Défricher, labourer, semer, faucher, porter le bois, voir aux bêtes, on n'en verra pas le bout ! C'est Hyacinthe qui a raison.

— Où est-il celui-là ?

— Le marchand Smith a encore baissé les prix. Hyacinthe voulait qu'on s'en revienne avec notre bois. Michel m'a convaincu qu'il fallait prendre ce que Smith nous offrait. Hyacinthe est parti. On ne l'a pas revu.

Le père Bellerose jeta son chapeau de paille à terre. Pour peu, il aurait frappé quelqu'un. Il cherchait à se défaire de la colère qui gonflait en lui. Il commença par donner un coup de poing au cheval. Il écarta brusquement le petit Irlandais qui s'était trop approché. Il ne répondit rien à sa femme qui lui suggérait de manger d'abord et de décharger ensuite. La mère Bellerose entraîna ses deux fils dans la maison. Le petit Irlandais aussi bien entendu.

— Faudrait qu'on aille l'aider, disait Michel.

— Laissez-le seul, répétait la mère Bellerose.

Le père déchargea son foin en moins de temps qu'il ne fallait normalement à trois hommes. Quand il entra dans la cuisine, il était rouge et couvert de sueur. Il s'assit sans un mot au bout de la table et se mit à couper le pain, ce qui était sa fonction privilégiée. Le petit Irlandais avait faim. Il lorgnait le pain mais il n'osait mettre la main dessus. On se mit à manger. La place d'Hyacinthe était vide. La mère servit l'enfant. Le silence était lourd. Soudain, des pas sur le perron. Hyacinthe se tenait dans l'embrasure de la porte. Le père ne se retourna pas.

— Viens, Tim, dit Hyacinthe.

La mère s'empressa vers son fils.

— Tu vois pas qu'il a pas fini de manger ?

— Ce qu'il mange, aujourd'hui, je ne l'ai pas gagné, répondit Hyacinthe.

— Tu le gagneras demain.

— Ni demain ni le jour d'ensuite. Je m'en vais.

Le père Bellerose se leva d'un coup. Il regardait droit devant lui, les poings sur la table.

— C'est vrai ce que m'ont dit tes frères ?

— C'est vrai.

— Tu es contre nous à présent ?

— Au contraire. C'est vous qui travaillez contre vous. Vous suez sang et eau d'un soleil à l'autre. Et pour qui ? Pour des gens qui prennent tout et ne donnent rien.

— Tu le sais, toi, ce qu'il faut faire ?

— Non. Mais je ne peux plus me taire. Vaut mieux que je m'en aille. Comme ça, ils ne pourront pas s'en prendre à vous à cause de moi. Viens, Tim.

L'enfant ne savait pas ce qu'il fallait faire. La mère Bellerose alla lui saisir la main et l'amena à son père. Elle avait envie de pleurer mais se retenait de toutes ses forces.

— Tâche surtout, dit-elle, de ne pas te mettre dans l'embarras. Et veille bien sur le petit. Il a déjà assez couché dehors comme ça.

Hyacinthe posa la main sur l'épaule de sa mère. Il la regarda dans les yeux et il sortit en poussant l'enfant devant lui.

Quand Hyacinthe fut parti, le père Bellerose se rassit, blême.

— Dépêchez-vous de manger, dit-il à ses fils. La journée va être longue.

Bruno était entré dans la cuisine du camp. C'était une caverne d'odeurs. On s'y soûlait rien qu'en respirant. Il pouvait être dix heures. Bruno resta près de la porte. Le cuisinier ne s'aperçut pas tout de suite qu'il était là.

C'était un dénommé Jean Millette des Trois-Rivières. Plutôt petit, rond de visage, chauve et de fort belle humeur. Il portait comme tous les autres bûcherons des bottes lacées, de grosses culottes d'étoffe et une chemise de flanelle soyeuse à tout petits carreaux bleus, gris, mauves et noirs comme Bruno avait toujours rêvé d'en posséder une. Mais il avait aussi un grand tablier blanc dont il tirait son autorité. Bruno n'osait le déranger.

Le cuisinier finissait d'emplir son cuiseur. C'était un appareil maniable et léger qui s'ajustait sur un poêle de fonte ordinaire des Forges de Saint-Maurice. Un escalier de tôle à six marches sur lequel vous pouviez déposer deux douzaines de tartes pour les faire cuire en même temps. Millette répétait l'opération au moins trois fois par jour. Il turlutait, les mains pleines de farine. Il leva la tête et aperçut Bruno près de la porte.

— Qu'est-ce que tu fais là, toi ?

— J'ai pas mangé à matin.

— Approche. Ti-Jean Millette a jamais laissé un homme mourir de faim.

Hyacinthe retourna une fois à la maison de son père. Rassurer sa mère et prendre quelques affaires indispensables, dont sa poche de loup.

Avec l'enfant il s'était progressivement approché du Port Saint-François. Comme le font les loups quand l'hiver est rude. Ils avaient vécu d'expédients depuis une semaine, couchant dans les granges et dérobant des œufs à l'occasion dans les poulaillers. Des œufs qu'ils gobaient crus en se regardant faire la grimace.

Au village, les prétendus sages du magasin général, le père Mathias, un gros vieux à veste de laine et Jérôme, un grand avec des oreilles, poursuivaient en compagnie de Jean-Gilles Gervais, le tenancier de l'établissement, des palabres qui pouvaient durer des semaines sur le comportement d'Hyacinthe et les raisons de sa conduite. En ne lésinant pas sur le jus de pipe et les crachats dans des crachoirs disposés autour du poêle chargé de marchandises parce qu'on était en été. En sortant sur la galerie par les belles après-midi pour prendre l'avis des passants. Et, bien entendu, tout le village du Port Saint-François et la campagne environnante en faisaient autant. Il en ressortait qu'Hyacinthe était vu comme un héros par les uns et comme un misérable par les autres. Il faisait l'unanimité sur un seul point : ce n'était pas un homme comme les autres.

Pendant ce temps, Hyacinthe et son enfant pêchaient sur le quai du Port Saint-François.

Ce quai était un ouvrage impressionnant que la British American Land avait fait édifier deux ans plus tôt. Des troncs d'arbres entiers avaient été enfoncés dans le sable, la glaise de la berge et dans l'eau jusque loin au large. Puis, tous les paysans des environs s'étaient fait un petit surplus en venant déverser là les roches qu'ils avaient arrachées à leur terre et le sable de leurs coteaux. Une couche de terre stabilisatrice avait été posée là-dessus et les roues des charrettes avaient fait le reste. Les bateaux de la British American Land y déversaient maintenant de pleines cargaisons d'Irlandais. Car la route, qui contournait l'église du Port Saint-François, menait droit à la frontière des Bois-Francs. Et les mêmes bateaux retournaient en Angleterre chargés de potasse et de bois des meilleures essences du Canada, notamment le chêne et le pin, ceux-ci étant très recherchés en Angleterre pour la construction des navires.

Hyacinthe et l'enfant profitaient du chaud soleil de midi tout en regardant leur ligne plonger dans l'eau, quand trois personnages incrongrus débouchèrent au bout du quai.

Le plus vieux des trois marchait devant. Et ce n'était pas peu de chose. Vêtu comme un seigneur déchu : redingote mitée et souliers pointus. Arborant un invraisemblable haut-de-forme violet, il mimait avec ostentation les manières les plus aristocratiques qu'il ait été donné de connaître au Bas-Canada, et son langage était fleuri comme les bouquets qu'on dépose dans le chœur des églises. On ne lui connaissait pas d'autre nom que Mister. Et il n'était pas peu significatif que le surnom de cet être énigmatique fût prononcé à la française : Mystère.

Les deux autres étaient à l'avenant. Mister avait la dignité de ses courts cheveux blancs et frisés. Phège avait l'incongruité d'une vieillesse prématurée : le pas hésitant et le geste imprécis. Cette propension à la sénilité, il la tirait du cruchon qui ne le quittait jamais. Pas plus que son grand capot d'hiver à col de fourrure râpé.

Le plus jeune des trois se prénommait Jacquot. Long et mince avec un toupet de cheveux devant les yeux. Des manières de papillon que Mister s'efforçait sans cesse de corriger. Phège lui enseignait l'usage du cruchon. En échange, Jacquot leur faisait de la musique avec sa flûte. Les trois s'étaient approchés d'Hyacinthe et de l'enfant.

— Le marchand Smith n'apprécie guère qu'on pêche sur son quai, dit Mister.

Hyacinthe ne répondit pas.

— Quant à moi, poursuivit Mister, vous pouvez rester. Je suis bien d'avis que le fleuve est à tout le monde.

Jean Millette avait bourré Bruno de crêpes et de fèves au lard. Le tout copieusement arrosé de sirop d'érable, bien entendu, et puis du thé.

Bruno était si comblé qu'il eut du mal à allumer sa pipe. Il restait là au bout du banc à regarder Millette retirer ses tartes du cuiseur.

— T'en veux pas un bon morceau ? demanda le cuisinier.

— Je serais pas capable d'avaler une seule autre bouchée.

— Dans ce cas, c'est que j'ai bien fait mon ouvrage.

Bruno luttait de toutes ses forces pour ne pas fermer les yeux. Une bonne lourdeur lui emplissait tout le corps. Rien que d'étirer les jambes sous la table lui procurait une sensation de profonde béatitude.

— J'ai entendu dire que tu t'étais perdu la nuit passée ? demanda Millette.

— J'ai fait ce qu'il fallait faire. J'ai décidé d'attendre plutôt que de tourner en rond.

— Pauvre petit gars, dit Millette en riant d'un bon rire franc de cuisinier. Comme si tout le monde faisait pas rien que ça : tourner en rond ! Comme ça, tu redescends ?

Bruno fit signe que oui malgré son engourdissement.

— Tu regarderas comme il faut autour de toi, poursuivit Millette. Tu vas voir. Ça en a pas l'air mais tout le monde tourne en rond. Tout le temps. Peut-être bien que moi non plus je fais pas mieux dans ma cuisine, ajouta-t-il en riant.

Il leva les yeux. Bruno s'était endormi la tête posée sur ses bras au bout de la table.

Mister avait beau tirer de son répertoire les pantomimes les plus comiques, ni Hyacinthe ni l'enfant ne semblaient y trouver quoi que ce soit de drôle. Le vieil homme s'était même permis d'investir l'enfant de l'ordre du haut-de-forme violet en lui déposant l'objet en question sur la tête, mais le petit l'avait jeté par terre avec un air de dégoût. Mister était apparemment à bout de ressources. Il se tourna vers Jacquot :

— Viens donc par ici, Jacquot. Il y a deux cœurs à réchauffer, me semble-t-il.

Et Jacquot s'était mis à jouer de la flûte. Un air triste qu'il voulait entraînant. Cela ne déridait pas davantage l'enfant. Mais Mister ne se tenait pas pour battu. Il s'inclina devant le petit :

— Si Monsieur veut bien m'accorder cette danse...

Il n'attendit pas sa réponse pour lui prendre les deux mains et l'entraîner dans une ronde. Hyacinthe souriait. L'enfant finit par en faire autant. Phège s'approcha alors d'Hyacinthe et lui tendit son cruchon.

— Bois pendant qu'il en reste.

C'était âcre et fort mais Hyacinthe se força à boire.

L'enfant riait maintenant à toute volée, et Mister en faisait autant. Jacquot, lui, avait du mal à jouer. Parfois, de grandes bouffées de rire lui échappaient et sa flûte protestait d'une voix aiguë. Mister avait eu raison. La flûte de Jacquot leur avait réchauffé le cœur.

Soudain, Phège se mit à crier comme s'il venait de voir apparaître le diable en personne :

— Le marchand Smith ! Attention ! V'là le marchand Smith !

Trop tard pour déguerpir. La prudence la plus élémentaire impliquait toutefois qu'on se retire dans le coin le plus éloigné du quai et qu'on ne fasse rien pour attirer l'attention. Hyacinthe ne voulait pas se rendre à leurs exhortations. Il continua de pêcher. L'enfant se remit à en faire autant à ses côtés.

Le marchand Smith était debout à l'avant d'une grande voiture plate qu'un cheval entraînait sur le quai d'un bon pas. Deux des Irlandais que Smith employait à couper du bois pour la potasse étaient assis sous leur casquette à l'arrière de la voiture et laissaient pendre leurs jambes dans le vide.

Le marchand Smith avait des cheveux bruns qui frisaient pour son plus grand désespoir. Il estimait que cela enlevait quelque chose à son autorité. Il compensait cet handicap en forçant sa voix à descendre une octave plus bas que nature et en arborant des bottes de cheval de cuir fin ainsi qu'une badine. Arrivé au bout du quai, il se tourna vers les deux Irlandais qui venaient de sauter de la voiture :

— Vous en êtes bien sûrs ?

— La marque est dessus, dit l'un des Irlandais.

Il précéda son patron jusqu'à la pile de madriers sur lesquels Hyacinthe et l'enfant s'appuyaient pour pêcher. Le plus grand des Irlandais se pencha.

— Regardez.

Sur le bout de chaque madrier était étampé un « H » dans un cercle.

— C'est bien ça, dit Smith. C'est la marque d'Hubert.

Alors il prit un des madriers dans ses mains, fit signe à un de ses Irlandais d'en faire autant et à eux deux ils le balancèrent dans le fleuve. Hyacinthe et l'enfant en furent éclaboussés. Smith se frotta les mains et lança un ordre :

— Jetez-moi tout ça au fleuve ! Dépêchez-vous.

Ils s'exécutèrent. Smith les regardait faire avec un air d'évidente satisfaction. Il ne semblait pas tenir compte d'Hyacinthe et de l'enfant qui s'étaient levés et avaient roulé leur ligne. Il ne s'était pas encore aperçu non plus que Phège faisait des simagrées dans son dos.

— *And the yes, and the no, and the well, well, well !*

Smith se retourna d'un coup.

— Vous voulez qu'on vous jette à l'eau vous aussi ? Allez-vous-en ! Bande de... contremaîtres inutiles. Vous n'êtes bons qu'à regarder travailler les autres.

Il marcha vers eux d'un pas menaçant, mais Hyacinthe s'interposa :

— Laissez-les tranquilles.

— Ils n'ont pas le droit d'être sur le quai.

— Et vous, vous avez le droit de jeter le bois des autres à l'eau ?

Smith resta aussi interloqué que si on lui avait enfoncé un poignard dans le ventre. Puis sa fureur éclata. Il empoigna Hyacinthe par la chemise. Smith grognait comme un chien enragé. Ils allaient se jeter l'un sur l'autre et rouler par terre quand un cabriolet s'immobilisa près d'eux. C'était le notaire Plessis qui avait vu la scène de loin et qui avait fouetté son cheval. Il cria de sa voix énervée :

— Arrêtez ! Arrêtez donc ! Qu'est-ce qui vous prend ?

Smith se tourna vers Plessis en désignant Hyacinthe de sa badine :

— C'est la deuxième fois qu'il me provoque. Une suffit d'habitude.

— Reprenez-vous, monsieur Smith. Hyacinthe Bellerose n'est pas un mauvais bougre.

Plessis prit Hyacinthe par le bras et l'entraîna promptement à l'écart.

— Il t'aurait jeté à l'eau, tu sais, dit-il.

— Il y serait sûrement tombé avec moi.

— Allons donc, dit le notaire Plessis tout en continuant d'entraîner Hyacinthe, tu t'en prends à tout le monde maintenant ? Je ne te connaissais pas comme ça. Et puis, ne reste pas en compagnie de ces rien-du-tout, ils ne peuvent vraiment rien pour toi. Va !

Il le poussa sur la jetée en direction du village. Hyacinthe s'arrêta, se retourna et regarda le notaire. Celui-ci s'approchait du marchand Smith. Il s'arrêta à son tour, se retourna lui aussi et fit signe à Hyacinthe de s'en aller d'un petit geste discret de la main mais avec un air convaincant sur la figure. Hyacinthe finit par s'en aller en tenant l'enfant par la main. Ceux que le marchand Smith venait de qualifier de contremaîtres inutiles l'attendaient un peu plus loin. Ils avaient du mal à croire ce qu'ils avaient vu.

Entre-temps le notaire avait rejoint Smith.

— Si vous tenez un tant soit peu à votre ami, dit le marchand, arrangez-vous pour que je ne le retrouve jamais sur mon chemin.

— Allons, monsieur Smith, allons ! Qui vous parle d'ami ? Et qu'est-ce qu'il a fait ? Il a pris la défense de ces pauvres innocents ? Mais vous, n'êtes-vous pas en train de jeter votre bois à l'eau ?

— C'est du bois qui appartient au major Hubert. Il l'a mis sur le quai sans ma permission.

— C'est votre droit. Il est à vous ce quai.

— A la British American Land.

— C'est la même chose.

Le marchand Smith ne pouvait supporter le nom même du major Hubert. Peut-être était-ce parce que ce dernier était un des rares Canadiens à tenter de concurrencer la British American Land dans le commerce du bois ?

— Hubert, il croit vraiment qu'il peut faire tout ce qu'il veut, dit Smith. Il faudra que j'en parle au seigneur.

— Justement, répondit Plessis, je vous cherchais pour vous annoncer que M. Cantlie vous convie à sa table.

— Ça tombe bien.

Smith se dirigea aussitôt d'un bon pas vers le cabriolet du notaire. Il cria à ses Irlandais :

— Vous, ramenez mon cheval quand vous aurez fini.

Les Irlandais soulevèrent poliment leur casquette. Mais, dès que le notaire et le marchand Smith se furent éloignés, le plus grand dit à l'autre :

— Si on ramenait d'abord le cheval ? On en profiterait pour aller regarder ce qu'il y a dans la marmite de la dame Morel. On reviendrait finir après.

Ce qui fut fait. De son côté, Hyacinthe parlait de retourner pêcher. Jacquot le tira par la manche.

— Viens donc plutôt avec nous. On va te montrer comment, nous, on attrape notre dîner.

Et ils s'en allèrent à leur tour, tous les cinq, vers le village. Sur le quai désert, la pile de madriers du major Hubert était déjà réduite de moitié.

Bruno dormit comme une pierre. Plus précisément comme une pierre qu'on aurait jetée dans l'océan et qui n'en finirait pas de descendre dans les abysses. Un sommeil qui sécrète tout de suite un filet de bave au coin des lèvres.

Millette regardait Bruno dormir. On a beau y mettre le meilleur de soi-même, les pâtisseries ne suffisent pas à contenir votre pleine mesure d'affection. Il souriait en s'essuyant les mains dans son tablier. Ah, la tendresse ! Cet état d'âme qui vous impose de reconnaître vos propres sentiments dans ceux des autres.

Millette regardait Bruno dormir en faisant d'amples incursions du côté de ses propres quinze ans. Le cuisinier avait les mains sèches et propres, mais il continuait de se les essuyer dans son tablier. Il s'approcha de Bruno, lui mit la main sur la tête et caressa lentement ses cheveux.

Bruno était au fond de son noir. La terre et les autres planètes faisaient tranquillement leurs révolutions dans son cerveau. La main du cuisinier leur imprimait le cours d'une éternité.

La porte de la cuisine s'ouvrit brusquement. Une bouffée de jour y pénétra en même temps que le gros Sirois. C'était le conducteur du camion.

— Y a-t-il un petit gars ici qu'il faut que j'emmène au relais ?

Millette désigna Bruno qui dormait au bout de la table.

— Je sais pas si on devrait le réveiller, dit-il.

— Gingras m'a dit qu'il fallait que je l'emmène au Chapeau de Paille.

— Dans ce cas, dit Millette, faut qu'on le réveille.

Il se mit à secouer Bruno qui s'agrippait à son sommeil.

La dame Morel était la tenancière de l'auberge. En d'autres temps, elle en avait été la propriétaire, du temps où son mari vivait. L'humble enseigne qui pendait alors au bout de ses chaînes, dehors, annonçait : « Au falot d'or ». Après la mort du mari, le marchand Smith avait acheté l'auberge pour le compte de la British American Land ; mais il l'avait laissée entre les mains de la dame Morel. Une autre enseigne avait cependant été fixée à deux poteaux de bois dans le parterre de fleurs : « Grand Trunk Inn ».

La dame Morel avait le menton mou, de grands yeux vagues mais le geste vif et précis. Elle portait une coiffe blanche et un tablier toujours taché de sang. Ceux sur qui elle se penchait en les servant s'écartaient discrètement, car elle avait fort mauvaise haleine.

Pour l'heure, elle s'employait à couper la tête à deux douzaines de perchaudes qu'un gamin venait de lui apporter. Six grosses anguilles bouillaient dans le lait sur le poêle, et l'auberge sentait le poisson. La dame Morel leva les yeux. Deux de ses Irlandais venaient d'entrer. Ce n'était pas une surprise : le marchand Smith envoyait manger à l'auberge ceux qui travaillaient pour lui.

— Ah ! messieurs les Irlandais ! Je m'impatientais de vous voir. J'ai des perchaudes que ce drôlet vient tout juste de pêcher. Mais vous êtes en retard aujourd'hui. Il vous pousse, hein, le marchand Smith ! Je sais ce que c'est que d'être à son service.

La dame Morel s'essuyait les mains dans son tablier.

— Mais je bavarde. S'il fallait qu'il nous voie, il tomberait sûrement du haut mal. Attendez, je vous porte à boire.

Les deux Irlandais s'étaient assis au bout d'une longue table où leurs compagnons venaient d'ordinaire les rejoindre. Ils n'avaient rien compris à ce que la dame Morel leur avait dit dans une langue qui leur était étrangère. Ils souriaient, les mains posées sur la table. Pour l'heure, il n'y avait que trois autres personnes dans la salle dont un coureur des côtes avec sa grande hotte d'osier pleine de babioles, de colifichets, posée par terre à ses côtés.

La porte s'ouvrit à nouveau sur ceux que le marchand Smith avait désignés sous le nom de contremaîtres inutiles, suivis d'Hyacinthe et de l'enfant. La dame Morel, qui revenait de porter à boire à ses Irlandais, s'arrêta pour les regarder, les poings sur les hanches. Mister s'approcha, le haut-de-forme à la main, multipliant les signes d'aménité :

— Sans vous commander, madame, il faudrait voir à remplir le cruchon de ce monsieur. Il ne peut pas s'en passer. Évidemment, vous serez remboursée de vos frais le jour où nous toucherons de gras émoluments.

La dame Morel éclata :

— Ah ! mes coquins ! Vous allez décamper en vitesse.

Mister se tourna et fit signe à l'enfant d'avancer. Celui-ci fit trois pas, les yeux fixés sur le plancher. Mister le prit aux épaules et le poussa devant le tablier de la dame Morel.

— Mais il y a ici un enfant qui n'a rien dans le ventre.

— Vous allez déguerpir ou j'appelle la garde.

La dame Morel se tourna vers ses Irlandais, forcés de sourire pour ne pas lui déplaire.

— Faudra-t-il que je vous fesse pour que vous compreniez ? s'enflamma la dame Morel. Je veux pas vous voir ici. Je dis pas quand j'ai des restes... mais pas en plein midi ! Ouste ! Dehors !

La dame Morel s'était rabattue sur Phège et Jacquot qui fouinaient dans tous les coins. Ceux-ci se laissèrent chasser sans résister. Une fois sur le pas de la porte, Mister dit encore :

— Mais c'était pour l'enfant.

— Lui, c'est pareil.

La dame Morel tapa du pied. Le dernier des contremaîtres inutiles se retira. Hyacinthe et l'enfant étaient dehors depuis longtemps. La dame Morel referma sèchement la porte.

Le groupe s'éloignait sur le chemin d'en bas. La poussière du midi était chaude. Hyacinthe parla encore une fois de retourner pêcher. Mais Jacquot vint se mettre en travers du chemin devant lui. Il s'accroupit à la hauteur de l'enfant.

— C'est bien toi qui disais tantôt que tu avais faim ? Mange donc !

Il tira un généreux morceau de poulet de sous sa veste. Il venait de toute évidence de le chaparder à l'auberge pendant que Mister exécutait sa manœuvre de diversion. L'enfant se jeta dessus. Mais Phège avait esquissé un geste pour en faire autant. Les autres s'interposèrent promptement.

— C'est à tout le monde, insinua Phège.

— C'est au petit.

— J'en ai autant besoin que lui.

— T'as ton cruchon.

— Il est vide.

— S'il est vide, c'est que tu es plein.

Les autres éclatèrent de rire. Hyacinthe apaisait sa propre faim à la seule vue de l'enfant qui mordait à belles dents dans le poulet. En fin de compte, chacun eut droit à une bouchée ou deux. On se partagea la peau. Et les os cassés furent consciencieusement sucés.

Le camion que conduisait le gros Sirois portait une cabane sur sa plate-forme. On y entrait par une porte étroite à l'arrière, et l'intérieur était aménagé pour recevoir des voyageurs : une banquette le long du mur de chaque côté et un petit poêle bas au fond. Une truie disait-on. Le bois de chauffage se trouvait sous les banquettes. Il y faisait très chaud.

Bruno était seul dans la cabane du camion avec un grand Anglais à poil raide qui toussait sans arrêt. L'Anglais avait l'air franchement misérable. Bruno et lui se faisaient face. Chacun sur sa banquette.

Le camion cahotait sur une piste qu'on n'aurait pas pu décemment appeler un chemin. Ses gros pneus noirs à fortes dentelures butaient sur des souches, des racines et des branches mortes. Les banquettes avaient le siège court et le dossier droit : il fallait s'accrocher pour y rester assis.

Bruno ne détachait pas ses yeux de la figure osseuse de l'Anglais. Il savait que c'était un Anglais parce que l'autre lui avait dit quelques mots en montant. Et Bruno ne pouvait se faire à l'idée qu'un Anglais puisse être affligé. Tous ceux qu'il lui avait été donné de rencontrer jusque-là respiraient l'opulence et la santé. Bruno se dit qu'il devait s'agir d'une exception ; une exception qui confirme la règle, comme aurait dit Mlle Marchessault son institutrice.

Le seigneur Cantlie, le notaire Plessis, son chargé d'affaires, et le marchand Smith s'apprêtaient à se mettre à table. Le manoir seigneurial se dressait sur un coteau ombragé de pins qui dominait la rivière un peu à l'écart du village de Nicolet.

La seigneurie Cantlie était importante. Elle englobait la plus grande partie de l'île à la Fourche et le Port Saint-François, autrement dit une étendue de territoire considérable. Elle comptait cependant relativement peu de censitaires, car il y avait beaucoup de marécages dans l'arrière-pays. Elle avait toutefois le privilège de jouir d'une abondance de cours d'eau et notamment de la rivière Nicolet qui rejoignait le fleuve Saint-Laurent précisément à l'endroit où celui-ci s'étalait pour former la mer intérieure du lac Saint-Pierre. C'était excellent pour la chasse et la pêche.

Ancien militaire à la retraite, le seigneur Cantlie avait commandé un détachement en Jamaïque puis il avait été cantonné à Québec. Il s'apprêtait à s'établir dans cette ville en qualité de pensionné de l'armée quand son gendre avait attiré son attention sur la seigneurie de Nicolet qui était à vendre. M. Cantlie l'avait achetée pour s'assurer une retraite confortable. Il n'avait pas tardé à s'y établir afin de jouir de la majesté des lieux. Son manoir était un long bâtiment blanc orné de festons et de balcons. Une serre s'y adossait. Certains censitaires assuraient qu'on y cultivait des arbres exotiques qui donnaient des oranges.

Le seigneur Cantlie allait avoir soixante-dix ans. Le relâchement qui commençait à peine à se faire sentir dans sa prestance donnait à penser qu'il avait dû être énergique et très bel homme. Une fine moustache grise rejoignait ses favoris dans une courbe gracieuse.

Sous un grand pin où une table avait été dressée, le seigneur Cantlie leva son verre :

— A votre santé, messieurs. A la prospérité du Bas-Canada.

Les deux invités levèrent leur verre et y trempèrent les lèvres en même temps que le seigneur. Smith cependant faillit renverser le sien en chassant rageusement des moustiques qui l'assaillaient.

— Si vous permettez, monsieur, dit-il à l'intention du seigneur, ce pays a deux inconvénients : les moustiques et les Canadiens.

— Vous admettrez, répliqua le seigneur Cantlie, que les uns sont plus agaçants que les autres.

Le notaire Plessis n'aimait pas le ton des propos du marchand Smith. Non pas qu'il fût disposé à prendre inconditionnellement la défense des Canadiens. Dont il n'était pas d'ailleurs : la vieille aristocratie française qui n'avait pas quitté le pays après la conquête anglaise continuait d'évoquer la France comme sa véritable mère patrie. Ce qui offusquait le notaire Plessis, c'était plutôt la rudesse de langage et de mœurs de cette nouvelle classe marchande que les Anglais avaient établie au pays.

— Allons, monsieur Smith, dit le notaire, ne gâchez pas l'excellent repas qui s'annonce.

Et le seigneur invita ses convives à prendre place autour de la table. Le marchand Smith continuait de chasser les moustiques avec sa serviette. Il se la passait aussi à l'occasion dans le cou et sur le front pour en essuyer la sueur. Le seigneur Cantlie et son chargé d'affaires faisaient comme s'ils ne s'en apercevaient pas. Un vieux serviteur voûté apporta le premier plat. On venait à peine de commencer à manger quand le hennissement d'un cheval attira l'attention.

Le notaire Plessis se pencha vers le seigneur :

— Le major Hubert. Voulez-vous que je le reçoive ?

La voiture du major remontait l'allée à toute vitesse.

— Laissez, dit le seigneur Cantlie, peut-être vient-il nous annoncer que les gens du parti Patriote se sont enfin rendus à la raison ?

— J'en doute fort.

— Et moi, je suis sûr du contraire, renchérit Smith.

Le major Hubert avait abandonné son cheval et sa voiture noire sous un arbre, et venait vers eux à grands pas. Il était major de milice et surtout député du comté de Nicolet à la Chambre d'assemblée à Québec. Membre du parti Patriote de ce M. Louis Joseph Papineau qui profitait de sa majorité à la Chambre pour mettre des bâtons dans les roues du carrosse du gouverneur et chicaner la conduite des membres du Conseil exécutif dont celui-ci était entouré. Commerçant de bois et entrepreneur de construction, c'était lui qui était chargé de tous les travaux de quelque importance dans le comté.

Tout le monde s'était levé à son approche. Le seigneur fit un pas vers lui :

— Nous venons tout juste de nous mettre à table, major. Prenez un siège et joignez-vous à nous.

Le major Hubert bomba la poitrine et regarda le seigneur dans les yeux :

— Je n'ai pas du tout le goût de manger, monsieur. Et ce que j'ai à dire se dit debout.

Le seigneur ne comprenait rien à l'attitude du major.

— Je suis victime d'une criante injustice, poursuivit Hubert. Si vous n'intervenez pas, je cours à la ruine.

— Parlez, major. Je n'aime pas vous voir dans cet état.

— C'est ce monsieur, fit Hubert en désignant le marchand Smith du bout du menton, qui a juré ma perte.

Les deux autres se tournèrent vers Smith, mais celui-ci faisait celui qui ne comprend pas.

— Vous avez autorisé la British American Land à bâtir un quai au Port Saint-François ?

— C'est exact.

— Et, en échange, la Compagnie des terres devait mettre ce quai à la disposition des particuliers qui en feraient la demande ?

— Tout juste.

Hubert se tourna encore une fois vers le marchand Smith en le pointant du doigt :

— Ce monsieur m'en interdit l'accès. Pire encore, il a fait jeter mon bois à l'eau.

Le seigneur se tourna vers le marchand Smith attendant de lui une explication. Mais ce dernier avait choisi de répondre directement au major Hubert.

— Vous n'aviez pas mon autorisation.

— Sacrebleu ! Attendez-vous que le fleuve soit sec comme le Jourdain pour me la donner ? Ce jour-là, je n'en aurai plus besoin.

Le notaire était dans ses petits souliers. Le seigneur faisait de grands gestes qui se voulaient des signes d'affabilité.

— Reprenez-vous, major, dit le seigneur. Acceptez de vous asseoir avec nous. Entre gentilshommes nous finirons bien par nous entendre.

Le major regardait le seigneur d'un air incrédule.

— C'est tout ce que vous avez à me proposer ? demanda-t-il. M'asseoir entre une crapule et le fils d'un seigneur déchu ! Sachez, monsieur, que si vous refusez de jouer votre rôle, je ne faillirai pas au mien. Et, pas plus tard que la semaine prochaine, tous les députés de la Chambre d'assemblée seront informés de la façon dont les seigneurs anglais traitent leurs sujets canadiens dans ce pays.

Le major Hubert tourna le dos aux trois autres et s'en fut promptement retrouver sa voiture et son cheval. Il avait redescendu l'allée que les convives n'avaient encore rien dit.

— Que signifie tout cela ? demanda enfin le seigneur.

— Toujours la même chose, répondit Smith. Quelques-uns de ces Canadiens se conduisent encore comme si le pays n'avait pas été conquis par l'Angleterre.

— Hubert est certes du parti de Papineau, temporisa le seigneur, mais c'est un modéré, me semble-t-il.

Smith négligea la remarque pour poursuivre :

— Je serai satisfait le jour où le dernier Canadien aura quitté le pays.

Le notaire Plessis ne voulait pas en rester là.

— Vous allez trop loin, dit-il. Les Canadiens sont des faibles et des timorés. Ils n'ont de dangereux que leurs discours.

— Ne croyez-vous pas, messieurs, intervint le seigneur, que la conduite des Canadiens puisse parfois être dictée par certaines injustices ?

Smith lui laissa à peine le temps de finir sa phrase :

— La plus grande injustice, c'est de ne pas accepter de se comporter comme des vaincus dans un pays conquis.

Bruno regardait l'Anglais en se rongeant les ongles. Il ne le faisait habituellement que sous l'influence de la plus extrême nervosité. Cela remontait au temps où il fréquentait l'unique salle de classe de l'école du Port Saint-François.

Mlle Marchessault était à la tête de six divisions en même temps. Ce qui revenait à dire qu'elle ne s'intéressait à la fois qu'au sixième de ses élèves. Les autres devaient se pencher sur de fastidieux travaux qu'elle leur imposait.

Bruno n'était pas un mauvais élève. D'une certaine façon, il en était même un excellent. Parce qu'il ne pouvait se résigner à ne pas écouter ce que disait Mlle Marchessault quand elle s'adressait aux divisions supérieures, il apprenait malgré lui. Mais il ne finissait jamais ses travaux en temps. Mlle Marchessault le réprimandait, et Bruno se rongeait les ongles sous son pupitre.

L'institutrice le forçait à rester après la classe pour finir d'emplir sa page d'additions et de soustractions à trois et parfois même à quatre chiffres. Bruno n'était pas mécontent d'être en retenue. Il se sentait bien dans l'intimité de cette grande femme sèche qui penchait le front sur ses cahiers. Car il croyait avoir percé une partie de son mystère.

Dans la boutique du cordonnier, le major Hubert avait peine à contenir sa rage. Ses mains tremblaient sur le comptoir étroit.

— S'ils veulent la guerre, François, ils l'auront.

Le cordonnier regardait Hubert par en dessous tout en continuant de coudre une semelle, les yeux blancs, une aiguille entre les dents, l'alêne dans la main gauche.

— Ce sont des lâches et des hypocrites, continuait Hubert. Mais ils ne l'emporteront pas en paradis. Tu m'entends, François ?

Le cordonnier dodelinait de la tête pour assurer le major de son attention. Celui-ci continuait à exprimer son indignation :

— Il a la Justice pour lui. Ça ne servirait à rien d'en appeler aux tribunaux. Je ne vois plus d'autre solution que d'engager deux ou trois forbans pour lui rendre la pareille.

— Un instant, major, l'interrompit le cordonnier qui avait du mal à parler avec son aiguille entre les dents mais qui ne pouvait se résigner à laisser là son ouvrage. Ne croyez-vous pas...

Le major était trop enflammé pour laisser le cordonnier lui couper la parole.

— Mais tu ne comprends donc pas, François ? Sais-tu ce que cela représente cent vingt-cinq madriers empilés sur un quai ? Abattre les arbres, les ébrancher, les couper en sections, les faire flotter sur tout le cours de la rivière Nicolet, les recueillir, les hisser sur la berge, dans la boue jusqu'aux genoux, les monter au moulin, en tirer le plus de madriers qu'on peut, les charger sur des charrettes, les transporter au Port Saint-François ? Qu'est-ce que tu dirais, toi, si le marchand Smith venait ici et jetait tous tes instruments à la rue ?

— Cela n'arrivera pas, dit le cordonnier, parce que, moi, je n'irai pas porter mes affaires sur son quai.

Le major Hubert éclata :

— Évidemment ! Toi aussi tu es contre moi !

Le cordonnier finit par lâcher son aiguille et son alêne. Il posa les mains à plat sur le banc devant lui et il soupira profondément en se redressant :

— Mais vous ne comprenez donc pas que le marchand Smith est dans son droit et qu'il veut vous forcer à commettre quelque bévue qui vous jette en son pouvoir ?

Deux natures s'affrontaient. Le major avait l'assurance et la fougue. Le cordonnier fondait tout sur la réflexion. Le premier laissait souvent ses paroles dépasser sa pensée et se rachetait par sa bonhomie et ses bons mots. Le second n'avait tout simplement pas assez de charme physique pour compter sur autre chose que sur son intelligence. C'était une opposition et une combinaison parfaite : depuis qu'il prenait conseil auprès du cordonnier, le major Hubert avait remporté deux élections, et ses affaires ne se portaient pas trop mal non plus. Le cordonnier n'exigeait rien en retour. Son métier ne lui suffisait pas. Il n'aurait su que faire de ses pensées autrement.

— Vous permettez que je vous parle franchement ? demanda le cordonnier.

— Je n'ai jamais rien attendu d'autre de toi, François.

— Alors, écoutez-moi bien.

Le cordonnier s'était avancé jusqu'au petit comptoir sur lequel le major Hubert était accoudé. Il s'était penché gauchement dans l'étroit espace que lui laissaient ses instruments. Il avait farfouillé un moment sous le comptoir puis s'était redressé en tenant un livre à la main. C'était un petit in-folio relié en maroquin rouge. Le cordonnier le posa, et le livre s'ouvrit de lui-même à une page qui avait dû être souvent fréquentée. Le cordonnier fit mine de se pencher mais il lisait presque de mémoire.

— « Tant que plusieurs hommes réunis se considèrent comme un seul corps, ils n'ont qu'une seule volonté qui se rapporte à la commune conservation et au bien-être général. »

— C'est encore ton Rousseau ? dit le major. Moi, je n'y entends rien. Qu'est-ce que tu veux dire ?

— Je veux dire, énonça le cordonnier d'une voix posée, que vous ne devez pas confondre vos affaires personnelles et celles du parti. Et c'est exactement ce que le marchand Smith veut vous amener à faire.

— Ainsi donc, selon toi, je devrais me soumettre ?

— Ce n'est pas ce que j'ai dit. Mais il faut vous garder de tout geste précipité. Et, surtout, ne rien faire qui puisse lui donner l'avantage de la loi.

— Mais, mon bois ?

Le cordonnier avait levé la tête en parlant et ce qu'il vit par la fenêtre le mit hors de lui-même.

— C'est un comble ! dit-il.

— Quoi donc ? fit Hubert qui ne comprenait rien à ce brusque revirement.

— Il s'est acoquiné avec ces inutiles.

— Mais qui ?

— Bellerose.

Le major s'approcha à son tour de la fenêtre malgré le cordonnier qui ne lui laissait pas beaucoup de place. Hyacinthe Bellerose remontait le chemin d'en bas en compagnie des trois bohémiens du village et de l'enfant roux qu'il avait ramené des Bois-Francs.

— Laisse Hyacinthe tranquille, dit le major. C'est un pauvre diable.

— Je ne lui pardonnerai jamais ce qu'il a fait à Flavie Piché, murmura le cordonnier entre ses dents.

— Il ne lui a fait que ce qu'elle a bien voulu, répliqua Hubert.

— Je la vengerai, dit encore le cordonnier en revenant au milieu de sa boutique.

Le major Hubert n'allait pas manquer de profiter de l'occasion :

— Laisse, je te dis. Hyacinthe est un brave garçon. Pour le moment il est perdu parce qu'il est malheureux. Mais il est fort et courageux.

Hubert fit un pas en direction du cordonnier.

— Et les malheureux, François, tu sais aussi bien que moi que c'est avec nous qu'ils sont. Crois-moi. Un jour ou l'autre, on aura besoin de lui. Et je suis sûr qu'on pourra compter sur lui.

— Savez-vous ce qu'on dit ? demanda le cordonnier. Qu'il s'est mis deux fois en travers de la route du marchand Smith.

— Moi, ça me plaît assez.

— C'est un fou dangereux, protesta le cordonnier.

— Et tu ne crois pas qu'il faut être fou pour se battre aux côtés de M. Papineau dans les rangs du parti Patriote ? suggéra calmement le major Hubert en fermant les yeux de satisfaction.

Il n'était pas mécontent de sa réplique. Le philosophe du cordonnier avait trouvé chaussure à son pied. C'était le cas de le dire.

L'Anglais toussait sans arrêt. Une toux creuse qui faisait mal à entendre. Et il n'était pas particulièrement bien vêtu pour la saison.

Bruno ne comprenait pas comment il se faisait que certains

pouvaient passer l'hiver sans prendre garde, nu-tête et la chemise ouverte, tandis que d'autres attrapaient la consomption simplement parce qu'ils avaient ôté leurs mitaines un jour de grand froid. Encore moins qu'un Anglais puisse être de ceux-là.

Mlle Marchessault disait que les Anglais avaient le sang froid. Bruno n'avait pas osé lui demander si cela signifiait qu'ils n'éprouvaient pas la sensation du froid. Celui-ci en tout cas ne devait pas avoir le sang froid.

C'était un grand jeune homme de vingt, vingt-deux ans. Fragile et cassant. Il souriait de temps en temps à Bruno, et ce dernier préférait ne pas répondre à cette invitation. Il baissait prudemment les yeux. Un cahot de la route les faisait sursauter. Et ils se retrouvaient l'un en face de l'autre sans se regarder.

Le camion les emportait tous deux vers le relais. Bruno se promit d'essayer d'en savoir plus long sur le compte de cet Anglais une fois rendu à destination. Tous ceux qui montaient en Haute-Mauricie ou qui en redescendaient passaient par là. C'était la porte des pays d'hiver.

Les contremaîtres inutiles ne quittaient plus Hyacinthe. Ils avaient reconnu un des leurs. Et Hyacinthe supportait leur compagnie sans peine parce qu'ils ne demandaient rien.

Quand ils n'étaient pas aux abords du quai, les contremaîtres inutiles entraînaient Hyacinthe et l'enfant à proximité des installations de la fabrique de potasse. Ils passaient de grandes après-midi allongés sur l'herbe, les jambes devant eux, à regarder monter la fumée des feux. Hyacinthe se redressait sur les coudes, l'enfant appuyé entre ses cuisses. Heureux. Presque.

Régine, qui venait de sortir sur le perron de sa maison, l'aperçut en compagnie de ces malheureux sur la place de la Potasse. Elle s'approcha silencieusement dans ses jupes et ses tabliers.

Régine était la maternité même. Son Lucien ne la considérait pas autrement que comme la mère de ses enfants, de ceux qu'ils avaient et de ceux qui restaient à naître. Au début, Régine avait cherché à se défendre contre cette conception des choses. Elle attendait le retour de son Lucien, deux ou trois fois par année et jamais bien longtemps, pour lui servir les nouveaux arguments qui avaient germé en elle depuis son départ. Mais cela finissait toujours de la même façon. Lucien lui grimpait dessus et la laissait se débrouiller toute seule.

Régine en avait acquis le teint laiteux des madones opulentes. Une propension à soigner et à consoler aussi. Elle vint se placer droit devant Hyacinthe.

— Reste pas comme ça, en plein soleil, petit frère. Viens. Emmène le petit. J'ai du thé sur le feu.

Hyacinthe se leva. L'enfant était en confiance. Il souriait déjà à Régine. Il se trouva d'ailleurs confronté à deux enfants de son âge en entrant dans la cour, deux filles qui l'observaient en gardant leur distance. Hyacinthe et Régine les laissèrent dehors tous les trois pour leur donner le temps de faire connaissance.

Même la maison de Régine était maternelle. Basse de plafond et chaude de grands tapis tressés. La cuisine avait un gros poêle et une cheminée de brique rouge. Et c'était vrai qu'il y avait du thé sur le feu, par tout temps, même en plein après-midi d'été. Hyacinthe et sa sœur soufflaient doucement sur leur bol. Ils se regardaient, ils souriaient.

Régine parla la première :

— Je t'ai presquement pas vu depuis que t'es revenu. J'avais envie de te parler. Comprends-moi bien, petit frère, je veux pas mettre le nez dans tes affaires. Rien que te parler comme ça, tout simplement. On a bien le droit, n'est-ce pas ?

— Oui, dit Hyacinthe, on a le droit.

Puis il mâchouilla un bout de silence. Mais Régine n'entendait pas en rester là.

— Qu'est-ce que tu vas faire ? demanda-t-elle. T'es parti de chez nos parents depuis un petit moment déjà. T'as eu tout le temps de réfléchir.

Hyacinthe allait lui répondre quand un garçon de deux ans, les yeux encore bouffis de sommeil, apparut à la porte de la chambre. Régine alla au-devant de lui. Elle le prit dans ses bras. L'enfant regardait Hyacinthe à la dérobée.

— Ma pauvre souris, dit Régine, en le serrant dans ses bras. T'as fini ton dodo ?

Elle revint s'asseoir près d'Hyacinthe devant le poêle. Elle dégrafa lentement son corsage et l'enfant se jeta avec avidité sur le sein de sa mère. Régine souriait. Hyacinthe détourna légèrement la tête.

— Et toi ? demanda-t-il.

— Comment moi ?

— Tu as bien tes petites misères, toi aussi ?

Bruno s'était assoupi en dépit des soubresauts du camion. A son grand étonnement, il avait retrouvé le jeune Anglais toussoteux au fond de son rêve.

L'Anglais était revêtu du costume noir et du couvre-chef de ceux qui imposent leur vérité. Il était debout sur une petite tribune, et des écoliers défilaient devant lui. Dont Bruno, bien entendu. Le jeune Anglais se penchait un moment sur chacun d'eux et les examinait attentivement. Puis il les interrogeait. Et c'était bien étrange parce que c'était lui qui parlait mais il avait la voix de Mlle Marchessault.

— En quelle année les Anglais ont-ils conquis le Canada ?

— En 1759, répondait docilement Bruno. A la bataille des Plaines d'Abraham.

Et il faisait le récit détaillé des circonstances que Mlle Marchessault avait si souvent décrites. Les troupes anglaises avaient gravi les falaises de l'Anse-au-Foulon à la faveur de la nuit.

— Vous n'oubliez rien ? demandait le jeune Anglais toussoteux qui avait la voix de Mlle Marchessault.

— La troupe anglaise était guidée par un traître qui avait donné le mot de passe et qui précédait les Anglais.

— Son nom ? tonnait le jeune Anglais d'une voix étrangement forte.

— Vergor, répondait Bruno. Mais j'ai peine à le prononcer.

L'Anglais tonitruait :

— Cet homme n'était pas un Anglais !

Bruno s'éveilla de sa somnolence. Il leva les yeux. Le jeune Anglais souffreteux lui souriait toujours sur la banquette d'en face. Il avait les dents avariées.

Régine leva la tête vers son frère. Elle était fort étonnée d'entendre Hyacinthe lui parler de ses misères à elle. Car c'était lui qui était affligé. Pas elle. Hyacinthe buvait son thé par petites gorgées, et les phrases lui venaient une à une :

— C'est triste que ton Lucien il te laisse seule toute l'année. Tu ne trouves pas ?

Puis encore :

— Il préfère chercher fortune dans les bois. Il est comme un chien qui court après sa queue.

Et enfin :

— Si seulement il ne te faisait pas un enfant chaque fois qu'il revient !

— La prochaine fois il n'y aura pas d'enfant, dit Régine en replaçant sur son bras la tête de l'enfant qui tétait toujours.

— Et pourquoi ?

Régine se pencha en avant, entraînant l'enfant avec elle. Et c'était touchant de voir ce petit de deux ans abandonné comme un nouveau-né, une goutte de lait au coin des lèvres, qui regardait Hyacinthe tout en continuant de téter.

— Non, il n'y aura pas d'enfant, poursuivit Régine, tant qu'il tétera.

— Tu en es sûre ? demanda Hyacinthe.

— Sûre comme je te vois. C'est un secret des Indiennes. As-tu déjà vu un pommier fleurir quand il a encore des pommes au bout de ses branches ? C'est la même chose.

On frappa à la porte. Régine se tourna pour voir qui c'était. Ses gestes étaient lents à cause de l'enfant qui ne lâchait pas le sein. Hyacinthe n'avait pas bougé. Régine allait inviter le visiteur à entrer quand la porte s'ouvrit. L'enfant roux courut se jeter dans les jambes de son père. L'abbé Mailloux venait derrière, rouge de chaleur et d'épuisement. Le bas de sa soutane était mangé de poussière. Il s'épongeait le front avec son mouchoir.

— Quelle chaleur ! dit-il. Bien le bonjour, Régine. Tu n'aurais pas un peu d'eau pour ton curé ? Je n'ai plus la force de me rendre au presbytère.

Chacun resta un instant sur ses positions. Régine s'efforçait de refermer son corsage aussi discrètement que possible. L'abbé Mailloux sembla d'abord s'intéresser à Hyacinthe.

— Tiens ! Il est là celui-là avec son lutin !

Puis le curé posa les yeux sur la mère et l'enfant. Tout de suite, il eut des doutes.

— Il n'est pas un peu gros pour téter cet enfant ? Si je me souviens on l'a baptisé en avril. Il y a bien deux ans de ça. Qu'est-ce que ça signifie Régine ?

Les doutes de l'abbé Mailloux firent place à une sourde colère.

— Ah ! j'ai compris ! Tu ne veux plus avoir d'enfant. Sais-tu que c'est un grand péché que tu fais là, Régine ? Tu vas contre la volonté de Dieu. Il a dit : croissez et multipliez. Et toi tu empruntes des subterfuges aux sauvages ! Ah ! je ne pensais pas que ça se pratiquait dans ma paroisse ! Mais tu devras t'en confesser, ma fille. Je vais te dire plus : si tu ne tombes pas enceinte quand ton Lucien reviendra, je te refuse l'absolution. Et tu iras droit en enfer avec les gens de ton espèce.

L'abbé Mailloux était au comble de l'indignation. Ses mains tremblaient. Il sortit aussitôt.

Ni Régine et son petit, ni Hyacinthe et l'enfant irlandais, personne n'avait bougé. La porte s'ouvrit de nouveau. C'était encore l'abbé Mailloux. Cette fois, il pointa Hyacinthe du doigt :

— Et toi, tu crois que je vais te laisser élever cet enfant parmi des dégénérés qui font la honte du village ? Mais qu'est-ce que vous avez donc tous les Bellerose ? Le père est pourtant un homme respectable.

Cette fois, l'abbé Mailloux sortit pour de bon. Régine et son frère étaient encore tout abasourdis. On commença par mettre les enfants dehors en confiant le petit Irlandais et l'enfant de deux ans aux soins des deux filles. Le calme retrouvé, Régine et Hyacinthe reprirent chacun une tasse de thé. Régine se mit à parler d'une voix du dessous. Une voix sans émotion apparente. Une voix qui exprimait toutes les émotions à la fois :

— Quand on se met au lit pour avoir un enfant, ils appellent cela croître et multiplier comme dans l'Évangile. Mais quand on fait l'amour sans vouloir d'enfant, ils appellent cela s'accoupler comme des bêtes. Au fond, qu'on s'aime ou qu'on ne s'aime pas, ça leur est bien égal. Ce qu'ils veulent, c'est que toutes les femmes du pays fassent des enfants jusqu'à ce qu'elles soient vidées comme des sacs de blé. Seulement, après, quand on est bien éreintées, il faut les élever les enfants. Et là, ils ne disent plus comment il faut faire.

Hyacinthe souffrait de ce que sa sœur venait de dire.

— Faudrait au moins s'arranger pour que nos enfants n'aient pas à refaire chacune de nos bêtises.

Régine regarda Hyacinthe. Elle ne disait rien et elle l'examinait posément. Puis elle tira un peu sa chaise vers lui. Elle se pencha et lui mit ses deux mains sur les genoux.

— Écoute-moi bien, Hyacinthe. C'est toi qui viens de dire qu'il faut veiller à ce que nos enfants ne mettent pas toujours le pied dans nos traces. Alors, il faut que tu fasses quelque chose pour le petit. Je sais bien qu'il n'est pas malheureux. Ces trois pauvres hères qu'il a pour tuteurs ne sont pas méchants. Mais si tu le laisses grandir comme ça, on s'apercevra un jour qu'il lui manque quelque chose. Comprends-moi : un enfant a besoin d'avaler de l'air qui a déjà été respiré par une femme. C'est essentiel pour qu'il se fasse une santé en dedans. Tu m'entends ?

— Je t'entends, fit Hyacinthe, mais ne me demande pas de troquer mes inutiles contre une femme.

— Ce n'est pas ce que j'avais en tête, répliqua Régine. Je ne parle que de l'enfant. J'ai bien réfléchi et j'ai trouvé. Tu vas le confier à Marie-Moitié.

— Marie qui ?

— Marie-Moitié, répéta Régine dans un sourire. C'est une métisse. Moitié blanche, moitié indienne. Elle a été élevée chez les religieuses à Québec qui voulaient en faire une servante de curé. On peut dire qu'elle en a lavé des planchers de presbytère, la pauvre !

— Je ne la connais pas.

— C'est parce que l'abbé Mailloux l'a prise à son service il y a un an à peine, pendant que tu étais parti. Mais il ne l'a pas gardée deux mois : elle lui chauffait le sang. Il l'a renvoyée en disant que c'était une incapable. Mais c'est une jeune fille très bien élevée, instruite et tout. Seulement, tu connais nos villageois : la plupart refusent de traiter avec elle parce qu'elle a du sang indien. Tu sais, la petite maison du père Sébastien ? Personne n'a plus voulu y mettre les pieds depuis que le vieux s'y est pendu. Elle s'est installée là. On l'a laissée faire. Elle gagne sa vie à soigner les gens à la manière des Indiens. Même Mme Plessis, la mère du notaire. Tu vas aller la trouver. Elle te le gardera, ton enfant. Elle sait y faire et elle a le temps.

Hyacinthe écoutait sa sœur sans rien dire. L'idée de se séparer de l'enfant lui était douloureuse. Mais il savait en même temps que Régine avait raison. Seulement, il ne voyait pas comment il pourrait passer ses grandes journées à errer à travers le Port Saint-François sans son petit diable. Avec toute leur innocence, les enfants sont un soutien pour ceux qui souffrent. Régine répondit tout de suite à cette objection comme si elle l'avait entendue se formuler dans la tête d'Hyacinthe.

— Et toi, il ne faut pas que tu restes à ne rien faire. Tu connais la dame Morel de l'auberge ?

— Je la connais, dit Hyacinthe, mais, depuis qu'elle a vu mes compagnons, elle a perdu le peu d'estime qu'il lui restait pour moi.

— Moi aussi je la connais, enchaîna Régine, et je sais qu'elle ne me refusera rien. J'irai la voir et je lui parlerai. Elle te donnera du travail. Peut-être pas quelque chose de très envié...

Hyacinthe songeait que s'il devait travailler il aimerait mieux que ce soit tout seul dans un coin. A faire des besognes que personne d'autre ne voulait faire. Mais Régine poursuivit :

— Tu vas aller trouver Marie-Moitié pour l'enfant. Moi j'irai voir la dame Morel. Et ne change pas d'idée en chemin !

Hyacinthe n'était pas enthousiaste à l'idée d'aller parlementer avec une jeune métisse surnommée Marie-Moitié. Mais il voulait faire tout ce qui était nécessaire pour que son enfant ne manque de rien. Il pressa tendrement sa sœur contre lui avant de sortir en souriant. On aurait pu croire qu'il était triste parce qu'il baissait la tête sur le chemin. Mais il pensait simplement à ce qu'il allait dire à la métisse.

— Ça se peut pas, se dit Bruno à lui-même.

Il s'aperçut qu'il venait de parler à voix haute. Le grand Anglais le regardait.

— *What ?* demanda-t-il.

— Rien, dit Bruno, je parlais tout seul.

Et il détourna la tête pour être bien certain que l'autre n'aurait pas envie de poursuivre la conversation. Le camion cahotait. Bruno et l'Anglais s'accrochaient à leur banquette. Bruno finit par se lever pour aller jeter un coup d'œil au poêle. C'était une opération difficile. Vous étiez comme sur un navire en pleine mer par gros temps. Et ce n'était pas tout d'ouvrir la porte du poêle pour retourner la bûche qui s'y consumait. Il fallait aussi tenir cette porte ouverte avec le bout de la botte si vous ne vouliez pas qu'elle se referme sur vos doigts. Brûlante.

Bruno farfouilla sous la banquette et finit par mettre la main sur un rondin de bouleau. Il le plaça à côté de la bûche qui brûlait déjà. Bruno savait depuis longtemps que le secret d'un bon feu consistait à placer deux morceaux de bois côte à côte pour qu'ils s'entretiennent mutuellement.

Il aurait été bien étonné si on lui avait fait remarquer que lui et le grand Anglais étaient à peu près dans la même situation dans la cabane de ce camion qui traversait la forêt de la Haute-Mauricie un jour de novembre où le ciel était bas.

L'été languissait. Les prétendus sages du magasin général ne quittaient plus leur banc sur la galerie.

Le père Mathias se penchait sur Jérôme :

— Sais-tu ce qu'il dit Alexandre ? Il dit : « Le fils Bellerose, c'est un Berluseau. »

— Un quoi ?

— Un Berluseau. Un qui a attrapé la berlue.

— Qu'est-ce que ça veut dire ?

— Qu'il ne sait plus très bien ce qu'il fait.

— Il n'a peur de personne, à ce qu'on dit.

— Justement. C'est ça un Berluseau.

Mais leur attention fut attirée par trois enfants qui s'étaient arrêtés de jouer avec des cerceaux de tonneaux pour se moquer eux aussi de quelqu'un : Marie-Moitié !

— Tiens ! dit le père Mathias. Qui est-ce que je vois ? La moitié de quelqu'un.

Marie-Moitié était une grande jeune fille souple. Elle avait le vent dans sa démarche. Elle était vêtue comme tout le monde d'une longue jupe ondoyante et d'une ample chemise. Les pieds nus, de longs cheveux noirs, le front bombé, et une bouche faite pour manger des fruits sauvages.

Elle venait vers le magasin général la main sur la joue et la tête légèrement inclinée. Elle ignora les enfants qui couraient derrière elle, monta sur la longue galerie et s'adressa au père Mathias qui levait les yeux sur elle en souriant candidement.

— C'est pas de bon cœur, père Mathias, mais il faut que je vous demande de m'aider.

Le père Mathias se rengorgeait.

— Tu sais bien que je peux rien te refuser, mon enfant. Qu'est-ce qu'il y a pour ton service ?

Marie-Moitié ôta la main de sa joue. Elle ouvrit la bouche.

— C'est ma dent.

Le père Mathias riait doucement. Jérôme était tout oreilles.

— Je vois que les sauvages t'ont pas tout montré, dit le père Mathias. Tu sais pas arranger ça ?

— Vous vous en occupez, oui ou non ? demanda Marie-Moitié de la voix de quelqu'un qui a mal depuis plusieurs jours.

— C'est comme si c'était commencé, mon enfant. C'est toute

une cérémonie, tu sais. Il faut se parler un peu avant. Pour se mettre en confiance.

— Dépêchez-vous donc ! Si ça vous faisait mal comme à moi vous seriez en train de pleurer comme un enfant.

Le père Mathias se leva lentement. Son expression avait changé subitement. Il avait l'allure compassée d'un prêtre qui porte le Saint Sacrement. Il précéda Marie-Moitié dans le magasin général. Jérôme venait derrière. Le père Mathias répétait :

— Viens, ma fille. Viens. Le père Mathias va te faire passer ton mal comme par enchantement.

Ceux qui se trouvaient à l'intérieur de l'établissement avaient compris tout de suite qu'il se préparait quelque chose en voyant le père Mathias se diriger vers une certaine chaise à droite du poêle. Il y avait là, outre le tenancier Jean-Gilles Gervais et son épouse, une petite femme ronde, qui répondait au nom de Mme Saint-Germain, et deux grands gars qui devaient être les fils de Phillibert Lanthier. Ils délaissèrent aussitôt leurs occupations pour s'approcher.

Le père Mathias avait fait asseoir Marie-Moitié sur la chaise fatidique. Il la fit se redresser, leva les yeux au plafond et tassa légèrement la chaise.

— Là, dit-il. C'est en plein l'endroit.

Le père Mathias sifflotait entre ses dents. Il posait chacun de ses gestes avec lenteur comme s'il s'était agi d'une question de vie ou de mort. Et les autres le regardaient faire sans dire un mot. Une ficelle pendait du plafond. Le père Mathias tira dessus. Il avait le bout de la ficelle entre les mains.

— Maintenant, ma fille, dit-il, je vais te demander quelque chose qui est quasiment impossible pour une femme : ouvrir la bouche et ne rien dire.

Les spectateurs éclatèrent tous d'un même rire au-dessus duquel se distinguait le braiment de Jérôme. Le père Mathias les fustigea du regard. Ils se turent. Entre-temps Marie-Moitié avait ouvert la bouche. Le père Mathias se penchait sur elle.

— C'est laquelle ?

Marie-Moitié montra la dent qui lui faisait mal en essayant de parler mais le père Mathias avait déjà les doigts dans sa bouche.

— Tu... tu... tu... Pas un mot, je t'ai dit !

Et il entreprit de nouer la ficelle autour de la dent en question. Marie-Moitié geignait. Les autres se penchaient pour essayer de voir. Quand il fut assuré que sa prise était bonne, le père Mathias tira doucement sur la ficelle.

— Aïe ! fit Marie-Moitié.

— Toi, tu dis rien ou je te laisse en plan, énonça sèchement le père Mathias.

Et il s'en alla d'un pas solennel du côté de la porte. Les autres le suivirent. La ficelle qui montait vers le plafond au-dessus de la tête de Marie-Moitié passait dans un anneau fiché là à cette fin et courait au ras du plafond jusque devant la porte où elle redescendait après être passée dans un second anneau. C'était de toute évidence une installation qui avait fait ses preuves. Le père Mathias prit l'extrémité de la ficelle et, après en avoir éprouvé la tension, il l'attacha à la clenche de la porte. Puis il revint trouver sa patiente et il se plaça derrière elle. Marie-Moitié tournait le dos à la porte. Le père Mathias avait pris la tête de Marie-Moitié dans ses mains et il l'appuyait contre sa poitrine. Il souriait béatement.

— Ça, ma fille, c'est la plus belle partie du travail.

Il caressait doucement les longs cheveux noirs de la jeune métisse. Il ajouta :

— Il ne reste plus qu'à attendre le Messie. Paraîtrait qu'il y en a qui l'ont déjà attendu quatre mille ans.

Les autres se tenaient les côtes. Le temps avait maintenant la consistance du lait : il coulait goutte à goutte en laissant un petit dépôt d'impatience dans le cœur de chacun.

Puis un cri. Marie-Moitié porta la main à sa bouche. Elle était pleine de sang. Tous les regards se tournèrent vers la porte. C'était Hyacinthe Bellerose. Il fronçait les sourcils pour habituer ses yeux à l'obscurité relative du magasin après avoir marché dans la lumière du dehors.

— Ouais ! s'exclamèrent en chœur tous ceux qui se trouvaient là.

Puis :

— Le Berluseau ! Le Berluseau en personne !

Jérôme avait couru vers lui.

— Tu viens d'y arracher une dent, dit-il simplement.

Hyacinthe ne comprenait pas. Et c'était vrai qu'une belle jeune fille se tenait debout près du poêle les deux mains sur la bouche.

— Faut pas t'attendre à être payé pour ça, lui dit le père Mathias. T'as été comme le bâton dans la main du berger.

Hyacinthe se mit à comprendre en voyant l'installation. La jeune fille venait vers lui.

— Je ne vous ai pas fait mal ? demanda-t-il.

— Pas plus que je ne m'en attendais, répondit la jeune fille qui avait les mains tachées de sang.

— Si j'avais su, je serais entré sur la pointe des pieds.

— Ç'aurait été bien pire, répliqua la jeune fille.

Pendant ce temps, le père Mathias s'était employé à détacher la dent qui pendait au bout de la ficelle. Il vint la placer cérémonieusement dans la main de Marie-Moitié.

— Prends, dit-il. Tu la mettras sous ton traversin. Ça porte chance.

— C'est des sottises, père Mathias, répondit Marie-Moitié.

— Des sottises ? Ouvre donc les yeux ! Tu vois pas que le sort t'envoie un beau galant ?

Hyacinthe et Marie-Moitié se regardaient, gênés. Marie-Moitié fit un pas de côté pour s'en aller. Hyacinthe se tourna promptement vers elle :

— Attendez ! Il faut que je vous parle.

— A moi ? Vous ne savez même pas qui je suis. Et je ne vous connais pas.

Hyacinthe se penchait sur elle parce qu'il était plus grand qu'elle. Il lui dit à voix basse :

— Vous êtes Marie-Moitié. Et moi le Berluseau.

Marie-Moitié se mit à sourire. Une voix éclata au fond du magasin :

— Ho ! Jérôme ! Cours vite chercher l'abbé. Dis-lui qu'il vienne bénir deux tourtereaux.

— Sortons d'ici, si vous voulez bien, dit Marie-Moitié.

Elle passa la porte la première. Hyacinthe la suivit. Dehors, il y avait un enfant roux qui attendait son père. Il était assis sur la galerie. Hyacinthe le releva en le prenant par la main.

— Il est à vous ? demanda Marie-Moitié.

Hyacinthe fit signe que oui. Alors Marie-Moitié s'accroupit devant l'enfant. Elle le prit tendrement aux épaules.

— Tu es un petit Berluseau toi aussi ? demanda-t-elle.

— Ça se peut pas, dit encore une fois Bruno à voix haute. Ça se peut pas qu'un Français ait trahi des Français.

Il ne tarda pas à en venir à un petit arrangement avec lui-même dans sa tête. C'était simple : à partir du moment où Vergor avait donné le mot de passe aux Anglais, au pied des falaises de l'Anse-au-Foulon, il n'avait plus été un Français. Seulement un misérable qui avait vendu son pays pour une poignée de sous. Un Judas. Et chacun sait que les Judas n'ont pas de patrie.

Ça s'était évidemment passé par une nuit très noire. Bruno imaginait la scène sans peine. Le général Wolfe en personne s'était avancé en regardant bien où il mettait les pieds parce que la berge était boueuse.

— *Where is that Vergor of yours ?*

— Ici, mon général. Deux pas devant vous.

— *What do you want in exchange for your invaluable help ?*

— Je veux m'en aller, mon général. Partir d'ici.

— *Don't you like your country ?*

— L'hiver est trop long, mon général. On en voit pas le bout.

Le général Wolfe avait sans doute souri dans la nuit.

— *Oh ! We'll take care of that bloody winter.*

Et c'en avait été fait du Canada des Français.

Hyacinthe s'était assis au bout de la table dans la maison de Marie-Moitié. L'enfant allait et venait dans la cuisine. Il soulevait chaque objet avec une curiosité sans retenue. Et Marie-Moitié avait ranimé le feu pour faire chauffer de l'eau.

En sortant du magasin général, ils s'étaient arrêtés tous les trois sous le grand orme qui faisait face à la Croix-Verte, à la croisée du chemin d'en bas et du chemin d'en haut. Marie-Moitié voulait savoir ce que cet Hyacinthe Bellerose pouvait bien avoir à lui dire. Mais, lui, ne trouvait pas ses mots. Il poussait le sable du chemin avec le bout de son pied ou bien il examinait la ramure de l'orme. Marie-Moitié l'avait pressé un peu mais sans résultat. Hyacinthe s'enlisait dans son mutisme. Et, maintenant, ils étaient face à face dans la maison de Marie-Moitié et ils n'avaient pas encore parlé. Sauf pour dire des choses évidentes pour tout le monde.

— Aimez-vous le thé des bois ? demanda Marie-Moitié.

Elle venait de soulever la tempête avec cette phrase toute simple. Elle ne pouvait évidemment pas savoir que, la dernière fois qu'Hyacinthe avait bu du thé des bois, il transportait une morte recouverte d'une catalogne mauve sur une traîne et le même enfant roux qui était là dans une poche de loup. Hyacinthe leva les yeux vers elle et la regarda. Elle n'avait pas plus de vingt ans, mais elle était déjà une femme mûre. Elle était belle. Il n'y avait pas d'autre mot pour le dire. Belle. Hyacinthe baissa la tête. La morte qu'il avait en lui frappait du poing dans sa poitrine comme quelqu'un qui veut attirer l'attention pour qu'on le laisse sortir d'une pièce où il est enfermé.

— Vous aimez le thé des bois ? demanda encore Marie-Moitié.

— Pendant longtemps je n'ai pas bu autre chose.

— Ça ne vous déplairait pas que j'en fasse ?

— J'en boirai si vous en prenez aussi.

— J'en ferai plus que moins.

Hyacinthe n'écoutait plus.

— Reste tranquille, Flavie, se disait-il à lui-même. Cette jeune femme ne nous veut aucun mal. Ni à toi ni à moi. Encore moins à l'enfant. Je vois bien qu'elle est belle. Mais comment peut-on faire autrement ? Tu crois qu'elle a l'avantage sur toi parce qu'elle est vivante ? Rassure-toi. Il lui manque quelque chose que nous sommes seuls à posséder tous les deux. C'est de nous être aimés.

Hyacinthe se mit à examiner la maison pour se forcer à penser à autre chose. C'était une toute petite maison basse, blanchie à la chaux au-dedans comme au-dehors, solide sur ses murs pleins. Marie-Moitié vivait de toute évidence dans la seule pièce qui en constituait le rez-de-chaussée. Il y avait bien un étroit escalier dans un des coins mais il servait d'armoire. Était-ce au grenier que le père Sébastien s'était pendu ?

Il y avait là tout ce qu'il fallait pour vivre convenablement. Table, chaises et lit-cabane. Et plus encore : toutes sortes d'herbes suspendues au plafond pour faire des remèdes pour toutes les maladies de la terre. Et de grosses bottes de joncs séchés pour tresser des paniers. On en apprenait beaucoup sur cette jeune femme seulement en regardant ces choses. Hyacinthe ne put s'empêcher d'en éprouver une petite douleur dans la poitrine. Et, cette fois, ce n'était pas Flavie qui le tourmentait. C'était le goût de la vie tout simplement. Et aussi le regret des gestes du passé : rentrer à la maison, s'asseoir au bout de la table, boire une tasse de thé des bois, de préférence le soir après souper à la lueur de la chandelle. Tout ce qui lui était interdit désormais. Chassé au-dehors. Exilé dans l'immensité du paysage.

— Tenez, dit Marie-Moitié en posant devant lui une tasse de thé des bois fumante.

Elle s'assit en face de lui, les deux bras sur la table. Légèrement penchée en avant, elle le regardait avec une ébauche de sourire aux lèvres.

— Et maintenant, vous allez me dire ce que vous me voulez.

— Je ne sais trop comment.

— Dites-le d'un coup. Ça fait moins mal. Comme pour la dent.

— Ma sœur Régine, vous la connaissez ?

— Oui, je la connais.

— Elle dit que vous pourriez peut-être garder l'enfant.

L'ébauche de sourire de Marie-Moitié se confirma. Hyacinthe le regarda se former, puis s'ouvrir, puis s'épanouir franchement. Et il ne put se retenir d'en faire autant. Ils se regardaient maintenant en souriant tous les deux.

— C'était donc ça ?

— C'était ça.

— Tout simplement ?

— Tout simplement.

Marie-Moitié se mit à rire, les deux mains sur la table et le corps rejeté en arrière. Hyacinthe riait aussi. L'enfant s'approcha. Il voulait savoir pourquoi on riait. Il eut envie de rire lui aussi. Marie-Moitié lui passa rudement la main sur la tête. Le poil roux se dressait.

— Comment tu t'appelles ?

— Il s'appelle Tim, répondit Hyacinthe.

— Vous répondez toujours à sa place ? demanda Marie-Moitié.

— C'est qu'il n'a pas l'habitude.

— Vous croyez ?

Marie-Moitié prit l'enfant sous les bras et l'assit sans peine sur la table devant elle. L'enfant fixa Hyacinthe qui souriait et il continua d'en faire autant.

— Tu as les cheveux tout rouges, dit Marie-Moitié.

— C'est parce que je suis un lutin. Le curé l'a dit.

— De moi, il dit que je suis une sorcière, enchaîna Marie-Moitié.

— C'est pas vrai. Les sorcières, elles ont un grand nez et des dents pointues et elles font peur aux enfants. Toi, tu me fais pas peur.

Marie-Moitié ébouriffa encore une fois la tignasse de l'enfant avant de le reposer par terre. Elle se tourna vers Hyacinthe.

— Vous voyez ? C'est pas la peine de répondre à sa place. Il le fait très bien.

— Vous savez vous y prendre avec les enfants.

— Si seulement je peux, un jour, en avoir un bien à moi...

Et c'était comme un nuage noir au beau milieu de l'après-midi. Tout juste ce qu'il faut pour vous rappeler qu'il faisait soleil l'instant d'avant. Marie-Moitié secoua sa longue chevelure noire. C'était une jeune femme très énergique mais rayonnante.

— Vous partez en voyage ? demanda-t-elle.

— Je reste, répondit Hyacinthe, même si certains voudraient que je m'en aille.

— C'est pour ça qu'ils vous appellent le Berluseau ?

— Quand on ne connaît pas un pays, on dit qu'il n'existe pas.

— Et quand on a trop peur d'aller y voir de près, on dit que ceux qui y vivent ne sont que la moitié de quelqu'un. Vous voyez ? On se comprend très bien. Suffit de parler.

Ils se regardèrent un instant, étonnés de s'être dit tant de vérités en si peu de temps. L'essentiel en tout cas. Hyacinthe n'avait plus l'habitude de ces choses. Il se leva gauchement.

— Il faut que je m'en aille, dit-il.

— Quelque chose vous presse ?

— Pour sa pension, enchaîna Hyacinthe, je vous paierai dès que j'aurai gagné quelque chose.

— Croyez-vous que je le garde pour ça ?

— Ce n'est pas ce que j'ai dit. Mais il faut bien.

— Voulez-vous que je vous dise comment vous pourriez me remercier ?

Hyacinthe tendait le cou, ses cheveux lui tombaient devant les yeux. Il les rejeta brusquement en arrière, révélant l'intensité avec laquelle il l'écoutait.

— En venant souvent prendre du thé des bois avec moi, comme vous le faites aujourd'hui.

Flavie s'agita dans la poitrine d'Hyacinthe.

— Personne ne vient jamais me parler, enchaîna Marie-Moitié, comme si j'étais vraiment quelqu'un dans ce village.

Flavie se débattait comme une bête prise au piège.

— Il faut que je m'en aille, dit encore une fois Hyacinthe.

Et le timbre de sa voix était celui d'un homme qui n'a pas l'intention d'en dire plus. Il alla trouver l'enfant qui s'amusait dans un coin à essayer de finir de tresser le rebord d'un panier qui avait été laissé en plan. Il le prit contre lui, le pressa contre ses jambes, le caressa doucement dans le cou, lui donna deux ou trois tapes sur les fesses et le secoua enfin par les épaules en lui parlant tendrement. L'enfant se laissait faire comme un oiseau dans la main. Seuls ses yeux disaient quelque chose.

L'instant d'après, Hyacinthe s'en allait de son pas long sur le sentier devant la maison de Marie-Moitié. Il ne se retourna pas. Marie-Moitié et l'enfant le regardaient s'éloigner. Le soleil était déjà très bas. Les oiseaux en faisaient grand cas dans les branches.

Bruno observait le jeune Anglais toussoteux à la dérobée. Leurs ancêtres respectifs s'étaient combattus à la bataille des Plaines d'Abraham.

Ce qui s'était passé était terrible. Les Anglais bombardaient la ville de Québec depuis un bon bout de temps, mais ils restaient sur leurs bateaux. Les Français rentraient la tête dans les épaules et supportaient les bombardements en maugréant, mais ils se réjouissaient secrètement. Le temps jouait en leur faveur. Si les Anglais ne levaient pas l'ancre bientôt pour retourner à la mer, la glace prendrait autour de la coque de leurs navires. Et ils resteraient prisonniers de leur témérité tout l'hiver, qui durait un bon six mois dans ce temps-là.

On s'attendait donc d'un matin à l'autre à s'éveiller pour constater que les Anglais n'étaient plus là. Mais le général Wolfe était ambitieux. Il courtisait sans doute une jeune fille de la bonne société anglaise et il avait bien l'intention de venir déposer le Canada à ses pieds en rentrant. C'est pourquoi il s'était livré à toutes ces bassesses qui avaient mené à la trahison de Vergor. Et c'est ainsi qu'au matin du 13 septembre 1759, les Français s'aperçurent qu'il y avait 4 800 soldats anglais qui s'étaient disposés en formation de combat sur les Plaines d'Abraham.

Le général Montcalm, qui défendait la ville de Québec, n'était pas un imbécile non plus. Il savait que les Anglais feraient une dernière tentative de débarquement avant de s'en aller. Parce que lui-même en aurait fait autant. Il en avait prévenu ses officiers. On attendait les Anglais de pied ferme. Mais pas au bon endroit. Au pied des chutes Montmorency. A Beauport.

En apprenant que les Anglais étaient sur les Plaines d'Abraham, Montcalm entra dans une grande colère. Et sans prendre le temps de réfléchir, il ordonna à ses hommes de se précipiter au rendez-vous. Sans se demander s'il avait tout ce qu'il fallait pour le déjeuner sur l'herbe qui s'y préparait, déjeuner auquel on n'avait même pas eu la civilité de le convier.

Ce fut un déjeuner très réussi. Pour les Anglais, qui croquèrent les Français tout ronds, la peau et les os.

Hyacinthe était allé se présenter à la dame Morel qui s'était montrée sous son jour le plus bourru mais qui ne l'en avait pas moins pris à son service pour nettoyer ses écuries en remplacement d'un petit Bourbonnais qui se présentait au travail un jour sur deux, et le plus souvent sentant le vin à plein nez. Les conditions étaient simples : Hyacinthe régnerait sur les écuries et ne devrait pas en sortir. La dame Morel lui ferait porter à manger. Il y dormirait aussi, bien entendu.

Les écuries d'une auberge avaient une importance considérable dans ces temps. Les voyageurs choisissaient de s'arrêter quelque part autant pour la bonne tenue des écuries que pour la qualité de la cuisine ou le duvet des oreillers. Hyacinthe devait veiller à tout : sortir le fumier, nourrir les bêtes — et il y avait toujours un ou deux ânes récalcitrants dans le lot —, les bouchonner et les étriller, et surtout être prêt à tout moment, de nuit comme de jour, à prendre la bride de la monture d'un nouvel arrivant.

La plupart de ceux qui effectuaient habituellement ces tâches les considéraient comme pires que les galères. On ne s'y résignait que dans la plus extrême indigence. Et encore, en se disant que ça ne durerait qu'un temps. Fallait-il être malheureux pour travailler sept jours par semaine sans dimanche !

Hyacinthe avait entrevu la chose avec un certain plaisir. Il se sentait comme un tronc d'arbre qui flotte en descendant le cours d'un fleuve et qui n'a pas à se demander où il va, qui n'a rien d'autre à faire que de profiter du soleil et des oiseaux. Et de la nuit pour dormir.

Il avait passé le premier jour à tout mettre en ordre et à sa main : les deux fourches appuyées là où il les voulait, les seaux par ordre de grosseur les uns à côté des autres, un clou plus commode pour accrocher le fanal, les fils d'araignées enlevés des fenêtres et la porte replacée sur ses gonds. Il commençait à se sentir chez lui.

Le premier soir, il choisit avec soin l'endroit où il dormirait. C'était au centre de l'écurie. Il y avait là une montagne de paille entre deux murs de planches qui ne montaient pas jusqu'au plafond. En grimpant tout en haut, il dominait les douze stalles, en même temps qu'il pouvait jeter un coup d'œil aux deux portes, celle de devant, vaste et à double battant par où on faisait entrer les chevaux, et celle de derrière qui donnait sur le tas de fumier et des broussailles où poussaient des vinaigriers tordus.

Hyacinthe avait pris le temps au cours de la journée d'aller chercher sa poche de loup qu'il avait laissée chez Régine. Il s'en était fait un oreiller. Il n'était pas inconfortable de pouvoir se dire qu'on dormait sur l'ensemble de ses possessions.

La grande porte des écuries s'ouvrit lentement. Hyacinthe se dressa sans bruit. C'étaient les trois contremaîtres inutiles. Ils avaient fini par dénicher Hyacinthe, et ils ne tardèrent pas à prendre leurs aises dans la paille eux aussi. Hyacinthe les accueillit à bras ouverts.

Le camion du gros Sirois emportait le jeune Anglais à travers les dédales cahoteux de la Haute-Mauricie sans que ce dernier se doute que son compagnon de route refaisait dans sa tête leur histoire à tous deux. L'épisode que Bruno venait de revivre était douloureux. Il s'empressa d'en trouver un plus réconfortant.

Ce n'était pas une victoire. Il n'y en avait plus eu pour les Français. Mais c'était un geste de grandeur. Et, faute de mieux, cela pouvait vous redonner confiance en vous-même.

Montcalm était mort comme tous les grands généraux doivent savoir le faire dans la défaite, en prononçant une parole historique : « Je meurs content. Je ne verrai pas les Anglais dans Québec. »

Lévis s'était retrouvé à la tête des armées de la colonie agonisante. C'était un général hautain et fier. Il n'acceptait pas l'échec. Il se replia sur Montréal. Envisagea d'y passer l'hiver et d'attendre le printemps pour venger le revers de Montcalm. Mais, quand il fut convaincu que la cause était perdue, il posa le fameux geste de grandeur dont l'évocation faisait encore frissonner Bruno Bellerose après tant d'années.

Montréal est une grande île dans le fleuve Saint-Laurent. En face s'en trouve une autre, beaucoup plus petite, et qui se nomme île Sainte-Hélène. Lévis s'y fit transporter avec son état-major et il y brûla ses drapeaux.

Bruno ne savait pas exactement ce que signifiait brûler ses drapeaux. Pour lui cela avait le sens d'une vengeance. C'était comme casser sa canne sur le dos de quelqu'un qui vient de vous insulter.

La mère du notaire Plessis était une petite femme frêle. De l'espèce de celles dont on se demande si elles auront assez de souffle pour atteindre le lendemain et qui finissent habituellement par atteindre cent ans. Il était vrai que Mme Plessis était confinée à son fauteuil de malade depuis vingt ans, mais cela n'avait nullement altéré sa conception de la vie. Elle avait simplement été forcée de changer de point de vue. Quand on est assise, on voit les choses d'en bas.

Personne n'établissait de relation de cause à effet, mais sa maladie avait à peu près coïncidé avec la débâcle qui avait emporté les affaires de son mari. Et c'était sous la pression de sa femme que le seigneur Plessis avait mis sa seigneurie en vente.

— Votre santé ne supportera pas une autre année de tracas, Philippe ! C'est vous ou vos terres.

Il était mort un peu moins d'un an plus tard sans jamais avoir pu oublier la brûlure que lui avaient laissée au fond de l'âme les yeux de son fils quand celui-ci avait appris que la seigneurie allait être vendue. Jean-Michel Plessis n'avait que dix ans, mais tous les plans en tête pour restaurer les affaires de son père quand le temps serait venu pour lui de les prendre à son compte. Malgré son jeune âge, Jean-Michel Plessis s'était préparé à jouer un rôle qui ne devait jamais être le sien : celui de seigneur de Nicolet.

On avait quitté le manoir seigneurial peu après la mort du père. Une longue file de charrettes et de voitures plates avait emporté les biens de la famille Plessis au Port Saint-François. C'était assez loin pour que la blessure ne soit pas constamment ouverte. Pas assez cependant pour qu'on ne puisse oublier. Mme Plessis avait acheté une grosse maison de bois peinte en vert à côté du presbytère. Jean-Michel, qui avait maintenant trente ans, y tenait son étude de notaire. Et sa mère avait fini par le convaincre d'accepter l'offre du nouveau seigneur anglais qui voulait faire de lui son chargé d'affaires. Aux yeux de Mme Plessis, c'était simple justice que son fils mette ses connaissances à la disposition d'un homme qui avait bien payé ce qu'il avait acquis. Le fils y voyait plutôt la cause de l'amertume qui n'en finissait pas de lui remonter à la bouche. Dans sa chaise et son châle, Mme Plessis avait bien au-delà de soixante-dix ans. Un livre parfois sur les genoux, habituellement un doux sourire. Mais ses jambes la faisaient terriblement souffrir. Sans qu'on sache pourquoi, elles étaient en train de se décomposer vivantes. Des plaies profondes y subsistaient qui ne guérissaient pas. La jeune métisse, que tout le monde surnommait Marie-Moitié, venait lui panser les jambes tous les jours.

Ce matin-là Mme Plessis avait en même temps la visite du curé. Marie-Moitié était à genoux devant la vieille femme. Le curé allait et venait dans la pièce dans un grand bruissement de soutane.

— Avez-vous songé, madame Plessis, disait l'abbé Mailloux, à mettre vos affaires spirituelles en ordre ? De la même façon qu'on veille aux choses matérielles, il faut aussi préparer son entrée dans l'autre monde.

— J'apprécie votre prévenance, monsieur l'abbé, disait doucement la vieille dame. Et je ne manquerai pas de vous faire mander le temps venu. Pour l'heure, je me porte à merveille. Et je loue Dieu chaque jour d'avoir mis la petite Marie sur mon chemin.

L'abbé Mailloux jeta un regard soupçonneux à la métisse. Ces deux-là ne pratiquaient pas les mêmes méthodes.

— Vous lui faites confiance, vous, madame Plessis ?

— Elle est fort experte dans l'art de panser les jambes des vieilles dames.

— Si elle se contentait de cela !

L'abbé Mailloux avait laissé en plan sa conversation avec Mme Plessis pour se dresser gros et noir au-dessus de la jeune métisse.

— Il paraît que tu gardes l'enfant d'Hyacinthe Bellerose ! fit-il d'un ton réprobateur. De quoi te mêles-tu donc ?

Marie-Moitié leva des yeux courroucés sur l'abbé :

— C'est son père qui me l'a demandé !

— Quel père ? Je croyais que cet enfant était un orphelin.

— Vous n'avez donc pas appris qu'on peut transplanter toutes sortes de plantes quand elles sont de petite taille ?

Vraiment, l'abbé Mailloux n'appréciait pas de se faire répondre de cette façon. Bien peu de ses paroissiens auraient osé en faire autant. Qui plus est, cela venait d'une femme. Métisse par surcroît, moitié femme moitié diablesse sans doute. L'abbé Mailloux durcit ses lèvres fines. Cela lui donnait le menton pointu.

— Je veux que tu saches que je vois cela d'un très mauvais œil.

— Vous verriez sans doute d'un meilleur œil qu'il loge aux écuries de l'auberge avec les bêtes, comme son père ?

C'en était trop. L'abbé Mailloux gesticulait d'indignation. Marie-Moitié avait fini de panser les jambes de Mme Plessis. Celle-ci lui fit discrètement signe de se retirer. Marie-Moitié salua la vieille dame et sortit comme s'il n'y avait eu qu'elle dans la pièce.

— Cette fille est d'une impertinence ! tonna l'abbé Mailloux.

Mme Plessis cherchait à rétablir les choses :

— Vous lui cherchez tout le temps querelle, monsieur l'abbé !

Mme Plessis s'efforçait de prendre la défense de la jeune fille qu'elle jugeait de mœurs simples mais vertueuses à leur façon. Cependant l'abbé Mailloux n'écoutait pas. Il s'était arrêté à deux pas de la porte du salon où se tenait Mme Plessis, et il regardait avec intensité quelque chose que la vieille femme ne pouvait pas voir de son fauteuil. A en juger par son expression, ce devait être un spectacle bien effrayant.

En face du salon, de l'autre côté d'un vestibule de bonnes proportions, s'ouvrait l'étude du notaire. Celui-ci était sans doute debout près de son grand pupitre, et la jeune métisse lui avait passé les bras autour du cou. Le curé ne pouvait le distinguer parfaitement, mais il en aurait juré. Il était hors de lui.

En vérité, c'était le notaire qui avait profité d'un prétexte anodin pour chercher à embrasser la jeune fille comme il le faisait souvent. Celle-ci n'avait pas passé ses bras autour de son cou, mais elle avait poussé de toutes ses forces contre sa poitrine pour se dégager. Le notaire, qui avait les yeux tournés vers la porte, lâcha la jeune fille quand il s'aperçut que le curé venait vers eux. Marie-Moitié recula brusquement et faillit buter sur le curé. Elle l'évita et prit son panier qui était resté dans le vestibule avant de sortir promptement.

— Il n'est pas facile de résister. à pareille tentation, dit le notaire d'un air contrit.

Mais le curé était déjà sur le perron. Et il vociférait contre la jeune fille qui s'éloignait à grands pas :

— Je te ferai passer tes mauvaises habitudes ! Sorcière ! Tu ne perds rien pour attendre ! Suppôt de Satan !

Le jeune Anglais toussait toujours. Bruno le regarda et se demanda comment il aurait pu cohabiter avec les vaincus s'il avait été dans le camp des vainqueurs. C'était pourtant ce que les Anglais avaient fait. Ils avaient conquis le pays, ils s'étaient installés aux meilleures places, mais ils n'avaient pas chassé ceux qui avaient voulu rester. En fouillant dans sa mémoire, Bruno se souvint que Mlle Marchessault avait aussi une explication pour cela.

C'était tout simple. Il était vrai que les Anglais en voulaient depuis toujours aux Français. Ils se battaient depuis le commencement des temps dans les vieux pays. Mais, après la conquête anglaise, les Français qui se trouvaient encore au Canada étaient retournés en France. N'étaient restés que les vrais Canadiens.

— C'est-à-dire, insistait Mlle Marchessault, seulement les paysans et les gens d'humble condition. Partis, les grands seigneurs et les beaux militaires poudrés, les gros commerçants, le haut clergé pourpre.

On avait abandonné les malheureux Canadiens comme des naufragés sur une île déserte, qu'ils avaient convertie en pays à leur façon. En Français. Sous l'égide des curés que la Révolution française avait chassés jusqu'ici, irréductibles comme leurs nouveaux paroissiens.

Et ils étaient devenus tous ensemble des Canadiens-Français.

Une race nouvelle qui se battait toujours contre les Anglais. A coups de chapelet et de charrue.

— Tes ancêtres étaient de ceux-là mon petit Bellerose, disait Mlle Marchessault.

Et Bruno se demandait toujours pourquoi elle le citait, lui, en exemple.

Un midi, Hyacinthe entra dans la salle de l'auberge. Il y avait beaucoup de monde. Il resta près de la porte à regarder. La dame Morel ne l'avait pas encore aperçu. Des vapeurs et des cris montaient. Des rires aussi. Il faisait beau, il faisait chaud. Et ces gens, des voyageurs pour la plupart, étaient de fort belle humeur.

Un instant, Hyacinthe se laissa distraire par cette atmosphère. Le spectacle ne pouvait lui être indifférent : les gros pains tout ronds, les ustensiles, la vaisselle fleurie, les légumes bouillis dans le gras de lard, mais surtout la familiarité qui unissait tous ces gens sans qu'ils s'en rendent compte, tous ensemble occupés à manger dans un même lieu.

La dame Morel courut vers lui une louche à la main.

— Je croyais t'avoir fait comprendre que tu devais pas te pointer le nez à l'auberge !

— Je suis venu me faire payer.

— Te payer ? Tu crois que t'as déjà assez travaillé pour ça ?

— C'est pour la pension de mon enfant.

La dame Morel s'impatientait. Elle avait des clients qui attendaient.

— T'aurais pas pu choisir un autre moment ?

Mais Hyacinthe restait là. La dame Morel finit par fouiller dans la poche de son tablier et lui donna une poignée de petits sous. A peu près le prix d'un bon repas dans son auberge. Puis elle poussa franchement Hyacinthe vers la porte.

— Décampe à présent. Tu sens l'écurie.

Mais une voix s'était élevée au fond de la salle :

— Un instant, dame Morel. Et si ce monsieur était mon invité ?

Hyacinthe et la dame Morel se retournèrent en même temps. Le major Hubert s'était dressé devant la table où il mangeait seul.

— Ce serait point de gaieté de cœur, dit la dame Morel, mais je saurais point l'interdire vu que c'est pendant le temps qu'il a pour manger sa soupe.

— Dans ce cas, répondit le major, qu'est-ce que vous attendez pour lui apporter à boire ? Approche Hyacinthe !

Mais déjà le major venait à sa rencontre, sa serviette entre les mains. Il ramena Hyacinthe à sa table. La dame Morel les suivit du regard jusqu'à ce qu'ils se soient assis tous les deux. Elle haussa les épaules et se remit à son service, le menton plus mou que jamais.

Le major achevait son repas. Il buvait son thé. La dame Morel avait fini par venir en poser une tasse devant Hyacinthe. Sans le regarder. Le major Hubert avait commencé par déverser tout un lot de banalités gentilles sur la table. Il avait évoqué le malheur d'Hyacinthe sans trop insister, parlé des récoltes, un tout petit peu aussi de ses fonctions de député et de ce qui se passait à la Chambre d'assemblée à Québec. Hyacinthe écoutait d'une oreille distraite. Il finit par interrompre le major :

— Ce n'est pas pour cela que vous m'avez appelé. Qu'est-ce que vous me voulez au juste ?

Le major Hubert avait levé la tête, écarté ses cheveux avec ses deux mains et regardé Hyacinthe droit dans les yeux. Il avait baissé la voix :

— Hyacinthe, je ne comprends pas que tu prennes plaisir à t'humilier de la sorte. Tu es un homme de la trempe des pionniers, et je te retrouve garçon d'écurie à l'auberge. Tu ne dois pas rester ici.

— Il faut que je gagne de l'argent, dit Hyacinthe. J'ai mis mon enfant en pension chez Marie-Moitié.

Le major sourit.

— Et si je te proposais un autre travail ?

Hyacinthe observait le major sans rien dire tout en buvant son thé à petites gorgées.

— Tu sais que j'ai du bois qui est parti à la dérive ? demanda le major.

— Je les ai vus le jeter à l'eau, répondit Hyacinthe. Mais je n'ai pas pu les en empêcher.

Le major se leva carrément de table. Les autres autour le regardaient. Il haussa le ton. Il était penché vers Hyacinthe, les mains posées à plat sur la table :

— Et qu'est-ce que tu dirais, toi, si on jetait tes affaires à la rue ? Tu trouverais ça juste ?

— Non, répondit Hyacinthe.

Le major s'enflammait :

— Ah ! Tu es bien comme moi, toi ! Tu n'es pas homme à supporter l'injustice !

Le major n'attendit pas de réponse. Il se rassit et posa ses mains sur celles d'Hyacinthe.

— Tu vas récupérer mon bois. Prends ma barque. Elle est sur la plage près du quai. Elle porte ma marque. Le bois aussi.

Hyacinthe fit un signe de la tête en direction de la dame Morel qui s'affairait dans la salle.

— Je m'arrangerai avec elle, dit le major. Ce qui presse, c'est de rattraper mon bois avant qu'il ait filé jusqu'à la mer.

Le major s'était levé. Pour de bon, cette fois.

— Maintenant, dit-il, il faut que j'aille à Québec : là aussi il se commet beaucoup d'injustices. Mais on ne peut pas voir à tout en même temps. Alors, je peux compter sur toi ?

— Je vous le ramènerai, votre bois, dit Hyacinthe.

Le major fit le tour de la table pour venir donner une claque dans le dos d'Hyacinthe :

— Il en faudrait plus des gens comme toi dans ce pays !

Bruno avait du mal à croire que le pays avait pu être sauvé grâce à l'acharnement de gens comme son père. On ne fait rien de grand en enfonçant des piquets de clôtures dans la terre et en restant assis sans rien dire le reste du temps au bout de la table. A moins que le fait d'avoir mis sept enfants au monde ait pu y contribuer ?

Bruno n'osait évidemment contredire ouvertement Mlle Marchessault, mais il se permettait à l'occasion de l'interroger d'une manière que les autres écoliers trouvaient audacieuse :

— Si ce que vous dites est vrai, comment se fait-il que tous les Anglais soient riches et que nos Canadiens-Français doivent trimer sur leur terre d'un soleil à l'autre ?

— D'abord, répondait calmement Mlle Marchessault, tu sauras que tous les Anglais ne sont pas riches. Il y a quelques pauvres Anglais aussi. Ou des Anglais pauvres, si tu préfères. Des exceptions qui confirment la règle, évidemment. Mais ce que je veux surtout que vous vous mettiez bien tous dans la tête, c'est que rien n'empêche que vous deveniez riches vous aussi. Aussi riches que des Anglais.

Un jour, Bruno s'était levé au beau milieu de la classe :

— Je vous le promets, avait-il proclamé. Moi le premier, je deviendrai aussi riche qu'un Anglais.

Il s'était rassis en rentrant la tête dans les épaules craignant d'être réprimandé pour sa sortie intempestive. Et Mlle Marchessault était effectivement descendue de sa tribune et elle avait franchi toute l'allée jusque devant son pupitre. Elle lui avait mis la main sur l'épaule en le regardant droit dans les yeux :

— Tu te souviendras de ce que je te dis, Bruno. Un jour, quand je serai vieille, tu seras devenu un riche homme d'affaires canadien-français. Parce que je suis convaincue que tu ne te laisseras pas manger la laine sur le dos comme tant d'autres.

Et la main de Mlle Marchessault avait imprimé toute sa confiance dans l'épaule de Bruno. Comme dans les temps anciens quand on sacrait un chevalier.

La toux du jeune Anglais ramena Bruno à la réalité du camion. Il voyait son premier Anglais pauvre. La prophétie de Mlle Marchessault était-elle en train de se réaliser ?

Bruno serra très fort au fond de sa poche le billet sur lequel il était écrit qu'on lui devait dix-neuf piastres et soixante-treize sous.

Hyacinthe se leva avant le soleil et descendit sur la plage. Le village du Port Saint-François sommeillait encore. Mais des oiseaux avaient été prévenus que la lumière était en marche. Ils s'étaient rassemblés sur un vieux saule perclus et ils l'appelaient de toutes leurs forces. Hyacinthe passa sous eux sans déranger leur assemblée.

Il trouva sans peine la barque du major Hubert. C'était une grosse embarcation ventrue. Hyacinthe dut déployer toute sa force pour la décoller du sable. Il la vida de l'eau que la pluie des jours précédents y avait laissée, il posa sa poche de loup au fond et, debout à l'arrière, l'amena lentement au large.

Le fleuve respirait calmement. De grandes masses de joncs flottaient ici et là. Hyacinthe se laissait dériver vers les promesses de l'aube. Le fleuve allait dans le même sens. Le cours de ses pensées aussi.

Il y avait déjà plusieurs jours que le marchand Smith avait fait jeter à l'eau le bois du major. Et il n'y avait pas eu de vents d'est ou de nord-est qui auraient pu ralentir la course des madriers. Hyacinthe pouvait donc s'attendre à descendre le fleuve un bon bout de temps avant d'apercevoir le premier.

Hyacinthe laissait dériver sa barque en lui imprimant à l'occasion une légère correction avec sa longue gaffe. Et c'était tout. Quand le soleil se leva, il avait déjà dépassé la petite rivière Marguerie.

Le major Hubert s'était arrangé avec la dame Morel pour qu'elle fournisse à Hyacinthe une nourriture suffisante pour plusieurs jours. Assis au fond de sa barque, les jambes bien écartées, Hyacinthe mordit dans une tranche de rôti de porc. La viande avait le goût même du bonheur.

Il se cala confortablement le dos contre le bordage de la barque. Il rota sans retenue. Il y avait longtemps qu'Hyacinthe n'avait éprouvé autant de plaisir.

Le camion qui transportait Bruno et le jeune Anglais s'arrêta. Ils ne savaient ni l'un ni l'autre où ils étaient rendus. Ils n'auraient pas pu dire non plus depuis combien de temps ils roulaient. Il y avait bien une petite fenêtre dans la porte de la cabane, mais elle était couverte de buée. On entendit la voix du gros Sirois :

— Sortez de là, vous deux. On est arrivés.

Bruno descendit le premier. L'Anglais l'avait laissé poliment passer. Il neigeait une fine neige grise. On était dans la cour du Chapeau de Paille.

C'était le relais des McBride en Haute-Mauricie, à l'entrée de leur concession de coupe forestière. Bien au-delà du dernier village. L'endroit tenait son nom d'une haute maison dont la toiture exceptionnellement élevée de bardeaux de cèdre gris pouvait être comparée à un chapeau de paille.

Personne ne montait travailler aux chantiers des McBride sans passer par là. Encore moins en redescendant, puisque c'était là qu'on versait le salaire aux engagés.

Bruno avait perdu l'Anglais de vue. Il était étourdi. L'air vif ne lui était d'aucun secours. Il se dit qu'il en avait encore pour toute une journée au moins avant d'être rendu chez lui. Une bonne journée de vingt-quatre heures.

Le forgeron tenait Marie-Moitié par les deux bras, et l'abbé Mailloux courait après l'enfant. Ils criaient tous les quatre à la fois. C'était tôt dans la journée. Marie-Moitié et l'enfant venaient à peine de se lever. Le petit Irlandais avait tout juste eu le temps de passer ses culottes, mais les bretelles de corde que lui avait fabriquées son père lui pendaient sur les jambes. L'enfant courait autour de la table. L'abbé Mailloux, qui le poursuivait, tenait sa soutane relevée d'une main.

— Viens ici, méchant lutin, vociférait l'abbé. On va faire un bon chrétien de toi.

— Je veux pas être un bon chrétien, répétait l'enfant terrifié.

Marie-Moitié se débattait comme une bête prise au piège pour se défaire de l'emprise du forgeron. Elle lui mordait les poignets. Elle l'invectivait, et la salive lui sortait de la bouche en fins postillons qui couvraient la figure du forgeron. Et celui-ci criait aussi :

— Attrapez-le, monsieur l'abbé. Attrapez-le.

La journée s'annonçait pourtant comme devant être comme toutes les autres quand Marie-Moitié avait ouvert les yeux. L'enfant était déjà assis sur le lit que Marie-Moitié lui avait aménagé le long de la cloison sous la fenêtre. Il regardait tranquillement dehors et il se disait des choses à lui-même en remuant les lèvres sans parler vraiment. Il était comme le premier homme qui examine son royaume en énumérant ce qu'il voit pour se l'approprier.

Marie-Moitié lui avait souri, et l'enfant était venu la rejoindre dans son lit. Ils ne vivaient pas ensemble depuis longtemps, mais déjà ils avaient eu le temps de prendre des habitudes. La jeune femme étendait le bras et l'enfant venait poser sa tête au creux de son épaule. Ses cheveux roux emmêlés à la longue chevelure noire de la métisse. Heureux tous les deux dans le petit matin. Marie-Moitié demandait :

— Quelle est la plus belle chose au monde ?

L'enfant hésitait un instant, puis répondait en fronçant les sourcils :

— Manger du blé d'Inde ?

— Encore mieux que le maïs, insistait Marie-Moitié. Mais ça ne se mange pas. Bien qu'on en ait parfois envie.

L'enfant ne voyait vraiment pas. Il finissait par donner sa langue du chat, comme on dit.

— C'est ton sourire, grosse bête, faisait Marie-Moitié en lui serrant les deux joues entre les doigts de sa main.

L'enfant se laissait faire et ils finissaient par éclater de rire tous les deux.

Mais on avait frappé à la porte. Marie-Moitié s'était levée pour aller soulever la barre. Le curé était entré l'œil malin.

— Tu n'as pas encore commencé ta journée à cette heure-ci ?

— Rien ne presse. Et vous, qu'est-ce que vous me voulez ? Il y a bien longtemps que vous ne m'aviez pas rendu visite.

— Je viens remplir un pénible devoir, avait répondu le curé d'une voix lugubre.

Et il avait entrouvert la porte.

— Entre, William.

Le forgeron était entré. Il ne savait que faire de ses larges mains et de ses grands pieds. Il avait peine à tenir debout tant il était mal à l'aise.

— Qu'est-ce que vous me voulez ? avait demandé encore une fois Marie-Moitié.

— A toi rien, répondit le curé. C'est à celui-ci que j'ai affaire.

Et il avait pointé son doigt court en direction de l'enfant sur le lit.

— Il couche dans ton lit ? demanda-t-il indigné.

— Qu'est-ce que ça peut bien vous faire ?

— Tu vas le voir ce que ça peut me faire.

Et le curé s'était approché du lit en disant :

— Viens ici, méchant lutin. On va faire de toi un bon chrétien.

La petite maison de Marie-Moitié s'était tout de suite transformée en champ de bataille. L'abbé et le forgeron d'un côté. Marie-Moitié et l'enfant de l'autre. Et il était arrivé ce qui devait arriver. Les deux hommes avaient eu le dessus, et maintenant ils emportaient l'enfant qui gigotait et qui n'avait pas cessé de crier comme un poulet :

— Je veux pas être un bon chrétien.

Sur le pas de sa porte, Marie-Moitié les invectivait :

— Lâches ! Il est à Hyacinthe Bellerose cet enfant !

Le curé s'était tourné vers elle un instant :

— Mais pour qui te prends-tu, petite sauvageonne ? Tu veux faire la loi au village ?

— Attendez qu'Hyacinthe Bellerose l'apprenne !

Et le forgeron avait cru bien faire en ajoutant :

— C'est ça ! Tu lui diras au Berluseau !

Marie-Moitié s'était dit qu'en courant de toutes ses forces, elle aurait peut-être le temps d'aller prévenir Hyacinthe avant que les deux hommes soient arrivés au presbytère. Elle était en grand jupon blanc. Elle ne prit même pas le temps de mettre sa robe, elle se jeta un châle sur les épaules et elle se mit à courir vers l'auberge, car elle avait appris qu'Hyacinthe y travaillait depuis quelques jours.

Il n'était pas aux écuries. Elle était entrée dans l'auberge en coup de vent. La dame Morel, qui était seule, eut un mouvement de recul tant la jeune fille semblait hors d'elle-même.

— Où est-il ? demanda Marie-Moitié.

— Qui donc ?

— Hyacinthe Bellerose. J'ai regardé partout. Il est pas aux écuries.

— Dame ! fit tranquillement la dame Morel, t'auras beau soulever tout le fumier de mes écuries, tu le trouveras point. Il doit être loin à l'heure qu'il est.

— Mais où donc ?

— Il a été appointé par le major Hubert pour aller repêcher son bois sur le fleuve.

Marie-Moitié sortit comme elle était entrée. Elle courut jusqu'au quai. Pas là non plus. Elle criait pourtant comme une folle :

— Hyacinthe ! Hyacinthe !

Les deux Irlandais de Smith la regardaient sans comprendre. Des canards qui semblaient avoir pris la décision de ne pas suivre leurs congénères vers le nord s'envolèrent soudain.

TROISIÈME PARTIE

Marie-Moitié

« Je mourrai dans mon nid,
J'aurai des jours nombreux comme le sable.
Mes racines s'étendent vers les eaux,
La rosée passe la nuit dans mon feuillage. »

LE LIVRE DE JOB.

Hyacinthe descendait le fleuve depuis trois jours. Il avait eu le temps de se refaire un souffle de bête, court par moments et lourd à d'autres. Le torse nu la plupart du temps, les jambes de ses hauts-de-chausses trempées, il avait toute l'odeur de l'eau sur les mains.

Le premier jour, il n'avait pas été fâché de ne rien trouver. Le bois du major Hubert avait pu être emporté très loin. Hyacinthe visita consciencieusement chaque anse et chaque crique. Des joncs, des saules, des hérons, des butors et de petites poules d'eau dont les pattes fines tricotaient des motifs délicats sur le sable de la berge. L'air fermentait sous le soleil.

A midi, Hyacinthe dévora une autre partie des provisions de la dame Morel, et il s'allongea au fond de sa barque. Tous les insectes du Bas-Canada étaient sur lui. Chacun avec son langage. Hyacinthe les laissait dire. Il avait appris depuis belle lurette qu'il n'y avait pas d'autre façon de faire avec eux que de les écouter si on ne voulait pas se vouer aux enfers pour avoir proféré tous les jurons de la terre en une même occasion.

Flavie ? Elle était toujours une belle jeune fille bien vivante au fond du cœur d'Hyacinthe, mais elle ne demandait plus rien. Elle commençait à savoir s'occuper d'elle-même. Elle employait ses journées à cueillir de gros bouquets de marguerites des champs dont elle garnissait le souvenir de celui qu'elle avait aimé. Et ce dernier n'était pas peu étonné, quand il s'arrêtait pour souffler, de constater que son haleine était parfumée.

Le premier soir, il coucha dans sa barque sous une grande couverture de cheval que la dame Morel lui avait permis d'emporter. Il était au paradis. Le clapotis des vagues sur les flancs de l'embarcation, combiné à la chaude odeur de sueur et de fumier qui montait de la couverture, le forçaient à fermer les yeux.

L'aube le tira de sa béatitude. Le jour naissant était en état de grâce.

— Il serait temps que je trouve quelques bouts de bois pour faire plaisir au major Hubert, se dit-il.

Justement, la première baie qu'il explora recelait une vingtaine de madriers marqués d'un « H » dans un cercle. Hyacinthe les empila sur la berge, dans un endroit abrité. Ainsi tout le jour. Et le lendemain.

Il était arrivé à l'embouchure de la rivière Bécancour, à quatre bonnes lieues du Port Saint-François. Les madriers du major Hubert s'étaient échoués un peu partout, certains pris dans les joncs qui respiraient au rythme des longues vagues, d'autres montés carrément sur la plage. Hyacinthe posait les madriers isolés en travers de la barque sur le franc-bord. Ils seraient laissés avec d'autres un peu plus loin.

Hyacinthe était en train d'en constituer une nouvelle pile. Il avait un madrier entre les bras, l'autre extrémité de la pièce traînant dans la boue, quand une voix le fit sursauter :

— Tu ne veux pas que je te donne un coup de main ?

Hyacinthe se retourna. C'était le notaire Plessis. Celui-ci était assis sur une roche, en habit noir et les souliers poussiéreux. Le notaire se leva pour donner suite à sa proposition. Hyacinthe faisait non de la tête et il s'empressa de poser son madrier sur les autres. Ce n'était pas un travail de notaire. Et celui-ci n'était pas vêtu pour le faire non plus. Hyacinthe se demanda ce que venait faire le notaire Plessis à cet endroit. Il ne savait pas où était la route. Mais il aperçut le cheval, toujours attelé à son cabriolet noir, qui semblait prendre beaucoup de plaisir à goûter les différentes espèces d'herbes du bord de l'eau.

— Je passais, dit le notaire, et j'ai entendu qu'on chantonnait, alors je me suis arrêté pour voir.

Le notaire désigna le tas de bois de la tête :

— Tu travailles pour le major Hubert maintenant ?

Hyacinthe fit un pas en retrait pour se remettre à l'ouvrage.

— Viens donc t'asseoir, dit le notaire. Tu as bien le temps de fumer une pipe en ma compagnie.

Et il tendit son tabac. La présence du notaire indisposait Hyacinthe qui était content d'être seul depuis trois jours. Il n'avait pas envie de parler. Mais il finit par se rendre à l'invitation du notaire.

— Tu n'es pas très bavard, dit encore le notaire.

— C'est pour ne pas dire de bêtises, répondit Hyacinthe.

— Vraiment, tu n'es pas comme les autres. Je t'observe depuis ton retour des Bois-Francs, et parfois je trouve que tu as l'air de quelqu'un qui en saurait plus long que tout le monde sur le cours de la vie.

Hyacinthe avait fini de bourrer sa pipe. Il redonna le tabac au notaire et il entreprit de se faire du feu.

— Mais en même temps, continua le notaire, tu me déroutes parce que tu sembles ignorer complètement certaines règles élémentaires. Tu me comprends ?

Hyacinthe fronça les sourcils. L'amadou se consumait entre ses doigts.

— Non, pas du tout.

— Tu sais aussi bien que moi que, dans un village, il y a certaines choses qu'il vaut mieux ne pas faire, certaines personnes qu'il vaut mieux ne pas fréquenter.

— Voyez-vous, dit Hyacinthe en soufflant sur son amadou pour l'éteindre, je suis moi-même quelqu'un qu'il vaut mieux ne pas fréquenter.

Le notaire ne voulut pas relever tout de suite cette affirmation pour ne pas perdre le fil de son discours. Il enchaîna :

— Ce bois, par exemple. Personne ne voulait y toucher. Et c'est toi que je trouve en train de le ramasser.

Le notaire était debout devant Hyacinthe, tirant consciencieusement sur sa pipe éteinte.

— Et tu ne t'es pas demandé pourquoi Smith avait fait jeter à l'eau le bois du major ? Ne te mêle donc pas de leurs querelles. Tu finirais par en être éclaboussé.

— Quoi qu'on fasse, on finit toujours par avaler de l'air qui a déjà été respiré par quelqu'un, répondit Hyacinthe.

Le notaire était étonné. Il resta un moment sans rien dire. La pipe au bec, les mains dans le dos, il s'approcha d'Hyacinthe et se mit à lui parler à voix basse. Comme s'il craignait d'être entendu par les petits saules frisés au milieu desquels ils se trouvaient :

— Je te l'ai déjà dit et je tiens à te le répéter. Cela me plaît assez que tu ne sois pas comme les autres.

Le notaire hésitait. Il y avait visiblement quelque chose qu'il lui pesait de dire. Hyacinthe le regardait tranquillement, trop tranquillement. Le notaire soupira et finit par se décider à parler :

— Ce petit Irlandais que tu as ramené des Bois-Francs, es-tu sûr de l'avoir confié à la bonne personne ?

— Marie-Moitié ne lui veut que du bien.

— Ce n'est pas l'avis de tout le monde. Ton geste a peut-être été mal interprété. Tu devrais aller y voir.

— Que s'est-il passé ?

— Il n'est plus chez elle, dit le notaire.

— Où est-il ?

— Je ne sais pas.

Hyacinthe était déjà allé ramasser sa poche de loup au fond de la barque. Il était prêt à partir. Il se tourna vers le cheval et la voiture.

— Vous retournez au village ?

— Pas tout de suite, dit le notaire. J'ai encore quelqu'un à voir.

Hyacinthe courait déjà sur la petite route de sable bordée de saules. Le notaire le regardait s'en aller. Malgré tout l'intérêt qu'il lui portait, il ne pouvait se permettre d'être vu au village en sa compagnie. Surtout dans les circonstances présentes.

Bruno s'était fait payer, puis il était allé s'asseoir sur un banc près de la porte. Des hommes entraient et sortaient. Les comptables à visière de celluloïd et à manchettes de lustrine grise discutaient entre eux. Bruno s'endormit sans s'en apercevoir.

Dès qu'il s'éveilla, il courut dehors. Il neigeait une neige drue qui filait parallèle à la terre. On pouvait croire qu'elle ne finirait jamais par se poser tant le vent l'emportait avec vitesse. Celle qui abordait la forêt était attrapée dans les filets des sapins. Et celle qui butait contre les murs formait des vagues.

Bruno monta dans l'autobus. Le chauffeur était un grand maigre qui embraya aussitôt. A vrai dire, on ne pouvait pas parler d'autobus : cela tenait tout autant du tank que du camion. Rouillé, déglingué, les banquettes percées. Le chauffage ne fonctionnait pas et il y faisait plus froid que dehors. Le moteur hurlait. Par moments, quand l'embrayage était au point mort, le conducteur n'arrivait plus à l'engager.

Il y avait une quinzaine d'hommes dans l'autobus. Ils riaient de voir ainsi le conducteur se démener. Bruno, lui, était resté à l'avant, près de la porte.

— On n'est pas rendus à La Tuque, se dit-il.

Hyacinthe avait couru tout le long du chemin jusqu'au Port Saint-François. A la fin, son souffle sautillait autour de lui comme un feu follet. Quand il arriva au village, il était vide, sec et aveugle.

Dans la maison de Marie-Moitié, en bordure du bosquet de vieux saules, Hyacinthe entra comme chez lui. Personne. Mais toutes les choses étaient à leur place. Le grabat de l'enfant pouvait être rassurant. Il suffisait de se dire que Marie-Moitié avait sans doute emmené le petit avec elle chez Mme Plessis. Elle allait en effet panser tous les jours les jambes de la vieille dame. Hyacinthe décida d'aller voir.

Pendant ce temps, l'abbé Mailloux prenait le frais sous sa tonnelle en compagnie de trois dames pieuses. Le premier s'était retiré là pour lire son bréviaire. Et les dames avaient fait semblant d'aller quelque part pour se faire inviter par leur curé.

— Nous avons commencé à apprendre un nouveau cantique, dit Mme Beauséjour.

— Vous allez être ravi, renchérit Mme Cyr.

Mais l'abbé Mailloux ne les écoutait pas. Il tournait sans cesse son regard du côté du chemin d'en haut du village. Et ce qu'il voyait ne le rassurait nullement. Il savait bien qu'un jour ou l'autre il devrait affronter Hyacinthe Bellerose, mais il aurait préféré pour cela s'abriter derrière les attributs de sa mission sacrée. Ne pas être en train de boire du thé avec ses paroissiennes comme tout un chacun. Hyacinthe s'était arrêté devant la petite clôture blanche qui fermait le jardin. A dix pas de la tonnelle. Quelqu'un venait sans doute de l'informer de ce qui s'était passé.

— Où est mon fils ? demanda-t-il.

L'abbé Mailloux ne répondit pas, se contentant de prendre l'air offusqué de ceux à qui on ne s'adresse pas sur ce ton. Les trois dames s'étaient redressées d'un seul mouvement.

— Où est-il ? demanda encore une fois Hyacinthe.

— Là où il est, on saura faire de lui un bon chrétien, répondit, sentencieux, l'abbé Mailloux.

Hyacinthe avait les deux mains sur la petite clôture blanche. Il tendait les muscles sans s'en apercevoir.

— Où est-il ? demanda-t-il pour la troisième fois.

— Mon devoir me commande de ne pas t'en dire davantage.

Hyacinthe s'était mis à ébranler la clôture au rythme de la colère qui lui cognait dans le sang.

Il finit par arracher la section de clôture à laquelle il s'accrochait. Il est vrai que cette clôture n'avait d'autre fonction que d'orner le jardin du curé et qu'en conséquence on n'avait pas fait de frais pour la construire résistante à toute épreuve. Mais il n'en était pas moins vrai non plus que la vue d'Hyacinthe Bellerose brandissant à bout de bras toute une section de clôture avait de quoi frapper les esprits. Les dames gloussaient d'effroi. Le curé n'osait courir se mettre à l'abri. Ils étaient tous les quatre transis au fond de la tonnelle. L'abbé Mailloux criait d'une petite voix blanche :

— Écartez-vous, mesdames ! Cet homme est fou.

Hyacinthe lâcha la section de clôture qui tomba à ses pieds. Il marcha dessus en avançant vers la tonnelle, sans considération pour le parterre de fleurs. Les dames tremblaient. Le curé commençait à songer à abandonner le navire.

— Je le trouverai, dit Hyacinthe. Et si on lui a fait du mal vous aurez à m'en rendre compte.

Le vent secouait l'autobus. La neige drue s'était collée dessus pour lui donner la couleur du paysage. Maintenant, on ne voyait plus la route. Les balais des essuie-glaces allaient et venaient, dérisoires. Ils n'étaient d'aucune utilité contre les milliers de grains de neige qui fonçaient en rangs serrés sur le pare-brise.

Le conducteur avait besoin de toute son attention pour maintenir son véhicule sur la route. Il ne disposait d'aucun point de repère. Même les arbres, qui ne devaient pas être bien loin, de chaque côté, s'étaient évanouis. On naviguait dans un blanc aveuglant.

— Pensez-vous qu'on va se rendre à La Tuque ? demanda Bruno.

Le conducteur mit un certain temps à répondre.

— Il y aurait intérêt, dit-il. J'ai pas envie de passer la nuit dans le bois avec des particuliers comme ceux-là.

Bruno se retourna. Les hommes s'étaient rassemblés sur les banquettes du milieu de l'autobus. Ils fumaient, ils riaient et ils chantaient. Ils buvaient à même de petites flasques qu'ils se passaient de main en main. Un gros rougeaud aperçut Bruno qui les observait.

— Viens donc nous trouver, petit gars, dit-il. M'est avis qu'on aurait bien des choses à t'apprendre.

Le major Hubert était debout dans sa voiture et il faisait de grands gestes noirs. C'était devant l'auberge. Il devait être à peu près midi. Tous les pensionnaires habituels de l'établissement étaient dehors. Avec eux, il y avait des enfants qui avaient échappé à leur mère, le petit pêcheur de perchaudes de la dame Morel et les quatre Irlandais de Smith. Le major Hubert se démenait pour se dépêtrer de sa colère :

— Écoutez-moi ! J'arrive de Québec. La Chambre d'assemblée avait été convoquée. Tous les députés du parti Patriote ont refusé d'adopter les crédits . Moi le premier. Et savez-vous ce qu'a fait le gouverneur ?

Une voix jaillit des rangs de l'auditoire :

— Il est allé boire du vin bouché avec les Bureaucrates.

Ils se mirent tous à rire, mais le major enchaîna sans attendre :

— Il a fait dissoudre l'assemblée. Depuis hier, vous n'avez plus de député.

La même voix se fit entendre :

— On s'en était pas aperçu !

Hubert était un habile politicien. Il s'ébroua et poursuivit sur sa lancée :

— Mes amis, il va y avoir des élections. Allez-vous faire le jeu du gouverneur ? Il s'imagine qu'à notre place vous allez élire des Anglais. Pire encore : des Canadiens vendus à leur cause. Non, mes amis...

Le cordonnier, qu'on était allé prévenir, brisa le cercle des curieux pour se mettre au premier rang. Le major jeta les yeux sur lui.

— Vrai comme je te vois, François, continua-t-il, vous allez me réélire, moi et tous les autres députés du parti Patriote. Il y aura même de nouveaux députés comme nous. Ah ! il regrettera, le gouverneur, d'avoir fait dissoudre l'assemblée. Il sera forcé de reconnaître que, quand le peuple parle dans ce pays, même les sourds sont étonnés d'entendre.

Les vingt personnes présentes se mirent à hurler comme si elles avaient été cent. Le major Hubert jubilait. La perspective des élections le réjouissait, mais il se dit qu'il valait mieux ne pas trop le faire voir pour que ses partisans ne se laissent pas emporter par un excès de confiance.

Pendant ce temps, Hyacinthe était arrivé au ruisseau où les femmes allaient laver leur linge. De bonnes pierres plates en garnissaient les berges. Marie-Moitié était là avec trois autres femmes. Elle se leva tout de suite en apercevant Hyacinthe et courut vers lui. Hyacinthe eut l'impression un moment qu'elle allait se jeter dans ses bras. Elle resta cependant à distance, une chemise mouillée à la main.

— J'ai cru que vous ne reviendriez jamais, dit-elle.

— Où est-il ? demanda Hyacinthe.

— Le curé est venu l'enlever. Il était avec le forgeron.

— Et vous les avez laissé faire ?

Hyacinthe regretta tout de suite cette parole. Mais il était trop tard. Marie-Moitié était en colère.

— Je n'ai pas la force d'un homme, dit-elle. Encore moins de deux. Mais si vous aviez été là où vous deviez être, nous serions allés le reprendre tout de suite. Il est loin à présent.

Hyacinthe baissa la tête. Ses cheveux lui tombèrent devant les yeux.

— Pardonnez-moi. Je ne vous fais pas de reproches.

— Je vous attendais, dit doucement Marie-Moitié. Je sais où il est. Nous irons le chercher. Il me manque beaucoup plus que vous ne le croyez.

Hyacinthe lui sourit. Il était prêt à partir sur-le-champ. Marie-Moitié alla au bord du ruisseau prendre un panier lourd de linge mouillé. Elle le tenait par les deux anses, appuyé sur sa hanche. Hyacinthe courut vers elle :

— Laissez-moi le porter.

L'instant d'après ils marchaient sur le petit sentier qui serpente derrière les maisons et qui rejoint le chemin d'en bas. Les contremaîtres inutiles les virent passer, mais Mister força ses deux compagnons à rester à distance :

— Laissez-les donc, corniauds ! On ne dérange pas des amoureux.

Phège faisait une mine incrédule. Jacquot s'était mis à jouer un air de circonstance sur sa flûte. Et Mister fermait la marche, une main sur le rebord de son haut-de-forme mauve.

C'est dans cet équipage qu'ils débouchèrent devant l'auberge. Tous les auditeurs du major Hubert furent distraits en les apercevant. L'orateur lui-même s'interrompit un instant, le temps de se demander où tout ce beau monde allait à si vive allure.

— Regardez-les, poursuivit-il. Le Bas-Canada s'est déjà mis en marche.

— Il cherche à reprendre ce qu'on lui a ôté, enchaîna celui qui n'avait cessé de faire de l'esprit.

— Regardez-les bien ! insista le major.

— Oui, mes amis, reprit le beau parleur. Et le peuple est comme les trois qui vont derrière : il marche sans savoir où il va.

Bruno avait fini par se rendre à l'invitation du gros rougeaud qui l'avait interpellé. Il était allé se joindre au groupe qui occupait les banquettes du milieu de l'autobus. Il avait bu à même la petite flasque amère. Comme un homme. Et maintenant il subissait un interrogatoire.

— Si t'as dix-sept ans, moi j'en ai deux cents, disait le gros rougeaud.

— Mon père est pas grand.

— Et toi t'es plus menteur que lui. Mais ça fait rien. On est tous passés par là. Hein les gars ?

Les hommes se mirent à ricaner. La petite flasque leur tenait lieu de témoin. L'un d'eux avait tiré son harmonica de la poche de son manteau. Il soufflait dedans un air qui n'arrivait pas à se trouver de mélodie, en tapant du pied pour compenser sa maladresse.

— On peut pas dire que t'es bien endurant, continuait le gros rougeaud. On n'est même pas rendus à Noël et tu redescends.

— Chez nous m'ont fait demander, expliquait Bruno.

— On connaît ça ! renchérissait le gros rougeaud. Sais-tu que, si tu continues, tu vas finir par devenir un vrai gars de chantiers ! Menteur comme deux.

Bruno s'était levé. Ses quinze ans bouillonnaient. Le sang des Bellerose, franc comme du vin, dans ses veines.

— Je suis pas menteur. J'ai quinze ans, si vous voulez le

savoir. Je serais resté si on m'avait pas fait dire de redescendre. Et puis je passerai pas ma vie aux chantiers. A moins d'être contremaître.

Les hommes se donnaient de grandes claques dans le dos. La petite flasque vide avait roulé sur le plancher.

— Attends qu'on soit arrivés à La Tuque ! dit le gros rougeaud. On va voir si t'es un homme.

Hyacinthe courait devant. Marie-Moitié venait derrière. C'était dans la campagne, du côté de Saint-Grégoire, le village voisin du Port Saint-François. Quand il fallait enjamber des ruisseaux, Hyacinthe se retournait pour donner la main à Marie-Moitié. Elle était chaude, et la jeune métisse serrait plus fort qu'il n'était nécessaire. Il fallut s'arrêter sous un orme pour souffler. Marie-Moitié était penchée en avant. Ses bras encerclaient les genoux de sa jupe. De sa tête inclinée, les cheveux noirs déboulaient d'un seul côté.

— Personne au village à qui j'aurais pu demander de m'aider, dit-elle. J'ai fini par savoir où il était en écoutant des conversations et en mettant bout à bout le peu que chacun me disait. Vous ne m'en voulez pas trop ?

Elle leva les yeux. Hyacinthe la regardait. Ils restèrent un instant dans leur regard.

— J'allais vous poser la même question, répondit Hyacinthe.

Ils ne purent s'empêcher de rire tous les deux. Mais chacun de son côté. Un peu gênés de le faire l'un devant l'autre. Hyacinthe lui tendit la main pour l'aider à se relever.

— Vous êtes bien sûre de savoir où il est ?

— Et vous, vous croyez que vous pourrez le reprendre ?

Hyacinthe ne répondit pas. Il s'était remis à courir. Un peu plus tard, ils pénétraient dans la cour d'une ferme très pauvre. Personne. Un grand chien jaune couché, le museau dans le sable, ne se donna même pas la peine de se lever. Hyacinthe commençait à craindre que le petit ait été emporté ailleurs. A moins qu'on ne l'ait emmené aux champs.

— Vous êtes bien sûre que c'est ici ? demanda-t-il.

— C'est ce que j'avais cru comprendre.

Alors Hyacinthe se mit à crier :

— Tim.

Le silence restait épais. Le chien leva une paupière.

— Tim.

Des bruits de pas sur un plancher. Une vieille femme édentée et corpulente apparut sur le seuil de la porte de la maison. On voyait le bout du chapeau de paille d'un vieux, derrière.

— Qu'est-ce que vous voulez ? demanda la femme.

— Mon enfant, répondit Hyacinthe.

La femme le regardait d'un air incrédule. Elle finit par faire trois pas dans sa direction. Le vieux prit sa place dans l'embrasure de la porte. La femme mit ses poings sur ses hanches :

— Vous n'avez rien à faire ici. Allez-vous-en !

Elle fit un autre pas. Elle était devant Hyacinthe. Celui-ci avait les jambes bien écartées, déterminé à ne pas bouger.

— Je ne partirai pas d'ici avant que vous m'ayez rendu mon enfant.

— Il est à nous. Le curé Mailloux nous l'a donné.

Hyacinthe écarta la femme d'un ample mouvement de bras et il se dirigea vers la maison. La vieille femme regardait Marie-Moitié à la dérobée. Le petit vieux de la porte ouvrit ses deux grandes mains inutiles de chaque côté de son corps.

— Vous avez pas le droit d'entrer dans ma maison.

Hyacinthe continuait d'avancer comme si le vieux n'avait pas été là. Celui-ci recula au fond de la cuisine. Alors, la femme rejoignit Hyacinthe.

— Laissez-le-nous, suppliait-elle. Mon vieux, il a plus la moitié de ses forces. On n'y arrive pas tous les deux. Vous êtes jeunes. Vous en aurez d'autres des enfants.

Hyacinthe ressortit. Marie-Moitié n'était plus dans la cour. L'instant d'après elle apparut à la porte de l'étable, l'enfant dans les bras. Un arc-en-ciel se tendit dans le cœur d'Hyacinthe. Quand il reprit ses sens, il s'aperçut qu'il étreignait tout autant Marie-Moitié que l'enfant. Ils restèrent un long moment enlacés, au fond de la cour, sous le regard triste des deux vieux.

De retour chez Marie-Moitié, Hyacinthe se souvenait avec émotion de la chaleur et du poids d'un sein qui se faisait toujours sentir dans le creux, entre son flanc et son épaule. Il fit sauter Tim sur ses genoux. Le petit avait les joues rouges. Hyacinthe leva les yeux. Marie-Moitié le fixait.

— Le beau temps est revenu, dit-elle en posant devant lui un bol de thé des bois sur la table.

L'autobus n'avançait plus qu'à grand-peine. La neige effaçait la route. Et le vent donnait de grands coups de poings sur les flancs du véhicule. La Haute-Mauricie venait de tomber entre les mains de l'hiver. Ceux de l'autobus ne le savaient pas encore. Le conducteur excepté, qui ne disait mot.

— Des petits gars comme toi, continua le gros rougeaud à l'intention de Bruno, il en passe des centaines tous les ans dans les chantiers. Il y en a pas dix sur cent qui restent. Les autres s'ennuient trop de leur mère. Je dis pas que c'est ton cas...

Bruno marcha sur le gros rougeaud qui était assis au bord de la banquette en face de la sienne. Il l'attrapa par le col de son manteau, se mit à le secouer dérisoirement. Le gros rougeaud riait sans chercher à se défendre. Plus encore : il se pencha pour renouer le lacet d'une de ses bottes. Bruno criait :

— Vous vous pensez forts parce que vous êtes gros et grands. Mais je vois en dedans de vous. C'est creux comme un tronc d'arbre creux. Vous pouvez vous moquer de moi aujourd'hui. Attendez que je grandisse.

— Tu sauras, le jeune, lança le gros rougeaud, que tout le monde est creux. C'est la loi du bon Dieu.

— Pas moi, répondit Bruno. Pas moi.

La belle assurance du major Hubert avait fondu comme neige au soleil, laissant une petite mare de doute sur le comptoir du cordonnier.

— Franchement, François, demandait-il, penses-tu que je peux être réélu ?

— Cela dépend de vous, major, répondait le cordonnier.

Celui-ci avait entre les dents tout un assortiment de petites chevilles de bois qu'il enfonçait d'un coup sec de marteau dans une semelle. Le major Hubert s'accrochait au comptoir.

— Qu'est-ce que tu as, François ? On dirait que ça te laisse indifférent que je gagne ou que je perde.

— Il faudrait que vous trouviez quelque chose de nouveau à leur dire.

Le major frappa du plat de la main sur le comptoir. Son

cheval, qui broutait une herbe maigre devant la porte ouverte, frissonna des oreilles.

— L'affaire des crédits. L'Angleterre administre la colonie par-dessus la tête des élus de la Chambre d'assemblée.

Le cordonnier faisait non.

— Ça se passe à Londres et à Québec. C'est trop loin. Ça ne les touche pas.

— L'école, dans ce cas, enchaîna le major Hubert. La loi est échue. Le gouverneur n'a pas voulu la renouveler. L'école est fermée depuis le printemps.

— Et ça fait l'affaire des Canadiens qui gardent leurs enfants à la maison pour les faire travailler. Les Anglais, de leur côté, se sont mis ensemble pour ouvrir une école à eux. Il y a même des Canadiens qui y envoient leurs enfants apprendre l'anglais.

Le major Hubert bouillait, les cheveux comme des plumes de corbeau, la respiration courte.

— Un mot de plus, François, et je t'écrase.

— Et vous perdrez votre plus précieux conseiller.

Le cordonnier retira une à une les petites chevilles de bois de sa bouche. Il les posa soigneusement sur le banc devant lui. Il se leva. Mais son corps semblait fait pour la position assise et il ne se relevait jamais tout à fait. Pour cette raison, il regardait tout le monde par en dessous, ce qui ne correspondait nullement à son tempérament. Il vint se placer juste devant le major. Le cordonnier parlait à voix basse et d'un ton posé :

— Je vous ai déjà fait gagner deux élections, n'est-ce pas ?

Il leva les yeux avec insistance pour s'assurer que le major irait jusqu'à lui manifester de façon tangible son assentiment.

— Oui, dit enfin le major d'une voix agacée.

— Si vous ne voulez pas perdre la troisième, enchaîna le cordonnier, vous allez m'écouter. Vous parlez bien, c'est votre métier. Mais il faut leur dire des choses qu'ils peuvent comprendre. La politique, c'est l'affaire des députés, pas des paysans. Du moins, pas encore. Si vous voulez leur donner des leçons de politique, il faut le faire avec des mots de tous les jours. Leur servir des exemples tirés de la vie du village.

Le visage du major s'épanouit.

— Je vais leur parler de mon bois. Leur dire que ceux qui l'ont jeté à l'eau voudraient en faire autant des Canadiens. Ça, ils le comprendront.

Le cordonnier souriait en hochant la tête.

— Ce n'est pas une mauvaise idée. Elle serait meilleure si

vous n'étiez pas en cause. C'est de votre bois qu'il s'agit. Ils diront que vous défendez tout simplement vos intérêts. Comme le font nos adversaires, les Bureaucrates.

Le major Hubert était contrarié. Il avait tout de suite été très fier de son idée. Il ne voulait pas la lâcher. Mais il fallait reconnaître que le cordonnier avançait un argument de poids. Comment le contourner ?

— Et si c'était quelqu'un d'autre qui témoignait ?

— On demanderait s'il sait de quoi il parle.

Le major était tout excité. Il se frappait doucement dans les mains en dodelinant du corps. Il finit par dire :

— Et si ce quelqu'un les avait vus jeter mon bois à l'eau ?

Le cordonnier sourit comme un loup qui veut cacher son contentement.

— Dans ce cas, major, votre élection serait faite. Imaginez un peu quelqu'un qui irait par tout le village et la campagne environnante brandissant ce témoignage. Toute une masse pour assommer les arguments de nos adversaires. Mais encore faut-il trouver cet homme, et lui apprendre sa leçon.

— Je l'ai sous la main, dit posément le major.

Le cordonnier n'en revenait pas.

— Major, vous êtes fort. Il faut que vous me l'ameniez le plus vite possible que je le prépare. Qu'il se mette à l'œuvre sans délai. Ce sera notre plus belle campagne. Mais qui est-il, votre oiseau rare ?

— Hyacinthe Bellerose.

Ce fut au tour du cordonnier de donner un coup de poing sur le comptoir. Le cheval du major fit un autre pas de côté.

— Le Berluseau ? Est-il seulement capable de répéter ce qu'il a vu ?

— François, tu te laisses aveugler par la rancune.

— Comment voulez-vous qu'on prête foi au témoignage de quelqu'un qui n'a pas toute sa raison ?

— Ton philosophe, François ! tança le major. Ton philosophe ! « Un seul corps... pour le bien commun. »

Le cordonnier ferma les yeux malgré lui pour se remettre la phrase en mémoire :

— « Tant que plusieurs hommes réunis se considèrent comme un seul corps... »

— Exactement, trancha le major. Et c'est toi, maintenant, qui fais passer tes sentiments personnels avant notre cause ? J'étais sûr qu'un jour ou l'autre on aurait besoin d'Hyacinthe Bellerose.

— Je ne peux pas lui pardonner ce qu'il a fait à Flavie Piché.

— Tu règleras tes comptes personnels après les élections, François. Pas avant.

Le major franchissait déjà la porte, entraîné par son idée.

Bruno était retourné s'asseoir à l'avant de l'autobus. Seul avec ses quinze ans. Il regardait droit devant lui. On ne voyait rien. Il se demanda comment le conducteur faisait pour diriger son véhicule. L'autobus était un navire perdu en mer en plein brouillard. Le vent sonnait dans sa corne, des vagues de neige se soulevaient, on naviguait sans balises. Pas un arbre. L'autobus s'immobilisa. Un grand silence se fit soudain. Le conducteur se tourna vers les hommes :

— Si vous voulez qu'on se rende à La Tuque, il va falloir pousser.

— Si tu sais pas conduire un autobus, donne-moi ta place, lança une voix.

— Venez les gars, enchaîna une autre voix, j'ai pas du tout envie de passer la nuit ici.

Les hommes se levèrent. Ils avaient les jambes lourdes d'alcool. La tête légère en conséquence. Ils sortirent joyeux, le manteau déboutonné, les bottes délacées, se bousculant comme des écoliers. Bruno n'avait pas bougé. Le gros rougeaud s'arrêta devant lui.

— Tu viens pas nous aider ?

— J'attendais que vous me le demandiez, répondit Bruno.

Il sortit le dernier.

La porte de la maison de Marie-Moitié était ouverte. Le soleil était descendu à l'horizon. Le vent avait fini par se coucher sur la plage du Port Saint-François. Quelques hommes roulaient des tonneaux le long du quai. Des enfants couraient sur le chemin d'en haut. Marie-Moitié achevait de laver le peu de vaisselle du souper : trois bols, deux tasses et trois fourchettes. Elle alla vider sa bassine dehors. L'enfant la suivait comme un petit chien. Hyacinthe était assis au bout de la table. Il dégrossissait un bout de bois avec son couteau.

— Qu'est-ce que vous faites ? demanda Marie-Moitié.

— N'importe quoi, pour passer mon humeur, répondit Hyacinthe.

Il n'avait rien dit depuis leur retour. Marie-Moitié ne le connaissait pas encore assez pour savoir que derrière sa façade taciturne des orages retentissants lui ravageaient le cœur. L'enfant, lui, n'avait pas tardé à courir partout comme s'il ne lui était jamais rien arrivé. Marie-Moitié vint s'asseoir en face de Hyacinthe, de l'autre côté de la table.

— Le curé ne sera pas content, à propos de l'enfant, dit-elle. Vous ne craignez pas qu'il essaie de le reprendre ?

— Il n'y a plus de curé, dit lentement Hyacinthe, il n'y a qu'un homme comme les autres. C'est moi qu'il trouvera sur son chemin s'il cherche encore querelle à l'enfant.

Les mots sonnaient dans la tête de Marie-Moitié. Personne n'avait jamais parlé comme ça au village. Encore moins sur un ton aussi posé.

Dans le coin de la pièce, l'enfant s'amusait à cacher son gigueux sous un tas de joncs séchés destinés à la fabrication des paniers. Il avait entendu prononcer le mot « curé ».

— Je veux pas être un bon chrétien ! fit-il d'une voix effrayée.

Hyacinthe et Marie-Moitié se retournèrent vers lui d'un même mouvement.

— Ne t'inquiète pas, dit Hyacinthe.

— Tu resteras ici, ajouta Marie-Moitié.

Ils se regardèrent. Ils avaient chacun une esquisse de sourire sur les lèvres. Les mains d'Hyacinthe jouaient avec les copeaux de bois.

— Vous pouvez rester aussi, si vous le voulez, dit Marie-Moitié.

— Cette nuit, je reste, répondit Hyacinthe.

— Demain aussi. Tant que vous voudrez.

— Demain, on verra.

Au même moment, en plein cœur du village, deux hommes semblaient porter beaucoup d'intérêt à la fumée de leur cigare. Le notaire Plessis était assis derrière son pupitre dans son étude, le marchand Smith, plus frisé que jamais, dans un fauteuil bas.

— Il faut à tout prix l'empêcher d'être réélu, disait le marchand Smith.

Le notaire se leva. Le cigare entre les doigts et les mains

derrière le dos, il allait et venait en faisant trois pas entre son pupitre et la porte.

— Vous croyez que ses discours impressionnent encore quelqu'un ? demanda-t-il. Il n'est écouté que par de petites gens qui n'ont même pas le droit de vote.

Le marchand Smith n'était pas de cet avis. Il soufflait la fumée de son cigare avec véhémence.

— Il y a des petits propriétaires dans la campagne qui le suivent encore.

— C'est sans importance, trancha le notaire en se rasseyant. Il a tout le village contre lui. Il suffit de trouver un bon candidat et on n'entendra jamais plus parler du major Hubert.

— Vous connaissez un bon candidat ? demanda Smith d'une voix sans émotion.

— Je ne me suis pas encore attardé à cette question.

— Figurez-vous que j'en ai trouvé un, moi, proclama le marchand Smith en se levant à son tour. J'en ai parlé un peu. Tout le monde est d'accord.

— Qui donc ?

— Vous.

Le notaire Plessis regardait droit devant lui. Semblable à un buste de lui-même.

— Moi ? Vous plaisantez ?

— Pas du tout.

— Vous n'y pensez pas.

— Ils sont tous avec vous : les marchands, les artisans, les gros paysans.

— Vous en êtes sûr ?

— Je vous le dis. J'en ai parlé.

— Dans ce cas...

Smith jubilait. Il mordait son cigare.

— Vous ne le regretterez pas, notaire. On va écraser Hubert.

— Attendez. Je n'ai pas encore dit oui.

Le marchand ne comprenait pas. Il aurait bien aimé être à la place du notaire.

— Ce n'est pas tout d'être élu, poursuivait ce dernier. Après, il faut aller siéger à Québec. Cela coûte cher. Vous savez aussi bien que moi que les députés ne sont pas rémunérés.

Smith s'approcha du pupitre, posa les deux mains sur l'acajou. Il parlait à voix basse d'un ton de marchand sur le point de faire une importante concession à un vieux client :

— Comprenez donc, dit-il. Ça nous arrange que vous défendiez nos intérêts à Québec. On vous aidera...

— Vous m'aiderez comment ?

— Financièrement, éclata Smith. On vous aidera financièrement. C'est la moindre des choses.

Le notaire souffla la fumée de son cigare vers le plafond.

— Dans ces conditions...

Le jour était tombé. Un tombereau passa sur le chemin. Les derniers oiseaux s'énervaient dans les arbres. Hyacinthe se leva. Il vint sur le seuil de la porte de la maison de Marie-Moitié. L'enfant l'y rejoignit aussitôt. Ils restèrent là, un long moment, à regarder les ténèbres monter de la terre. Marie-Moitié était derrière, entre eux deux.

La neige vous sautait au visage. On fermait les yeux. Les hommes se donnaient des ordres contradictoires.

— Va chercher une pelle dans l'autobus.

— Ensemble on va le sortir de là.

— Faudrait un tracteur. On n'y arrivera jamais.

Le conducteur était descendu examiner la situation.

— On va le balancer, dit-il.

La moitié des hommes allèrent se placer à l'avant de l'autobus. Les autres derrière. Bruno s'était retrouvé malencontreusement aux côtés du gros rougeaud.

— Tu sais où mettre les pieds, petit gars. Près des plus forts. Après, tu pourras dire que c'est toi qui as tiré l'autobus de là.

Bruno ne répondit pas. Le moteur s'était mis à gronder. Dès le moment où l'autobus avait dérapé, le conducteur avait appuyé sur l'accélérateur, mais les pneus patinaient. Le lourd véhicule s'était creusé un berceau sous chacune de ses roues.

Le conducteur embraya en marche avant. Le moteur tournait à plein régime. Il débraya. Engagea la marche arrière et appuya sur l'accélérateur. Puis il embraya de nouveau en marche avant. En poussant chaque fois le moteur. L'autobus se mit à balancer lentement. Les hommes combinaient leur force à celle du moteur. Ceux d'en avant et ceux d'en arrière alternativement. Le véhicule avait allongé ses berceaux. Soudain, le conducteur fonça vers l'avant. Les hommes qui s'y trouvaient n'eurent que le temps de s'écarter. Ceux d'en arrière s'accrochaient plus qu'ils ne poussaient. Et l'autobus retrouva sa place au milieu de la route. Autant dire au milieu du néant.

Hyacinthe et Marie-Moitié étaient dans le noir. Ils étaient restés chacun d'un côté de la table. Ils ne parlaient pas. L'enfant dormait. De temps en temps, Hyacinthe prenait un copeau de bois et le retournait entre ses doigts. Dehors, toutes les grenouilles du Bas-Canada parlaient en même temps. Pour dire la même chose. Les grillons aussi. Et d'autres bêtes qu'on ne connaissait pas.

Hyacinthe était lourd comme un rocher. Marie-Moitié se serait envolée si elle avait ouvert les bras.

— On se sent bien, dit-elle.

— C'est un répit.

— Vous ne voulez pas que j'allume ?

— Pour chasser la nuit ?

— Pour vous voir.

— Je vous vois très bien ainsi.

Puis, un peu plus tard, Marie-Moitié reprit :

— Je passerais ma vie comme ça.

— C'est trop beau pour être vrai.

— De quoi avez-vous peur ?

— Je n'ai peur que de ma colère.

La nuit soupirait. Était-ce l'enfant qui se retournait pour changer de décor dans ses rêves ? Une ombre se dressa dans l'embrasure de la porte. Marie-Moitié avait jeté sa main en avant pour la poser sur le bras d'Hyacinthe.

— Hyacinthe ?

C'était le major Hubert. Il avait la voix noire comme ses cheveux.

— Hyacinthe ?

— Je suis là, dit tranquillement Hyacinthe sans se lever.

— Je savais que je te trouverais ici, répondit le major. Mais qu'est-ce que vous faites ? Une veillée funèbre ?

— Les insectes n'entrent pas quand il n'y a pas de lumière, expliqua vite Marie-Moitié. Après, on dort mieux.

Le major sourit dans le noir à la pensée d'Hyacinthe et de Marie-Moitié couchés dans le même lit. Il s'approcha de la table.

— Vous permettez que je m'asseye ?

— J'allais vous le proposer, dit Marie-Moitié. Voulez-vous un peu de thé ?

— Pour dire la vérité, répondit le major, après la journée que j'ai eue, je prendrais bien autre chose que du thé.

— Pardonnez-moi, dit Marie-Moitié, je vous sers tout de suite un petit verre.

Elle s'éloigna vers le fond de la pièce.

— Vous en prendrez, Hyacinthe ?

— Pour accompagner le major.

Celui-ci s'était assis au bout de la table. Le visage si près de celui d'Hyacinthe que leurs souffles se rencontraient.

— Tu restes avec elle, maintenant? demanda-t-il. J'en connais plusieurs qui voudraient se voir à ta place.

— Je ne reste avec personne, répondit Hyacinthe.

— Il faut bien que tu dormes quelque part, fit le major de la voix de l'homme qui veut se faire pardonner sa familiarité.

Mais il n'en dit pas plus. Marie-Moitié était revenue. Elle posa un petit verre devant chacun d'eux. Le major avala le sien d'un trait.

— J'achève de ramasser votre bois, dit Hyacinthe. Je finirai demain. J'ai été forcé de m'arrêter. Vous savez ce qui est arrivé à mon enfant ?

— Je n'ai rien pu faire, j'étais à Québec. Tu l'as retrouvé ?

— Il est là.

— Tant mieux. Mais ce n'est pas de cela que j'étais venu te parler. Tu sais qu'il va y avoir des élections ?

— On me l'a dit. Je vous souhaite d'être réélu.

— Ce n'est pas tout de souhaiter, Hyacinthe, il faut que chacun fasse sa part.

— Les gens comme moi n'ont pas le droit de voter.

— Mais ils peuvent parler.

— Pour dire quoi ? Pour moi, la politique, c'est du latin. Les Patriotes, les Bureaucrates, le gouverneur, le seigneur, je n'ai rien à voir avec ces gens-là.

Hubert fit un grand geste circulaire en direction du village qu'on devina plus qu'on ne le vit.

— Et avec ceux-ci, tu as à voir ?

— Ils sont comme moi.

— Alors, il faut que tu parles, parce que ce qui se décide à Québec, c'est contre eux ou à leur avantage. Et n'oublie pas que le parti Patriote est le seul à se préoccuper du sort des gens comme vous.

— Je ne sais pas parler, objecta Hyacinthe.

— Le marchand Smith pense tout le contraire. Je sais qu'à deux reprises, déjà, tu lui as dit ses quatre vérités.

— Je ne sais pas si c'est la vérité, mais je dis ce que je pense.

— Écoute-moi bien, Hyacinthe. Je te parle d'homme à homme.

Le major laissa le silence prendre toute sa dimension avant de poursuivre :

— Cette élection n'est pas comme les autres. Ou le parti Patriote l'emporte, et les Canadiens vont reprendre les droits que l'Angleterre est en train de leur enlever. Ou les Bureaucrates sont élus, et les Canadiens ne le supporteront pas. Je n'ose penser à ce qui pourrait arriver. Tu me suis ? Ce n'est plus une simple question de politique. Le sort des Canadiens est en jeu. Nos adversaires le savent et vont tout faire pour raviver les vieilles querelles politiques de façon à détourner l'attention du véritable enjeu. Et tout ce que je dirai sera interprété dans un sens partisan. C'est pour ça qu'il faut à tout prix que des gens comme toi parlent.

— Pourquoi moi ?

— Tu n'as pas peur de dire la vérité.

— La vérité, c'est les Bois-Francs qui me l'ont enseignée, murmura Hyacinthe. Des élections, il s'en tenait tous les jours, et on était perdants à tous les coups. Toujours les mêmes qui gagnaient, la pluie, le vent, la sueur, les moustiques. Et autre chose aussi, dont je ne veux pas parler. Ma Chambre d'assemblée, j'y ai mis le feu avant qu'elle ne tombe entre les mains de la British American Land.

Le major Hubert était debout, son verre vide à la main.

— Arrête, Hyacinthe. N'en dis pas plus. Garde ta salive pour les assemblées.

Mais Hyacinthe continuait :

— Je vous ai entendu dire, devant l'auberge, que le gouverneur maltraitait les Canadiens. Que pensez-vous de l'abbé Mailloux, qui est venu enlever mon enfant ?

Le major se rassit comme s'il voulait parler à Hyacinthe en le regardant droit dans les yeux malgré le noir.

— Et mon bois qu'on a jeté à la rivière ? Tu l'as vu ?

— Oui, fit Hyacinthe.

— Ça aussi tu peux le dire ?

— Comme tout ce que je sais. Pas besoin de campagne électorale pour ça.

Le major Hubert était excité. Il s'était mis à aller et venir dans la pièce en se frappant les paumes des mains.

— Si tu parles, dit-il, je suis réélu.

— Vous serez réélu, répondit Hyacinthe.

Le major jubilait. Il allait sortir.

— Tout compte fait, vous avez raison de ne pas allumer. De cette façon, vous n'attirez pas l'attention sur vous. Ce que vous faites la nuit ne regarde personne.

Restés seuls, Hyacinthe et Marie-Moitié continuèrent à se taire. Mais il y avait entre eux, dans la nuit, l'écho des paroles qui avaient été dites. C'était comme le foisonnement des papillons autour d'une lampe.

— Vous n'avez pas sommeil? finit par demander Marie-Moitié.

— Pas tout de suite, répondit Hyacinthe.

Marie-Moitié alla se coucher. Beaucoup plus tard, Hyacinthe laissa tomber sa tête sur ses bras au bout de la table.

Le grand maigre qui conduisait l'autobus avait dit :

— Je vois pas le chemin. Faudrait qu'il y en ait un qui marche devant.

Le lourd véhicule s'ébranla pour une procession solennelle. A tour de rôle, les hommes descendaient et marchaient dans la neige jusqu'aux genoux, faisant de grands gestes avec leurs bras pour encourager le conducteur, courant devant pour aller reconnaître la situation au-delà d'une courbe, grimpant parfois sur le marchepied pour franchir une courte distance pendant laquelle on bénéficiait d'un répit.

Le vent était si en colère qu'on aurait dit qu'il se solidifiait. Les passagers avaient parfois l'impression que l'autobus allait se renverser. Des barrages de neige se dressaient soudain devant les roues du véhicule. Plus d'une fois les hommes durent descendre pousser.

Le temps avait profité de la confusion pour filer lui aussi. On croyait rouler depuis une heure, et l'après-midi était déjà passée. Le crépuscule alluma une petite lampe d'inquiétude au fond du cœur de chacun. Les passagers se rapprochèrent. Les plaisanteries du jour cessèrent. Même Bruno s'était réconcilié avec les autres bûcherons. Réconciliation temporaire, peut-être, mais nécessaire pour la nuit qu'ils allaient sans doute passer dehors. Car personne ne croyait plus que l'autobus finirait par toucher le port.

Quand on aperçut les lumières de La Tuque, on était dessus. Le grand maigre avait mené son véhicule en plein centre de la petite capitale du nord sans qu'on s'en aperçoive.

Le village couvait sa fièvre électorale. Pour les Canadiens de 1837, qui trimaient du berceau à la tombe, les élections étaient une occasion de se distraire. D'ailleurs, la plupart de ceux qui s'en mêlaient n'avaient même pas le droit de vote. Il fallait en effet être propriétaire pour voter. Et rares étaient les paysans qui possédaient leur terre.

Les candidats avaient l'habitude de regrouper autour d'eux des armées d'inconditionnels aussi hilares qu'ignares. Les plus invraisemblables affirmations étaient lancées avec une assurance évangélique : si untel est élu, il fera tomber la pluie au bon moment, il s'arrangera pour qu'il n'y ait pas trop de neige l'hiver prochain. Vous ne le croyez pas ? Vous n'avez pas encore appris que la foi transporte les montagnes ? C'est tout simple : ceux qui gouvernent actuellement le pays ont le cœur si pourri que même Dieu est contre eux. Comment voulez-vous, après cela, qu'il fasse beau ?

Regrouper ainsi des partisans et les amener à se prononcer publiquement, même s'ils n'étaient pas autorisés à voter, n'était pas dépourvu de fondements. Cela constituait d'abord une forme élémentaire de sondage des aspirations populaires. On y apprenait ce qu'on savait déjà : que les Canadiens vivaient comme tous les peuples de la terre dans la crainte millénaire des éléments. Et qu'ils étaient moins sûrs de leurs représentants et administrateurs que de la pluie, de la neige ou du vent.

C'était ensuite une façon, si on était élu, de compter sur la reconnaissance de ceux à qui on avait procuré une si agréable distraction. Un moyen enfin d'affermir une autorité qui se fondait encore à cette époque sur des salutations empressées et des poignées de main ostentatoires. Et ce, en tout temps, même hors des périodes d'élections.

L'annonce de la candidature du notaire Jean-Michel Plessis enflamma le Port Saint-François. Même les partisans du major

Hubert se réjouissaient. La partie serait belle. Le précédent adversaire du major n'avait été qu'un pantin. Cette fois, on était en droit de s'attendre à une belle bagarre de chiens enragés.

Peu après que sa décision eut été prise, le notaire alla trouver le forgeron dans sa boutique. C'était la fin du jour. Au fond du bâtiment, le feu brillait comme un œil. Le notaire s'était assis sur un baril dans un coin où il avait sali sa redingote. Il s'époussetait machinalement tout en parlant.

— J'ai une grande nouvelle à t'annoncer, William.

Le forgeron savait qu'il pouvait se permettre une certaine familiarité avec le notaire. En privé au moins. Il répondit sur le ton de la consternation.

— Vous vous mariez ?

— Grâce à Dieu je n'ai pas encore tout à fait perdu la raison. Il ne s'agit pas de cela. Je me présente aux élections.

— Dans ce cas, répartit le forgeron, c'en est fini d'Hubert. Vous n'en ferez qu'une bouchée. On n'entendra jamais plus parler de lui.

— Pas si vite, William, répliqua le notaire, je connais mon homme. Il se débattra comme un diable dans l'eau bénite.

— Et ça fera un bon divertissement pour le village.

— Ne prends pas trop cela à la légère. Sache bien que je n'ai pas l'intention de me faire humilier publiquement. Si je me présente, c'est pour être élu.

— Vous le serez assurément. Vous avez mon vote. J'en connais beaucoup d'autres comme moi.

— C'est justement de cela que je voulais te parler, William, dit le notaire en se rapprochant du forgeron qui sentait la sueur sous son grand tablier de cuir. Vois-tu, pour gagner, je me suis dit qu'il fallait faire exactement le contraire de ce qu'il fait, lui. Pas d'assemblées : ça attire les badauds, mais les vrais électeurs n'y viennent pas.

— Avec tout le respect que je vous dois, se permit le forgeron, laissez-moi vous dire que vous avez tort. Qu'on le veuille ou non, le peuple influence ceux qui votent.

— Tu me vois en train de crier sur la place comme un forcené ?

— C'est ce qui fait gagner les élections.

Le notaire était mécontent. Il ne s'attendait pas à trouver tant de réticences auprès du forgeron. Celui-ci lui était certes dévoué. C'était grâce au père du notaire si les William avaient été de père en fils propriétaires de leur boutique. Plessis savait qu'il pourrait compter sur le forgeron en toutes circonstances, mais il ne s'attendait pas à recevoir des leçons de lui. Il décida de couper court.

— Écoute-moi bien, William. Je ne suis pas venu prendre conseil mais te dire ce que j'attendais de toi. Il faut voir les électeurs un par un. Cela fait beaucoup de monde. Et, pour certains, il vaut peut-être mieux que ce soit toi qui leur parle. D'égal à égal. Sans la barrière que ma profession dresse entre eux et moi. Je te ferai la liste de ceux que je te réserve et je t'indiquerai ce qu'il faudra dire.

Puis le notaire s'était arrangé pour se trouver sur le chemin du curé. Cela avait donné lieu à une belle promenade commune à travers le village, au cours de laquelle on avait distribué des sourires et des coups de chapeau, ou de barrette selon le cas, comme des friandises au jour de l'An. Il avait d'abord été question du plaisir qu'on éprouvait à vivre dans un si paisible village que le Port Saint-François. Puis le notaire avait habilement évoqué les vaines querelles qui divisaient les Canadiens. D'un côté, Hubert et ses semblables derrière Papineau sous la bannière du parti Patriote ; de l'autre, ceux qui représentaient le droit et la justice dérisoirement désignés par leurs adversaires sous le nom de Bureaucrates, et qui étaient tous des hommes d'honneur et de vertu.

— Je ne pense pas qu'ils en viendraient à se révolter comme les Français ou les Américains, concluait le notaire. Néanmoins, toute cette agitation trouble les consciences. Imaginez ce qui pourrait arriver si nos braves villageois se laissaient séduire par les paroles empoisonnées de nos adversaires.

L'abbé Mailloux était agacé. Non pas qu'il eût quelque sympathie pour les Patriotes et leurs idées, mais il n'aimait pas que le notaire l'associe à son parti. Il avait réussi à préserver son détachement des choses profanes et il n'avait pas l'intention de laisser de plumes dans cette élection. Il lui fallait planer au-dessus de la mêlée.

— Il est vrai que le pays s'agite un peu depuis quelque temps, dit-il sentencieusement. Dieu veut-il éprouver la sagesse des Canadiens ? Quoi qu'il en soit, tant qu'ils resteront sous la gouverne de leurs pasteurs, ils n'abandonneront pas le droit chemin.

L'abbé Mailloux avait finement abordé la question, en fils de paysan qu'il était.

— Évidemment, je ne dis pas, si quelqu'un que je connaissais bien et en qui j'aurais la plus entière confiance se présentait, je ne dis pas que je n'encouragerais pas privément ceux qui auraient l'intention de l'appuyer.

Plessis jugea que le moment opportun était venu.

— Et si, moi, je me présentais?

L'abbé Mailloux feignit de ne pas le savoir déjà.

— Vous compteriez sans aucun doute parmi ceux en qui j'aurais confiance.

— Et vous parleriez en ma faveur?

— Vous n'auriez même pas besoin de moi, vous seriez élu d'avance. On vous respecte et on vous craint. Que vous faut-il de plus.

— Qu'on m'appuie!

— Vous savez bien, mon cher Plessis, que l'Église ne prend jamais ouvertement parti dans les affaires publiques. A moins que l'ordre et la sécurité ne soient en jeu.

L'abbé Mailloux portait un secret qui lui brûlait la langue. Le notaire était tout désigné pour qu'il le lui confie :

— J'ai reçu un mandement de Monseigneur, dit le curé. Un long document que je dois lire en chaire dimanche. Cela concerne les questions que nous venons d'évoquer. Je crois bien que vous ne serez pas fâché de l'entendre.

Plessis s'en alla en se frottant les mains le plus discrètement possible. Dix pas plus loin, il tomba sur William, le forgeron, qui était dans tous ses états :

— Je vous cherchais partout, monsieur Plessis. Vous savez ce qu'il dit?

— Qui donc?

— Hyacinthe Bellerose. Il raconte que le marchand Smith a fait jeter le bois du major à l'eau. Hubert, lui, ajoute que vous et les Bureaucrates voulez en faire autant des Canadiens.

— Décidément, ce Berluseau commence à devenir encombrant, se dit à lui-même Plessis.

L'hôtel Royal débordait. La ville de La Tuque était sous l'empire de la neige. On savait que cela pouvait durer plusieurs jours.

Une centaine d'hommes étaient dans la salle. Il y avait ceux de l'autobus dont Bruno, bien entendu. On buvait de la bière, de la

Dow et de la Black Horse, dans de grands verres dont le col s'évasait. Plusieurs tables avaient été rassemblées. Les hommes autour. Bruno se tenait à l'écart. Un gros court s'approcha de lui :

— Tu montes ou tu descends ?

— Je descends.

— T'arrives des chantiers ?

Bruno fit signe que oui.

— Mon nom, c'est Télesphore Saint-Amant. Je connais tout le monde par ici. Même les sauvages. Je travaille pour la Brown. Toi, ton nom ?

— Bruno Bellerose.

— Tu vas prendre une bière à ma santé.

Saint-Amant se leva et se mit à crier en direction du fond de la salle :

— Atchez, apporte une bière pour mon ami Bruno. La même sorte que moi.

Il se rassit.

— Qu'est-ce que c'est la Brown ? demanda Bruno.

— C'est la compagnie qui fait le papier. La ville lui appartient.

L'abbé Mailloux monta en chaire. Hyacinthe était adossé aux grandes portes.

Pendant toute la messe, il resta debout, la tête haute, les mains dans le dos.

L'abbé Mailloux pontifiait :

— Vous savez, mes bien chers frères, que la Providence a voulu nous plonger encore une fois dans l'épreuve des élections. C'est une occasion de tentations à nulle autre pareille. Les péchés d'orgueil, de mensonge et de colère vous guettent. L'envie, aussi, dont les Canadiens s'étaient si bien préservés jusqu'ici. Et je ne saurais trop vous mettre en garde contre les promesses des faux prophètes.

L'abbé Mailloux rentra en lui-même un long moment pendant lequel on sentit qu'il pesait ses mots. Il glissa la main sous son surplis, il devait défaire quelques boutons de sa soutane. Les fidèles se disaient que l'abbé Mailloux cherchait sans doute son mouchoir pour s'éponger le front, selon son habitude, dans les circonstances délicates. Il finit cependant par tirer une feuille de papier. Il la tenait entre ses mains comme un objet précieux.

— Loin de moi l'idée de prendre parti dans ces matières profanes, poursuivit-il. L'Église plane au-dessus des débats des hommes. Mais j'ai reçu une lettre de Monseigneur à propos des graves événements qui sont survenus récemment dans certaines paroisses du Bas-Canada. Je vous demande d'en écouter la lecture en pensant aux élections qui s'en viennent.

Le curé déploya le texte du mandement et ajusta ses lunettes rondes. Sa voix avait monté d'un ton. Il débitait les propos de son évêque comme une oraison :

— Depuis longtemps, nous n'entendons parler que d'agitation, de révolte, le frère lève la main contre le frère, le fils contre le père... Dans un pays renommé jusqu'à présent pour sa loyauté, son esprit de paix, et son amour pour la religion de ses ancêtres.

Hyacinthe tressaillit. Si l'évêque, qui était en quelque sorte le pape du Bas-Canada, prenait la peine d'écrire pour dénoncer la révolte, cela signifiait que des soulèvements avaient réellement eu lieu. Ou se préparaient. Et que le major Hubert ne mentait pas en disant que les Patriotes avaient engagé une lutte sans pitié avec les Bureaucrates. Mais ceux-ci comptaient une majorité de Canadiens dans leurs rangs. L'évêque avait donc raison de parler d'une lutte entre frères.

— Ne vous laissez pas séduire, continuait l'abbé Mailloux, si quelqu'un voulait vous engager à la rébellion sous prétexte que vous faites partie du peuple souverain. Avez-vous jamais songé sérieusement aux horreurs d'une guerre civile ? Vous êtes-vous représenté les ruisseaux de sang inondant vos rues et vos campagnes, et l'innocent, enveloppé avec le coupable dans la même série de malheurs ?

L'abbé Mailloux marqua une autre pause. Le major et le cordonnier s'agitaient dans leur banc, se penchant à tour de rôle pour se glisser des commentaires offusqués. L'abbé Mailloux riva son regard sur celui du cordonnier, le mandement tenu à bout de bras pour pouvoir le lire sans quitter l'autre des yeux.

— Avez-vous réfléchi que, presque sans exception, toute révolution populaire est une œuvre sanguinaire, comme le prouve l'expérience ; et que le philosophe de Genève, l'auteur du *Contrat social,* le grand fauteur de la souveraineté du peuple, dit quelque part qu'une révolution serait achetée trop cher si elle coûtait une seule goutte de sang ?

L'abbé Mailloux invectivait personnellement le cordonnier par la voix de son évêque. François se leva. Le major Hubert s'apprêtait à en faire autant. Des remous se propageaient dans les bancs des alentours.

— Heureusement, tonna l'abbé Mailloux en repliant la lettre pour bien signifier qu'il apportait maintenant ses commentaires personnels, le drame n'a pas encore atteint ces proportions chez nous. Mais il en est parmi vous qui n'ont pas d'autre ambition que d'attiser le feu. Ce sont ceux-là mêmes qui prennent tous les moyens qui sont à leur disposition pour faire des élections l'occasion ultime de la discorde.

Hubert, François et une dizaine de Patriotes avoués qui s'étaient levés sortirent alors silencieusement de l'église. L'abbé Mailloux tonitrua :

— Quand bien même on ne voudrait pas les nommer, les fauteurs de troubles viennent de se désigner à la face de tout le village. Mes bien chers frères, ajouta-t-il d'un ton de commisération, nous allons prier ensemble pour leur salut.

Il fit le signe de la croix et descendit de sa chaire à grands pas de paysan. Les fidèles se signèrent à leur tour et se jetèrent à genoux. Les partisans du major Hubert étaient sortis en laissant les portes ouvertes derrière eux. Hyacinthe les suivit.

— Tu veux que je te donne un conseil? demanda Saint-Amant en levant son verre devant Bruno. Passe pas ta vie dans les chantiers. C'est la meilleure façon de faire le malheur d'un homme.

— Comment ça? demanda Bruno en avalant une gorgée de bière.

Il n'avait pas l'habitude de boire de la bière. Il était encore étonné du goût amer de cette boisson.

— T'as toute la vie devant toi, répondit Saint-Amant. Gaspille-la pas. Remplis-la avec autre chose que des épinettes à perte de vue. C'est pas une bande de singes en chemises à carreaux qui va te montrer à vivre non plus. Comprends-moi bien : je veux pas me mêler de tes affaires, on parle pour parler. Quand la tempête sera finie, tu repartiras, pas pires amis. Mais tu te souviendras de ce que je t'ai dit. Tu peux me croire : j'ai passé vingt-deux ans dans les chantiers. A présent, j'essaie de rattraper le temps perdu, mais je sais que j'y arriverai jamais.

— Je pense que je comprends, dit Bruno. Vous voulez dire que, si on passe toute sa vie à se battre contre les arbres, on saura jamais s'y prendre avec les hommes ?

C'était un spectacle fort étonnant pour un dimanche d'août triomphant. On franchissait les grandes portes et on se retrouvait en pleine assemblée électorale. Bientôt, toute la population du Port Saint-François fut sur le perron de l'église. Les femmes en bonnet de taffetas, les hommes bourrant promptement leur pipe de plâtre et crachant par terre après l'avoir allumée.

Le major Hubert se dressait sur une caisse de bois qui avait été tirée d'une voiture. Il avait mis ses mains en porte-voix, le corps penché en avant sous l'effort et le derrière proéminent. Il criait :

— L'Angleterre nous vole ! Le gouvernement anglais est un gouvernement oppresseur et corrompu dont il faut nous débarrasser avant que le joug soit trop lourd sur nos épaules !

De telles affirmations étaient de nature à scinder l'assemblée. Ceux qui étaient offusqués se cherchaient des appuis. Les autres s'approchaient de l'orateur. Mais une nouvelle voix, celle du cordonnier, se fit entendre à l'autre bout du perron. C'était fait pour semer la confusion dans les rangs de ceux qui cherchaient à se mettre à l'abri de tels propos.

— Le gouvernement anglais est un gouvernement tyrannique dont il faut nous défaire au plus tôt ! Il nous a beaucoup promis et ne nous a jamais rien donné.

On se cherchait du regard. Plessis souriait dans sa petite barbe de bouc et il écoutait, comme si ce que disaient Hubert et le cordonnier avait été une plaisanterie amusante. Quelques paysans outrés s'en allèrent. Mais la plupart des paroissiens, d'accord ou pas, attendaient la suite.

— Les rois ne sont que des zéros, continuait Hubert. En voulez-vous la preuve ? Nous sommes actuellement gouvernés par une jeune reine de dix-sept ans !

Et le major traça dans l'air la silhouette caricaturale d'une jeune femme de dix-sept ans. Plusieurs hommes se mirent à rire. Même parmi ceux qui n'étaient pas du parti du major. C'était encourageant. Le cordonnier enchaîna :

— Les proclamations du gouverneur ne sont faites que pour aveugler le peuple ! Je vais vous le dire, moi, ce qu'elles valent : ce sont autant de chiffons de papier bons pour se torcher.

Le cordonnier exagérait à dessein la courbe disgracieuse de son corps. La foule se tordait. Hubert ne perdit pas un instant :

— La British American Land vole les terres qui devraient appartenir à vos enfants. Elle contrôle tout le village. Si vous ne vous dépêchez pas de secouer le joug anglais, il sera trop tard !

L'abbé Mailloux apparut alors, furieux comme le Christ quand il s'était vu forcé de chasser les vendeurs du temple.

— Vous n'avez pas le droit, cria-t-il de sa voix de fausset. L'église est la maison de Dieu. Allez proférer vos insanités ailleurs.

— L'église est la maison des fidèles, répliqua Hubert. Nous l'avons bâtie de nos mains. Retournez donc dans votre sacristie. Nous nous accommoderons du perron.

L'abbé Mailloux cherchait le notaire Plessis du regard. Il finit par apercevoir son haut-de-forme gris. Il se précipita sur lui.

— Faites quelque chose, notaire. On dirait des démons sortis de l'enfer.

Plessis n'avait cessé de sourire.

— Laissez-les donc faire, répondit-il calmement à son curé. Ne voyez-vous pas qu'ils sont en train de tresser la corde qui les pendra ?

Mais l'abbé Mailloux ne l'entendait pas ainsi. Il fonça sur la foule comme un chien berger en s'en prenant à tous ceux qui se trouvaient sur son chemin :

— Rentrez chez vous ! Ne vous laissez pas duper par ces traîtres. Vous avez entendu ce qu'a dit Monseigneur ?

Un seul lui répondit : Hyacinthe Bellerose.

— Le peuple a le visage en grimaces, monsieur l'abbé ! C'est sans doute qu'il en a gros sur le cœur.

L'abbé Mailloux regarda un instant Hyacinthe comme si celui-ci lui avait parlé en latin puis il s'éloigna. Il rentra dans l'église dont il ferma les portes à clé. On le vit quelques instants plus tard sortir par la petite porte de la sacristie et s'en aller au presbytère à grandes enjambées.

Le major Hubert se laissait emporter par son exaltation. Le nombre de ses auditeurs avait diminué, mais ceux qui restaient étaient vraiment là pour l'entendre.

— Les Patriotes vont se lever et ils vont faire comparaître les Bureaucrates devant eux. Le grand Louis Joseph Papineau va bientôt s'emparer de la ville de Québec et nous le proclamerons notre roi.

Le cordonnier sourcilla. Hubert débordait la ligne de pensée du parti. Et Louis Joseph Papineau aurait été fort étonné d'apprendre le sort qu'on lui réservait ce matin-là au Port Saint-François.

— Nous nous rendrons maîtres de tout le pays. J'ai un bon fusil et nous sommes nombreux à penser ainsi. Et si Papineau ne se conduit pas comme le roi que nous attendons, nous en nommerons un autre à sa place. Et nous serons un grand peuple libre comme les Américains.

Hubert tira à son tour un bout de papier de la poche de son pourpoint.

— Mes amis, il est temps d'adopter des résolutions pour bien montrer au gouverneur que ses manœuvres d'intimidation ne nous impressionnent pas.

Il se mit à lire le document que le cordonnier avait préparé à son intention en s'inspirant des résolutions qu'on adoptait un peu partout à travers le Bas-Canada depuis quelque temps.

— Que la conduite du gouverneur, qui prive la Chambre de tout contrôle sur le revenu, est une violation flagrante de tous les droits accordés au Bas-Canada par la capitulation et les traités ; que le gouvernement, qui peut avoir recours à des moyens si violents, détruire le droit par la force, est un gouvernement méprisable, indigne de tout respect et même de soumission.

Le cordonnier s'était mis à circuler dans l'assemblée pour recueillir des signatures au bas d'un document identique à celui que lisait le major. Plusieurs se défilèrent avant même d'être sollicités. Hubert poursuivait pour entretenir leur exaltation.

— Que le peuple du Bas-Canada...

Un silence aigu, puis un cri :

— Regardez, mes amis, de quoi ils sont capables !

Le major désignait le chemin d'en haut qui s'ouvrait devant l'église. Une petite troupe d'une dizaine de soldats anglais marchait vers le quai, précédée d'un officier à cheval. Ce n'étaient sans doute que des militaires de passage qui allaient s'embarquer. Mais le major Hubert avait décidé d'en faire le symbole de l'oppression anglaise.

— Non ! tonna-t-il. Le peuple du Bas-Canada ne se laissera pas intimider par de telles manœuvres ! Le Canada aux Canadiens !

— Hourra pour Hubert ! fit une voix dans l'assistance.

— Hourra pour Papineau ! enchaîna le cordonnier.

Les hommes reprirent en chœur.

Hyacinthe s'éloigna. Il avait aperçu Marie-Moitié et l'enfant irlandais qui avaient pris le chemin de la petite maison sous les saules. Il avait envie de les y retrouver, pour se reposer un moment des querelles et de l'injustice.

— Moi, dit Bruno, j'ai rencontré des gens aux chantiers comme on n'en voit pas souvent. Un, surtout. Vaugeois. C'était son nom. Cet homme-là avait l'air d'en savoir plus long que pas mal de monde sur la vie.

— Vaugeois, tu dis ? demanda Saint-Amant. Son prénom ?

— Je sais pas.

— Il était comment ?

— Fort et grand. Un vrai gars de chantiers. Fort comme un ours mais doux comme un agneau.

— Et il passait son temps à rallumer sa cigarette, enchaîna Saint-Amant.

— Vous le connaissez ? fit Bruno fort étonné.

— Si je le connais ? J'ai travaillé avec lui à la Brown. Il a été mis à la porte. Tu devineras jamais pourquoi.

Bruno ne voyait vraiment pas pour quelle raison quelqu'un aurait pu vouloir du mal à Vaugeois, un homme d'une si grande bonté qui comprenait tout. Bruno était incapable de s'imaginer que Vaugeois ait pu faire quelque geste répréhensible.

— C'est un communiste, dit Saint-Amant à voix basse, un vrai. Il n'y en a pas beaucoup.

Bruno avait vaguement entendu parler des communistes à l'école. Il savait qu'ils avaient fait une révolution en Russie. Mais il n'aurait jamais cru qu'il pouvait y avoir des communistes au Canada. Il regarda Saint-Amant comme si celui-ci venait de lui révéler qu'il avait eu des entretiens privés avec le Saint-Esprit. Saint-Amant se tourna vers le fond de la salle :

— Apporte deux autres bières, Atchez, cria-t-il. Ça presse.

Le père Bellerose et ses fils Michel et André avaient rassemblé dans la cour tout ce qu'ils devaient emporter : six poules, deux sacs de blé, un cochon, deux grandes catalognes faites par la mère Bellerose et cinq paniers remplis à ras bords de coquillages finement moulus pour les poules. La matinée était encore jeune mais le père Bellerose pressait ses fils. De son côté, la mère Bellerose chantonnait. Avait-elle réellement le cœur gai ou cherchait-elle à se donner une contenance ? Elle apporta deux gros pains.

— Vous lui direz bien que c'est de ma part.

— Qu'est-ce que tu penses ? Que je vais essayer de lui faire croire que je me suis levé la nuit pour les faire ? Le pain c'est l'affaire des femmes.

— Non, Ismaël. Le pain c'est le travail.

Le père Bellerose détourna la tête. Il devait se dire « Race de pape ! » en dedans. Il fit signe à ses fils de charger. Pendant qu'ils s'exécutaient, le père Bellerose prit sa femme à l'écart. Celle-ci tira une bourse de velours vert fort élimé de la poche de son ample jupe qu'elle mit dans les mains du père Bellerose.

— Il comprendra, dit-elle. Nous avons fait ce que nous avons pu.

— Tu crois ?

— Je sais que ce n'est pas beaucoup, continua la mère Bellerose, mais ces quelques sous, dis-lui bien toute la sueur qu'on a versée pour les gagner.

— Ça ne représente même pas la moitié de ce qu'on lui doit. Pourvu qu'un malveillant ne soit pas allé lui répéter tout ce qu'il dit, ton Hyacinthe.

La mère Bellerose hocha la tête. Le père finit par fourrer la bourse dans la poche de ses hauts-de-chausses et s'en alla retrouver ses fils sur la voiture. Il monta sur la banquette de bois, prit les guides en main et se mit en route sans se retourner. La mère Bellerose les regardait s'éloigner. Le cœur lui débordait d'assurance.

— Il comprendra, ne cessait-elle de se répéter. On a toute une autre année devant nous.

La voiture du père Bellerose cahotait sur le chemin de sable. Les fils étaient assis derrière et fumaient leur pipe en devisant. La journée était exceptionnellement belle.

La tradition voulait que coïncide le jour où les censitaires versaient leurs redevances avec l'anniversaire du seigneur. Celui-ci profitait en effet de la circonstance pour inviter les notables de Nicolet et du Port Saint-François à une réception à laquelle même les censitaires étaient conviés. M. Cantlie se voulait bon père de famille. Cela impliquait qu'il administrât sa seigneurie avec fermeté mais avec bonté aussi. Une fois par année, l'épineuse question des redevances réglée, on fraternisait dans les jardins.

Le manoir s'élevait sur un coteau ombragé de pins gigantesques. La rivière coulait à ses pieds. Le fleuve n'était pas loin. Des gens débarquaient de leur canot : il en venait de partout.

Ceux à qui il incombait de régler ce jour-là leurs affaires avec le seigneur étaient naturellement moins joyeux que les messieurs à redingotes et les dames à ombrelles qui n'avaient d'autre perspective que de boire du vin de France (même chez un Anglais, c'était toujours un signe de distinction).

Les invités étaient reçus par deux laquais embauchés pour l'occasion qui avaient pour tâche de prendre la bride des chevaux et de diriger les invités vers les jardins où des jeunes filles en grands tabliers blancs leur proposeraient des rafraîchissements jusqu'à ce que M. Cantlie se soit enfin libéré de ses obligations. Les censitaires aussi avaient mis leurs habits des grandes occasions. Mais il y avait beaucoup d'étoffe rude de ce côté qui sentait la main de l'épouse ou de l'aïeule. On était gêné dans ces vêtements, et pour cause : on ne pouvait s'empêcher de penser, chaque fois qu'on les portait, qu'un jour ou l'autre on vous les ferait endosser pour vous exposer devant les parents et les amis, entre des planches. Il fallait prendre soin de ne pas les abîmer.

Le vieux serviteur personnel de M. Cantlie recevait un à un les censitaires. Il examinait attentivement ce qu'ils apportaient et en inscrivait l'inventaire dans un registre posé sur une table élégante dont la courbure des pattes faisait beaucoup d'effet sur la pelouse. Il remettait ensuite à chacun un bout de papier où était transcrite la nomenclature des dons en nature. Et les censitaires, vieillards édentés et jeunes gens aux épaules encore larges, se retrouvaient devant la porte pour fumer et plaisanter faux. On s'efforçait de ne montrer aucun sentiment. A la vérité, chacun avait le cœur qui lui cognait. Il répétait silencieusement ses phrases, comme le font les enfants avant d'entrer au confessionnal.

M. Cantlie siégeait dans son bureau. C'était une toute petite pièce à droite du vestibule avec des rayonnages de bois sombre jusqu'au plafond, des cahiers, des registres et de gros livres, une odeur de cuir et de poussière. De cigare aussi. Assis devant son seigneur, le notaire Plessis consultait le censier, un épais registre dans lequel une page était consacrée à chacun des censitaires de la seigneurie. Depuis quelques années, la large écriture du notaire y avait succédé aux fines inscriptions de son prédécesseur, une femme sans doute. Les combats quotidiens des paysans et leur misère annuelle y étaient consignés en nombre de poules, cochons et sacs de blé. L'annotation « solde impayé » figurait au bas de plusieurs pages.

Le seigneur Cantlie ne prenait pas plus plaisir que ses censitaires à cette cérémonie. Il savait que la plupart de ses gens auraient du mal encore cette année à régler leur dû. Que, pour plusieurs d'entre eux, la dette ne ferait que s'accroître. Le seigneur Cantlie lissait ses favoris, le notaire Plessis tirait sur son cigare. La porte était ouverte. On frappa au chambranle, et le père Bellerose entra. Il posa simplement le bout de papier signé de la main du serviteur sur le petit pupitre encombré et resta là, son chapeau à la main. Le seigneur examina le document puis regarda le père Bellerose dans les yeux.

— Vous êtes un homme courageux. Et je suis peiné que la réussite n'ait pas couronné votre travail cette année. Mais il ne faut pas se décourager. Les années se suivent et ne se ressemblent heureusement pas. J'ai confiance, monsieur Bellerose, que vous vous mettrez en règle dès l'an prochain. En attendant, ne gâchons pas cette magnifique journée. Comme d'habitude, je donne une petite réception à l'occasion de mon anniversaire. Joignez-vous donc à mes invités au jardin.

Le père Bellerose salua et sortit. Il n'avait pas dit un mot. Le notaire Plessis soupirait en faisant ses maigres additions dans la page réservée à ce client. Il leva la tête.

— Si cela continue, vous connaîtrez une aussi mauvaise année que vos censitaires, dit-il.

— Comment pourrait-il en être autrement ? répondit M. Cantlie. Je ne suis moi-même qu'un maillon de la chaîne qu'ils forment.

— Un communiste, répéta Saint-Amant. Tu sais ce que c'est ?

— Je connais pas grand-chose là-dedans, répondit Bruno.

Il avala une gorgée de bière. La tête commençait à lui tourner. Le brouhaha de la salle se faisait lointain. Saint-Amant grandissait démesurément sous ses yeux.

— Un communiste, dit Saint-Amant, c'est quelqu'un qui ne croit ni à Dieu ni à diable, qui pense qu'il faut remplacer les patrons par les ouvriers. Le monde à l'envers.

— Ça se peut pas, reprit Bruno. Je le connais, Vaugeois. C'est le meilleur homme du monde.

— C'est ça, un communiste. Penses-y une minute. Personne les écouterait s'ils avaient l'air trop mauvais.

Bruno n'arrivait pas à se faire à l'idée que Vaugeois était un communiste. Un homme qu'il admirait...

— Pouvez-vous me dire ce qui l'a rendu comme ça? demanda-t-il.

— Il a pris ça dans les livres. Un ouvrier qui lit, le soir, avant de s'endormir, c'est dangereux. Je dis pas que les livres sont mauvais, pas tous. Mais ça peut faire bien du tort à un homme. Faut être entraîné. Mets une hache dans la main d'un curé, il va s'estropier. Un livre dans les mains d'un ouvrier, c'est pareil.

Bruno avait du mal à admettre ce que disait Saint-Amant. Mais il ne trouvait pas d'arguments pour lui répondre. Paradoxalement, il finit par se dire que la réponse devait se trouver dans les livres.

Tout le village du Port Saint-François et tout celui de Nicolet étaient dans les jardins du manoir. Une société assez semblable à celle des autres seigneuries du Bas-Canada. Un seigneur anglais. Un curé en soutane à rabat. Deux ou trois descendants de la vieille aristocratie française : le notaire Plessis et sa mère, ainsi qu'une vieille fille distinguée. Un commerçant anglais qui tenait toutes les affaires en main : Smith. La classe laborieuse qui le servait, dont la dame Morel de l'auberge et le couple Gervais qui tenait le magasin général. Quelques Canadiens industrieux qui résistaient à la pression des commerçants et de leurs répondants de la haute administration de Québec, dont deux irréductibles : le major Hubert et son inséparable cordonnier. Puis le peuple, composé essentiellement de paysans. C'était l'humus dont se nourrissait la seigneurie. Une fois l'an, tous ces gens étaient des frères et des sœurs. Qui n'étaient pas forcés de s'aimer, comme de raison.

De grandes tables recouvertes de nappes blanches avaient été dressées dehors. Dessus, attendaient des piles d'assiettes à motifs d'Angleterre, des verres délicats, des cruchons qu'on avait pris soin de mettre à l'ombre, et tous les fruits de la terre, dont des oranges. Plusieurs ne pouvaient s'empêcher de penser qu'elles avaient peut-être poussé dans la serre qui se dressait à l'emplacement de l'ancienne étable, une merveille des Indes, toute en verre.

On fraternisait en s'efforçant toutefois de ne pas se jeter dans les bras de ses pires ennemis. Bien peu de paysans avaient les moyens de se payer une montre, mais on n'oubliait pas que l'heure était à l'élection. Sans compter que le seigneur avait deux catégories d'invités : ceux qui avaient payé leur place, et qui étaient presque gênés de se trouver là, et les autres, qui affichaient une supériorité maladroite. Des petits groupes de cinq ou six personnes se déplaçaient en formation comme des glaces à la débâcle sur le fleuve. Ils se heurtaient, ils semblaient se fondre. On les retrouvait un peu plus tard aux deux extrémités du jardin. Les gardiens de ces mouvements étaient des jeunes filles en grands tabliers blancs. Certaines portaient des plateaux chargés de verres. D'autres, dont Marie-Moitié, des cruchons de grès. On leur avait enjoint de ne laisser aucun verre vide dans la main de quiconque.

Les derniers paysans sortaient par la petite porte du manoir. Chacun murmurait, mais dans l'ensemble le ton montait. M. Cantlie et le notaire Plessis devaient être bien près de faire leur apparition.

Une rangée de pommiers fermait les jardins, à gauche. A droite, des allées de gravier fin sous la ramure des pins conduisaient à des charmilles inattendues, à des bosquets savamment sauvages au milieu de tout cet ordre. Au fond, six ormes se tenaient au garde-à-vous pour bien marquer la frontière entre les jardins et les pâturages qui s'ouvraient sur l'infinité de la plaine. Un chemin marqué d'ornières s'y perdait. C'est de là qu'on vit venir une grande charrette à ridelles chargée d'épis de maïs. Une vingtaine de jeunes gens et de jeunes filles la tiraient et la poussaient. L'équipage s'immobilisa sous un des ormes du fond. Les jeunes gens jetèrent les épis de maïs en tas sur l'herbe. Les jeunes filles les entassèrent dans leurs jupes tout autour. C'était également la tradition, chez le seigneur Cantlie, que le jour où les censitaires payaient leurs redevances, les jeunes gens et les jeunes filles organisent une épluchette de blé d'Inde. Ils joignaient l'utile à l'agréable. Il fallait éplucher ces épis et les porter sous les hangars dans de grands paniers : on en ferait de la farine ou de la nourriture pour les bêtes. Le jeu consistait à former de grands cercles autour des tas de maïs et d'éplucher, en plaisantant sa voisine. Ou de lorgner son voisin, selon le cas. En puisant dans le tas, on se touchait les mains par inadvertance. Les beaux ténors ne se privaient pas d'étaler leur répertoire d'airs de la vieille France. On n'ignorait pas non plus que, selon la coutume, Breton devait avoir caché son violon sous un des tas de maïs. Quand on le découvrirait on se mettrait à danser. Et surtout, chacun et chacune espérait secrètement mettre la main sur un de ces épis rouges que la nature distribue parcimonieusement parmi leurs congénères dorés. L'épi rouge donnait le droit d'embrasser son voisin ou sa voisine. Déjà des cris, des rires et des chansons. Entre-temps, dans les jardins policés, le ton des conversations avait baissé. Le seigneur et son chargé d'affaires faisaient leur entrée. Le notaire Plessis s'était précipité sur une jeune fille en tablier pour exiger deux verres qu'il avait fait remplir promptement. Il était allé en offrir un au seigneur et, levant le sien, il avait invité tout le monde à boire à la santé de M. Cantlie. On entendit des « Joyeux anniversaire, monsieur Cantlie ! » repris en chœur comme des oraisons. Puis le seigneur fit un petit discours. Pour ne rien dire, selon certains. Il évoqua le rude labeur des paysans du Bas-Canada et loua leur acharnement qui n'était pas toujours récompensé. On écoutait poliment, un verre à la main et le sourire aux lèvres. Mais on pensait déjà à ce qui allait suivre. On se réjouissait à l'idée de manger des viandes, des légumes frais et des fruits. Le seigneur coupa heureusement court à son envolée. Le notaire Plessis s'était mis à tourner autour de Marie-Moitié comme un bourdon lustré. C'était vrai qu'elle était belle, avec sa peau de cuivre, sous son tablier blanc.

Bruno aborda la question de front :

— C'est vrai, ce que vous avez dit tantôt, que la moitié de la ville appartenait à la Brown ?

— Tout le monde le sait par ici.

— Et la Brown, qui c'est qui la mène ?

— Des Anglais.

— Vous trouvez pas que c'est le monde à l'envers ? Le bois qu'on coupe, c'est le bois qui pousse sur la terre des Canadiens-

Français. La rivière sur laquelle on le fait flotter est à nous aussi. C'est des mains de Canadiens-Français qui tiennent les gaffes et les crochets pour manœuvrer les billots, des têtes de Canadiens-Français qui trouvent moyen de réparer les machines avec des bouts de fil de fer en attendant que les morceaux cassés soient remplacés. Tout ça en français. Sauf pour demander le salaire, à la fin de la semaine. Parce que le contremaître est anglais.

Saint-Amant était agacé.

— On voit que t'es allé à l'école de Vaugeois.

— Je vous jure qu'il ne m'a jamais parlé de ça.

— Alors, où c'est que t'as pris toutes ces idées croches ?

— En regardant autour de moi, tout simplement.

Saint-Amant se leva. Le petit avait raison. Et cela faisait mal de s'entendre dire ces choses par un enfant de quinze ans qui n'avait pas encore appris à se taire. Manque d'éducation. Quand on est jeune, on dit tout ce qui nous passe par la tête. « Pourquoi il est gros, maman, le monsieur ? » En vieillissant, on découvre que le silence est d'or. Saint-Amant cherchait une manœuvre de diversion. Un sourire mince comme un couteau entre les lèvres, il se tourna vers les buveurs de la table voisine, qui se trouvaient être les passagers de l'autobus.

— Venez par ici, les gars. Je viens d'en entendre une bonne.

On avait bien mangé et bien bu dans les jardins du manoir. Maintenant on enviait les jeunes gens et les jeunes filles qui s'étaient mis à danser au son du violon. Même l'abbé Mailloux ne trouvait rien à y redire. La jeunesse ne pouvait pécher tant qu'elle s'amusait sous les yeux de ses aînés. D'autant plus qu'on se trouvait chez le seigneur et que ce dernier ne voyait pas d'inconvénient à ces rondes plutôt anodines.

Le forgeron, d'abord, puis quelques fils de paysans se détachèrent peu à peu de l'assemblée pour aller se joindre aux danseurs. N'y tenant plus, le notaire Plessis lui-même finit par inviter à le suivre ceux qui se trouvaient à ses côtés.

— Allons donc voir si on ne pourrait pas mettre la main sur un épi rouge.

Bientôt la ronde envahit tous les jardins. Il y avait même de beaux messieurs et des dames élégantes qui s'étaient assis dans l'herbe et qui épluchaient des épis de maïs comme des enfants.

L'abbé Mailloux tenait compagnie au seigneur, à sa dame et à ses filles. Le major Hubert, lui, restait à l'écart avec le cordonnier. Il fallait trouver une entrée en matière au discours qu'il entendait faire.

Une clameur s'éleva tout à coup. Le notaire Plessis courait autour des tables et Marie-Moitié s'enfuyait devant lui. Le notaire finit cependant par rejoindre la métisse et, l'ayant saisie par le bras, il l'embrassa fougueusement sur la bouche. Après quoi, se tournant triomphant vers l'assemblée qui s'était formée autour d'eux, il tira de sa poche un épi rouge qu'il brandit à bout de bras.

Au lieu de l'approbation générale qu'il attendait, le notaire ne trouva qu'appréhension sur le visage de tous ceux qui le regardaient. C'est qu'Hyacinthe Bellerose venait de faire son apparition, tenant son enfant par la main. Il marcha vers le notaire qui ne fit pas un geste. Les deux hommes s'affrontèrent un moment du regard. Hyacinthe arracha finalement l'épi rouge de la main du notaire et le jeta à ses pieds avant de se fondre dans la foule, suivi de son petit Irlandais. Connaissant le notaire, on était en droit de s'attendre à ce qu'il relance celui qui venait de l'humilier publiquement, mais l'arrivée d'un cavalier couvert de poussière, et qui avait poussé sa monture jusque dans les jardins, mit un terme à l'incident.

Le cavalier réclamait le major Hubert. On le lui désigna. L'homme extirpa de sa sacoche un pli qu'il mit dans la main du major. Celui-ci le lut aussitôt, et son visage s'empourpra. Il s'empressa alors de retrouver Hyacinthe parmi les invités et, le tirant par la manche, il fonça vers l'endroit où Breton agaçait son violon.

Il lui arracha l'instrument des mains en lui disant d'un ton sec que la fête était finie. Comme, faute de musique, les danseurs étaient restés une patte en l'air, tous les regards se tournèrent vers le major Hubert qui montait sur la charrette de maïs. Plessis ricanait. Le seigneur lissait ses favoris. L'abbé Mailloux s'épongeait le front et le père Bellerose n'en revenait pas de voir son fils s'afficher ainsi.

— Mes amis, entonna le major, le temps des réjouissances est bel et bien fini. Savez-vous ce que contient ce pli qu'on vient de m'apporter ?

Un silence curieux succéda à la question. Hubert était content. Il tenait son auditoire.

— Pour ceux qui ne me croyaient pas encore, ce pli contient la preuve que l'Angleterre nous vole. Vous savez que le gouverneur a fait dissoudre la Chambre parce que les députés refusaient d'adopter les crédits. Et vous avez tous compris que c'était le seul moyen dont nous disposions pour amener l'Angleterre à prendre connaissance des maux dont est affligée la colonie. Mais l'Angleterre est restée sourde à nos justes revendications. On vient de m'apprendre à l'instant qu'elle a décidé de passer outre au pouvoir légitime de la Chambre en autorisant le gouverneur à puiser dans les coffres de l'armée pour administrer le pays. A quoi sert-il maintenant d'élire des députés à la Chambre ? En agissant ainsi, l'Angleterre se fait non seulement la complice de ses Bureaucrates corrompus mais encore, en violant la Constitution, elle maintient les inégalités dont nous sommes victimes.

Accroché d'une main aux ridelles de la charrette, le major Hubert gesticulait.

— Mes amis, poursuivit-il, le vol restera toujours le vol, même de la part d'une grande nation comme l'Angleterre. Une clameur d'indignation doit s'élever d'un bout à l'autre du Bas-Canada contre les voleurs et contre ceux qui profitent du butin.

Il n'était pas peu significatif que les censitaires se soient approchés au pied de la charrette et que le seigneur et les notables se soient tenus derrière. En tout cas, cela permettait au major de faire de l'effet en désignant tour à tour les uns et les autres pour les assimiler à son gré aux voleurs ou à leurs victimes. Le major se pencha sur ceux qu'il considérait faire partie de cette dernière catégorie :

— Vous les connaissez bien, les voleurs et les profiteurs ! Les injustices, les inégalités, vous en avez reçu plus que votre part n'est-ce pas ? Moi comme vous, d'ailleurs. Et tenez, par exemple, Hyacinthe Bellerose, qui est là, il peut vous en dire long à ce propos.

— S'il ouvre la bouche, je lui règle son compte une fois pour toutes, marmonna le notaire Plessis entre ses dents.

Pendant ce temps, le major Hubert avait tendu la main à Hyacinthe et l'avait hissé à ses côtés sur la charrette.

— Le Berluseau ! Un discours ! entendit-on.

Hyacinthe regardait devant lui, mais il semblait voir au-delà des gens qui se trouvaient là.

— Le major voudrait que je vous dise que M. Smith et ses Irlandais ont jeté son bois à l'eau. C'est vrai. Je peux bien vous le répéter parce que je l'ai vu. Mais vous le savez déjà.

Hyacinthe leva les yeux. Marie-Moitié le regardait fixement, en serrant contre elle le petit Irlandais. Un peu à l'écart, son père et ses frères Michel et André cherchaient à ne pas attirer l'attention sur eux.

— Vous savez aussi que le curé a fait enlever mon enfant parce qu'il me croyait indigne de l'élever. Je l'ai repris. Il n'a plus osé y toucher depuis. Faites la même chose. Ne vous laissez pas ôter ce que vous avez payé de votre sueur. Pour ceux qui ne le sauraient pas, je tiens à rappeler qu'il y en a parmi vous qu'on menace d'arracher à leur terre parce qu'ils ne peuvent pas verser leurs redevances. Et, pourtant, leurs pères l'ont largement payée de leur peine, cette terre. Et s'il leur manque quelques sous, au bout de l'année, pour satisfaire le seigneur, ce sont les gros marchands et les notaires qui devraient débourser pour eux. Mais, chaque fois qu'on commet une injustice à l'endroit d'un homme, c'est une dent nouvelle qui lui pousse. Un jour ou l'autre, il mordra.

Hyacinthe se tut, étonné d'avoir tant parlé. Son regard croisa celui de son père. Ce qu'il y vit était de la peur. Il sauta en bas de la charrette. Le major l'interpella tandis qu'il s'éloignait :

— Qui t'a chassé, Hyacinthe, de la terre que tu avais défrichée dans les Bois-Francs ?

— La misère.

— La British American Land, rectifia Hubert. A qui appartient le quai du Port Saint-François ? Le magasin général ? L'auberge ? A la British American Land. Et vous, vous êtes propriétaires de quoi ? Vous n'êtes même pas chez vous sur la terre que vos pères ont défrichée de leurs mains. On vous laisse la faire fructifier avant de vous la reprendre.

Le major Hubert s'enflammait mais on ne s'intéressait plus à lui. Tous regardaient Hyacinthe s'éloigner, les mains dans les poches de ses hauts-de-chausses, à grands pas débonnaires. Et c'était plus outrageant que toutes les paroles.

Le notaire Plessis avait pris le marchand Smith par le bras et l'avait entraîné à l'écart. Il lui souffla quelques mots à l'oreille en désignant Hyacinthe du menton.

Ceux de l'autobus entouraient Bruno et Saint-Amant. Chacun tenait un verre à la main. Celui de l'harmonica avait troqué son instrument contre une grande pipe recourbée, le gros rougeaud était resté debout, les deux mains sur le dossier de sa chaise. Il y avait beaucoup de fumée et de rires gras.

— Vous le connaissez, ce petit jeune homme-là ? demanda Saint-Amant.

— Si on le connaît ? répliqua le gros rougeaud. C'est lui qui a tiré l'autobus de la neige.

— Et savez-vous ce qu'il vient de me dire ? enchaîna Saint-Amant.

— Non, fit le gros rougeaud, mais je sais d'avance que c'est quelque chose de pas ordinaire.

— Pour ça, vous avez raison. Si ce qu'il dit est vrai, j'en ai pas rencontré souvent des comme lui.

— As-tu fini de nous faire languir ?

— Je sais pas s'il faut le croire mais il jure dur comme fer qu'il a déjà servi sept fois la même femme en une seule nuit.

Les hommes s'exclamèrent tous en même temps. Bruno niait de toutes ses forces mais les autres ne l'écoutaient pas. Le gros rougeaud se noyait dans son rire. Il finit par hoqueter :

— Attends un peu, mon petit Bellerose. On va t'arranger ça.

Marie-Moitié pressait le pas. Elle avait hâte d'être chez elle. Il lui tardait de rejoindre Hyacinthe. Elle réfléchissait. Elle dut reconnaître que rien de ce qu'il faisait ne la laissait indifférente. On le croyait dépourvu de raison, et il était plus fier que tous les autres, incapable de lâcheté ni de bassesse, fidèle à ses idées. Marie-Moitié ne pouvait s'empêcher d'éprouver beaucoup de plaisir à la seule pensée de connaître cet homme et de partager parfois avec lui des moments de silence. Mais elle ne se résignait pas à laisser défiler tout le cours de sa réflexion, car il lui aurait fallu admettre qu'elle ne souhaitait rien tant qu'Hyacinthe finisse de sculpter le canard de bois et qu'il le pose là, sur la table, comme le signe de son désir de vivre avec elle.

Le jour déclinait. Il y avait une bonne lieue entre le manoir et le Port Saint-François. Marie-Moitié la franchit sans s'en apercevoir. Elle était déjà devant sa maison. Elle n'avait pas envie d'aller chercher l'enfant que Régine avait remmené de la fête. Elle aurait aimé passer seule la soirée en compagnie d'Hyacinthe, assis sur le perron à ses côtés à regarder la nuit, ou à table, les mains dans les copeaux de bois.

Mais Hyacinthe n'était pas là. Elle s'en voulait d'agir ainsi, mais elle ne pouvait faire autrement que l'attendre. Elle était prisonnière d'Hyacinthe Bellerose. Et cela lui procurait un plaisir chaud au fond du cœur en même temps qu'une grande inquiétude dans la tête. Elle se dit qu'elle attendrait toute la nuit s'il le fallait. Et c'était ce qui était en train de se produire. La fraîche du crépuscule, l'appel strident des grenouilles, puis toutes les étoiles. Marie-Moitié restait immobile sur son perron, les deux mains entre les cuisses, comme un oiseau qui n'ose prendre son envol dans le noir pour aller rejoindre son nid. La nuit était douce mais bien lente dans le cœur de Marie-Moitié.

Soudain, des pas sur le chemin. Ce n'était pas les premiers de la soirée. Il ne fallait pas s'illusionner.

— S'ils s'arrêtent après le gros saule c'est lui, se dit Marie-Moitié.

Ils s'arrêtèrent. Marie-Moitié courut.

C'était bien Hyacinthe, mais il était méconnaissable. La chemise en lambeaux, il avait peine à marcher. Marie-Moitié l'entraîna vite à l'intérieur et elle alluma une chandelle. Il avait du sang autour de la bouche, un œil si gonflé qu'il ne pouvait l'ouvrir, un doigt tordu, et des bleus par tout le corps. Ce qu'on ne voyait pas ne devait pas être en meilleur état.

— Que vous est-il arrivé ?

— Ils étaient trois contre moi.

— Qui ?

— Les Irlandais de Smith, en partant du manoir.

— Et pourquoi n'êtes-vous pas venu plus tôt ?

— Je ne voulais pas que l'enfant me voie dans cet état. Où est-il ?

— Je l'ai laissé chez Régine. Je vous attendais.

Marie-Moitié s'empressait. Elle avait la science des herbes et des compresses. Elle enleva ce qui restait de la chemise d'Hyacinthe. Celui-ci ne se plaignait pas, mais la métisse se rendait compte que chacun de ses gestes le faisait souffrir. Elle le lava, le pansa et le dorlota jusqu'à la nuit avancée. Hyacinthe se laissait faire. Il avait fallu qu'il soit battu pour qu'il se rende enfin compte du grand besoin qu'il avait qu'on prenne soin de lui. Sans fausse honte.

Sa poche de loup était dans le coin. Il exigea de Marie-Moitié qu'elle se retourne. Il enfila un caleçon sale et des bas vieux de deux semaines, remit ses hauts-de-chausses et resta sans chemise.

Ils restèrent longtemps à regarder la chandelle sur la table. Marie-Moitié criait vengeance en dedans, mais elle se taisait. Hyacinthe ne voulait pas parler non plus. La nuit prenait son temps.

— Il faudrait dormir, dit enfin Marie-Moitié.

Hyacinthe jeta son œil valide sur la pièce.

— Où me mettriez-vous ?

Le visage de Marie-Moitié s'était empreint d'une gravité solennelle.

— Vous pourriez dormir dans mon lit, dit-elle.

— Et vous ?

— C'est mon lit. J'y dormirai aussi.

Et la jeune fille s'en alla vers le lit en laissant une trace chaude derrière elle sur le plancher. Elle se mit à enlever sa robe après s'être remonté la couverture jusqu'aux épaules. Hyacinthe avait deux oiseaux désemparés pour yeux.

— Soufflez donc la chandelle, finit par dire Marie-Moitié. Vous voyez bien qu'elle brûle pour rien.

Hyacinthe s'empressa de faire comme elle le suggérait et il se retrouva au milieu de son noir. Il se leva mais il accrocha une chaise qui se mit à aboyer après lui. Il alla s'asseoir au bord du lit mais celui-ci était si haut que ses pieds ne touchaient pas terre. Il enleva ses chaussettes sales et puantes. Il se dit qu'il n'y avait pas mieux à faire que de fourrer carrément ses pieds sous la couverture. Il aviserait au matin. Il s'allongea tout habillé près de Marie-Moitié. Les deux mains jointes sous la nuque. Il retenait son souffle. Il se demandait ce que faisait Marie-Moitié de son côté. L'instant d'après ils se mordaient la bouche comme deux chiots qui jouent dans la paille.

Le gros rougeaud était parti au fond de la salle. Bruno n'osait penser à ce qu'il était allé y faire. Saint-Amant jubilait de son côté : il était très fier de sa trouvaille. Les hommes avaient ri comme jamais depuis le début de la soirée. Puis ils avaient recommencé à regarder le fond de leur verre. Un grand qui avait une fine moustache avait pris sa guitare sur ses genoux. Après avoir fait deux ou trois accords pour trouver son aplomb, il se mit à chanter une ballade dont tout le monde connaissait au moins l'air, sinon les paroles :

Irene, goodnight,
Irene, goodnight,
Goodnight, Irene, goodnight, Irene,
I kiss you in my dreams.

Les buveurs avaient tout de suite commencé à bouger sur leur chaise. Le refrain sans prétention les touchait plus que tout. Ils cherchaient à se défendre contre le malaise qui les gagnait en raclant leurs bottes sur le plancher de planches brutes et en avalant de grosses gorgées de bière.

Irene, goodnight...

— C'est un vieux nègre des États-Unis qui a composé ça, dit celui qui venait de chanter. Huddie Leadbelly. C'est son nom.

Il se mit à rire comme s'il avait dit quelque chose de drôle.

— J'aurais bien aimé lui voir la face à son Irène, poursuivit-il. Parce que, lui, je l'ai vu une fois dans un journal. Et laissez-moi vous dire que si elle lui ressemblait le moindrement, j'aime encore mieux ma Germaine.

Ils éclatèrent tous de rire. La grossière plaisanterie leur avait permis de se défaire de la mélancolie qui les menaçait.

— Veux-tu une autre bière, mon petit Bellerose ? demanda Saint-Amant.

Bruno sursauta. Il n'avait pas réussi à passer inaperçu comme il l'aurait souhaité.

— Je pense bien que je vais en prendre une, répondit Bruno. Une bière ça se refuse pas.

La campagne électorale devenait plus hargneuse que jamais. La rébellion grondait en arrière-plan. Quel que soit le résultat du vote, les esprits éclairés ne voyaient pas comment cette élection pourrait dénouer la crise. Si le parti Patriote l'emportait, ses dirigeants continueraient leur politique de harcèlement à la Chambre, ce qui mettrait en péril l'administration du pays. Ils refuseraient une fois de plus d'adopter les crédits, et le gouverneur se verrait forcé de prendre des dispositions que les parlementaires ressentiraient comme autant de provocations. Et si les Bureaucrates étaient élus en majorité, on pouvait s'attendre à ce que certains chefs Patriotes mettent à exécution la menace qu'on commençait à entendre formuler à voix de plus en plus haute : les armes étaient le seul véritable recours des Canadiens contre le gouverneur, son conseil et la lointaine Angleterre.

Le notaire Plessis avait pour sa part commencé à traiter l'administration de la seigneurie comme son affaire personnelle. Chaque électeur était prévenu des conséquences néfastes qu'aurait pour lui la réélection du major Hubert : le blé coûterait plus cher à moudre, le prix de l'entretien des chemins monterait et la British American Land elle-même hésiterait à consentir de nouveaux investissements dans un pays au climat politique incertain. Or, le Canada n'avait pas les capitaux suffisants pour se développer seul. On avait besoin des marchands de Londres.

Le notaire Plessis n'était en outre sans doute pas étranger au fait que les petites troupes de soldats qu'on dépêchait aux quatre coins du pays pour assurer l'ordre s'arrêtaient souvent à l'auberge du Port Saint-François pour y passer la nuit. Leur apparition donnait des frissons dans le dos de tout le monde. De colère chez certains, d'inquiétude chez les autres.

De son côté, le major Hubert n'était plus major. Il avait déchiré sa commission de major de milice au cours d'une assemblée très réussie, en affirmant que dans la situation présente, assurer l'ordre revenait à favoriser l'injustice. Par fidélité ou par dérision, selon le cas, il n'en était pas moins resté le major Hubert pour tout le monde.

Ce qui caractérisait la campagne du major, c'était qu'elle ne s'adressait pas aux seuls électeurs. Il avait sans doute raison de dire que le sort de tous les Canadiens était en cause, mais ses adversaires ne comprenaient pas pourquoi il s'acharnait à le démontrer à des gens qui ne pouvaient rien y changer de toute façon. Lui, soutenait que c'était une manière efficace d'influencer les électeurs. A l'en croire, la qualité de propriétaire conférait la responsabilité de voter au nom du peuple et dans son intérêt.

Le cordonnier passait plus de temps à palabrer qu'à tailler des cuirs. Les prétendus sages du magasin général faisaient et défaisaient le monde selon le point de vue de leurs interlocuteurs. L'abbé Mailloux levait les yeux au ciel sous ses lunettes rondes, et le seigneur Cantlie, dans la solitude de son petit bureau, retournait sans fin la question sans arriver à comprendre pourquoi les Canadiens en voulaient tant aux Anglais qui s'étaient, somme toute, montrés magnanimes à leur endroit. Il connaissait bien des circonstances où l'Angleterre avait fait preuve de beaucoup plus de fermeté dans l'administration de ses colonies.

Mais les vraies interrogations étaient dans la tête des Canadiens de basse condition. Chez ceux qui ne savaient ni lire ni écrire et qui étaient forcés de chercher dans les plus petits signes l'interprétation d'événements dont ils ne manquaient pas de sentir toute l'importance.

— Hier, les poules picoraient en rond dans la cour. Chez Félicien, un oiseau s'est heurté à la vitre de la fenêtre et en est mort. Paraît qu'il y a des soldats à l'auberge du Port Saint-François. Ils seraient venus arrêter le major Hubert.

Beaucoup de gens avaient les yeux tournés vers Hyacinthe Bellerose. Il ne parlait pas de politique mais de la vie. On ressassait ses gestes, certaines de ses paroles, et on les suçait comme des feuilles de menthe. Reprise de bouche en bouche, de perron en charrette, la légende du Berluseau florissait.

Le major Hubert avait compris qu'il suffisait de passer derrière lui pour tirer les conclusions pratiques de ses leçons. C'était d'une efficacité surprenante. Et le cordonnier rageait d'admettre que, si le major Hubert était réélu, et cela n'apparaissait plus comme une impossibilité, ce serait dû autant à l'apport désinvolte du Berluseau qu'à ses cogitations à lui.

Hyacinthe ne s'intéressait pas davantage à ces commérages qu'il n'avait prêté attention, à l'époque, à ceux qui avaient mené à la création de son surnom de Berluseau. Il émergeait lentement de sa surprise, très occupé à se reconnaître, avec l'odeur de Marie-Moitié sur tout le corps.

Il n'avait pas oublié les gestes de l'amour. Marie-Moitié les savait aussi. Quand ils se retrouvaient assis, côte à côte dans le lit, et qu'Hyacinthe avait rallumé sa pipe dans le noir, ils étaient semblables à tous les amants du monde. Deux barques dans le port qui n'attendent que la prochaine tempête pour se jeter à nouveau sur les crêtes de leur désir.

En d'autres circonstances, Hyacinthe finissait de sculpter son canard, accroupi sur une souche devant la maison. C'était un ouvrage très délicat. Il s'agissait d'y enfermer le passé pour que le futur puisse ouvrir les ailes. Il n'était pas facile de fabriquer un objet qui puisse contenir toute la saveur de Flavie, son cri, quand elle frôlait l'extase, puis son râle et enfin ses doigts noirs et son masque hideux. Et chacun sait que les canards ont la fâcheuse habitude de passer le plus beau du jour à rêvasser sur les étangs et les marécages pour prendre leur envol dès que le vent se lève ou que la pluie s'abat.

Il faisait tourmente à l'occasion dans le cœur d'Hyacinthe, et personne ne s'en apercevait. L'enfant, à ses pieds, s'amusait à domestiquer des sauterelles. Et Marie-Moitié venait silencieusement à la porte pour sourire en regardant dans le lointain.

Le gros rougeaud revint triomphant, une fille à son bras. Les hommes s'exclamèrent comme s'il avait remmené tout l'or du Klondike. Il présenta cérémonieusement Lucette à chacun en se moquant ostensiblement des bonnes manières avec lesquelles on devait le faire dans la société. Il se réservait Bruno pour la fin.

— C'est lui dont je t'ai parlé. Bruno Bellerose. Il a l'air de rien, comme ça, mais prends garde. Il est plus fin que tous nous autres ensemble. Et si ce qu'il dit est vrai...

Les hommes donnaient de grandes claques du plat de la main sur la table pour passer leur hilarité. Lucette feignait de s'intéresser beaucoup à Bruno. Elle avait des cheveux d'un noir de nuit profonde, les lèvres résolument rouges. Et elle fumait des cigarettes dont la fumée piquait les yeux. Sweet Caporal. Elle portait un tailleur gris dont les épaules rembourrées lui donnaient une carrure presque masculine. Mais sa taille était fine et ses talons très hauts. Elle marchait en faisant bien attention de montrer à tout le monde qu'elle avait des hanches de femme. Sa poitrine devait être opulente sous les revers du tailleur.

— Tu peux dire que t'as au moins un ami dans la place, fit-elle à Bruno en désignant le gros rougeaud. Si tu savais tout ce qu'il m'a dit de toi. Ça m'a donné envie de te connaître. Tu veux pas qu'on parle un peu ?

L'école était fermée depuis la fin de l'hiver précédent. Celle du Port Saint-François comme toutes les autres du Bas-Canada. On était en droit de se demander si elle rouvrirait jamais. Le gouverneur avait décidé de priver les Canadiens d'instruction tant et aussi longtemps que les Patriotes feraient la pluie et le beau temps à la Chambre d'assemblée. Du coup, on avait choisi l'école pour y établir le bureau de vote.

Depuis que l'institutrice avait été renvoyée, personne n'occupait plus l'appartement rudimentaire d'une seule pièce qui était sommairement aménagé à l'étage. Dans la salle de classe, le poêle avec son long tuyau et la boîte à bois tenaient plus de place que les instruments nécessaires à l'instruction des enfants.

Les bancs des élèves avaient été empilés dans un coin, et le pupitre de l'institutrice transporté au centre de la pièce. L'officier rapporteur y était assis. C'était un petit homme gris à poil rare. Il était originaire du village voisin de Nicolet. Il avait été nommé à cette fonction par le parti Patriote qui en avait la prérogative en tant qu'ancienne majorité. Il était très inquiet. Ce n'était pas en effet une fonction de tout repos. Depuis quelques années, le vote dégénérait souvent en bagarres. La dernière fois, il y avait eu deux morts à William-Henry.

Le déroulement même du scrutin n'était pas de nature à favoriser l'ordre. Le vote durait aussi longtemps qu'il ne s'était pas passé une heure sans qu'un nouvel électeur se présente. Cela pouvait prendre des jours, voire des semaines. Le ton montait, les esprits s'échauffaient, des attroupements considérables se formaient à la porte. Venait inévitablement un moment où il fallait avoir la stature d'un héros pour franchir la foule hostile et aller voter. D'autant plus que le bureau aussi était envahi de partisans chauffés à blanc et que le vote se donnait à vive voix. Dans ces circonstances, ressortir pouvait être plus difficile que d'entrer. Et pourtant, chacun des partis ne vous lâchait pas tant qu'on ne vous avait pas vu aller voter. Pour certains, c'était une épreuve insupportable.

L'officier rapporteur avait toute une rangée de sabliers d'une heure devant lui. Il y en avait toujours un en fonction. Dès qu'un vote était enregistré, on en retournait un autre et le premier sablier était ramené à son point de départ. Si plusieurs votes se succédaient rapidement, le sable coulait dans plusieurs sabliers à la fois. Chaque parti désignait en conséquence un de ses hommes pour surveiller la manœuvre en permanence. On avait vu des litiges s'élever pour savoir lequel des sabliers comptait réellement l'heure et lequel était en train de revenir à son point de départ.

Tout cela se jouait sous les yeux mêmes de chacun des candidats. Le notaire Plessis et le major Hubert se tenaient chacun d'un côté du pupitre de l'officier rapporteur. Ils cherchaient à influencer du regard chaque votant qui entrait.

— Votre nom ? demandait l'officier rapporteur.

— Desmarais, Antoine.

L'officier rapporteur consultait sa liste et y trouvait le nom.

— C'est bon. Alors ?

— Je vote pour le major.

Le petit homme gris inscrivait le vote et retournait un sablier. Cela durait déjà depuis deux jours. L'officier rapporteur soupirait.

— Hubert, 37 ; Plessis, 39.

— Le notaire, pardi ! Il a la parole en bouche.

— Plessis, 40 ; Hubert, 37.

Tout n'était pas dit. Restaient les électeurs dont personne n'était sûr.

— Plessis, 43 ; Hubert, 42.

Le major Hubert grommelait.

— Qu'est-ce qu'il fait, Philémon, qu'il n'arrive pas ? L'heure passe.

Des partisans du major partaient en courant et revenaient en encadrant le Philémon en question.

— Plessis, 43 ; Hubert, 43. Si ça continue on sera encore ici aux premières neiges ! se plaignait l'officier rapporteur.

Il devenait pourtant évident que l'élection touchait à sa fin. Chaque nouveau vote risquait d'en sceller l'issue. Un grand vieillard entra. Personne ne savait pour qui il voterait. Les deux partis l'encourageaient.

— Allez-y, vieux Napoléon ! Montrez-leur ce que vous avez dans le cœur.

— Le notaire est certes un homme respectable, tergiversait le vieillard, mais d'un autre côté, le major est bon bagarreur.

— On ne vous demande pas vos raisons, répliqua l'officier rapporteur. Dites pour qui vous votez.

— Je vote pour le major Hubert, déclara le vieillard après avoir réfléchi un instant. Aussi bien le garder comme député, il est déjà tout élevé.

Une clameur monta du camp d'Hubert où s'échangeaient des coups de poing amicaux sur les épaules et des claques dans le dos. Les partisans du notaire se concertaient à voix basse. Le major en faisait autant en se penchant vers le cordonnier.

— Les nôtres sont déjà tous passés, dit-il. Il ne faut plus qu'il en vienne pour Plessis.

— Ne vous inquiétez pas, major, lui répondit François. Je sais ce qu'il me reste à faire.

— Hubert, 44 ; Plessis, 43, proclama l'officier rapporteur. Le cordonnier courut à la croisée des chemins où il s'assit sur un talus. Il n'eut pas à attendre longtemps. Le père Anselme venait aussi vite que ses courtes jambes pouvaient le porter. Le cordonnier savait à qui il avait affaire. Il se dressa au milieu du chemin.

— Ho ! Père Anselme. Venez me donner un coup de main. Je dois tirer trois morceaux de glace du hangar pour les porter à l'auberge. Il en faut de la glace, avec tous ces gens qui viennent voter.

— Justement, je m'en allais voter aussi. J'aimerais mieux que tu demandes à quelqu'un d'autre.

— M. Smith lui-même m'en a donné l'ordre. Il a dit qu'il fallait faire vite.

Et le cordonnier entraîna le père Anselme sur le chemin d'en bas vers le hangar à glace, dans lequel il l'enferma promptement dès que l'autre y eut pénétré. Celui-ci criait :

— Ouvre ! Mon sacripan ! Tu m'entends ?

Mais le cordonnier écoutait une tout autre musique. Des vivats et des hurlements de joie montaient des abords de l'école. Il courut sur la route et arriva juste à temps pour apercevoir le major Hubert que ses partisans portaient triomphalement sur leurs épaules en direction de l'auberge.

Bruno commençait à trouver que les barreaux de sa cage se resserraient dangereusement sur lui. Les gars de l'autobus, le gros rougeaud notamment et Saint-Amant tournaient comme des mouches autour de lui. Lucette le regardait dans les yeux comme si elle avait cherché à l'hypnotiser.

Bruno avait bu trop de bière. Une épaisse fumée de pipe flottait dans son cerveau. Il se leva. Les hommes applaudirent. Le plancher tanguait et roulait à la fois. Celui qui avait la guitare s'était mis à en tirer des accords saccadés qui pénétraient douloureusement dans la tête de Bruno.

— Vous oublierez pas de nous envoyer des cartes postales, pendant votre voyage de noces !

Bruno fit quelques pas. Le bruit de la salle tourbillonnait dans ses oreilles. Il était arrivé au fond de la salle. S'attabler et commander une autre bière ? Il savait bien qu'il ne pouvait plus en avaler une seule gorgée. C'est Lucette qui dénoua le dilemme.

— Si tu veux, on peut aller dans ma chambre.

Il y avait un grand escalier monumental de bois noir à rampe majestueuse dont le poteau s'ornait d'une sculpture prétentieuse représentant deux amoureux enlacés. Bruno mit la main dessus. Le cœur lui cognait.

Tous ceux qui croyaient avoir été pour quelque chose dans la victoire du major Hubert, ne serait-ce qu'en ayant voté ou parlé en sa faveur, s'étaient retrouvés à l'auberge. Le triomphe du député réélu prenait la forme d'une fête populaire. Vingt personnes s'agglutinaient à chaque table et on se passait le cruchon. Quelques-uns dansaient dans la cour. La dame Morel et les deux jeunes filles qu'elle avait engagées en prévision de la victoire du notaire étaient dépassées. On les interpellait de partout. Le major avait dit qu'il paierait tout.

Il y avait de quoi se réjouir. La victoire du major Hubert augurait bien de ce qui pouvait se produire dans tout le Bas-Canada. Ici, l'élection avait été rapide, mais elle s'éternisait ailleurs. On ne serait fixé sur le sort du parti que dans quelques semaines.

On se pressait autour du major. Le cordonnier se tenait derrière lui. Entre deux clients, il se pencha vers Hubert :

— Avez-vous remarqué qu'on n'a pas vu le Berluseau ? N'est-il pas content que vous ayez été réélu ?

— Ne t'en fais pas, répondit Hubert, s'il n'est pas ici, c'est qu'il est mieux ailleurs.

C'était vrai : Hyacinthe essayait en effet d'être mieux ailleurs. Il avait d'abord fini le canard de bois sous les yeux éblouis de l'enfant. Marie-Moitié l'avait mis au mur sur une tablette. D'où il était, il pouvait voir toute la pièce.

Pendant la nuit, Marie-Moitié se réveilla et se dressa sur les coudes. La respiration d'Hyacinthe le trahissait : il ne dormait pas.

— A quoi penses-tu ? demanda Marie-Moitié.

— A rien, répondit-il, j'écoute ce que dit le canard.

Le lendemain, une altercation éclata à propos d'une chemise et d'un caleçon à laver. Hyacinthe voulait le faire. Marie-Moitié lui fit comprendre que cela la regardait. Hyacinthe retourna la question toute la journée dans sa tête. Ils firent l'amour comme d'habitude ce soir-là, une fois que l'enfant se fut endormi. Mais Hyacinthe avait un os en travers de la gorge. Il s'efforçait de n'en rien laisser paraître. Espérant qu'il finirait par passer.

Les jours qui suivirent, Hyacinthe s'employa à construire un objet pour contenir le présent, de la même façon qu'il avait enfermé son passé dans le canard. Cela prit la forme d'une huche à pain. Il s'y était mis à l'insu de Marie-Moitié. Il voulait lui en faire la surprise. L'enfant était dans le secret. Ils y travaillaient tous les deux chaque fois que Marie-Moitié s'absentait. La huche n'était pas encore finie quand la jeune femme les surprit un après-midi dans la cour, la scie à la main, parmi les planches. Hyacinthe était mécontent. De son côté, Marie-Moitié cherchait à cacher son malaise. Hyacinthe et Marie couvaient quelque chose, chacun de leur côté. Ils étaient maussades comme il arrive au temps de l'être certains jours, sans raison apparente.

Ils allaient et venaient dans la pièce en essayant de s'occuper. Leur course les jeta dans les bras l'un de l'autre. D'ordinaire, l'odeur et la douceur de la chair étaient des remèdes infaillibles contre la mélancolie. Marie-Moitié caressait la poitrine d'Hyacinthe sous sa chemise. Sans s'en rendre compte, elle mit la main sur le pendentif de bois qui représentait le visage d'une jeune femme dont le dernier voyage s'était fait sur une traîne recouverte d'une catalogne mauve. Hyacinthe chercha à se dégager. Toute à sa ferveur, Marie-Moitié ne s'apercevait de rien. Alors Hyacinthe éclata :

— Laisse-moi.

— Qu'est-ce qu'il y a ?

— Je te dis de me laisser.

Marie-Moitié avait toujours la main sur l'effigie de Flavie.

— C'est à cause d'elle ?

— J'ai bien réfléchi, répondit Hyacinthe. Je m'en vais.

— C'est à cause d'elle ? insistait Marie-Moitié.

— Je fais le malheur de tous ceux que j'aime. Il vaut mieux que je m'en aille.

— Tu ne veux donc pas m'aimer ?

— Je te dis que je ne peux pas.

Un silence, puis Marie-Moitié s'indigna :

— Je ne peux pas. Je ne peux pas. Tu ne sais rien dire

d'autre ? Coucher dans mon lit, ça, tu peux. Tu prends tout, mais tu ne veux rien donner.

— Je ne prends rien et je ne donne rien.

Marie-Moitié regardait son bonheur se défaire sous ses yeux. Et cela la poussait à faire à son tour des gestes irrémédiables. Elle se mit à s'activer dans la pièce pour rassembler les affaires d'Hyacinthe : la poche de loup, le canard et la huche à pain qui n'était pas encore finie. Elle les jeta dehors à grands cris en désignant chacun des objets qu'elle jetait.

— Va-t'en ! Emporte tes affaires. Toutes tes affaires ! Ta poche de loup. Ton canard. Tes bouts de bois. Je ne veux plus rien qui te ressemble dans ma maison.

Hyacinthe était comme sourd. Le cœur blanc, les mains mortes, il sortit. Prit au passage sa poche de loup qu'il se jeta sur l'épaule et marcha vers la route. Abandonnant le canard dans l'herbe. Marie courait derrière lui en poussant l'enfant aux épaules.

— Prends ton enfant aussi.

C'était cruel. Elle revint sur le perron. L'enfant resta seul au milieu des asclépiades mûrissantes.

— Papa.

Hyacinthe avait le cœur déchiré mais la douleur lui donnait encore la force d'avancer. Il s'en alla sans se retourner parce que, s'il l'avait fait, il aurait montré qu'il pleurait.

Alors Marie-Moitié courut se jeter dans les bras du petit. Les larmes aux yeux elle aussi.

— Ne pleure pas, dit-elle. Tu n'as plus de père et moi plus d'amoureux. Le plus à plaindre, c'est encore lui.

QUATRIÈME PARTIE

Le cœur qui cogne

« C'est un jour de fureur que ce jour-là,
Un jour de détresse et d'angoisse,
Un jour de désolation et de ruine,
Un jour de ténèbres et d'obscurité... »

SOPHONIE.

Hyacinthe le tenait par le manteau et le secouait en criant :
— Tu vas me le dire ? Parle !

Curieux, les hommes s'approchèrent. Outre le fait qu'une bagarre était toujours une distraction, ils ne pouvaient croire qu'Hyacinthe Bellerose y participe. Hyacinthe avait la force de se battre, certes, mais pas l'humeur.

Depuis qu'il était arrivé inopinément un matin de septembre, il s'était conduit comme l'agneau dans la bergerie. Pas une seule altercation avec le contremaître. Il avait accepté toutes les brimades et travaillé plus fort que la plupart. Au point que certains avaient essayé d'abuser de lui. Hyacinthe n'avait pas fléchi, en homme solide.

C'était sur l'isle à la Fourche, un peu plus d'une lieue au sud de l'endroit où la rivière, pour suivre deux cours différents, se sépare. Un pays de collines chargées de pins où le major Hubert avait un chantier. Hyacinthe était arrivé à une époque où on n'attendait personne : les hommes d'hiver viendraient beaucoup plus tard. Il n'y avait là que l'équipe chargée de préparer le travail pour la prochaine saison : abattre les arbres à l'emplacement du camp, monter les tentes, fabriquer le mobilier rudimentaire et, surtout, construire les longues glissoires qui permettraient de transporter facilement le bois du haut des collines jusqu'à la rivière.

Un petit homme costaud à la barbe blanche, Émile Lefebvre, avait emmené une paire de chevaux de Nicolet, en leur faisant franchir les obstacles les plus inimaginables, savanes, boisés impénétrables, rapides de la rivière et même des eaux profondes par endroits. On se réjouissait en pensant que, pour la première fois cette année-là, on aurait l'aide de chevaux.

Hyacinthe, lui, était arrivé à pied, une poche de peau de loup gris sur le dos, d'un grand pas égal. Il avait des yeux qui regardaient loin. Il était allé trouver le contremaître.

— C'est le major Hubert qui m'envoie.

— Pour quoi faire ?

— Ce que vous me demanderez.

Le contremaître avait réfléchi. Arrogance ou suffisance ?

— Tu vas creuser des latrines derrière le camp.

Hyacinthe prit une bêche et se mit à la tâche. Quand il eut fini, trois jours plus tard, il retourna voir le contremaître pour lui demander de lui confier d'autres fonctions. Il avait toujours les mêmes yeux. Le contremaître rageait.

— Va trouver Lefebvre. Tu l'aideras à faire le chemin.

Émile Lefebvre et cinq autres hommes abattaient des arbres pour ouvrir une voie de pénétration le plus loin possible dans la forêt. En pleine saison, les bûcherons se verraient désigner chacun une portion du territoire qui bordait ce chemin. Les arbres abattus et coupés en sections y seraient transportés et, de là, une équipe spécialisée les chargerait sur des traîneaux pour les emmener à la glissoire et les jeter en bas où ils seraient empilés sur la glace en attendant la débâcle qui les entraînerait jusqu'à Nicolet.

C'était une besogne ardue. Le bois était trop dense. Les pins qu'on abattait ne se couchaient pas docilement sur le sol. Ils s'accrochaient aux autres restés debout. Il fallait les ébrancher dans cette position précaire. Hyacinthe était toujours là pour le faire. Émile Lefebvre l'observait tout le jour, et, le soir, sous la tente qu'il partageait avec lui, il essayait de le faire parler. Peine perdue. Hyacinthe ne disait rien d'autre que ce que son regard laissait deviner.

Octobre avait mûri, puis novembre s'était abattu comme une gifle. Contrairement à l'habitude, il ne neigeait pas. L'hiver s'annonçait clément. Des nuits féroces, mais des jours languides. Pour les bûcherons, c'était une calamité. Les chevaux s'esquintaient à tirer des traîneaux dont les patins s'enlisaient dans la boue. Il fallait réduire les charges et travailler moins vite, en conséquence. Novembre s'achevait. Les hommes d'hiver allaient arriver. Pour ceux de l'équipe de préparation, cela signifiait un choix. C'était pour eux la dernière occasion de redescendre à Nicolet avant le printemps. Quelques-uns se contenteraient du petit pécule amassé au cours de l'automne et retourneraient travailler sur leurs propres terres faire leur bois de chauffage et prendre la relève de la femme qui s'était occupée des bêtes en leur absence. Les moins fortunés passeraient la Noël dans les bois. On en discutait à la veillée devant les tentes. Chacun exposait tour à tour les raisons qu'il avait de rester et l'envie de partir qui le tenaillait. Le major Hubert avait soin de n'embaucher que des hommes mariés : il disait qu'il voulait aider ceux qui en avaient le plus besoin. A la vérité, ceux qui avaient femme et enfants avaient encore plus de cœur au ventre que les autres. On n'avait pas réussi à savoir dans quel camp se rangeait Hyacinthe Bellerose. Mais il était convenu qu'il resterait.

L'équipe d'hiver arriva en six canots de quatre hommes. Deux autres canots menés par un seul homme transportaient les bagages. Tout un événement. Le cuisinier jubilait sous son abri de toile. Il prenait beaucoup de plaisir à préparer du thé dans de grandes marmites. Pendant ce temps, on avait vidé les tentes des quelques meubles rudimentaires qu'elles contenaient et qui n'étaient, somme toute, que des souches ou des bouts de bois assemblés à l'aide de cordages. On avait sorti les litières de branches de sapin pour les brûler et les remplacer par des fraîches. La fumée qui se répandait dans le camp conférait à l'occasion une saveur de cérémonie religieuse.

Émile Lefebvre descendait. Un nouveau avait été désigné pour partager la tente d'Hyacinthe. La poche de loup était là dehors, à côté d'une petite table faite de rondins sur laquelle Hyacinthe avait déposé ses biens les plus précieux, notamment l'effigie de Flavie et son lacet de cuir. Le nouveau déballait ses affaires. Et soudain Hyacinthe l'avait pris par le manteau et l'avait secoué en criant :

— Tu vas me le dire ? Parle, ou je t'écrase.

Les hommes s'étaient approchés de plus en plus nombreux.

— Où l'as-tu pris ? insistait Hyacinthe.

Les bûcherons s'étonnèrent de voir un canard de bois finement sculpté sur la table de rondins. Ils finirent par comprendre que c'était l'objet du litige. Le nouveau semblait disposé à fournir des explications. Hyacinthe le lâcha. Il commença par replacer son manteau pour se donner une contenance.

— Le canard ? Ah ! si j'en parle, le diable m'emporte par-dessus les clochers des églises pour aller la retrouver.

Hyacinthe avait pris ses yeux qui transpercent.

— Le septième ciel, continua l'autre, les parfums de l'Orient, les épices des Indes.

— Qui te l'a donné ?

— Elle ne voulait pas que je parte. Elle me suppliait à genoux. Des hommes comme moi, il ne s'en fait plus. Elle était belle ! Pas complètement sauvagesse, mais presque. Ah ! la peau des sauvagesses, de la vraie plume d'anges! Elle voulait me garder à tout prix. Mais j'ai un principe : un bon oiseau ne pond jamais deux fois dans le même nid.

Hyacinthe prit le canard.

— Tu peux y toucher, dit l'autre, il porte chance.

Mais déjà Hyacinthe s'en allait. Il tenait sa poche de loup d'une main, le canard de l'autre et il courait sur le sentier qui menait à la rivière.

— Attends, se moqua le nouveau venu, je t'ai pas encore dit où la trouver.

Hyacinthe avait disparu dans la côte. L'autre regarda les hommes qui l'entouraient. Il prit finalement l'effigie de Flavie qui était restée sur la table. Il la retourna entre ses doigts.

— Elle n'est pas mal, celle-là non plus.

La chambre était laide et sommairement meublée : un grand lit bossu, deux lampes aux abat-jour de soie jaunis par la chaleur, une chaise bancale. Lucette s'était assise au pied du lit. Bruno restait immobile devant la porte en tenant à la main son bonnet à oreillettes de poil de lapin. Il avait l'air idiot mais la vérité, c'était que la tête lui tournait. Pour la première fois de sa vie, il était en mesure de vérifier qu'on voyait double quand on avait trop bu. C'était vrai et très désagréable. En outre, il ne savait plus du tout ce qu'il venait faire dans cette chambre avec cette femme. Il se sentait très malheureux. Lucette mit son attitude au compte de la timidité.

— Approche, dit-elle, viens t'asseoir.

Elle donnait de petites tapes sur le couvre-pied rose chenillé d'arabesques. Bruno ne bougea pas.

— Attends pas que j'aille te chercher.

Une parole de trop. La même que sa mère employait quand Bruno était enfant. Il porta brusquement ses mains à la bouche et vomit dans son bonnet.

Tout de suite après son départ du camp des bûcherons, où il s'était emparé d'un des canots, Hyacinthe avait senti le cœur lui cogner. Il plongeait son aviron dans l'eau et la pointe du canot se redressait. Un autre coup d'aviron et la frêle embarcation bondissait. Au fond du canot, le canard de bois le regardait de son œil ironique. Hyacinthe mettait toute son énergie à atteindre le plus vite qu'il pouvait le village du Port Saint-François. Mais il ne savait pas encore ce qu'il allait y faire.

A proximité des rapides, Hyacinthe aurait dû, normalement, tirer le canot à terre, le retourner et se le charger sur les épaules pour contourner l'obstacle. Tous ceux qui naviguaient sur les eaux du Bas-Canada pratiquaient le portage comme d'autres vont à pied, le dimanche, au sortir de la messe.

Mais Hyacinthe fila droit devant lui. Tout de suite, l'eau bouillonnante se rebiffa. Éclaboussé, les cheveux dans les yeux, à genoux au fond du canot, Hyacinthe jetait son aviron soit à gauche, soit à droite, par gestes saccadés, pour éviter les grosses roches qui surgissaient, imprévisibles. Il avait surtout besoin de toute la science intuitive des canotiers qui pressentent la présence des chapelets de petites pierres traîtresses qui se cachent sous l'eau et sur lesquelles plus d'un canot s'était fracassé. Au mieux, on perdait son embarcation et ses bagages. Au pire, on risquait d'y laisser la vie.

Hyacinthe ne réfléchissait plus qu'avec ses muscles bandés à en éclater, les grosses veines du cou gorgées de sang. La rivière avait une rive escarpée. Il la longea pour profiter du lit que l'eau s'y était creusé. Il déboucha sur une surface étale couverte de pierres comme un champ maudit par le diable. Mais là il n'y avait plus de profondeur. Hyacinthe descendit. L'eau glacée lui mordit les mollets à travers ses mocassins. Il se mit à courir en tirant son canot derrière lui. L'embarcation était presque couchée sur le flanc et l'eau y pénétrait un peu. Elle était cependant si légère qu'elle bondissait sur les roches sans s'endommager.

Une fois la jonction des deux rivières franchie, à la pointe de l'isle à la Fourche, l'étendue liquide s'étalait avec aisance jusqu'au fleuve. Hyacinthe poussa son aviron vigoureusement. Le village de Nicolet, avec ses nombreux quais et ses cheminées, défila devant lui.

Puis, soudain, ce fut la grande respiration du fleuve. Hyacinthe en longea la rive couverte de joncs et il tira son canot sur le sable de la plage du Port Saint-François. Il traversa le village en courant, la poche de loup d'une main, le canard de l'autre, sous les yeux ahuris de tous ceux qu'il rencontra et qu'il ne vit pas. Il contourna l'église et continua de courir sur la route qui bifurquait en direction de la petite maison de Marie-Moitié.

Mais une charrette surchargée venait vers lui. Une famille y avait entassé ses meubles. Hyacinthe leva les yeux. C'était son père, sa mère, ses frères Michel et André.

Le père Bellerose se tenait debout, bien droit, et serrait les guides comme un homme qui se concentre sur ce qu'il fait. Il ne semblait pas avoir aperçu Hyacinthe. La charrette passa à côté de lui.

— Où allez-vous ?

La charrette continua de rouler sur la route de sable.

— Attendez ! Que se passe-t-il ?

Hyacinthe s'était mis à courir derrière la charrette :

— Arrêtez ! Mais arrêtez-vous !

Il l'avait rejointe et courait à côté tout en tournant le visage vers les siens.

— Arrête, Ismaël ! dit la mère Bellerose. C'est ton fils.

— Des fils, répondit le père, j'en ai deux, et ils sont là.

Il fit un geste de la tête en direction de la plate-forme sur laquelle se tenaient Michel et André, parmi les meubles et les paniers. Puis il fouetta son cheval. Hyacinthe en oublia de courir. Il resta là immobile sur la route, à regarder s'éloigner le tragique équipage en direction de Nicolet. Puis soudain, il se remit enfin à courir. Vers la maison de Marie-Moitié cette fois. Il en franchit la porte sans ralentir le pas. L'enfant était assis par terre et jouait avec son gigueux. Il avait appuyé le petit personnage contre la patte d'une chaise et il s'amusait à lui faire peur avec un bout de bois qui devait sans doute représenter pour lui une bête féroce. Hyacinthe s'accroupit et l'enfant se jeta dans ses bras.

— Où est-elle ? demanda Hyacinthe.

— Chez le marchand. Elle a dit : reste ici bien tranquille, je vais acheter du bois.

Hyacinthe avait jeté sa poche par terre en entrant. Il avait toujours le canard à la main. Il le posa sur la table.

— Tu vas m'attendre sagement, dit-il à l'enfant. Ne touche pas au canard.

— Pourquoi ?

— Il est mauvais.

Hyacinthe sortit promptement. Resté seul, l'enfant ramassa son bout de bois malin et se mit à en menacer le canard en faisant des grognements terribles avec sa gorge.

Lucette s'empressa de prêter main-forte au pauvre Bruno qui avait toujours les deux mains sur la bouche. Son bonnet souillé était tombé par terre. Elle le prit aux épaules et le poussa vers le petit lavabo scellé au mur. Abasourdi, Bruno se soulagea pour de bon. Lucette lui tenait le front dans sa main. Bruno s'accoudait à la porcelaine froide. Il resta là jusqu'à ce qu'il fût assuré que c'était bien fini. Il tourna enfin vers Lucette des yeux de chien battu.

— Pardonnez-moi, dit-il, j'ai pas pu me retenir.

— C'est des choses qui arrivent, répondit Lucette. Ça va mieux, maintenant ?

— Je dis pas que je pourrais courir cinq milles, mais je me sens un peu mieux.

— Tu vas t'allonger. Ça te fera du bien.

Lucette retira le manteau de Bruno.

— T'es beaucoup trop couvert. C'est ça qui t'a rendu malade.

Bruno s'assit sur le lit. Lucette se pencha pour lui délacer ses bottines de feutre puis elle lui posa les jambes sur le couvre-pied. Il s'allongea. Sa tête, sur l'oreiller, sonnait vide comme une église une après-midi de semaine.

— Qu'est-ce que vous allez penser de moi ? demanda Bruno.

— J'en ai vu d'autres, répondit Lucette.

Et elle se mit à rire d'un rire gras qui vous chatouillait.

Les portes du hangar à bois étaient grandes ouvertes. C'était près du quai, parmi les installations de la British American Land. Hyacinthe était à bout de souffle : il courait depuis le matin. Il ralentit le pas en arrivant. Une rude conversation se tenait sous le hangar.

— Tu payes ou tu t'en vas !

C'était la voix du marchand Smith. Hyacinthe entendit une vieille lui répondre :

— C'est pas juste.

Puis une voix d'homme :

— C'est trop cher.

— Si vous n'êtes pas contents, vous n'avez qu'à vous en aller.

— Mon Dieu ! Mon Dieu ! fit la voix de vieille, qu'est-ce qu'on va devenir ?

Et elle sortit avec son vieux en frôlant Hyacinthe. Celui-ci était derrière une dizaine de personnes qui se tenaient en rang devant un petit pupitre où Smith était assis. Il avait posé sa badine. De petites lunettes rondes lui donnaient l'air d'un pasteur. Les mains posées à plat devant lui, il regardait durement Marie-Moitié.

— Toi, c'est pareil, éclata-t-il. Il faudra bien que vous finissiez par comprendre tous. Plus de crédit ! Jamais ! C'est fini ! Encore plus pour toi !

Hyacinthe écarta les villageois. Marie-Moitié se mordit la lèvre en l'apercevant. Hyacinthe se pencha sur le marchand Smith :

— Elle n'a plus besoin de votre bois.

— De quoi te mêles-tu, le Berluseau ?

Hyacinthe se tourna vers la petite assemblée de villageois.

— C'est ma femme, dit-il simplement.

Il prit Marie-Moitié par le bras. Ils sortirent tous les deux et s'éloignèrent vers le village. Les clients du marchand Smith les regardaient s'en aller, incrédules.

— Celui-là, dit une femme, il arrive toujours au plus mauvais moment.

— L'oiseau de malheur, enchaîna une autre. Pourvu qu'il s'en retourne comme il est venu.

Smith s'était joint à eux.

— Fini les folies, dit-il entre ses dents. Monsieur le Berluseau va prendre son trou comme tout le monde.

Entre-temps, Hyacinthe et Marie-Moitié étaient rentrés à la maison. Ils ne s'étaient rien dit pendant tout le trajet de retour. Hyacinthe persistait encore à se taire.

— Parle donc, Hyacinthe. Dis quelque chose.

A ce moment, Marie-Moitié aperçut le canard de bois sur la table. Elle fit un geste de la main pour le prendre. L'enfant se précipita pour l'en empêcher :

— Touche pas. Il est mauvais.

Marie-Moitié était en proie à une grande confusion. D'abord, Hyacinthe, qui était revenu et qui annonçait à tout le monde qu'elle était sa femme. Puis son silence. Le canard, enfin, sur la table. Elle désigna l'objet :

— C'est à cause de lui que tu es revenu ?

Hyacinthe ne répondit pas.

— Il t'a menti, continua Marie-Moitié. C'est un bûcheron qui passait. Il est entré pour demander à boire. Je lui ai donné de l'eau. Après, il a demandé autre chose, et, comme je lui refusais, il a pris le canard. Tu me crois ?

— Si tu le dis, je te crois.

— Je te le jure.

Marie-Moitié sourit.

— Tu vois qu'il n'est pas si mauvais, ce canard. Il t'a fait revenir.

Elle se jeta dans ses bras. La suite aurait été toute naturelle mais il y avait l'enfant qui les regardait.

— C'est vrai, ce que tu as dit au marchand Smith ? demanda Marie-Moitié. Que je suis ta femme ?

Hyacinthe pressa encore plus fort Marie-Moitié dans ses bras.

— Et toi, qu'est-ce que tu en penses ?

— Que je t'aime. Et que je suis heureuse.

Alors Marie-Moitié se dégagea de l'étreinte d'Hyacinthe. Elle prit l'enfant par les épaules et le poussa vers la porte. Elle lui enfila promptement son petit manteau. Accroupie devant lui, elle le boutonna tout en lui faisant ses recommandations :

— Cours chez Régine. Dis-lui bien que c'est moi qui t'envoie. Dis-lui aussi qu'Hyacinthe est revenu. Qu'elle te garde. On ira te chercher. Va.

— Pourquoi je peux pas rester ? demanda l'enfant.

— Ton père et moi, il faut qu'on se parle.

L'enfant parti, Hyacinthe et Marie-Moitié s'étaient embrassés à satiété. La jeune femme n'en finissait pas de poser la même question entre chacun de ses baisers :

— Tu es revenu pour de bon ?

— Je reste, répétait Hyacinthe, on a toute la vie devant nous.

Dans cette perspective, Marie-Moitié jugea qu'elle avait le temps de faire les choses dans les formes. Elle fit chauffer de l'eau dans des marmites sur le poêle et elle tira la grande cuve.

— Je vais te laver, dit-elle en riant, rien de tel pour commencer une nouvelle vie.

Peu de temps après, Hyacinthe était en caleçon devant la cuve fumante. Le temps que Marie-Moitié se retourne pour chercher le savon et Hyacinthe était dedans et criait :

— Aïe !

— C'est ainsi quand on est pressé, fit sentencieusement Marie-Moitié.

— Pressé de quoi ?
— Pressé de s'aimer, grosse bête !

Lucette s'était allongée sur le lit près de Bruno. Elle avait allumé une de ses cigarettes dont la fumée piquait les yeux. Elle avait posé le cendrier sur le couvre-pied près d'elle. Il était plein de mégots tachés de rouge. Bruno détourna la tête.

— Prends ton temps, dit-elle. On a toute la nuit devant nous. Si tu veux, on peut commencer par parler.

Bruno aurait été prêt à discourir toute la nuit pour que les choses n'aillent pas plus loin. C'était la première fois de sa vie qu'il était couché près d'une femme. Il avait souvent rêvé de se trouver dans cette situation, mais, maintenant, il aurait voulu se voir à cent milles de cette chambre d'hôtel de La Tuque. Il se souvint que la tempête faisait rage dehors. Cela raviva le sentiment qu'il avait d'être prisonnier.

— De quoi voulez-vous qu'on parle ? demanda-t-il.

— D'abord, répondit Lucette, tu vas cesser de me vouvoyer. Çà me donne l'impression d'être ta mère. Pour ce qui est de parler, dis n'importe quoi, ce qui te passe par la tête.

— J'ai jamais couché avec une femme, dit Bruno d'une voix honteuse.

Hyacinthe n'était pas resté sage bien longtemps dans la cuve. Il s'était agenouillé, les pieds recroquevillés sous lui, et il embrassait Marie-Moitié avec ferveur. Celle-ci répondait à ses baisers puis elle s'éloignait un peu en le repoussant aux épaules et elle protestait d'une voix enjouée.

— Arrête ! Tu me mouilles.

— Tu n'en seras que plus propre, toi aussi.

L'instant d'après, Marie-Moitié n'avait plus sa chemise. La porte s'ouvrit et Régine entra. Surpris dans leur intimité, Hyacinthe et Marie-Moitié restèrent un moment sans bouger. Régine sourit.

— Pardonnez-moi. Il faut que je te parle, Hyacinthe.

— Tout de suite ?

Marie-Moitié avait enfilé sa chemise et Hyacinthe s'efforçait de s'essuyer dans de grands linges en cachant sa nudité à sa sœur. Régine s'approcha de la cuve.

— Je suis venue aussi vite que j'ai pu, dit-elle, dès que j'ai su que tu étais de retour. Mon pauvre Hyacinthe, il s'est passé des choses terribles.

Marie-Moitié était mal à l'aise :

— Je voulais t'en parler... plus tard. Ne pas gâcher nos premiers moments.

Hyacinthe était sorti de la cuve et il avait remis son caleçon. Régine prit son frère par le bras. Instinctivement, Marie-Moitié en fit autant de son côté.

— Parlez donc, dit-il, ou je vous jette toutes les deux dans la cuve.

Régine lui pressait le bras.

— Le père..., commença-t-elle.

— Je sais, dit-il.

— Comment l'as-tu appris ?

— Je l'ai croisé sur la route. Il n'a pas voulu s'arrêter. Le seigneur l'a chassé, n'est-ce pas ? Parce qu'il n'avait pas payé toutes ses redevances ?

— A ce qu'on dit, c'est le notaire Plessis qui serait le grand responsable. Tous ceux qui se sont prononcés contre lui pendant la campagne électorale, et dont les affaires n'étaient pas claires chez le seigneur, ont connu le même sort.

— Il ne l'emportera pas en paradis ! dit Hyacinthe en serrant les dents.

Il regarda tour à tour sa sœur et Marie-Moitié. Régine était désolée. Marie-Moitié se mordait les lèvres. Les deux femmes entraînèrent Hyacinthe vers le banc de la table. Il était toujours en caleçon mais il ne semblait pas se préoccuper de sa tenue.

— Mon pauvre Hyacinthe, répéta Régine pour la deuxième fois, tu n'as donc rien su dans tes bois ? Un grand malheur s'est abattu sur le Bas-Canada. Les Canadiens se sont révoltés. Les Anglais les ont écrasés.

Hyacinthe fixait le vide devant lui comme s'il avait reçu un coup sur la tête. Des bribes de phrases, des regards de colère et de larmes, des poings qui se serrent, tout cela lui revenait en mémoire. Les sombres avertissements de l'évêque, les mots à peine couverts du major Hubert... Mais il ne pouvait encore le croire.

— Que s'est-il passé ?

— Il y avait des soldats partout, expliqua Régine. Cela excitait les Patriotes. Ils disaient qu'on cherchait à les provoquer. Ils ne pouvaient supporter la vue des habits rouges. Un jour, la nouvelle a circulé que les Patriotes de Saint-Denis avaient pris le village. Les Patriotes avaient entendu dire que les troupes anglaises étaient parties de Montréal pour ramener l'ordre dans les villages du Richelieu. Et puis, il ne faut pas oublier de dire que le gouverneur avait fait mettre à prix la tête de tous les chefs.

Hyacinthe n'écoutait plus. Le cœur lui faisait trop mal dans la poitrine. Il n'avait même pas besoin d'entendre la suite pour deviner le sort qu'avaient connu les Canadiens.

— Tu ne le croiras pas, mais les Patriotes de Saint-Denis ont repoussé les soldats. Une poignée d'hommes avec de vieux mousquets, des fourches et des faux. Les habits rouges se sont dispersés dans la campagne à la tombée du jour. Ce soir-là, les Patriotes ont bu à une victoire qu'ils n'avaient jamais espérée. Ici, au village, on l'a su deux jours après, par un jeune homme qui descendait le fleuve sur un grand train de billots, et qui s'était arrêté au quai pour la nuit. On avait beau ouvrir les yeux, on ne pouvait croire qu'on ne rêvait pas, en plein jour. Le curé, le notaire, le marchand Smith, ils avaient la mine basse. A ce qu'on a dit, la lampe est restée allumée bien tard chez le seigneur. Deux jours après, les Patriotes ont recommencé leur petit manège à Saint-Charles, le village voisin. Mais, cette fois, les Anglais ont eu le dessus. Il y a eu des tués, les femmes et les enfants se sont enfuis dans les bois. Je sais que l'hiver n'est pas trop rigoureux cette année, mais, tout de même, passer la nuit pieds nus, dans les bois, enveloppés dans des couvertures !

Hyacinthe avait froid. Il se serrait les coudes contre le corps. Il finit par se rendre compte qu'il n'était toujours qu'en caleçon. Il enfila promptement sa chemise et ses hauts-de-chausses. Il resta pieds nus cependant parce que ses mocassins étaient mouillés depuis sa descente du matin sur la rivière.

— Alors ? demanda-t-il, comme si ce qu'il venait d'entendre appelait une conclusion.

— Le major Hubert s'est enfui, lui aussi, dit tristement Marie-Moitié.

— Il a fait comme tous les autres chefs Patriotes, renchérit Régine. A ce qu'on dit, il valait mieux s'exiler pour diriger la révolte de loin plutôt que d'être jeté en prison.

— Quelle révolte ? demanda Hyacinthe en serrant les poings.

Vous appelez ça une révolte ? Une bataille gagnée, une bataille perdue, et chacun rentre chez soi !

Marie-Moitié s'interposa :

— Attends, Hyacinthe, ne va pas trop vite. Tu oublies une chose importante, que les femmes et les enfants des Patriotes ont aussi le droit d'avoir leur mari ou leur père auprès d'eux.

A tout hasard, Hyacinthe enfila ses mocassins mouillés. Bien sûr, rien de plus beau qu'un père penché, la scie à la main, sur une planche destinée à la fabrication d'une huche à pain dont l'enfant tient le bout avec ses petites mains blanches. Mais si cet enfant devait, en d'autres circonstances, se pencher jusqu'à terre pour lécher les bottes des soldats qui passaient dans la rue ? Que fallait-il faire ?

— Mon père ? Mes frères ? demanda Hyacinthe.

— Ils ont fait comme tout le monde, répondit Régine. La peur.

— Même pas André ?

— Il faut croire que notre mère a su contenir son ardeur.

Hyacinthe s'était levé. Les deux femmes, de chaque côté de lui, s'étaient écartées. Hyacinthe marcha vers la porte.

Lucette riait de toutes ses dents.

— C'est donc ça ? finit-elle par dire. Laisse-moi faire. Tu vas voir, tu le regretteras pas.

Bruno en était rendu, à travers les haut-le-cœur qui le soulevaient, à maudire ceux qui l'avaient mis dans cette situation. Il décida cependant de faire tout ce qui était encore possible pour ne pas perdre la face. Il commença par se redresser.

— T'es pas une femme comme les autres, dit-il.

Lucette se rengorgeait.

— Je sais. T'es chanceux d'être tombé sur quelqu'un comme moi.

— C'est pas ce que je voulais dire.

— Quoi donc ?

— C'est pas un jour comme les autres, rectifia Bruno. C'était écrit dans le grand livre, en haut, que je finirais par te rencontrer. Et ce qui devait arriver arrivera.

Il avait du mal à prononcer ses « r ». La bière avait envahi son sang, elle avait paradoxalement pour effet de ralentir les fonctions de son corps et d'aviver celles de son cerveau.

Hyacinthe n'avait qu'une seule question à poser au seigneur. Il la formula d'emblée :

— Mon père et mes frères, ils n'ont pas participé à la révolte. Pourquoi les avez-vous chassés ?

Le vieux serviteur du seigneur Cantlie avait eu beau s'interposer, Hyacinthe était entré dans le bureau. Le seigneur Cantlie faisait celui qui s'efforce de régler une situation au mieux.

— Vous savez aussi bien que moi, monsieur Bellerose, que votre père n'avait pas payé toutes ses redevances.

— Ça ne faisait pas de lui un révolté.

Le seigneur Cantlie se regardait les ongles.

— Vous n'ignorez pas, monsieur Bellerose, que la situation politique a pris une tournure fort délicate, ces derniers temps.

La situation, Hyacinthe l'avait au bout de ses deux poings.

— N'oubliez pas, non plus, répliqua-t-il, que des gens comme mon père ont perdu tout ce que leurs ancêtres avaient bâti sur cette terre depuis leur arrivée en Amérique.

Le seigneur Cantlie cherchait à temporiser.

— Écoutez-moi bien, monsieur Bellerose. Je suis convaincu que nous pouvons nous entendre. Les censitaires qui ne paient pas leurs redevances sont des révoltés en puissance. Nous ne pouvons pas nous permettre de les garder dans notre sein.

— Ce qu'ils vous devaient, ils l'avaient déjà largement payé de leur sueur. Tout pouvait s'arranger. La récolte avait été bonne.

— Étonnante, même. Elle a été confisquée comme le reste. Il était normal que je me rembourse.

— C'est encore une injustice.

— C'est la loi.

Hyacinthe était prêt à sauter par-dessus le pupitre qui le séparait de son seigneur.

— C'est mon tour de vous dire ce que j'ai sur le cœur, dit-il. Vous allez m'écouter pour une fois.

Le seigneur jugea qu'il était prudent de laisser Hyacinthe Bellerose se décharger le cœur.

— Vous n'êtes pas très avisé, commença Hyacinthe. Vous

poussez les paysans à la révolte. Savez-vous ce qu'il en a coûté à mon père pour vous verser une partie de ses redevances? L'humiliation, d'abord. Il a travaillé tout l'hiver avec mes frères à couper de la glace sur le fleuve pour le compte du marchand Smith. Puis il a vendu toute la provision de bois qu'il devait brûler cet hiver. Toujours au marchand Smith. S'il avait pu, il aurait fait plus. Mais le reste du temps, il essayait de dormir pour ne pas penser à ce qui le menaçait. Rassurez-vous. Je le connais. Ce n'est pas lui qui prendra le fusil. Il a trop écouté ce que le curé a dit : que la récompense était dans l'autre monde. Mais mes frères ne pourront supporter longtemps de le voir mourir à petit feu sous leurs yeux. Si jamais ils se révoltent, c'est vous qui en serez responsable.

Le seigneur Cantlie jouait avec un coupe-papier d'argent sur son sous-main. Il était bien près d'admettre qu'Hyacinthe avait partiellement raison. Mais en même temps il ne pouvait se permettre de le lui faire voir sans saper une autorité déjà suffisamment compromise.

— Vous vous emportez, monsieur Bellerose. Je crois comprendre que vous parlez d'un monde idéal qui n'existe pas. Nous sommes investis, chacun de notre côté, de responsabilités différentes. Moi, par exemple, je dois voir à ce que ma seigneurie se développe le mieux possible. C'est dans l'intérêt de tout le monde. Il faut, pour cela, que chacun y contribue. J'apporte mes compétences dans l'administration, et des gens comme votre père et vos frères donnent ce qu'ils peuvent : du temps, du bois, des poules, que sais-je encore. Jusqu'ici, nous n'avons rien dit qui puisse vous inciter à crier à l'injustice, me semble-t-il.

Hyacinthe ne savait pas très bien pourquoi, mais le mot injustice continuait à lui résonner dans la tête. Le seigneur Cantlie poursuivit :

— D'un autre côté, j'ai toujours été très étonné de la magnanimité de l'administration de la colonie à l'endroit des Canadiens. Si ceux-ci ne s'étaient pas montrés si turbulents ces derniers temps, ils avaient tout ce qu'il leur fallait pour continuer de mener une existence heureuse. Mais ils se sont laissé entraîner sur les sentiers de la révolte par des gens peu scrupuleux que l'ambition aveugle. Et qu'est-ce qu'ils veulent au juste? Chasser les Anglais d'une terre qu'ils ont légitimement conquise par les armes?

Hyacinthe faisait non de la tête.

— Ce n'est pas ça, monsieur. Je n'ai pas du tout envie de prendre votre place. Mais je ne peux pas supporter de voir mon père et mes frères vendre leur provision de bois à quelqu'un qui les méprise. Et je n'accepte pas qu'avec le fruit de leur peine, vous chauffiez vos abris de verre pour y faire pousser des oranges.

Bruno regardait Lucette le déshabiller. Sa chemise de flanelle, ses grosses culottes d'étoffe du pays, ses bretelles et ses chaussettes, presque tout y passait. Il n'avait plus sur lui que son caleçon long et le scapulaire que sa mère lui avait fait jurer de n'enlever en aucune circonstance.

C'était un cordon de fil rouge au bout duquel pendait un carré de tissu sur lequel était collée une illustration représentant, à l'avers, saint Georges terrassant le dragon. Le revers montrait le Sacré-Cœur découvrant son cœur rayonnant. Lucette prit le scapulaire dans sa main. Elle avait toujours sa cigarette entre les doigts.

— On va t'ôter ton armure, dit Lucette d'une voix qu'elle s'amusait à rendre menaçante, comme ça, tu ne pourras plus te défendre.

Bruno se laissa faire. Lucette jeta le scapulaire sur la table de chevet. L'objet resta accroché à l'abat-jour.

— A nous deux, maintenant, dit Lucette en caressant Bruno par-dessus son caleçon rugueux.

Il y avait quatre soldats à l'auberge. Ils buvaient du petit blanc en plaisantant entre eux en anglais. Un homme entra, qui avait l'allure des voyageurs de ce temps, un sac et un fusil à la main. Les soldats l'examinèrent un moment puis, le jugeant sans intérêt, ils retournèrent à leurs affaires.

— J'ai jamais vu tant d'étrangers dans ce village, se dit la dame Morel.

Et elle alla servir le nouveau venu qui s'était assis à une petite table près de la porte.

— Qu'est-ce que je peux faire pour votre bonheur, mon bon seigneur ? demanda la dame Morel.

— Apportez-moi à boire.

La dame Morel pencha sur lui ses sourcils froncés. Le voyageur nota aussitôt qu'elle avait mauvaise haleine.

— T'as de quoi payer ?

L'étranger tapa sur la bourse qu'il avait à sa ceinture. Elle semblait plutôt bien garnie.

— J'ai ce qu'il te faut, fit la dame Morel dans un clin d'œil.

Tandis qu'elle s'éloignait, le voyageur commença par s'assurer que les soldats ne le regardaient pas, puis il se pencha sur sa chaussure et tira de toutes ses forces sur la semelle qui avait déjà commencé à se découdre. En un rien de temps, la chaussure devint inutilisable. La dame Morel était revenue.

— Tiens, bois ça. Tu me dois six tokens.

L'étranger désigna sa chaussure :

— Elle doit avoir soif, elle aussi, elle ouvre le bec.

— Ah ! mon garçon, tu peux dire que tu viens de loin !

— Vous avez quelqu'un pour réparer ça, au village ?

— Le cordonnier, pardi ! Sa boutique est au carrefour des deux chemins.

L'étranger remercia d'un signe de tête. Il se leva, avala son verre d'un trait et posa trois pièces de deux sous sur la table. En se penchant pour ramasser son sac, il lança un rapide coup d'œil sur les soldats.

— Vous en avez beaucoup de ce genre de particuliers ? demanda-t-il à dame Morel.

— Le pays est sens dessus dessous, répondit la tenancière. On est bien contents quand ils s'arrêtent par ici.

— Ah bon ? fit le voyageur.

En sortant, il croisa un homme debout sur une charrette à ridelles qu'il venait de toute évidence d'atteler aux écuries de l'auberge. La dame Morel était sur le pas de sa porte. En apercevant l'homme à la charrette, elle se mit à hurler d'une voix suraiguë :

— Hyacinthe, reviens ici tout de suite !

Hyacinthe Bellerose se tourna vers la dame Morel :

— Ne craignez rien. Je ne fais que vous les emprunter.

Et il fouetta le cheval.

— Sais-tu que j'ai des soldats dans mon auberge et que je pourrais te faire arrêter ?

Hyacinthe ne voulut pas l'entendre. La dame Morel battit de

ses mains ses jupes et ses tabliers et elle rentra. L'étranger marchait déjà vers le village. Hyacinthe le doubla et tourna à gauche au carrefour.

Il se rendit jusqu'à la maison de ses parents. Un silence de mort l'accueillit. La porte et les fenêtres étaient barricadées de planches. Son attention fut attirée par un bout de papier apposé sur la porte de la grange. Un sceau de cire était également appliqué à la jointure du cadre. Hyacinthe ne pouvait pas lire ce qui était écrit sur le papier mais il en comprenait toute la signification. Il commença par l'arracher et le froisser avant de le jeter à terre. Il alla ensuite prendre une hache qui était fichée dans une bûche à fendre le bois un peu plus loin, et il se mit à donner de grands coups dans la porte que fermait un cadenas ainsi que dans deux planches clouées en travers.

Une tête apparut à la lucarne du grenier à foin.

— Arrête, Hyacinthe, on n'a rien fait.

La tête des trois contremaîtres inutiles s'encadrait dans la petite lucarne.

— La dame Morel nous a chassés de ses écuries, expliqua Jacquot.

— Fallait bien qu'on se trouve un abri, continua Phège.

— Pour ton père, dit enfin Mister, on est bien peinés.

Hyacinthe les regarda un moment, puis il leur cria :

— Descendez de là et venez m'aider.

Entre-temps la porte de la grange avait cédé. Les contremaîtres inutiles ne furent pas peu surpris de voir Hyacinthe en tirer tout ce qui lui tombait sous la main et le charger sur la charrette : des pièces d'attelage, des oignons tressés par la queue, du tabac qui était suspendu pour sécher, des sacs de pommes de terre, des bûches et, finalement, de grosses fourchetées de foin.

— Qu'est-ce que tu fais ?

— Aidez-moi. Chargez tout ce que vous pouvez. Tout, je vous dis. Il ne faut rien laisser, vous m'entendez ?

Les contremaîtres inutiles entendaient bien mais ils ne comprenaient pas. Ils firent néanmoins comme Hyacinthe leur avait dit. A leur tour, ils se mirent à sortir, d'un petit hangar attenant, des poches de grains de maïs.

Quand la charrette fut pleine, Hyacinthe y monta et fit signe à ses compagnons d'en faire autant. Le cheval se fit prier mais Hyacinthe le fouetta sèchement. La charrette s'ébranla. Hyacinthe se taisait. Les contremaîtres inutiles avaient beau poser la même question sous toutes ses formes, ils ne pouvaient rien tirer de lui. Tout ce qu'ils savaient, c'était qu'ils étaient assis sur des poches, des barils et divers objets, sur une charrette conduite par Hyacinthe Bellerose, et qu'ils se dirigeaient vers le Port Saint-François.

La main de Lucette montait et descendait. Bruno aurait aimé fermer les yeux et s'abandonner aux sensations voluptueuses qui s'annonçaient mais il ne pouvait le faire parce que, chaque fois qu'il abaissait les paupières, sa tête se mettait à lui tourner à une vitesse vertigineuse. Il craignait aussi que les nausées le reprennent. Somme toute, il était beaucoup moins à son aise qu'il s'était imaginé devoir l'être le jour où il se trouverait couché auprès d'une femme. Il cherchait désespérément à effectuer une manœuvre de diversion.

— Attends, dit-il en s'asseyant, je veux te regarder.

Lucette lui sourit de tout son rouge.

— T'as raison, dit-elle, la première fois, il faut bien prendre son temps. On devrait d'ailleurs toujours prendre son temps. Je vais en profiter pour me mettre à mon aise, moi aussi.

Et elle se leva pour enlever son tailleur.

Bruno avalait des colonnes entières de fourmis.

Hyacinthe mena la charrette jusque devant le magasin général. On était aux derniers jours de novembre. Comme il n'y avait pas encore de neige et qu'il ne faisait pas trop froid, de nombreux villageois en profitaient pour finir des travaux dehors, réparer un bout de clôture autour du potager ou remplacer des bardeaux manquants sur le toit. Il y avait aussi beaucoup de monde au magasin général. C'était la saison où on faisait provision de tout pour passer l'hiver. Chaque maison devait être équipée comme un navire prêt à prendre la mer.

Aussi Hyacinthe ne passa-t-il pas inaperçu. Il avait sauté en bas de sa charrette. Les contremaîtres inutiles l'avaient bêtement imité, et maintenant, ils déchargeaient à eux quatre tout ce qu'elle contenait. C'était déjà fort inusité, mais il fallait encore entendre Hyacinthe crier :

— Approchez ! Approchez tous ! Que tout le monde vienne se servir. Prenez ! Prenez ! Tout ça est à vous. Servez-vous. Mais approchez donc ! Venez ! N'hésitez pas ! Tout ça est à vous, je vous dis.

Les uns descendirent des échelles, les autres franchirent des clôtures, mais ils furent bientôt tous là, ceux du voisinage, et d'autres, que les premiers avaient envoyé chercher en dépêchant des gamins. Le magasin général s'était vidé, bien entendu. Le tenancier, sa femme, la père Mathias et Jérôme. Beaucoup de coiffes et des châles. Les mains dans les poches des hauts-de-chausses. Des enfants partout. Un cercle qui se tenait à distance, cependant.

— De quel droit ? continuait Hyacinthe. Tout cela a appartenu à mon père et à mes frères. Ils l'ont gagné à la sueur de leur front, comme il est dit dans les Saints Évangiles. Vous vous souvenez ? Tu gagneras ton pain à la sueur de ton front... Et le seigneur Cantlie, est-ce qu'il gagne son pain à la sueur de son front, lui ? Est-ce qu'il a le droit de profiter du labeur des autres ? Et puis, est-ce que la terre ne devrait pas appartenir à ceux qui peinent pour la cultiver ? On n'a pas le droit d'enlever aux gens ce qu'ils ont arraché de peine et de misère à la terre. Mais approchez ! Approchez donc !

Tous les spectateurs firent un pas, mais personne n'aurait osé toucher à ce qu'Hyacinthe proposait. C'était le feu de l'enfer. Mettre la main dessus les aurait assimilés aux Patriotes devant tout le village. Après ce qui s'était passé à Saint-Charles... Pourtant, quelques-uns de ceux qui assistaient à la scène ne pouvaient faire autrement que de baisser la tête et de penser avec tristesse au sort du père Bellerose. Celui-ci était en effet estimé et respecté de tous. Et les jeunes, qui avaient plus de poings que de mains au bout des bras, les serraient, mais discrètement, au fond de leurs poches.

Hyacinthe semblait poussé par une force irrésistible. Il prenait tour à tour une botte d'oignons, une poche de maïs ou une bêche, et il les tendait aux villageois. Ceux qui se sentaient intimidés se mettaient derrière les autres. Mais tous avaient de grands yeux ronds et ne disaient rien. Hyacinthe criait :

— Je vous dis de vous servir ! Ce qu'on a pris de force à mon père et à mes frères est à tout le monde. Servez-vous ! C'est à vous, je vous dis. Même ceux qui n'ont pas le droit de voter aux élections ont le droit de manger à leur faim. D'ailleurs, le major Hubert, que vous avez élu, où est-il à présent ? Qui parle en votre nom maintenant ? Mais servez-vous donc ! Je vous dis que c'est à vous. Je vous le donne.

La foule des curieux grossissait. Il y avait, bien sûr, ceux qui passaient par hasard de ce côté, mais aussi tous ceux qu'on avait fait prévenir ; le notaire Plessis, notamment, qui resta à distance, sur son cabriolet. Le voyageur à la chaussure décousue aussi, qui finit cependant par entrer chez le cordonnier. Mais ce dernier était dehors avec les autres. Marie-Moitié, enfin, qui arriva en courant.

— Vous ne voulez rien prendre ? Puisque je vous dis que c'est à vous. Vous l'avez mérité, par votre travail. C'est à vous.

Marie-Moitié écarta tout le monde et s'approcha d'Hyacinthe. Elle avait tout de suite compris ce qui se passait.

— Arrête, Hyacinthe. Tu vois bien qu'ils ne prendront rien.

— Mais de quoi ont-ils peur ? demanda Hyacinthe.

— De ta colère, peut-être...

Elle entraîna Hyacinthe qui se laissa faire. Les gens s'écartaient devant eux. Sitôt qu'ils furent partis, beaucoup gagnèrent le magasin général pour voir ce qui allait se passer. Les biens du père Bellerose étaient restés sur la place. Les contremaîtres inutiles s'approchèrent lentement d'un petit baril dans lequel ils prirent chacun une pomme qu'ils croquèrent en s'en allant. En rentrant dans sa boutique, le cordonnier était bouleversé. D'une part, il détestait de tout son cœur cet Hyacinthe Bellerose qui avait tout plus que lui : le charme comme la démesure de ses malheurs. Mais il était bien forcé de reconnaître que le Berluseau parlait et agissait comme un vrai Patriote, même s'il affirmait ne pas en être un. Si seulement les Patriotes avoués avaient fait comme lui !

François s'était remis à taper de son marteau quand il s'entendit appeler. Cela venait de l'arrière-boutique, de la pièce qui était toute sa maison.

— Cordonnier ! Ho ! Cordonnier !

François se retourna, le dos courbé, les yeux par en dessous.

— Qui va là ?

— C'est bien toi, François, le cordonnier ?

— Qui voulez-vous que ce soit ? Le curé, peut-être ?

— C'est le major Hubert qui m'envoie.

Un frisson traversa le cordonnier. Par prudence, il décida de commencer par faire celui qui ne sait rien.

— Hubert ? Il n'est donc pas parti ?

— Ne fais donc pas l'innocent ! J'étais avec lui, il n'y a pas six jours, chez les Américains. Il faut que je te parle.

Le cordonnier jeta les yeux partout en même temps, à la porte et à la fenêtre. Il posa son marteau et passa dans l'arrière-boutique. L'autre était assis sur son lit, le fusil entre les cuisses. Il avait vraiment l'air d'un voyageur. Il s'appelait Gagnon. François n'avait qu'une question en tête :

— Le major, comment va-t-il ?

— Comme un exilé.

— Il reviendra.

— Ça dépend de toi...

— De moi ?

— ... et des autres Patriotes. Si, toutefois, vous n'avez pas l'intention de continuer à courber l'échine.

Gagnon regretta tout de suite cette parole. Il était évident que le cordonnier ne courbait pas l'échine pour les mêmes raisons que tout le monde. Cette réflexion l'avait d'ailleurs mis de mauvaise humeur.

— Écoute-moi bien, toi, qui passes à travers les murs comme un esprit. Si on courbe l'échine, aujourd'hui, c'est question de survie. Si on veut qu'il y ait encore des Canadiens dans ce pays dans cent, dans deux cents ans, on a encore un rude hiver à traverser. Mais si le major nous demande quelque chose, dis-toi bien que nous sommes encore quelques-uns dans ce village prêts à prendre le risque de ne pas le passer, l'hiver.

Gagnon était debout. Il s'approcha du cordonnier, la mine réjouie :

— Il avait bien raison, le major ! Les gens de ce village sont des gens de cœur.

— Et de raison, s'empressa d'ajouter François. Mais, comme je le connais, il ne t'a pas envoyé ici pour nous faire des compliments. Qu'est-ce qu'il veut ?

— Je te le dirai quand j'aurai réuni les autres, Beauvais, Marchessault, Bellerose...

— Bellerose ?

C'était comme un coup de poignard.

— Hyacinthe Bellerose. Tu le connais ?

— Autant que toi. Tu viens de le voir devant le magasin général.

— C'était donc lui ?

— Un illuminé.

— Ça confirme ce qu'Hubert a dit : c'est avec nous qu'ils

sont, les illuminés. Tu vas m'accompagner. On les verra un à un. Discrètement. On commencera par ce Bellerose, tiens. Mais, avant, il faudrait que tu me rendes un petit service.

Gagnon retira sa chaussure endommagée pour la montrer au cordonnier.

— Tu peux m'arranger ça ?

Le cordonnier fit non de la tête.

— Je t'en donnerai des neuves, pour te prouver qu'Hyacinthe Bellerose n'est pas le seul à avoir du cœur, dans ce village.

Sous le tailleur de Lucette, il y avait une blouse de soie qui révélait toute l'amplitude des seins. Et, sous la jupe grise, un jupon blanc garni de dentelles. Bruno regardait sans croire. La crudité de la réalité, sous les abat-jour jaunis, crevait le mystère. Lucette était une femme, comme toutes les autres femmes, et il arrive qu'elles retirent leurs vêtements. Bruno était bel et bien un imbécile d'avoir toujours considéré la chose sous son aspect le plus grave. Et ce que faisaient les femmes avec les hommes, quand ces derniers avaient aussi retiré leurs vêtements, n'avait rien non plus qui tienne du prodige. Si seulement il s'était tu, plus tôt, il n'aurait pas eu à supporter le regard attentionné de Lucette. Le regard d'une mère qui bichonne son enfant. Alors qu'il aurait fallu la prendre, comme un homme, sans un mot.

Les derniers jours de novembre sont courts, les soirs crus. Les grands feux de feuilles mortes de la journée rougeoient sous leur braise et répandent une odeur de terre brûlée. Chacun s'empresse d'aller se mettre à portée de main d'une lampe ou d'une simple chandelle dans un bougeoir. Le notaire Plessis avait allumé les deux lanternes de son cabriolet. Il revenait d'une tournée dans la campagne, mais il ne pouvait se résigner à rentrer. Il caressait sa barbe de bouc pour essayer de chasser ses pensées, mais elles étaient entrées au plus profond de lui en même temps qu'il avait relevé le col de son pardessus. Il contourna le village et fit trotter son cheval sur la petite route de sable qui menait à Nicolet. Peu de temps après, il était devant le seigneur Cantlie, un verre de vin du Portugal à la main. Il avait refusé poliment mais fermement, à deux reprises déjà, l'invitation à souper que lui avait faite la seigneuresse : il n'aimait pas faire faux bond à sa mère et à la vieille servante Noémie.

Le seigneur l'avait reçu au salon. Cela signifiait que M. Cantlie considérait sa journée bel et bien finie. Et d'ailleurs, le notaire Plessis n'avait rien de particulier à dire. Il ressentait un malaise qu'il n'arrivait pas à définir, et éprouvait le besoin de s'assurer que, de son côté, le seigneur n'éprouvait pas le même. Auquel cas, on se retrouverait encore plus seul, chacun de son côté. Le notaire s'était mis naturellement à parler d'Hyacinthe Bellerose comme un chien déterre un os cent fois rongé. Il croyait surprendre le seigneur en lui révélant la conduite inconvenante du Berluseau devant le magasin général. Mais c'était M. Cantlie qui avait tenu le haut du pavé en lui faisant le compte rendu de la conversation qu'il avait eue avec lui. Il en ressortait, selon le notaire, que cet Hyacinthe Bellerose devait avoir une fois pour toutes perdu la raison. A moins, et le notaire Plessis ne voulait pas envisager semblable hypothèse, qu'il ne fût plus fort que tout le monde.

— Malgré tout le respect que je vous dois, monsieur Cantlie, permettez-moi de vous dire que, à mon avis, vous avez commis une erreur.

— Que ne faut-il pas entendre ! Laquelle ?

— Le Berluseau a passé les bornes. Il fallait le faire enfermer dans le moulin et le remettre à la première occasion entre les mains des soldats.

— Vous n'y comprenez rien du tout, monsieur Plessis. C'est vous-même qui avez tenu à ce que je me montre particulièrement sévère à l'endroit de ceux de mes censitaires qui n'avaient pas payé leurs redevances, et c'était le cas du père d'Hyacinthe Bellerose. Vous vous étonnez, maintenant, qu'il le prenne mal ?

— Il fallait finir ce que vous aviez commencé. Aller jusqu'au bout. En acceptant de le recevoir, vous avez légitimé sa colère.

— Je vous ferai remarquer, notaire, qu'il ne s'est pas fait annoncer et qu'il a forcé ma porte.

— Raison de plus.

Le seigneur Cantlie marchait de long en large, les mains dans le dos. Il était mécontent de l'attitude de son chargé d'affaires face à la poussée de révolte des Canadiens. D'une part, le notaire cherchait à se mettre au-dessus de tout le monde, ménageant la chèvre et le chou, en sa qualité de descendant de l'ancienne noblesse française du Canada, ce qui l'excluait, d'une certaine façon, des rangs des Canadiens. D'autre part, il ne manquait pas de tirer profit de sa position qui l'assimilait à la classe dominante anglaise. Il avait insisté pour que le seigneur adopte la manière forte, et maintenant que cela avait donné les résultats que l'on savait, il semblait s'en étonner.

— Mais qu'est-ce que vous voulez au juste ? demanda M. Cantlie. Que nous poussions les Canadiens à se révolter encore plus, si c'est possible ? Les Berluseaux ne sont pas dangereux tant qu'ils ne se mettent pas en colère. S'ils le font, il ne faut pas s'étonner qu'ils cassent quelque chose. Mais il y a une limite à tout ce fracas. Vous me dites qu'il a fait un esclandre au village. Tant mieux. C'était peut-être ce dont il avait besoin pour en finir une fois pour toutes avec sa colère.

— Attendez, intervint le notaire, il me semble que vous oubliez quelque chose. Si vous le laissez faire, il croira que tout lui est permis. Aujourd'hui, il distribue aux villageois les biens de son père que vous avez confisqués. Demain, il viendra mettre le feu au manoir.

Le seigneur Cantlie était agacé. L'odeur du repas qui se préparait dans la pièce, à côté, le mettait en appétit. Il avait hâte que son chargé d'affaires s'en aille.

— Occupez-vous donc, s'il vous plaît, monsieur Plessis, de rédiger vos actes et de tenir vos livres de comptes, et laissez-moi administrer la seigneurie, ce qui est mon rôle. Je n'ai pas de leçons à recevoir de vous. Je ne vois d'ailleurs pas ce qui vous autoriserait à m'en donner. Que je sache, vous ne réussissez pas tellement en politique...

Le notaire s'en alla comme un enfant sévèrement grondé par son père. Peu de temps après, il était à genoux devant le fauteuil de malade de sa mère.

— Il m'a humilié, mère. Il me traite comme son valet.

— Je vous ai toujours dit, mon fils, que vous alliez trop loin dans vos amitiés avec ces gens-là. Vous avez bien vite oublié qu'ils ont dépossédé votre père.

— Je ne l'ai pas oublié, mère, mais ils représentent le droit.

— Ils représentent la force, et ce n'est pas obligatoirement la même chose.

Le notaire avait mis ses mains sur les genoux de sa mère, sans trop appuyer cependant, car il savait que ses jambes la faisaient toujours souffrir. Et Mme Plessis avait pris les mains de son fils dans les siennes.

— Mais alors, dites-moi, mère, ce que je dois faire. Je ne peux pas accepter d'être constamment humilié. C'est pourtant mon sort depuis que M. Cantlie s'est porté acquéreur de la seigneurie de mon père. Et encore aujourd'hui...

— Léchez vos plaies dans l'ombre, mon fils. Cela vaudra mieux que de crier sur tous les toits que vous avez été bafoué par quelqu'un que vous ne respectez plus.

Nue, Lucette était une tout autre femme. Deux seins et une touffe de poils. C'était donc ça ? Ce qu'on reconnaissait de ce qu'on avait l'habitude de voir, quand elle était habillée, avait l'air faux : le rouge de ses lèvres, ses cheveux noirs, ses mains.

Bruno se sentait comme un nageur qui s'est longtemps débattu contre l'eau et qui finit par s'abandonner à la noyade. Lucette était à genoux au-dessus de lui et déboutonnait son caleçon long. Elle avait les doigts froids. Lucette faisait de petits bruits avec sa langue pour le mettre en appétit. C'étaient des paroles de bête. Bruno reconnaissait instinctivement ce langage.

Les seins lourds se penchaient sur lui. Habillées, les femmes avaient une poitrine. Nues, on s'apercevait qu'elles avaient deux seins qui vivaient chacun leur vie. Et le poil ! Noir et frisé dru, mystérieux.

Lucette posa son sourire rouge sur les lèvres de Bruno. C'était chaud, sucré et mouillé. Le poids de chair était maintenant sur lui, les seins brûlants, les cuisses possessives.

Au lieu de s'abandonner, Bruno cherchait à rester bien lucide pour ne rien manquer de ce qui allait se passer. Comme s'il avait fallu en faire le compte rendu à quelqu'un, au matin.

Après avoir vainement tenté de distribuer les biens de son père aux villageois, Hyacinthe était entré au plus profond de lui-même et il n'avait plus voulu en sortir. Marie-Moitié l'avait remmené à la maison sous le regard fuyant de tous ceux qu'ils croisaient. De son côté, Régine leur avait rendu le petit Irlandais. Puis les contremaîtres inutiles avaient surgi. On aurait dit que la vie faisait tout ce qu'elle pouvait pour les empêcher de reprendre leur souffle.

Marie-Moitié avait préparé un petit souper qui aurait pu être agréable. Seuls les contremaîtres inutiles et l'enfant en profitèrent. Et l'enfant n'était pas celui qui inventait les plus grosses facéties. Marie-Moitié desservit et rinça la vaisselle. Jacquot montrait à l'enfant à jouer de la flûte. Phège lorgnait vers le cruchon et Mister fumait dignement une pipe que lui avait prêtée Hyacinthe.

— A cette heure-ci, dit Marie-Moitié, les poules sont juchées depuis longtemps.

Phège sursauta :

— Qu'est-ce que ça veut dire ?

— Qu'il faut s'en aller, corniaud ! répondit Mister.

— J'aurais cru qu'on passerait la nuit ici, protesta Phège.

— C'est malheureusement impossible, expliqua Marie-Moitié.

— Pourquoi ?

— Parce que M. Hyacinthe Bellerose et moi-même avons des choses à nous dire qui ne vous concernent pas.

— A propos de ce qui s'est passé ? demanda Phège.

— Exactement, répondit Marie-Moitié.

Elle les poussa gentiment vers la porte. Mister faisait des politesses excessives :

— Merci, madame, de toutes vos largesses. Espérons qu'un de ces jours, nous aurons le privilège de vous avoir à notre table.

— Espérons-le, monsieur. Je crois que nous allons passer un très bel hiver à nous fréquenter.

— Tout le plaisir sera pour nous, madame.

Sitôt les contremaîtres inutiles partis, Marie-Moitié avait couché l'enfant. Celui-ci protestait. La soirée avec les contremaîtres inutiles l'avait mis en joie, et il n'avait pas le cœur à dormir. De leur côté, Hyacinthe et Marie-Moitié avaient besoin de se regarder dans les yeux. Ils s'apprêtaient à le faire quand on frappa à la porte.

— Ouvre, Bellerose. Je sais que tu es là.

Hyacinthe ne bougea pas.

— Ouvre, je te dis. C'est moi, François, le cordonnier.

Hyacinthe n'avait pas confiance. Il alla prendre le fusil au mur. Le cordonnier était là, certes, avec ses yeux par en dessous, mais également un étranger qui avait lui aussi un fusil à la main.

Un coureur des bois de toute évidence. Le cordonnier regardait le fusil d'Hyacinthe.

— Qu'est-ce qui te prend ?

— C'est à toi qu'il faudrait poser la question, répondit Hyacinthe. Tu n'as pas l'habitude de venir passer tes veillées avec moi.

Le cordonnier désigna l'étranger :

— Gagnon, il veut te parler. C'est Hubert qui l'envoie.

— Qu'il entre.

— Et moi ?

— Si tu es avec lui, entre aussi.

Les trois hommes commencèrent par se regarder sans rien dire. Gagnon semblait porter beaucoup d'intérêt à Hyacinthe.

— Tu es un Patriote ? demanda-t-il enfin.

— Je ne sais pas ce que ça veut dire, répondit Hyacinthe.

— Allons donc ! Je t'ai vu, aujourd'hui, au village, distribuer les affaires d'une famille qui avait dû être chassée pour ses convictions politiques. C'est ça être Patriote.

— C'étaient les biens de mon père. Et vous avez vu ? Ils n'ont rien pris.

— C'est toujours comme ça. Le peuple n'avance pas tout seul. Il faut lui battre le chemin. C'est le rôle des gens comme nous.

Hyacinthe secouait la tête.

— Je ne joue pas de rôle. Mon chemin, je ne suis même pas certain de savoir où il va.

— Moi, je le sais, dit l'étranger d'une voix posée. Il y aura un grand rassemblement. Les Patriotes de tous les villages du Bas-Canada vont y être. Des milliers d'Américains viendront aussi, avec des armes et des munitions en quantité. Le major Hubert m'a chargé de vous y mener.

Le cordonnier n'en revenait pas de cette révélation. Hyacinthe avait tourné la tête vers Marie-Moitié. Celle-ci le regardait avec les yeux les plus désemparés qu'il lui avait jamais vus.

— Où ça se passera-t-il ? demanda le cordonnier.

— J'ai pour consigne de ne pas vous le dire. Alors, tu les prépares tes affaires ?

Hyacinthe était déjà debout.

— Hyacinthe, dit subitement Marie-Moitié, tu ne vas pas me quitter à peine revenu ? Il a déjà fallu que je me batte contre tes souvenirs, faudra-t-il maintenant que je me batte aussi contre tes idées ? J'allais être heureuse. Mais pourquoi donc ton amour n'est-il pas plus fort que tout cela ?

— Je t'aime, Marie. Mais qu'est-ce que je peux faire ? Vous emmener, toi et le petit, dans les Bois-Francs, et tout recommencer ? Alors que je sais très bien que même là, au fond des bois, ils nous guettent pour nous prendre ce que nous n'avons même pas.

— Mais je ne veux pas te perdre. Moi aussi, j'ai besoin de toi.

— Que dirais-tu, si on vous chassait de cette maison, toi et le petit, et que je n'aie rien fait ? Je sais, maintenant, que ça peut arriver.

— Tu ne vas tout de même pas aller jouer au soldat ?

— Espérons que ça n'arrivera pas. Et qu'ils comprendront, quand ils nous verront tous ensemble, que la bataille, nous l'avons déjà gagnée à coups d'endurance et de silence.

— Et le petit ?

— Je le fais pour lui, aussi.

Les yeux sans cesse en mouvement, le cordonnier n'avait rien perdu de la conversation. L'étranger se leva et prit son fusil qu'il avait posé contre la table.

— Il y a encore une petite formalité, dit-il. Je vais d'abord aller prévenir les autres. On réglera ça à mon retour.

Il fit signe au cordonnier qui sortit le premier pour aller voir si le chemin était libre. Restés seuls, Hyacinthe et Marie-Moitié se regardèrent un instant sans parler.

— Tu comprends ? demanda Hyacinthe.

— Oui, répondit Marie-Moitié.

— Et tu es d'accord ?

— Ne m'en demande pas trop et fais ce que tu as à faire.

Bruno était raide comme un mort, sauf pour l'essentiel. Lucette avait beau faire des incantations au-dessus de lui, cela n'y changeait rien. A vrai dire, plus elle faisait de grands gestes, de caresses folles et de grognements évocateurs, moins Bruno semblait vouloir sortir de sa léthargie.

Lucette se redressa et le regarda dans les yeux :

— C'est tout ce que tu peux faire ?

Bruno cherchait à éviter son regard.

— Peut-être que j'ai bu trop de bière ?

— Les hommes sont tous pareils, dit Lucette. Plus de voile que de gouvernail.

Bruno se tourna vers le mur. Lucette avait allumé une cigarette. Elle se pencha sur lui.

— C'est aussi humiliant pour moi, tu sais.

Un moment de silence dans la chambre puis :

— Ça prendra jusqu'au matin s'il le faut, mais je sortirai pas d'ici avant d'être venue à bout de toi.

Gagnon et le cordonnier se glissaient entre les maisons. Le vent s'était levé. Le gel de la nuit de décembre durcissait la terre sous leurs pas. Ils entraient dans une maison sur trois environ. Quelqu'un allumait la chandelle, et les ombres débordaient des murs jusqu'au plafond.

— Tu es avec nous ou contre nous ? demandait Gagnon.

Il n'acceptait pas la neutralité. Il donnait toujours le même exemple pour expliquer sa position.

— Un homme est un homme. Une femme est une femme. Personne ne peut dire qu'il n'est ni l'un ni l'autre.

Des regards se croisaient dans l'enchevêtrement des ombres, des doigts se tordaient, des mouchoirs étaient portés brusquement à la bouche. Il fallait se décider tout de suite. Tu es avec nous ou contre nous ? Et Gagnon ne manquait pas d'énumérer les graves inconvénients auxquels pouvaient s'attendre, une fois la révolution faite, ceux qui se seraient opposés aux Patriotes. Chez certains, il parla de granges incendiées, chez d'autres de femmes égorgées, selon l'effet qu'il voulait obtenir. A tous il promit une chose : la mort assurée la nuit même si un seul mot de ce qu'il disait transpirait au-dehors.

Le cordonnier restait habituellement près de la porte, à regarder tout le monde par en dessous. Il était la caution du major Hubert.

— C'est Hubert qui m'envoie. Vous avez son homme, ici, François, le cordonnier.

— S'il veut me parler, le major, il a qu'à venir me trouver.

— Assez de finasseries, père Étienne. Vous êtes avec nous ou contre nous ?

Le plus souvent, la seule vue du cordonnier suffisait pour qu'on devine de quoi il s'agissait, avant même que Gagnon ait ouvert la bouche. D'autres fois, c'était la feinte pour se donner le temps de réfléchir.

— Félicien, il y va ?

— Ce que fait le dénommé Félicien ne regarde que lui. Ici, c'est de toi qu'il s'agit. Alors, tu es avec nous ou contre nous ?

Le cordonnier s'arrangeait pour faire signe que oui, dans l'ombre près de la porte. Et chaque entretien se terminait de la même façon :

— Fais tes bagages et va m'attendre chez Hyacinthe Bellerose.

— Marie-Moitié, rectifiait le cordonnier.

Ceux-ci commençaient à trouver qu'il arrivait beaucoup de monde. Il y eut bientôt dans la pièce une trentaine de personnes avec armes et bagages. En temps normal, une telle assemblée aurait donné lieu à un beau débordement de bavardages. Mais on se contentait de chuchoter comme dans une église. On se reconnaissait. On se mettait la main sur l'épaule. On se disait des mots d'encouragement où il était question de victoire rapide et définitive. De paix assurée pour longtemps et de femmes heureuses. Puis on changeait de place. Dans un autre coin, les propos étaient plus belliqueux. On y entendait des « Œil pour œil, dent pour dent ». On répétait ce que Gagnon avait dit, que des milliers d'Américains viendraient, avec des armes et des munitions. Dans cette perspective, c'en était fait des Anglais. Et les plus vieux rappelaient qu'en 1812, si on les avait écoutés, eux, plutôt que les curés, les bourgeois, monseigneur Plessis et le gouverneur, on se serait rangé aux côtés des Américains dans la guerre contre l'Angleterre et on ne serait pas là ce soir. Certains en faisaient même la leçon à leur fils. Et on s'étonnait de la grandeur d'âme des Américains qui n'étaient pas rancuniers puisqu'ils étaient prêts, encore une fois, à s'élever contre l'Angleterre, mais, cette fois, au profit de ceux qui avaient refusé de leur donner un coup de main quelques années plus tôt.

Gagnon et le cordonnier entrèrent. Le silence se fit aussitôt. Gagnon compta ses hommes.

— Il est temps de partir, dit-il. Avant, il faut prêter serment.

Il marcha jusqu'à la table, la dégagea de ce qui s'y trouvait, à l'exception de la chandelle près de laquelle il déposa son couteau.

— A genoux.

— C'est pas l'heure des prières, fit une voix.

— Tu en as pourtant bien besoin, répondit un vieil homme.

— A genoux, répéta Gagnon d'une voix sèche. Vous allez répéter après moi.

Les hommes obéirent. Marie-Moitié était près du lit de l'enfant et pressait le petit contre elle.

— Je jure que je ne trahirai pas les secrets...

Les hommes reprenaient chaque membre de phrase après Gagnon, comme on le fait à l'église.

— ... et que je ne révélerai rien de la Société des Frères Chasseurs à quiconque n'en fait pas partie. Si je trahis, je reconnais à la Société le droit de me trancher la gorge jusqu'à l'os, à moi et aux miens et de brûler ma maison et tous mes biens.

Marie-Moitié ne put faire autrement que de presser encore plus fort l'enfant contre elle.

— C'est fini, dit Gagnon, vous pouvez vous relever.

Les plus vieux firent lentement le signe de la croix, comme s'ils venaient de réciter une prière. Les jeunes avaient déjà le fusil à la main. L'un d'eux s'avança vers Gagnon :

— A ton tour, maintenant, de parler. On a bien le droit de savoir où on va.

— A la guerre, répondit Gagnon. Vous avez juré. Maintenant, suivez-moi !

Les hommes commençaient à sortir. Marie-Moitié se précipita vers le fond de la pièce. Elle en revint avec une pile de journaux que lui avait donnés Mme Plessis pour allumer son poêle. Elle déboutonna promptement la chemise d'Hyacinthe et lui plaqua l'épaisse couche de journaux sur la poitrine. Puis elle referma la chemise dessus. C'était une véritable cuirasse de papier. Hyacinthe s'était laissé faire mais il se sentait gêné dans ses mouvements. Les hommes étaient tous sortis à présent. Gagnon rentra.

— Alors ?

— Il est prêt, dit Marie-Moitié.

Hyacinthe décrocha son fusil, il prit sa corne à poudre, la bourre et les balles qui étaient sur une tablette, avant d'enfiler son manteau. Marie-Moitié lui mit un morceau de pain dans la poche tandis qu'il allait embrasser l'enfant.

— Tu veilleras bien sur lui, dit Hyacinthe.

— Et toi ? répondit Marie-Moitié. Qui veillera sur toi ?

Lucette savait qu'il n'y avait qu'un seul remède pour Bruno : laisser faire le temps. Ce n'était pas la première fois qu'elle se trouvait dans cette situation. Les bûcherons qui descendaient des chantiers de la Haute-Mauricie voulaient habituellement goûter à tout en même temps, à la bière et à la femme. L'excès de l'un pouvait mener à la privation de l'autre.

Mais Lucette n'ignorait pas non plus qu'une timidité excessive conduisait parfois au même résultat. Et Bruno lui avait candidement révélé qu'il n'avait jamais couché avec une femme. En conséquence, il fallait le laisser digérer sa bière mais s'attaquer en même temps à la véritable racine du mal.

Lucette était assise sur le lit et elle fumait tranquillement sa cigarette en en secouant mécaniquement la cendre dans le cendrier entre chaque bouffée. Elle s'était mise à parler comme à elle-même.

— Quand j'étais petite, j'aurais voulu être un garçon pour pouvoir faire pipi debout, n'importe où, derrière la grange ou contre la roue d'une charrette.

Elle rit un petit coup de son rire gras.

— Ça m'a passé, continua-t-elle, le jour où j'ai compris que les femmes pouvaient mener les hommes par le bout du nez. Si tu vois ce que je veux dire.

Il n'était pas question que trente hommes passent inaperçus en traversant le village à cette heure. A plus forte raison si ces hommes cherchaient à le faire. Sans compter que ceux qui n'avaient pas de fusil s'étaient armés de fourches et de faux. On était en décembre. Ce n'était décidément plus la saison de ces instruments, même s'il tardait à neiger en cette fin d'année 1837.

Les premiers, les contremaîtres inutiles s'étaient mis sur leur piste. Exagérant les gestes de prudence, chuchotant pour se rappeler mutuellement qu'il fallait se taire à tout prix, ils bondissaient de derrière un hangar pour aller se blottir contre une corde de bois ; et les chiens aboyaient dans les maisons. La nuit était roulée sur elle-même. Les rideaux s'écartaient devant les croisées. Il y avait d'abord toutes les femmes de ceux qui partaient qui les regardaient la gorge nouée. Puis ceux qui font profession, au Canada, de ne pas dormir en hiver, pour veiller le poêle, le plus souvent un vieillard qui dit avoir moins besoin de sommeil que les autres. Sans compter les enfants qui toussent et les hommes qui ont l'habitude d'aller jeter un petit coup d'œil à la fenêtre après avoir accompli ce qui fait d'eux des hommes.

Il n'y avait pas besoin d'être grand sorcier pour comprendre ce qui se passait. Encore moins pour en venir à la conclusion qu'il valait mieux se taire et laisser faire. Ceux qui s'opposaient à toute forme de révolte se réjouissaient même. Si ces exaltés tenaient tant à se battre, c'était tant mieux s'ils allaient le faire ailleurs. Le Port Saint-François ne connaîtrait pas le sort de Saint-Denis et de Saint-Charles qui n'existaient plus maintenant.

Quelques hommes, dont le forgeron, parlaient d'aller prévenir le notaire Plessis. Ils s'étaient réunis au magasin général après avoir lancé des cailloux contre les vitres de l'étage pour tirer Jean-Gilles Gervais de son paisible sommeil de marchand. Et c'était ce dernier qui avait eu le dernier mot. La révolte était finie. Il y avait des soldats partout. Le mieux à faire était de laisser ces gens-là se jeter d'eux-mêmes dans les bras des autorités. Cela purgerait le village d'un seul coup de tous ses révolutionnaires et amènerait de façon assurée une paix durable dans un monde où le forgeron pourrait continuer de faire son métier sans penser à rien et le marchand à vendre ses produits sans être forcé de se demander, pour plaire aux Patriotes, s'il était propriétaire de son établissement.

Les hommes étaient arrivés devant l'église. Au presbytère, il y avait encore de la lumière à la fenêtre du bureau de l'abbé Mailloux. On s'apprêtait à laisser le village quand le père Étienne rejoignit Gagnon.

— L'abbé Mailloux est pas encore couché.

— Tu espères le recruter ? demanda Gagnon.

— C'est une cause perdue, ironisa le cordonnier qui se trouvait à proximité.

— On pourrait lui demander de nous bénir, suggéra le père Étienne.

Les hommes s'étaient rassemblés autour de lui.

— Il n'y consentira jamais, dit l'un d'eux. Les Patriotes, c'est contre son idée.

— Et si c'était celle du bon Dieu ? Il y en a des choses d'écrites, dans la Bible et les Saints Évangiles, qui ressemblent à ce qu'on est en train de faire !

Gagnon était exaspéré. Il trouvait qu'on avait perdu assez de temps. Mais le père Étienne avait déjà rallié un certain nombre de partisans à son idée. Ils firent entendre qu'ils n'iraient pas plus loin sans cette bénédiction.

— Si notre cause est juste, que Dieu soit avec nous !

Ils frappèrent à la porte du presbytère. L'abbé Mailloux mit un certain temps à répondre. Ils frappèrent encore. L'abbé entrouvrit. Il finissait de boutonner d'une main sa soutane. Il n'avait pas pris le temps de mettre son col et son rabat. Il commença par tirer ses lunettes rondes avant de s'étonner. Il faillit s'évanouir quand le père Étienne lui expliqua le but de leur visite.

— Et vous croyez que je vais attirer la bénédiction de Dieu sur des hors-la-loi ?

Il s'apprêtait à les mettre à la porte quand il vit entrer Gagnon, le cordonnier et enfin Hyacinthe Bellerose. L'affaire prenait une tournure inattendue. Gagnon, sans en menacer directement le curé, plaçait son fusil en évidence.

— Vous les bénissez ou pas ?

— Vous pensez que Dieu fera descendre sa grâce sur eux ? répondit l'abbé.

— Ils le croient.

L'abbé Mailloux était visiblement hors de lui mais il n'avait pas le choix. Il leva la main droite. Ceux qui avaient insisté pour entrer se jetèrent à genoux. Les autres restèrent debout devant la porte. L'abbé prononça la formule d'une voix blanche :

— *In nomine Patris, et Filii, et Spiritus sancti, Amen.*

— *Amen,* reprirent les Patriotes religieux.

— Si vous croyez qu'une bénédiction arrachée de force peut valoir quelque chose !

Ils s'apprêtaient à ressortir. Julien, un de ceux qui considéraient que même une bénédiction forcée valait mieux que pas de bénédiction du tout, prit en passant un des chapelets posés sur une table dans le vestibule.

— Toi, Julien, repose ce chapelet tout de suite ou tu vas droit en enfer, ordonna l'abbé.

Cela attira l'attention des autres qui se mirent à examiner les objets de piété.

— Ce sont des chapelets bénis par Monseigneur. Je les destine aux dames pieuses de la paroisse.

— Il nous les faut, monsieur l'abbé.

— On en a bien plus besoin qu'elles.

— On ne connaît pas le sort qui nous attend.

Les hommes s'étaient pris chacun un chapelet. Gagnon hurla :

— Ça suffit ! On s'en va !

Puis à voix basse à l'intention du cordonnier :

— Qu'est-ce que c'est que ces Patriotes ?

C'est Hyacinthe qui lui répondit :

— Des gens qui ont peur. Tu n'as jamais vu ça ?

Il sortit, suivi des deux autres. Le reste de la troupe s'apprêtait à en faire autant sous les invectives de l'abbé Mailloux.

— C'est voler, ce que vous faites. Ces chapelets, vous ne les emporterez pas en paradis.

Puis, se ravisant :

— S'il devait arriver que quelques-uns d'entre vous meurent, à ceux-là je les donnerai.

La nuit s'était encore assombrie. Le vent battait la terre. Les hommes contournèrent l'église et disparurent sur le chemin qui menait à Nicolet. Au presbytère, l'abbé Mailloux avait soufflé la lampe pour essayer de voir ce qui se passait dehors. Il distingua seulement trois ombres qui se glissaient sur la trace des Patriotes.

Bruno la regardait en ayant l'air de se demander qui elle était et ce qu'elle faisait dans sa chambre. Lucette était plutôt grasse et avait la nudité innocente. Elle alluma une autre cigarette. Bruno aurait aimé aller chercher sa pipe dans la poche de ses culottes d'étoffe mais il se sentait trop fatigué pour se lever et, surtout, il n'avait pas envie de marcher avec cette chose qui lui pendait entre les jambes. Fils de paysan, il avait commencé jeune à observer les organes sexuels des bêtes mais, au fond, il n'avait pas réussi à devenir indifférent à la vue des mamelles flasques ou trop lourdes, des étonnants attributs mâles. Fallait dire que, quand le cheval décidait d'en montrer...

Lucette avait recommencé à le caresser tout en ronronnant des paroles qui étaient faites plus de sons que de mots.

— Réveille, grosse bibitte. Guili, guili. M'a te manger.

La bestiole en question semblait ne jamais devoir sortir de sa torpeur. Bruno ferma les yeux. Il les rouvrit en poussant un petit cri. Lucette avait posé ses lèvres dessus.

Gagnon leur fit signe de s'arrêter.

— C'est ici, dit-il.

On était partis pour aller à la rencontre de l'histoire. Deux jours et trois nuits plus tard, on se retrouvait dans une clairière au sommet d'une colline ronde où il n'y avait personne, et Gagnon, qui n'avait pas ouvert la bouche depuis le Port Saint-François pour dire autre chose que de se taire, annonçait tranquillement qu'on était arrivés.

— Tu en es sûr ? demanda le cordonnier qui n'avait cessé de toute l'expédition de se considérer d'emblée comme l'adjoint de l'autre.

C'était précisément le genre de question que Gagnon n'appréciait pas. Il finit cependant par répondre :

— Vous voyez, là-bas ? C'est le village des Patriotes.

Hyacinthe aussi s'était approché de Gagnon.

— Et qu'est-ce qu'ils ont de si particulier, les Patriotes de ce village ?

— Ils comptent sur nous, répondit Gagnon.

Puis il se mit à donner des ordres. Mais les rangs étaient agités de remous.

— Où sont-ils, les autres ?

— Les Américains ?

— Ils ne nous ont peut-être pas attendus ?

— Les canons, les munitions ?

Le cordonnier intervint comme un chien qui se jette sur le troupeau de vaches qu'il est chargé de ramener à l'étable.

— Taisez-vous donc ! S'ils ne sont pas là, c'est qu'ils ne sont pas arrivés. Hein, Gagnon ?

Celui-ci marmonnait entre ses lèvres, comme à lui-même :

— Si vous les aviez entendus, quand ils parlaient, les chefs, aux États-Unis ! Les charrettes, les canons, les caisses de munitions...

Il était visiblement étonné lui aussi d'arriver au lieu de rassemblement et de n'y trouver personne. Fallait-il qu'un ensemble de circonstances ait joué, pour que tout le monde soit en retard en même temps ! Encore plus pour qu'on soit les seuls à ne pas avoir été prévenus que le rendez-vous avait été remis. Gagnon finit par se dire qu'il valait mieux ne pas trop chercher à comprendre et faire comme il était convenu.

— En bas, il doit y avoir un lac. On les attendra là.

Puis, se tournant vers Julien, un des Patriotes aux chapelets :

— Toi, tu restes ici. Au moindre bruit tu viens nous prévenir.

Le cordonnier en profita pour glisser un sarcasme.

— Chanceux ! Tu vas être tranquille pour réciter le chapelet.

Et les hommes descendirent dans les broussailles sèches de la colline. Décembre commençait à serrer les poings. Chacun ne pouvait s'empêcher de penser qu'en une nuit, avec tout le retard que l'hiver avait pris, on pouvait se retrouver enlisés dans la neige jusqu'au ventre. Auquel cas, on n'aurait pas que les Anglais sur le dos.

Il ne restait plus beaucoup de jour. On l'employa à se préparer pour la nuit. Gagnon avait été formel : pas de feu. En temps normal, on aurait commencé par là. Il ne restait plus qu'à couper des branches de sapins pour s'enfouir dessous. Ce qui fut fait. A l'heure où les rives du lac commencent habituellement à figer comme une soupe au repos, des bosquets de sapins qui peuplaient la berge montaient des bribes de conversations en même temps qu'une forte odeur de fumée de pipe.

Ce qui se disait sous les branches témoignait d'un peu d'ignorance et de beaucoup d'inquiétude. Qu'était-on venu faire en pleine nuit, au juste, à l'autre bout du pays, au bord d'un lac qu'on ne connaissait pas ? Retrouver qui ? Chacun avait sa femme, ses enfants ou sa bonne amie au fond du cœur pour lui tenir chaud. Et chacun s'efforçait de se convaincre que c'était pour elle ou pour ceux-ci qu'on était là. Pour qu'on en finisse une fois pour toutes avec ces querelles de Patriotes, de Bureaucrates et d'Anglais. Que les Anglais retournent donc en Angleterre ! Qu'ils laissent le Canada aux Canadiens ! Comme les Américains s'étaient aussi fait un pays en renvoyant les Anglais chez eux. Gagnon avait dit que les Patriotes de tout le Bas-Canada seraient au rendez-vous. Savait-il seulement de quoi il parlait, ce Gagnon ? Personne ne l'avait jamais vu au Port Saint-François. Et le major Hubert, au lieu de se sauver chez les Américains, n'aurait-il pas pu venir prendre la tête de ses hommes, puisqu'il était si certain que les Canadiens repousseraient les Anglais à la mer ?

Dix pas plus loin, sous d'autres branches de sapins, la colère aveuglait des yeux qui, de toute manière, ne voyaient rien dans la nuit. C'en est fini ! Les Anglais, on les coupera en petits morceaux et on les salera dans des barils ! Et on sentait sur ses mains la chaude consistance du sang, on lançait des cris qui s'enfonçaient dans les oreilles comme des bouts de bois, les dents mordaient des chairs imaginaires comme des chiens autour d'une carcasse.

Hyacinthe était sous le même abri que les contremaîtres inutiles. Ceux-ci avaient suivi la troupe. Ils s'étaient montrés à la première halte. Le cordonnier voulait les chasser. Gagnon s'y était opposé en disant qu'ils étaient trop innocents pour qu'on puisse leur faire confiance. Puisqu'ils avaient voulu suivre, ils iraient jusqu'au bout. Et maintenant, les trois inutiles aussi essayaient de comprendre quelque chose à ce qui se passait.

— C'est comme à la chasse, expliquait Hyacinthe. Ou on tue, ou le gibier déguerpit. D'une façon ou d'une autre, quand un chasseur passe dans la forêt, rien n'est plus comme avant.

— J'ai jamais entendu dire que quelqu'un ait mangé de l'Anglais, ironisait Phège.

— Plaise à Dieu que nous ne soyons pas forcés d'en venir là, répondit Hyacinthe.

Phège exhiba une poignée de petits oignons qu'il avait dans la poche de son capot.

Hyacinthe tira de la sienne ce qu'il lui restait de pain.

Ce qui devait arriver arriva. Bruno se retrouva en pleine splendeur, pour la plus grande satisfaction de Lucette. C'était une érection très réussie, avec soubresauts et cambrure des reins.

A compter du moment où Lucette avait goûté le fruit défendu, il était arrivé à Bruno exactement le contraire de ce qu'avaient connu nos premiers parents au jardin des délices : il ignora qu'il était nu. Il avait des mains partout, une langue avide, des dents pour tout autre chose que l'usage auquel elles étaient apparemment destinées et une force prodigieuse qui lui faisait soulever Lucette à bout de bras.

Il franchit vite les limites de sa résistance. Il éjacula comme on vient au monde. Lucette n'existait plus. Elle ne s'en plaignit pas. Elle était là exactement pour ça. Elle décida d'ailleurs de prendre sur-le-champ des mesures pour amener Bruno à recommencer. Celui-ci lui faisait entièrement confiance. La méthode de Lucette était la bonne.

Ainsi toute la nuit. Bruno savait maintenant ce qu'éprouvait son chien quand il revenait à la maison, crotté, affamé et la langue pendante après avoir couru la galipette pendant trois jours. Il était devenu un homme.

Un coup de feu tira Hyacinthe de son abri. Il avait passé une mauvaise nuit comme tous les autres. Aux premières lueurs du jour, il s'était bien aperçu que les contremaîtres inutiles s'étaient levés, mais il avait voulu rester encore un peu dans son engourdissement. Il cherchait à réfléchir sans y parvenir. Sa tête ne formait plus de pensées, seulement une grosse masse de sentiments.

Il écarta les branches pour voir ce qui se passait. Gagnon et quelques hommes couraient vers la lisière de la forêt. Le cordonnier venait vers eux, tenant un lièvre par les oreilles. Il avait son fusil à la main, bien entendu. Il n'était pas difficile de comprendre ce qui s'était passé.

Gagnon était de mauvaise humeur :

— J'avais dit de ne pas tirer.

— T'aimes pas le lièvre ? demanda le cordonnier.

— Un autre coup de feu et ce sera toi, le lièvre.

Gagnon allait s'éloigner quand Hyacinthe le rejoignit. Il le regarda droit dans les yeux.

— Il ne viendra personne, dit-il. On a été dupés encore une fois.

— Qu'est-ce que tu dis ?

— Tu m'as très bien entendu. Les seuls que j'attends, maintenant, c'est les Anglais. Si jamais ils passent par ici, on ne vaudra pas plus cher que le lièvre du cordonnier.

Gagnon s'en retourna au bord du lac. Il semblait chercher la réponse à ses questions sur l'étendue étale de l'eau. La journée n'était pas trop froide, elle portait cependant à la mélancolie parce que les nuages étaient bas. Les contremaîtres inutiles semblaient être les seuls à savoir ne rien faire. En fouillant dans leurs poches, ils avaient pu rassembler ce qu'il fallait pour pêcher. Mais que faire des poissons et du lièvre, puisqu'on ne pouvait pas allumer de feu ? Les manger à la croque au sel ? Encore, si on avait eu du sel !

La journée s'étira. Les hommes étaient partagés entre le ressentiment et le désespoir. On était trahis de tous les côtés, par les Patriotes autant que par les Anglais. Seuls, deux ou trois irréductibles, dont le cordonnier, rêvaient encore de convois, d'affûts de canons et de poudre.

Vers la fin du jour, Gagnon rassembla ses hommes. Ce n'était plus qu'une poignée de victimes comme toutes les autres. L'empreinte du serment des Frères Chasseurs commençait déjà à s'effacer au fond de leur cœur.

— Il faut que j'aille voir ce qui se passe, dit Gagnon. Je vais m'approcher du village pour tâcher d'avoir des nouvelles.

— Tu veux que je t'accompagne ? s'empressa de demander le cordonnier.

— J'aurai plus de chances de passer inaperçu si je suis seul, répondit Gagnon. D'ailleurs, c'est toi qui prends le commandement en mon absence. Pas de feu. Pas de coups de fusil. Que pas un homme ne s'éloigne d'ici.

Sitôt Gagnon parti, le cordonnier donna des ordres pour affermir son autorité. Il commença par désigner quelqu'un pour aller prendre la relève de celui qui montait la garde sur la colline. Il fit rassembler en un tas toutes les victuailles que chacun pouvait avoir au fond de ses poches. Des bouts de pain, des oignons et du lard. De quoi nourrir une famille moyenne pour une journée. Le lièvre et les poissons semblaient les narguer. On attendit la fin du jour. C'était la seule chose sur laquelle on pouvait vraiment compter, la fin du jour. Gagnon ne revenait pas.

La nuit se referma sur la troupe frileuse. Chacun avait regagné son abri de branches de sapins. Pire que la veille. On n'avait même plus le goût d'allumer sa pipe. Dans la soirée, il se mit à tomber une petite pluie fine à vous noyer le cœur. Ceux qui dormirent, cette nuit-là, étaient vraiment les plus forts. Les autres dérivèrent sur le cours de leurs pensées. Rien d'encourageant. Il n'y avait au monde qu'une petite troupe d'une trentaine d'hommes originaires du Port Saint-François, et ces gens-là étaient orphelins de leur espoir.

Au matin, Hyacinthe avait pris une décision. Il allait s'en ouvrir au cordonnier, quand celui-ci se mit à courir vers Jacquot qui jouait un air de flûte nostalgique au bord du lac.

— Arrête ça. Ce n'est pas le moment.

Mister s'était approché :

— Ainsi donc, on ne fait pas de musique, quand on s'en va-t-en guerre ?

Fou de rage, le cordonnier allait se jeter sur Mister. Celui-ci fit trois pas en arrière avec beaucoup d'élégance :

— Il s'en prend à ses troupes, maintenant ?

— Mes troupes ? Vous trois ?

— Vaut mieux trois inutiles qu'une armée de fantômes, n'est-ce pas, cordonnier ?

Hyacinthe s'interposa à temps :

— Laisse.

— Toi, lui répondit le cordonnier, t'es pas mieux qu'eux.

Hyacinthe ne releva pas l'insulte. Il parlait d'une voix assurée :

— Réfléchis, cordonnier. Il faut s'en aller avant que les Anglais n'arrivent. Rentrons au village.

— On est venus ici pour se battre et on se battra ! cria le cordonnier.

Les hommes faisaient cercle autour d'eux.

— Non, François. C'est fini. Tout le monde l'a compris, sauf toi.

Le cordonnier n'en croyait pas ses oreilles. Il regarda ses hommes, cherchant un déni dans leur regard, mais la plupart baissèrent la tête.

— Je savais que tu étais un lâche, Bellerose, mais je ne pensais pas que tu pouvais aussi être un traître.

Hyacinthe se taisait. Le cordonnier cherchait à puiser tout au fond de lui les dernières ressources de son autorité.

— Préparez-vous, tout le monde. On s'en va.

— Où ça ?

— Rejoindre nos frères au village d'en face. On attendra les renforts avec eux.

Les hommes ne savaient plus ce qu'il fallait faire. Si les Anglais apprenaient qu'un village était tombé aux mains des Patriotes, ils y viendraient avec une armée. Qu'allait-on y faire avec des fourches et des bâtons ? Hyacinthe et le cordonnier étaient à peu près les seuls à avoir un fusil, avec deux ou trois jeunes paysans qui arboraient des mousquets qui devaient dater des premiers temps de la colonie. Était-il vraiment sage d'aller se jeter dans la gueule du loup ?

On en était à soupeser le poids de l'incertitude, quand des cris s'élevèrent du côté de la colline. Le guetteur descendait vers eux en courant. Ils se portèrent à sa rencontre.

— Le feu ! Le feu !

— Où ça ?

— Le village brûle, là-bas.

Le cordonnier faillit avaler sa moustache.

— Allons-y. Vite.

Bruno s'endormit au petit matin. La terre s'était arrêtée de tourner tant il dormait profondément. Lucette en faisait autant à ses côtés. On frappa à la porte. Lucette alla ouvrir, sa première cigarette de la journée entre les lèvres, en robe de chambre. Il pouvait être dix heures. C'était le gros rougeaud.

— Debout, là-dedans. Bellerose, sors des nues. Le train vient d'arriver. La tempête est finie mais il y en a une autre qui se prépare pour plus tard dans la journée. Le train repart dans une heure. A moins que tu veuilles plus descendre ?

Bruno s'était soulevé sur les coudes. Il avait du mal à refaire surface.

— Debout, insista le gros rougeaud. Tu m'as pas dit que tes parents t'avaient fait demander ?

Bruno remonta instinctivement la couverture sur ses épaules.

— Je me lève, finit-il par dire. Je vous rejoins en bas.

— Fais ça vite, le train nous attendra pas.

Une fois le gros rougeaud sorti, Bruno se mit à rassembler ses idées. Il lui était arrivé la plus belle chose de sa vie, mais, en même temps, il en avait la gorge nouée. Il avait soif comme s'il avait traversé le désert. Il se leva, nu, pour aller boire à même le robinet. Lucette le regardait en finissant de fumer sa cigarette.

— Je me souviendrai de toi, dit-elle. J'espère que tu reviendras me voir si jamais tu passes par ici.

Bruno se dépêchait de s'habiller. Il ne se rappelait pas d'avoir eu si faim de toute sa vie.

— Je t'oublierai pas, finit-il par répondre. La première fois, c'est important.

Il avait envie de dire merci à Lucette mais il n'osait pas le faire parce qu'il lui semblait que cela pouvait être ridicule. Il tenait pourtant à dire quelque chose avant de s'en aller :

— Tu descends pas déjeuner ?

— J'ai jamais faim en me levant.

Bruno avait la main sur la poignée de la porte.

— Attends, dit Lucette, t'oublies rien ?

Bruno ne voyait pas de quoi il pouvait s'agir. Il avait son bonnet à oreillettes de poil de lapin sur la tête, sa poche de jute sur l'épaule.

— J'ai pas passé la nuit avec toi pour tes beaux yeux, précisa Lucette. Moi aussi, il faut que je paye mon déjeuner.

Bruno avait fini par comprendre. Il tira de sa poche l'enveloppe qui contenait son argent. La veille, il avait dépensé environ deux dollars pour payer une tournée. Il sortit les billets.

— Combien ? demanda-t-il d'une voix qui ne trouvait plus ses mots.

— Qu'est-ce que tu penses que ça vaut ?

Bruno était bien embêté. Il tendit un billet de cinq dollars.

— C'est assez ?

Lucette le prit et elle éclata de rire.

— Ça fait l'affaire. Mais dis-toi bien que t'en as eu pour plus que ça. Va vite, à présent, tu vas manquer ton train.

Hyacinthe se dressa devant le cordonnier.

— Il n'en est pas question.

Mais le cordonnier était emporté par son exaltation.

— Je le savais, dit-il, qu'il ne fallait pas faire confiance à Gagnon. Il nous a menés au mauvais endroit. Pendant ce temps, les renforts sont arrivés. La bataille est commencée et on reste là, les mains dans nos poches, sans rien faire. On sera peut-être pas les premiers mais ils seront bien contents de nous voir arriver, nos frères. Dépêchez-vous. On s'en va.

Hyacinthe restait immobile devant le cordonnier. Celui-ci ne pouvait avancer d'un pas sans buter sur lui.

— S'il n'était venu personne ? demanda Hyacinthe. Si c'étaient les Anglais qui avaient tout simplement mis le feu au village ? Ce ne serait pas la première fois.

— Raison de plus pour y aller.

— On n'a pas le droit de se précipiter bêtement pour aller se faire massacrer.

— J'aime encore mieux ça que de rester ici à regarder brûler le village, répondit le cordonnier.

Hyacinthe ne bougeait toujours pas. Le cordonnier fut obligé de faire un pas de côté. Il se mit à pousser ses hommes dans le dos en leur criant des ordres. Ceux-ci tournaient en rond. Ils ne savaient plus ce qu'ils avaient envie de faire, sauf deux ou trois qui étaient déjà au bord du lac et qui s'apprêtaient à le contourner. Ils s'étaient arrêtés pour inciter les autres à les suivre.

Ils furent les premiers à apercevoir les femmes et les enfants, une quinzaine de femmes et à peu près autant d'enfants. On les entendait se lamenter à mesure qu'ils approchaient. Quelques-unes des femmes portaient de tout petits enfants dans les bras enveloppés dans des couvertures. D'autres tenaient leurs petits à la main. Ou encore c'était une grande fille de quatorze ans qui portait son petit frère. La plupart étaient pieds nus et n'avaient rien sur la tête. Les hommes se précipitèrent à leur rencontre.

— Que s'est-il passé ?

Une vieille femme s'entêtait à faire non de la tête. Elle finit par lever ses yeux secs sur le cordonnier.

— C'est fini, dit-elle.

— Que voulez-vous dire ?

— Les soldats anglais ont cerné le village pendant la nuit.

— Vos hommes, où étaient-ils ?

— A l'auberge.

— Ils se sont battus ?

— Ils ont été trahis. Les Anglais sont allés chercher le curé et le docteur pour parlementer. Rendez-vous ! qu'ils criaient. Si vous acceptez de vous rendre, vous pourrez rentrer chez vous. Il ne sera fait de mal à personne et on discutera au lieu de se battre.

— Alors ?

— Nos hommes, ils se sont laissé tromper par les belles paroles des parlementaires. Mais les Anglais, eux, n'ont pas tenu parole. Ils ont attendu que tous les Patriotes soient sortis de l'auberge, ils les ont pris, ils les ont emmenés sur des charrettes puis ils ont mis le feu partout. Il ne faut pas écouter les parlementaires. Ce sont des traîtres.

Le cordonnier en avait assez entendu. Il était pressé de partir.

— Il n'y a pas de temps à perdre. Il faut aller les venger. Toi, Julien, tu restes ici pour veiller sur elles. Les autres viennent avec moi.

Encore une fois, Hyacinthe s'interposa.

— Tu as perdu la raison ?

— C'est toi qui me dis ça ?

— Tu ne vois pas qu'elle est finie, la bataille ?

— Ah ! ce n'est pas pour rien qu'on t'appelle le Berluseau. Je ne peux pas te forcer à venir te battre, mais donne au moins ton fusil à quelqu'un qui n'en a pas.

Le cordonnier tendit la main vers le fusil d'Hyacinthe. Celui-ci le repoussa un peu plus violemment qu'il ne l'aurait voulu. François tomba à la renverse.

— Ça aussi, Bellerose, tu me le paieras un jour, grommela-t-il en se relevant. Allons ! Assez perdu de temps. Qui vient avec moi ?

Ceux qui avaient déjà indiqué leur intention de suivre les directives du cordonnier n'avaient pas changé d'avis. Deux ou trois autres finirent par se ranger à leurs côtés. On ne sait pourquoi, Mister était parmi eux.

— C'est tout ? demanda le cordonnier en jetant un coup d'œil hargneux à ceux qui n'avaient pas bougé.

Jacquot s'avança :

— N'y va pas, Mister, tu vas te faire croquer tout rond.

— Toi, jeta le cordonnier, si tu n'as rien de mieux à dire, joue de la flûte.

— Ça doit être intéressant, pour un philosophe, de voir de près la méchanceté des hommes, ironisa Mister.

Le cordonnier se dirigea vers ceux qui étaient prêts à partir.

— Honte à ceux qui restent ! dit-il sans se retourner.

Il lança cependant une dernière invective à l'endroit d'Hyacinthe :

— Je suis sûr que, toi aussi, tu aurais écouté les belles paroles des parlementaires. Lâche !

Et il entraîna sa bande en direction du lac qu'il fallait contourner pour atteindre le village en flammes. Les regards de ceux qui restaient convergèrent vers Hyacinthe.

— Venez, dit-il, je vous emmène à mon village. Là, on veillera sur vous.

— Et nos hommes ? demanda la vieille femme.

— Quand vous serez à l'abri, on s'occupera d'eux. Et si jamais on décide de se soulever encore une fois pour reprendre notre pays, on prendra bien soin de compter nos forces avant.

CINQUIÈME PARTIE

Il a neigé toute la nuit

« Je me suis retourné et j'ai vu que la course du soleil n'était point pour les légers, ni aux forts la bataille, ni aux sages le pain, ni aux prudents les richesses, ni la grâce aux savants, mais que le temps et l'occasion décident de ce qui arrive à tous. »

L'ECCLÉSIASTE.

La porte s'ouvrit et Smith entra en tenant sa badine à deux mains. Par l'entrebâillement, Marie-Moitié pouvait voir dehors une dizaine de soldats au garde-à-vous. Et des charrettes avec des inconnus dessus. Le petit Irlandais, qui entrait par la porte de derrière au même moment, faillit laisser tomber les quartiers de bois qu'il portait dans les bras.

— Hyacinthe Bellerose, tu le connais ? demanda Smith.

— Vous aussi, je crois ?

— Tu es sa femme ?

— Il l'a dit devant vous, l'autre jour.

— Et cet enfant ?

— C'est son fils.

— Vous habitez ici, tous les trois ?

— Oui.

— Où est-il ton Hyacinthe ?

Marie-Moitié avait le souffle court. Ce qu'elle craignait pardessus tout était peut-être arrivé. Comme elle ne répondait pas, Smith enchaîna :

— Tu veux que je te le dise ? Il est parti avec les cervelles brûlées du village, Beauvais, Julien, le père Étienne, le cordonnier bien entendu, et un certain Gagnon, qui se prétend coureur des bois. Pour aller où ?

— Il n'a de comptes à rendre à personne.

— A moi, il en a. La milice, à présent, c'est moi, depuis qu'Hubert a eu la présence d'esprit de me céder sa place. Ton Hyacinthe est un autre de ces Frères Chasseurs. Les Patriotes, tu sais ce que c'est ?

Marie-Moitié se réjouissait de ce que lui disait Smith. Ainsi donc, il n'était rien arrivé de grave à Hyacinthe. Pas encore, du moins.

— Hein, insista Smith, les Patriotes, si tu ne sais pas ce que cela signifie, je vais te l'apprendre, moi. Si Hyacinthe Bellerose est ton homme et qu'il habite ici, eh ! bien, tu n'y es plus chez toi. Les biens des Patriotes sont confisqués. Et tu vas me faire le plaisir de déguerpir à l'instant même.

Marie-Moitié n'était pas femme à en supporter davantage. Le sang lui bouillait.

— C'est vous qui allez sortir.

Smith détourna légèrement la tête en direction de la porte. Il jouait avec sa badine.

— Sergent, voulez-vous dire à vos hommes de se tenir prêts. J'ai peur que cette jeune personne n'ait pas bien compris ce que je viens de lui dire.

Et s'adressant à elle de nouveau :

— Prends au moins une couverture pour l'enfant.

Il n'y avait rien à faire. Elle ramassa la poche de loup d'Hyacinthe et elle y mit divers objets saisis au hasard. Smith la regardait d'un air satisfait. Pendant qu'elle rassemblait ses affaires, la métisse invectivait Smith.

— Ils ont raison, Hyacinthe et les autres. Il faut chasser les gens comme vous de ce pays. Les exterminer un par un, s'il le faut. Les Patriotes, je suis avec eux, maintenant. C'est vous qui me jetez dans leurs bras.

Smith avait l'air de prendre beaucoup de plaisir à l'écouter. Il retroussait les lèvres pour montrer les dents. Mais tout en allant et venant dans la pièce, Marie-Moitié s'était approchée du poêle. Elle prit soudain une poignée de joncs qui avaient été mis à sécher, l'enflamma et s'apprêta à bouter le feu à sa maison quand une voix de femme parlant mal le français la fit se retourner :

— Nous voulons pas vous chasser, madame.

C'était une vieille femme avec une couverture sur les épaules. Marie-Moitié comprit tout de suite de qui et de quoi il s'agissait. On savait, au Port Saint-François, que des Irlandais avaient débarqué quelques jours plus tôt. En expulsant les femmes des Patriotes, en sa qualité de nouveau major de milice, le marchand Smith faisait de la place pour ses immigrants.

Marie-Moitié regarda un instant la femme qui semblait confuse. La poignée de joncs que Marie-Moitié tenait toujours à la main crépitait. Elle la jeta par terre et l'éteignit sous sa semelle. Smith bondit alors sur elle et la saisit par le bras. Il l'entraîna vers la porte. L'enfant suivait. De sa main libre, la métisse parvint cependant à prendre au passage un long couteau qui traînait sur la table. L'instant d'après, Smith était dos à la porte refermée, le couteau sur le ventre. L'enfant et la femme irlandaise regardaient cela sans y croire. Dehors, quelqu'un, un soldat sans doute, poussa la porte pour venir voir ce qui se passait. Smith s'arc-boutait en rentrant le ventre.

— Ça va ! vous autres.

Il parut soulagé : on avait sans doute relâché la pression dehors. Quelques instants plus tôt, Marie-Moitié avait éteint sa haine en même temps que la poignée de joncs enflammée. Ne lui restait plus, maintenant, que son mépris.

— Écarte-toi, gros porc.

Smith fit deux pas de côté. Marie-Moitié prit l'enfant par la main.

— Viens, dit-elle, on s'en va.

Elle sortit calmement, après avoir jeté le couteau aux pieds de Smith.

Le train roulait. En fermant les yeux, Bruno pouvait démêler au moins deux des bruits qui provenaient de sa marche. Il y avait d'abord le souffle sourd de la locomotive dont les wagons traversaient le sillage ; mais surtout, les nombreuses roues de chaque voiture claquaient à chaque raccord des rails. C'était plus qu'il n'en fallait pour donner un rythme à ses pensées.

En montant dans le train à La Tuque, dans l'engourdissement d'une matinée qui succédait à quelques heures de sommeil, Bruno, la démarche hésitante et le regard vague, avait tout fait pour ne pas se retrouver près du gros rougeaud et de sa bande. Ceux-ci l'avaient finalement laissé aller puisqu'il ne semblait plus vouloir leur apporter l'amusement qu'ils cherchaient. Bruno les entendait brailler à l'avant.

Il avait trouvé la place qui lui convenait, parmi des inconnus qui ne s'occupaient pas de lui. Cela lui laissait justement le temps de faire le point sur lui-même. Et il en avait bien besoin.

La poche de jute contre le feutre de ses bottines, la fourrure de ses oreillettes de poil de lapin près de lui, la pipe entre les dents, il laissait errer son regard vers la fenêtre. Mais c'était toujours le même paysage blanc mangé d'épinettes. Il commença par accorder beaucoup d'attention au claquement des raccords des rails.

Marie-Moitié s'était réfugiée chez Régine. Il y avait eu d'abord des étreintes chaudes, des promesses de ne jamais s'abandonner et des pensées inquiètes à l'endroit d'Hyacinthe. La métisse n'oubliait pas qu'elle venait de prêter, à sa façon, le serment des Frères Chasseurs, en mettant le couteau sur le ventre de Smith. Régine, dont le sens maternel l'emportait sur tout, jurait de son côté que Marie-Moitié était sa sœur. Qu'elle les défendrait envers et contre tous, elle et l'enfant.

Elles avaient mis les petits dehors, dans le matin froid et humide, emmitouflés jusqu'aux yeux, pour qu'ils s'habituent à l'hiver qui venait. Et elles entreprirent de trouver des solutions à ce qui n'en avait pas. Ce qui se passait était invraisemblable : les Anglais avaient conquis le pays une centaine d'années plus tôt, mais ils s'étaient contentés de s'emparer de la direction des affaires, sans s'occuper des biens des gens. Les petites maisons de bois et des joncs pour tresser des paniers ne pouvaient intéresser personne. Aujourd'hui, sans qu'on sache pourquoi, ils avaient décidé de reconquérir le pays, mais, cette fois, village par village, une demeure après l'autre. Et, cette fois, les lits, les couvertures, les tables et les chaises leur semblaient de conséquence. C'était cruel, à l'approche de l'hiver. Et on ne pouvait rien faire. Sinon étouffer des sanglots, comme Régine, ou remâcher son mépris comme Marie-Moitié.

C'est alors que les deux femmes reçurent la visite du notaire Plessis. Affront ou ironie ? Le notaire avait été témoin, à distance, de l'expulsion de Marie-Moitié. Il avait appris, ensuite, de quelle façon les choses s'étaient passées. Il se disait franchement inquiet pour la jeune femme. Ni Régine ni Marie-Moitié ne voulaient le croire. Mais il insista pour dire que les événements prenaient un tour qui lui déplaisait. Au fond, le notaire reprochait aux Canadiens d'avoir troublé la quiétude du pays. Cela compromettait la marche des affaires. Cependant, les Anglais avaient besoin des Canadiens et ne pouvaient les chasser. Tout le monde y perdait.

Puis, M. Plessis en vint au but précis de sa visite. Il disait vouloir se réconcilier avec Marie-Moitié. Oublier les taquineries du passé. Et, pour prouver sa bonne foi, il lui offrait de venir loger chez lui, avec l'enfant. Mme Plessis mère, à qui il n'avait pas encore parlé de la chose, serait sans doute enchantée. Elle aurait constamment à ses côtés celle qu'elle qualifiait de Providence des vieilles dames. Régine, et surtout Marie-Moitié, avaient écouté le notaire en silence. Elles éclatèrent en même temps. On ne pouvait effacer le passé d'un revers de la main. Un chien est un chien, un loup, un loup. Et les métisses, fussent-elles fort habiles de leurs mains, ne descendraient jamais de l'ancienne aristocratie française. Chacun à sa place !

Plessis s'en retourna avec sa hauteur, ses résolutions et ses remords supposés. Les deux femmes avaient à peine retrouvé leur calme qu'un tumulte se fit entendre dehors. Un coup d'œil par la fenêtre suffisait : toute une assemblée de femmes et d'enfants se tenait sur la place de la Potasse. On n'y reconnaissait personne, mais ces gens venaient, de toute évidence, de subir le sort de Marie-Moitié. Le mal s'étendait donc à tout le pays ?

Régine et Marie-Moitié se demandaient ce qu'il fallait faire. La porte s'ouvrit soudain, et le petit Irlandais entra en criant qu'Hyacinthe était revenu. L'instant d'après, Marie-Moitié était dans ses bras sur la place de la Potasse. Il avait toujours sa cuirasse de journaux sous sa chemise. Elle lui tenait chaud, disait-il en souriant. Marie-Moitié ne savait que poser des questions. Elle obtenait des bribes de réponses d'où il ressortait que les Patriotes avaient été trompés et que ces femmes et ces enfants n'avaient plus de maison. Marie-Moitié finit par lui révéler qu'elle se trouvait dans la même situation. Que d'autres aussi avaient connu le même sort au village.

Hyacinthe resta un instant muet de stupeur. Il dit enfin qu'il fallait faire vite et essayer d'éviter le pire. Il parla d'une bande d'hommes qu'il avait laissée à une lieue du village, sur les rives du lac Saint-Pierre, et qu'il avait eu toutes les peines du monde à convaincre de rester tranquilles en attendant la suite des événements. S'ils apprenaient ce qui s'était passé, c'était la guerre. Hyacinthe ajouta qu'à ce qu'il savait, cela voudrait sans doute dire quelques Anglais égorgés mais, aussi, beaucoup de Canadiens tués et le feu partout.

La présence du petit troupeau de femmes et d'enfants sur la place de la Potasse avait attiré les villageois. On restait à distance, cependant, et on observait les plus malheureux que soi en faisant des commentaires à voix basse. Plessis fendit la foule et vint trouver Hyacinthe.

— Veux-tu m'expliquer ce que signifie tout cela ? demanda-t-il.

— Vous devriez le savoir aussi bien que moi, répondit Hyacinthe. A ce que je vois, vous n'avez pas perdu votre temps, vous non plus.

Hyacinthe ignorait, évidemment, que le notaire commençait à trouver que les choses étaient allées trop loin.

— Écoute-moi, Hyacinthe, dit Plessis. L'heure n'est plus aux Patriotes, ni aux Bureaucrates, ni aux déclarations, encore moins à la révolte.

— Je suis tout à fait de cet avis, mais je ne vous crois pas, parce que c'est vous qui le dites.

— Tu as toutes les raisons de m'en vouloir, c'est vrai, mais il faut que tu oublies nos querelles.

— Je vous reconnais bien, dit Hyacinthe, vous mettez le feu pour voir quel effet ça fera, et après, quand les maisons des pauvres gens y sont passées, vous appelez à l'aide parce que la vôtre est menacée.

Il sembla puiser sa résolution dans un regard qu'il échangea avec Marie-Moitié.

— Allez chercher votre voiture, dit-il.

— Que veux-tu faire ?

— Essayer de sauver ce qui peut l'être encore.

Le train était sorti depuis longtemps de La Tuque et serpentait en longeant la rivière Saint-Maurice. Il traversa une bourrasque d'épinettes et de caps enneigés. Bruno laissait le balancement du wagon agiter deux sentiments bien distincts au fond de son cœur. En premier lieu, malgré sa fatigue de la nuit, il était forcé de reconnaître qu'il marchait depuis le matin en rentrant le ventre et en rejetant les épaules en arrière. C'était la conséquence directe de ce qui s'était passé entre Lucette et lui. Cela le portait aussi à siffloter des airs entraînants : il n'aurait pas fallu que l'un ou l'autre de ses compagnons de la veille vienne s'amuser à le prendre à nouveau pour cible de ses railleries.

Toutefois, quand il voulait se donner la peine d'y penser, il s'apercevait que, malgré sa belle assurance, il pataugeait dans de petites mares de mélancolie. On a beau laisser la tête haute, les pieds savent toujours sur quoi ils se posent. Et Bruno cheminait sur du mou.

Il s'efforça, tout en ayant l'air de porter une attention

considérable à la blancheur du paysage, de ramener quelques indices lui permettant de reconnaître les territoires sur lesquels il s'était engagé. Tout de suite, cela changea l'air qu'il sifflait entre ses dents. Un bout de chanson ancienne, presque une berceuse, cherchait à se former. Ses mains, ensuite, qu'il avait bien ouvertes, une sur chaque genou, se réunirent et glissèrent lentement entre les cuisses. Le corps pivota légèrement et la tête chercha le dossier de la banquette. Les yeux clos, Bruno allait décidément ailleurs que là où le train l'emmenait.

Le seigneur Cantlie se tenait dans son salon. C'était une matinée lourde : il neigerait sûrement avant la fin du jour. Le seigneur Cantlie n'avait le cœur à rien. Il faisait ce qu'il fallait dans ces cas-là, il s'occupait à des choses sans importance. Il avait posé le tiroir d'un secrétaire sur une petite table et il en inventoriait le contenu : une gravure représentant une compagnie montant à l'assaut, un caillou, souvenir d'une circonstance semblable, deux boutons d'uniforme et sa vieille badine militaire.

Son serviteur avait introduit le notaire Plessis et Hyacinthe Bellerose. Et, maintenant, après avoir entendu les premiers mots de celui-ci, il était en train de perdre son sang-froid.

— Je vais vous le dire, moi, quel est mon devoir. C'est de vous faire arrêter sur-le-champ, car mes renseignements sont précis. Vous avez quitté le Port Saint-François avec une bande d'énergumènes, dans l'intention d'aller soulever le Bas-Canada contre les autorités. Et ceci est un crime d'autant plus grave pour vous, monsieur Bellerose, que le gouverneur vient de lever l'acte d'habeas corpus. Évidemment, vous ignorez ce que cela signifie.

Le seigneur Cantlie allait et venait dans la pièce en fouettant l'air de sa vieille badine militaire.

— Cela signifie, poursuivit-il, que je peux vous faire arrêter quand je veux, et vous faire enfermer le temps qu'il me plaira, sur la seule foi des soupçons qui pèsent sur vous. Alors, changez de ton, je vous prie.

Hyacinthe n'avait pas du tout envie de changer de ton.

— Si je suis revenu ici, avec une bande de pauvres gens, sans abri, sans nourriture et sans soins, c'est parce que les soldats ont brûlé leurs maisons, tué leurs pères, leurs maris, leurs frères. Au moment où je vous parle, il y a, à moins d'une lieue d'ici, des hommes en armes qui ne doivent absolument pas apprendre ce qui s'est passé au Port Saint-François en leur absence, sinon c'en est fait du village. Et demain, vous serez seigneur des ruines.

— Vous voulez donc faire la loi ?

— Non, mais je n'ai pas l'intention qu'on s'en serve contre nous. Les lois sont faites pour empêcher l'injustice, me semble-t-il.

— C'est vous qui parlez d'injustice ? L'Angleterre a conquis ce pays et elle a eu, malgré tout, la magnanimité de vous laisser votre langue, votre religion et l'usage de certaines lois selon la coutume française. Au lieu de lui en être reconnaissants, vous vous révoltez ?

— Ce n'est pas contre l'Angleterre que les Patriotes en ont. Ce qui leur chavire le cœur, c'est d'être des jouets entre les mains des valets de l'autorité anglaise.

— Bellerose, je ne vous permets pas.

— Vous avez raison. Je n'entends rien à ces choses. Ce que je sais, c'est ce que je vois : de pauvres gens, dépouillés de tout, et d'autres, ici même, qu'on jette à la porte de leurs maisons pour mettre des Irlandais à leur place. Et ça, monsieur, je croyais que vous étiez là pour l'empêcher.

Le seigneur se tourna vers son chargé d'affaires, ignorant momentanément la présence d'Hyacinthe.

— Que signifie ceci, monsieur Plessis ?

— Il faut reconnaître qu'il y a matière à réflexion dans ce que dit Hyacinthe Bellerose.

— Vous vous mettez avec eux, maintenant ?

— Non, monsieur, mais les activités de ce qu'il est convenu d'appeler l'autorité, depuis que M. Smith a été nommé major de milice, n'ont pas contribué à maintenir un climat d'harmonie entre nos deux communautés.

— Parlez clair, je vous prie.

— Il est arrivé des Irlandais. Smith, qui en avait la charge, ne savait où les loger. Il a profité du fait que la loi l'autorisait à confisquer les maisons des Patriotes pour régler son problème.

Le seigneur Cantlie était effaré.

— Je n'aurais jamais cru que nous en viendrions là. Il faut que je parle à M. Smith tout de suite. Allez aussi me quérir le commandant, en espérant qu'il soit encore à l'auberge avec sa troupe. Quant à vous, monsieur Bellerose, je ne saurais trop vous recommander de faire patienter vos hommes.

— Et qu'allez-vous faire des femmes et des enfants que j'ai ramenés ?

— Nous verrons en temps et lieu.

— Ils ne peuvent pas attendre.

— Écoutez, Bellerose, ne m'en demandez pas trop. Au lieu de vous faire jeter en prison, je tente d'arranger les choses. Alors, tâchez de ne pas me mettre de bâtons dans les roues. Je ne vous retiens pas.

Le seigneur Cantlie alla replacer son tiroir dans son secrétaire tandis que Plessis et Hyacinthe sortaient. Les deux hommes firent route vers le Port Saint-François dans le cabriolet du notaire. Ils se taisaient. Ce qu'ils virent en arrivant les souleva de leur siège.

Marie-Moitié et les gens qu'Hyacinthe avait ramenés étaient en train d'entrer à l'église en une procession frileuse. Hyacinthe sauta en bas de la voiture. Plessis poursuivit sa route pour aller remplir sa mission.

Dans l'église, le bruit des pas élevait la voûte de bois. La lumière grise de ce jour de décembre stagnait dans tous les coins. Les bancs étaient posés sur des socles d'ombre, et la lampe du sanctuaire était un phare dérisoire qui ne réconfortait personne. Hyacinthe s'approcha de Marie-Moitié.

— Tu as bien fait de les mener ici.

— C'est le marchand Smith qui en a eu l'idée.

— Comment cela ?

— Il nous a chassés. Il ne voulait pas qu'on se chauffe à ses feux. Il disait qu'on empêchait ses hommes de travailler. Faut dire que certains s'étaient arrêtés pour nous donner le pain qu'ils avaient emporté pour manger à midi. Des Irlandais. Et toi ?

— M. Cantlie dit que je suis chanceux d'être encore en liberté.

— Il ne faut pas que tu restes ici.

— Au contraire. Tout peut encore s'arranger. Et surtout, en ne faisant rien, on le forcera à agir.

— Mais les hommes que tu as laissés au bord du lac ? Avec un temps comme celui-là, ils ne passeront pas la nuit à regarder les étoiles.

— Je vais m'occuper d'eux aussi. Mais si vous devez rester ici quelque temps, il faudrait vous installer un peu. Vous avez un poêle. Au presbytère, il y a du bois dehors.

— J'en ferai prendre.

— Tâchez de ne pas vous faire attraper par l'abbé Mailloux.

Marie-Moitié tourna la tête vers la lampe du sanctuaire.

— Je préfère m'entendre avec celui-là.

— Moi, dit Hyacinthe, je vais vous trouver à manger.

— Comment feras-tu ?

— Ne t'inquiète pas. A fréquenter les contremaîtres inutiles, j'en ai appris, des choses.

Enfant, Bruno avait l'habitude de renverser au milieu de la cuisine une chaise et de monter dessus, s'imaginant chevaucher une bête fougueuse. En été, il grimpait de la même façon sur le chevalet à scier le bois. Son père et ses frères aînés l'avaient bien remarqué.

Bruno pouvait avoir six ans. Plus d'une fois, son père l'avait assis devant lui, sur l'encolure du cheval, et le garçon s'accrochait à la crinière de toute la force de ses petits doigts. Un jour comme un autre, il le hissa dans cette position. Bruno se laissa faire. Au lieu de sauter derrière lui, cependant, son père donna une claque sur la croupe de la jument qui se mit en marche d'un pas tranquille.

Tout de suite, l'enfant eut envie de crier. Il avait très peur. Il était beaucoup trop petit pour commander un si gros animal. Chose certaine, il ne saurait jamais l'arrêter.

La jument allait toujours au pas. Bruno serrait les dents et s'accrochait. Peu à peu, son corps se fit aux secousses rythmées que lui imprimaient les mouvements de la bête. Il finit par saisir les guides et tira de toutes ses forces. La jument s'arrêta en tournant la tête pour essayer de voir qui la menait de cette façon. Puis Bruno s'enhardit à tirer le trait de droite et à faire claquer la langue. Il ramena l'animal jusque devant son père qui n'avait pas bougé et qui riait dans sa moustache.

— T'es un homme, à présent, dit le père, cet été, tu pourras mener le râteau à foin.

Bruno avait donc commencé par croire que, pour être un homme, il fallait savoir se faire obéir des chevaux.

Il commençait à neiger une petite neige fine qui semblait de peu de conséquence. Smith accourut au manoir, persuadé que le seigneur requérait ses services en qualité de major de milice pour disposer des gueux qui avaient envahi le Port Saint-François. Il entra fièrement dans le salon où le seigneur Cantlie se tenait toujours. Et fut arrêté net dans son élan.

— Smith, vous êtes un âne.

Le marchand fit celui qui ne comprend pas, et c'était vrai.

— Vous avez poussé le village au bord de la révolte, continua M. Cantlie.

— Je n'ai fait que mon devoir, monsieur.

— Eh ! bien, monsieur, si vous vous entendez à vos affaires comme à l'administration de la justice, la British American Land risque gros en vous confiant ses entreprises.

Smith chercha une réponse. Il n'en trouva pas de meilleure que celle qu'il avait l'habitude de servir en toutes circonstances.

— Tout ça, c'est la faute des Canadiens.

— Monsieur Smith, je vous le redis, vous êtes un âne. Que croyez-vous donc ? Que l'Angleterre s'acharne à conquérir des territoires pour les vider de ses occupants ? Le ministère des Colonies a deux grands objectifs que nous devons appuyer par notre action : le premier, c'est d'apporter la prospérité aux Iles britanniques.

— C'est bien ce que je m'efforce de faire.

— Et le second, monsieur Smith, c'est d'assurer l'expansion de l'Empire. Voilà pourquoi il ne faut pas chercher à exterminer les Canadiens mais plutôt en faire de bons et loyaux sujets de Sa Très Gracieuse Majesté, la jeune souveraine Victoria, qui vient de monter sur le trône. Et cela, vous ne semblez pas l'avoir compris. Il ne faut pas chasser les Canadiens de ce pays, il faut les aider à devenir de bons Anglais.

Smith baissa la tête comme un écolier pris en faute, mais il rageait.

— Qu'attendez-vous de moi ? demanda-t-il en essayant d'adopter un ton soumis.

— Surtout, que vous ne fassiez rien. Laissez-moi réparer vos erreurs.

Le seigneur sembla chercher quelqu'un dans la pièce, comme s'il manquait un partenaire à la conversation.

— Mais que fait donc le commandant ? Vous, ne restez pas là. Tenez, allez à sa rencontre, puisque nous n'avons plus rien à nous dire.

Au moment où Smith sortait de la demeure du seigneur,

Plessis arrivait chez lui, au Port Saint-François. Il n'avait pas trouvé le commandant à l'auberge. La dame Morel lui avait expliqué, avec force gestes, qu'il était allé faire une tournée d'inspection dans la campagne qu'on disait infestée de Patriotes. Elle avait ajouté que ces derniers étaient prêts à fondre sur le village à tout moment pour égorger les honnêtes citoyens, au nombre desquels elle se comptait de toute évidence. Le notaire lui avait laissé la commission que le seigneur désirait voir le commandant au manoir au plus tôt, et il était rentré directement à la maison.

Il essayait de remonter le cours de ses réflexions. Comment une même source pouvait-elle avoir tant de ramifications en un seul homme ? Et se pouvait-il, surtout, qu'il manifeste des penchants non pas vraiment favorables, mais pas non plus résolument hostiles à l'action des Patriotes ?

Il se retrouva, comme d'habitude dans ces circonstances, à genoux devant le fauteuil de sa mère. Celle-ci était bizarrement entourée de paniers et de corbeilles remplis de couvertures et de victuailles, et Noémie, la vieille servante, en apportait encore.

— Que se passe-t-il, mère ? L'agitation vous a-t-elle effrayée au point que vous songiez à quitter la maison ?

— Bien au contraire, mon fils. Voyez-vous, je passe toute la journée dans mon fauteuil, à regarder par la fenêtre le monde chercher son chemin. Je suis donc très habituée à ses écarts. Cette fois, je viens de voir entrer des femmes et des enfants à l'église et je sais qu'ils y sont allés prier d'une façon bien particulière, qui est celle des gens qui n'ont plus de toit. J'ai pensé qu'il était de mon devoir de me joindre à leur prière. D'où ces corbeilles et ces paniers. Dieu ne nous a pas dépouillés au point que nous ne puissions pas secourir de plus malheureux que nous. Vous allez porter ces effets à l'église avec Noémie.

— Moi ?

— Oui, mon fils. Ce sera comme si je le faisais moi-même.

Et Mme Plessis les poussa dans le dos, façon de parler puisqu'elle ne pouvait se lever de son siège, jusqu'à ce qu'ils soient dehors, les bras chargés et le pas encore hésitant. Elle entrouvrit la fenêtre.

— Allez, allez !

Plessis et Noémie entrèrent donc dans l'église. C'était l'après-midi, mais il y faisait presque aussi noir que la nuit. On sentait les présences plus qu'on ne voyait les gens. Il y avait du monde un peu partout sur les bancs. Des enfants qui se laissaient aller à leur peine, une voix de femme qui chantait une berceuse, une odeur de fumée d'érable, aussi. Marie-Moitié et une femme inconnue s'affairaient à allumer le poêle qui trônait dans l'allée centrale et dont le long tuyau s'enfonçait dans l'ombre.

L'arrivée de Plessis et de Noémie fit sursauter tout le monde. Au point où on en était, rien de bon ne pouvait venir du dehors. Marie-Moitié accourut.

— Qu'est-ce que vous voulez encore ?

— C'est ma mère qui vous envoie du linge, des couvertures, de quoi manger. Des casseroles aussi. Tout ce qu'il faut.

Marie-Moitié regarda Plessis un moment, puis elle fit signe aux autres de venir s'occuper de ces choses. Les femmes savaient bien ce qu'il fallait faire. Plessis et Marie-Moitié étaient seuls devant la porte.

— Tu vois bien, Marie, que je n'ai rien contre toi.

— Comme si un homme pouvait changer à ce point !

— Tout en restant le même, on peut avoir des sentiments qui remontent du plus profond de soi.

— Vous ? Des sentiments ? Que vous arrive-t-il ?

— Je t'ai trouvée sur mon chemin.

— Et alors ?

— Tu es une femme de cœur.

— Ça ne vous en donne pas, à vous.

— Et tu as quelque chose de plus que les autres. Tu n'as pas peur.

— Il faut bien, quand on l'a dépassée, la peur.

La porte s'ouvrit derrière eux. C'était Hyacinthe. Il tenait une grande marmite pleine de légumes. Il regarda tour à tour le notaire et Marie-Moitié.

— Que se passe-t-il ?

— M. Plessis vient de nous apporter de quoi manger et se couvrir.

— Dieu le lui rendra, répondit Hyacinthe d'un ton sec.

Et il les écarta pour aller porter ses victuailles près du poêle qui fumait. Plessis le suivit.

— Que comptes-tu faire, Hyacinthe ?

— La soupe.

— Et ensuite ?

— Attendre que le seigneur ait rétabli son autorité sur le village.

— Sans rien tenter qui puisse mettre le feu aux poudres ?

— Vous savez bien, notaire, que les gens comme nous

n'auront jamais suffisamment de poudre pour apaiser leur colère.

Le train descendait vers Trois-Rivières en longeant le Saint-Maurice. Les falaises étaient couvertes de neige, mais l'eau, en bas, grondait encore, noire. Le Saint-Maurice gelait tard, et de façon inégale, parce qu'il bondissait par endroits plutôt que de couler. Bruno avait seulement ouvert les yeux un instant, sans lever la tête du dossier de la banquette.

Dans son enfance, des traîneaux attelés à des chevaux glissaient sur la neige qui recouvrait la glace du fleuve, devant la maison de son père. On voyait passer parfois une de ces étranges automobiles équipées de chenilles à l'arrière et de skis à l'avant.

Un printemps, l'une d'elles s'enfonça sous la glace non loin du quai du Port Saint-François. Bruno l'apprit en même temps que ses frères par un voisin qui s'était arrêté à la maison pour en informer le père. Le temps de s'entendre dire qu'il ne fallait pas y aller et Bruno était déjà dehors.

Il y avait beaucoup de monde sur le quai. On n'osait approcher. C'était d'ailleurs inutile. Celui ou ceux qui avaient disparu sous la glace n'en reviendraient pas avant l'été et dans quel état. Quant à chercher à tirer la machine de là, il ne fallait pas y penser.

Bruno se soûlait de mystère. L'horreur du drame le fascinait. Il resta sur le quai jusqu'à la tombée du jour. De retour à la maison, le père l'attendait. Un seul regard et pas un mot. Bruno monta docilement à sa chambre et ôta ses culottes. Il entendait les pas de son père dans l'escalier. Celui-ci devait être en train de dénouer sa ceinture.

Bruno n'était pas effrayé. Il ne regrettait pas son incartade non plus. Il s'apprêtait simplement, dans le noir, à payer le prix, somme toute raisonnable, de sa curiosité.

Le jour avait été avare de lumière. Ce qui lui succéda devait être la somme de plusieurs nuits, tellement c'était sombre. Quand le notaire sortit de l'église, il lui fallut poser ses pas avec précaution pour ne pas buter contre un arbre ou une clôture. Il regrettait de s'être attardé. La maison n'était pas loin, mais il pesta contre Noémie qui était rentrée depuis un moment déjà et qui n'avait pas eu la présence d'esprit de venir à sa rencontre avec une lanterne. A sa grande surprise, ce fut l'abbé Mailloux qui s'avança. Emmitouflé dans un gros manteau de chat sauvage, un bonnet de laine enfoncé sur la tête, il tenait un falot à la main. Il tendait le cou pour voir Plessis tout en lui parlant et commença par tourner autour du pot. Il finit par s'ouvrir de son inquiétude. Il avait bien compris ce qui se passait dans son église. Ce qu'on lisait dans les gazettes en donnait d'ailleurs une idée assez exacte. La plupart du temps, dans les villages insurgés, les Patriotes se réfugiaient dans l'église qu'ils transformaient en château fort. Mais c'étaient de bonnes grosses églises de pierre, s'indignait l'abbé. La sienne était de bois. Elle flamberait le temps de le dire.

Plessis fit tout ce qu'il put pour rassurer le curé. Il lui répéta tant et tant qu'il n'y avait que des femmes dans son temple. Outre Hyacinthe Bellerose, bien entendu, mais ce dernier n'avait aucune intention belliqueuse, le notaire en répondait. Et la situation ne durerait pas telle qu'elle était. Le chargé d'affaires affirma que le seigneur était en train de chercher, à l'instant même, une solution au sort de ces femmes et de ces enfants. Il invoqua la charité, décrivit l'état de misère auquel en étaient réduits ces gens. Puis il chercha, par tous les moyens, à se libérer du curé qui ne voulait pas le laisser partir.

Finalement, l'abbé Mailloux avoua qu'il avait une mission à remplir à l'église et que l'idée de se trouver confronté à des rebelles qui ne respectaient même pas la maison de Dieu lui donnait des frissons. Plessis décida de profiter des ténèbres pour s'amuser un peu. Il changea brusquement de discours : l'église n'abritait que des deshérités, certes, mais il ne fallait les aborder qu'avec la plus extrême précaution. Une parole de trop pouvait mettre le feu aux poudres. Le notaire se prenait à son jeu. Il déclara tenir de la bouche même d'Hyacinthe Bellerose que, si on tentait de les importuner en quoi que ce soit, il mettrait le feu au village, en commençant par l'église. Mailloux grelottait sous son épais manteau de fourrure. Il disait ne pas pouvoir se dérober à sa mission. Que si le notaire voulait l'accompagner, ce serait l'affaire d'une minute. Plessis se récusa. Il ne fallait pas y penser. Passe encore que le curé aille faire ses affaires à l'église. C'était son droit, et même son devoir. Mais, après ce que venait de lui dire Hyacinthe, Plessis jugeait inopportun de pénétrer dans le temple. Il suggéra à l'abbé Mailloux d'aller se revêtir de ses ornements sacerdotaux et d'en finir au plus tôt. L'abbé s'accrocha à cette idée. Il rentra au presbytère en agitant son falot comme un encensoir.

Il n'aurait pas fallu qu'il s'aperçoive de l'agitation qui avait lieu au même moment au cimetière. La trentaine d'hommes qu'Hyacinthe avait laissés sur les rives du lac Saint-Pierre s'amusaient à surgir derrière les croix et les pierres tombales. Ils s'étaient approchés sournoisement du village, en longeant la plage et les installations de la British American Land. Leur patience était à bout. Leur estomac aussi. Ils avaient envoyé un émissaire pour remonter le chemin d'en bas le plus discrètement possible et se rendre compte de la situation. Celui-ci n'avait pu résister à la tentation : il avait poussé la porte de sa maison et s'était trouvé face à un grand Irlandais velu, une louche à la main. C'était l'heure de la soupe pour tout le monde. L'autre ne savait parler qu'anglais. Le Patriote se retira sur la pointe des pieds. Un gamin qui courait vers quelque commission lui apprit le reste. Et maintenant, outre la faim, les trente hommes avaient l'estomac lourd de rancœur.

Un premier poussa la porte de la sacristie. Un second entrouvrit celle qui donnait sur le chœur. Ils restèrent tous muets de stupeur. L'église avait été transformée en une vaste cuisine. Les gros chandeliers de l'autel étaient disposés sur les bancs de la nef et même sur le confessionnal, de façon à éclairer le poêle sur lequel les femmes étaient tranquillement en train de faire cuire la soupe. Un peu partout, des femmes s'étaient allongées sur les bancs, sous des couvertures. Des enfants erraient au milieu de tout cela avec leurs grands yeux étonnés que la lueur des chandelles chargeait par moments d'une signification obscure. Et l'odeur ! Même cuite dans les circonstances les plus tragiques, même dans une église, la soupe a toujours un effet irrésistible sur des estomacs affamés. Affamés, les Patriotes l'étaient. Ils traversèrent le chœur d'un même pas.

Alerté par les cris des femmes, Hyacinthe alla à leur rencontre.

— Que faites-vous ici ?

— C'est à toi qu'il faudrait poser la question.

— Tu voulais tout manger sans rien nous laisser.

— J'attendais que la soupe soit prête pour aller vous en porter et passer la nuit avec vous.

C'était vrai. Les hommes ne le crurent pas. Ils étaient à bout de forces. Les mots de lâcheté et de trahison leur montèrent spontanément à la bouche. Hyacinthe ne cacha pas non plus son mécontentement.

— Il ne faut pas qu'on vous voie ici. J'ai parlé au seigneur. Tout peut s'arranger. Je ne serais pas surpris qu'il nous rende nos maisons.

Les hommes grognaient leur scepticisme. On entendit distinctement prononcer le nom de Berluseau. Hyacinthe fit celui qui n'avait rien remarqué. Le père Étienne s'avança pour parler au nom des autres.

— On a bien réfléchi. Tu nous en a laissé tout le temps. Pour le village en flammes, tu as eu raison. On a bien fait de ne pas suivre le cordonnier. C'était une cause perdue. Mais nos maisons, on les reprendra par la force s'il le faut.

— Vous n'avez rien compris, objecta Hyacinthe. Je vous dis que le seigneur va nous les rendre, nos maisons, mais pas si vous vous promenez dans le village, le fusil ou la fourche à la main. Ici, il n'y a que des femmes et des enfants. Mais si on apprend que vous y êtes, on aura tout de suite des idées de rébellion en tête. Avec tout ce qui peut s'ensuivre.

Les hommes hésitaient. On les entendait remâcher les idées d'Hyacinthe.

— Tu as raison encore une fois, finit par répondre le père Étienne.

Il se tourna vers ses hommes.

— On lui laisse jusqu'à demain, à ton ami le seigneur. Demain matin, pas plus. On va manger la soupe. On dormira ici. Mais, demain matin, s'il n'a rien fait...

Les hommes s'apprêtaient à exprimer bruyamment leur accord quand un cri de Marie-Moitié les saisit :

— L'abbé Mailloux !

Ils se précipitèrent tous à couvert, qui sous les bancs, qui à la sacristie, qui dans le confessionnal.

Bruno leva la tête pour observer les gens qui l'entouraient dans le train de Trois-Rivières. Des gens comme les autres, chacun derrière son visage. Certains cherchaient à sortir d'eux-mêmes en parlant et en riant. D'autres s'y enfermaient avec leurs pensées. Tous un même souffle, cependant. Comme les bêtes.

Bruno se retrouva au bout de la table, un petit matin d'avril, quand le père lui avait dit :

— Ça a assez duré. C'est aujourd'hui.

Bruno fit celui qui a compris et qui se dispose à agir en conséquence mais il était incapable de finir son déjeuner. Il se leva, s'habilla, prit sa carabine .22 et sortit après avoir sifflé son chien.

La terre était encore croustillante de la gelée de la nuit. Il n'était pas encore sept heures. Le jour faisait des promesses exaltantes. Bruno suivit le sentier que le chien Félix connaissait bien pour le fréquenter soir et matin, à la belle saison, en allant chercher les vaches. Il dépassa cependant les pâturages et s'enfonça dans le bois de l'érablière. La saison des sucres était finie. Ce n'était pas le temps de bûcher non plus. Quant à chasser, Bruno n'avait pas du tout le cœur à ça.

Il marchait d'un pas égal en ayant l'air de savoir où il allait. Le chien Félix le suivait péniblement, le museau à terre. C'était un vieux chien d'une douzaine d'années. Depuis la fin de l'hiver, il languissait. Il était évident qu'il n'aurait plus jamais la force de remplir sa tâche de chien de ferme.

Bruno s'enfonça profondément dans le bois. Il s'arrêta près d'un ruisseau. Le chien s'assit et le regarda. Bruno le tua d'une balle dans la tête.

Au retour, il alla poser son fusil à la maison, puis il entra à l'étable pour faire sa besogne.

— Et puis ? demanda le père.

Bruno donnait de grands coups de fourche dans la paille imprégnée de fumier comme s'il n'avait pas entendu la question.

L'abbé Mailloux avait revêtu son surplis et son étole mauve. Marie-Moitié vint au-devant de lui. Elle essayait de l'empêcher de voir ce que faisaient les autres, mais l'abbé était chez lui, dans l'église. Il continua d'avancer et la métisse s'écarta. Quand il eut bien vu de quoi il retournait, quand il eut examiné la soupe sur le poêle et les femmes allongées sur les bancs, il éclata :

— Mais où te crois-tu donc ?

— Dans la maison de Dieu.

— Je pensais que tu l'avais oublié.

— Je n'ai rien oublié, surtout pas ce que vous disiez le dimanche, quand vous montiez là.

Elle désigna la chaire d'un geste brusque de la tête qui fit voler ses cheveux.

— Ce que vous faites au plus petit d'entre les miens, continua-t-elle, c'est à moi que vous le faites. Vous disiez aussi : Bienheureux les pauvres et les humbles de cœur, car le royaume des cieux est à eux.

— Ce n'est pas une raison pour transformer mon église en salle d'auberge. Encore moins en écurie.

Hyacinthe s'était approché.

— Les enfants de Dieu ne sont pas des animaux, dit-il. Et les animaux aussi sont des enfants de Dieu.

L'abbé Mailloux ne répondit pas parce qu'il aurait voulu trop en dire à la fois. Il se tourna vers les deux contremaîtres inutiles, Phège et Jacquot, les seuls des nouveaux venus à ne pas s'être cachés à l'arrivée du curé.

— Et ces deux-là ? On ne les voit jamais à l'église le dimanche. Comment se fait-il que je les retrouve ici un jour de semaine ?

Les deux inutiles étaient visiblement effrayés. D'un côté, le curé les prenait à partie et, de l'autre, Hyacinthe leur faisait des yeux sévères pour les enjoindre de se taire. Personne ne dit rien pendant un moment, puis l'abbé Mailloux sembla sortir de ses réflexions.

— Pourquoi ne m'avez-vous pas demandé l'autorisation au lieu de me mettre devant le fait accompli ?

— Nous l'auriez-vous donnée ? répondit Marie-Moitié.

Mailloux se contenta de hocher la tête.

— Maintenant, dit-il, il faut que j'aille mettre le Saint-Sacrement à l'abri de vos profanations.

Il prit un chandelier sur un banc, et s'en alla à grands pas vers le chœur. Marie-Moitié s'adressa à lui dans le silence retentissant de l'église :

— Ne vous en faites pas. Il y a plus de bon Dieu dans le cœur de chacune d'entre nous que dans toutes les bougies des églises.

L'abbé Mailloux ne voulait pas l'entendre. Il fit une génuflexion insistante avant de franchir la balustrade du chœur. Chacun de ses gestes bariolait l'église à cause du chandelier qu'il tenait à la main. Tirant un banc sous la lampe du sanctuaire, il y grimpa pour la souffler, après quoi il monta à l'autel, ouvrit le tabernacle avec la petite clé symbolique et emporta le ciboire à la sacristie, le chandelier toujours à la main.

Il s'apprêtait à faire une dernière génuflexion devant les Saintes-Espèces qu'il avait déposées dans le petit tabernacle des messes basses, quand il aperçut une fourche posée contre la porte qui donnait sur le cimetière. Cela lui donna l'idée de regarder partout en s'en retournant. N'étaient-ce pas des pieds qui dépassaient du rideau du confessionnal? La crosse d'un fusil sous un banc? Un souffle? Le bruit de quelqu'un qui essaie de ne pas remuer?

Il s'efforçait de marcher d'un pas égal mais il avait le cœur dans la gorge. Il s'adressa à Hyacinthe avant de sortir :

— Tu es bien certain qu'il n'y a personne d'autre que ces femmes, ces enfants et ces deux inutiles dans l'église?

Hyacinthe ne put que baisser la tête. L'abbé insistait.

— Tu sais que le mensonge est un péché. Si tu mentais, tu serais forcément puni un jour ou l'autre.

Puis il sortit. Inquiet, Hyacinthe plaça des guetteurs dehors. Ceux-ci revinrent un peu plus tard lui dire que l'abbé Mailloux, après être entré au presbytère, sans doute pour retirer son surplis, avait attelé et était parti dans la nuit. Ils ajoutèrent qu'il s'était mis à neiger pour de bon.

Au manoir seigneurial, M. Cantlie avait servi un troisième verre de vin du Portugal au commandant de la petite troupe qui logeait à l'auberge quand l'abbé Mailloux entra. Il accepta lui aussi un verre de vin avant de se mettre à parler. Ce qu'il avait à dire troubla fort le seigneur. Le commandant Stanley restait imperturbable, comme un homme qui en a vu d'autres. C'est lui, cependant, qui prit l'initiative d'interroger le curé.

— Mon église est devenue une cuisine, un dortoir, un hôpital, disait l'abbé. Cela m'afflige au plus haut point. Mais ce que je ne voudrais surtout pas, c'est que la présence de quelques Patriotes conduise à sa destruction.

— Combien sont-ils?

— Je ne sais pas.

— Ces hommes, vous les avez bien vus?

— Voir est un grand mot. J'ai aperçu les pieds de l'un, le coude de l'autre, la crosse d'un fusil...

— Donc, ils sont armés?

— Je ne sais pas si on peut dire cela. Vous savez, ceux qui ont un fusil l'emportent partout où ils vont.

— Pas à l'église, tout de même! intervint M. Cantlie.

— Qui est à leur tête ? demanda le commandant Stanley.

Encore une fois, le seigneur s'interposa :

— Hyacinthe Bellerose ?

— Apparemment, ajouta l'abbé.

M. Cantlie réfléchissait à haute voix :

— Jusqu'ici, je croyais sage de leur envoyer des vivres plutôt que des soldats.

Se tournant vers le commandant :

— Disposez-vous de la force suffisante pour faire face à toute éventualité ?

— Je n'ai que dix hommes, et ces Canadiens sont prêts à tout. Vous n'oubliez pas qu'en certains endroits ils ont transformé l'église en camp retranché, quitte à mourir jusqu'au dernier plutôt que de se rendre. Il me faudrait des renforts.

— Pouvez-vous en obtenir ?

— Il suffit d'envoyer un messager.

— Alors faites-le tout de suite. Espérons qu'il nous suffira de montrer notre force pour ne pas avoir à nous en servir.

— Que Dieu vous entende, ajouta l'abbé Mailloux.

Bruno n'en finissait pas de se souvenir. Il y avait eu aussi quelqu'un qui était venu, une nuit, frapper à grands coups de poings dans la porte de la maison. Tout le monde était assis dans son lit mais personne ne bougeait. C'était une époque où l'on croyait que ce qui venait du dehors portait le mal. Surtout en pleine nuit. Comme Bruno entendait son père et sa mère chuchoter dans leur chambre, il se leva pour les rejoindre. Il était question de ne rien faire et d'attendre que l'intrus aille frapper ailleurs. Bruno insistait : et si c'était quelqu'un dans le besoin ?

Le père Bellerose voulait s'en tenir à sa ligne de conduite habituelle. Il disait que la nuit était faite pour dormir et que si on désirait le rencontrer, on n'avait qu'à revenir au matin.

Les coups ne cessaient pas. Bruno annonça que si personne ne voulait y aller, il ouvrirait lui-même. Ce qu'il fit. Il se trouva nez à nez avec un grand gaillard pas très rassurant.

— Ton père est pas là, petit gars ?

Bruno se tourna vers l'escalier. Il ne voyait pas son père mais il savait qu'il se tenait tapi dans l'ombre.

— Mon père est chez le voisin qui a une vache malade.

— Tu veux me prêter un cheval pour tirer mon automobile qui s'est enlisée sur le chemin du Port Saint-François ?

— Faudrait la permission de mon père.

— Bon. Tant pis. Dans ce cas, il ne me reste plus qu'à aller réveiller quelqu'un d'autre.

L'étranger repartit. Bruno replaça les deux verrous et remonta l'escalier. Son père était toujours là, le fusil à la main, pieds nus et en caleçons longs. Il avait l'air d'un vieil homme, et il baissa la tête quand Bruno passa près de lui pour retourner à sa chambre.

Ceux de l'église allaient et venaient dans une ombre épaisse. Le souper avait pris bien du temps parce qu'il n'y avait pas assez d'ustensiles et de bols pour tout le monde. On mangea à tour de rôle. On servit les femmes et les enfants en premier. Les hommes fumaient leur pipe en attendant, autour du poêle. Était-ce la solennité du lieu qui les incitait à se taire ?

Le repas terminé, les femmes s'installèrent à leur tour près du poêle, et les hommes près de la balustrade. Les derniers enfants pleurèrent. Et puis on n'entendit plus que le bruit des corps qui se retournent et le froissement des couvertures qu'on replace, le crépitement du feu. La nuit recouvrait les choses et les gens d'un même mystère.

Hyacinthe menait une ronde de berger. La toux de chaque enfant et le soupir de chacune des femmes le concernait. Marie-Moitié était accroupie devant le poêle. Le petit Irlandais s'était endormi après qu'Hyacinthe lui eut fait entrevoir des flottes heureuses de navires chargés jusqu'à ras bords d'épices destinées à la fabrication de pains d'épice pour les enfants qui consentent à fermer les yeux.

Tout à coup la porte s'ouvrit et les deux guetteurs de l'avant entrèrent en poussant un homme devant eux. Il avait de la neige sur sa toque de fourrure et sur son manteau, un sac de cuir lui pendait à l'épaule.

— Il rôdait aux abords de l'église.

— Vous n'avez jamais vu quelqu'un, répondit l'homme, qui cherche son chemin en entrant dans un village pour la première fois ?

Ceux de la balustrade s'approchèrent. Ils ne furent pas peu

étonnés de voir Hyacinthe et l'étranger se jeter dans les bras l'un de l'autre et rester enlacés un long moment avant de se reculer tous deux, sans se quitter des bras, pour échanger un grand sourire.

— Hyacinthe Bellerose.

— Le fondeur de cuillères.

— Avez-vous décidé de vous faire prieur d'une nouvelle communauté ? finit par demander le fondeur de cuillères.

— L'église, c'est tout ce qu'il nous reste de notre village.

— La première fois que je vous ai rencontré, dans les Bois-Francs, on venait aussi de vous prendre votre maison. Mais, cette fois, à ce que je vois, vous avez décidé de vous battre. Des faux, des fourches, des fusils...

— Je vais vous expliquer.

— J'aimerais mieux que ce monsieur ôte sa fourche de dans mon dos avant.

Le guetteur s'exécuta de lui-même. Mais les hommes ne comprenaient pas et le père Étienne se chargea de poser la question que tous avaient au bord des lèvres :

— C'est un Patriote ?

L'étranger tourna sur lui des yeux profonds comme la nuit.

— Avez-vous déjà vu une hirondelle planer comme un aigle, vous ? Je ne suis ni Patriote, ni Bureaucrate, ni curé, ni malin, je suis fondeur de cuillères, et je m'appartiens. Seulement, on dirait que je tombe toujours dans le nid de ceux qui viennent de se faire voler leurs œufs.

Hyacinthe enchaîna :

— Cette fois, ce n'est pas les œufs qu'ils veulent nous prendre. C'est le nid tout entier.

Le fondeur de cuillères reprit Hyacinthe par les bras.

— Eh ! bien, dit-il, figurez-vous que, moi, par vocation, je n'en ai jamais eu, de nid.

Le père Étienne était de mauvaise humeur.

— Quand vous aurez fini de vous raconter vos histoires d'oiseaux, vous me ferez le plaisir de m'expliquer ce qui se passe.

Le fondeur de cuillères laissa Hyacinthe pour s'adresser au père Étienne.

— Ce monsieur et moi, on a l'habitude de se rencontrer dans des moments difficiles.

— Vous ne pouvez pas mieux tomber, répondit sèchement le père Étienne.

— Il vaudrait mieux que vous partiez, dit Hyacinthe.

— Pourquoi ? A ce que je vois, vous avez l'intention de passer la nuit ici. Je reste avec vous. Un banc d'église ou un banc d'auberge, ce n'est toujours qu'un banc.

— Ça me fait chaud au cœur de vous savoir avec nous, dit Hyacinthe.

— Profitez-en, répondit le fondeur de cuillères, c'est le seul prix que je peux payer pour ma pension.

Puis Hyacinthe et le fondeur de cuillères s'en allèrent dans un coin se dire des choses qui ne concernaient personne. Les hommes continuèrent d'attendre le matin et d'envoyer des guetteurs dehors. Plus tard, dans la nuit, le fondeur de cuillères s'allongea à son tour sur un banc, la tête sur son sac. Hyacinthe s'approcha de l'endroit où se tenait Marie-Moitié. La jeune femme ne dormait pas.

— Ma pauvre Marie, dit Hyacinthe, tout ce qu'il nous reste à partager, c'est un banc d'église.

La lueur de la chandelle avivait les yeux de Marie-Moitié.

— J'aurais quand même le goût de t'embrasser.

Hyacinthe leva la tête pour désigner Dieu qui est aux cieux.

— Tu crois qu'il s'en offusquerait ?

— Certainement pas si on lui demandait de nous bénir avant, répondit Marie-Moitié.

— Nous bénir ?

Marie-Moitié se leva et entraîna Hyacinthe vers le banc où dormait l'enfant.

— Il n'y a pas une créature sur la terre qui soit plus innocente que lui, dit-elle. Il sera notre témoin.

Hyacinthe et Marie-Moitié s'étaient agenouillés devant l'enfant qui dormait dans ses joues rondes.

— Mon Dieu, vous l'avez mis sur mon chemin, cet homme, et vous nous avez donné l'amour qu'il fallait pour surmonter tout ce qu'il y avait entre nous. On a fait comme vous avez voulu. Maintenant, on ne peut plus reculer. Alors, c'est à vous qu'on fait la promesse. On s'aimera aussi longtemps que vous ne nous arracherez pas l'un à l'autre.

Ils se relevèrent pour se regarder bien en face.

— Maintenant, je ne dois plus rien te cacher? demanda Marie-Moitié : j'ai peur.

— Moi aussi, répondit Hyacinthe.

Ils s'étreignirent dans la lueur vacillante des cierges.

Bruno était seul malgré tous ces gens qui avaient pris place dans le même wagon que lui. Il ne s'intéressait pas de savoir leur nom. Il ne cherchait pas à deviner qui ils allaient retrouver. Ce n'était pour la plupart que des bûcherons. Il y avait bien quelques Indiennes, de vieilles femmes surtout, mais personne n'y faisait attention. Le visage d'une jeune fille, pourtant, retenait les regards. Bruno la fixa, lui aussi, sans s'en apercevoir. Par-delà la jeune fille, sa sœur aînée, Béatrice, était en train de dénouer son tablier.

C'était un soir d'été très doux. Toute la famille était sur la galerie à l'arrière de la maison, celle qui donnait sur le fleuve qu'on entendait remuer dans le noir, à travers l'éclaircie des arbres.

Béatrice pleurait toutes les larmes de son corps. Son père venait de lui refuser, sans raison, d'assister au mariage d'un des fils Lupien qui devait avoir lieu dans trois semaines. Ce n'était pas une question de frais. Béatrice avait le tissu qu'il fallait et elle se disait prête à se fabriquer les prochains soirs une robe de circonstance. Il ne s'agissait pas non plus de la crainte que peuvent éprouver des parents de laisser leur fille aller danser avec des inconnus : les Lupien étaient des gens respectés, la noce avait lieu à Nicolet et il y aurait là nombre de personnes de confiance qu'on pourrait charger de surveiller Béatrice et de la ramener après la fête.

Le père avait simplement dit :

— Tu n'as pas affaire là. Tu iras aux noces le jour de ton mariage. Quand je vous vois chercher à partir de la maison au moindre prétexte ! Vous n'êtes pas bien, ici ?

Béatrice se retira brusquement dans sa chambre. Sa mère avait le cœur serré. Ses frères et ses sœurs rageaient en silence. Seul, Bruno, osa intervenir :

— Vous aurez beau faire, le père, on finira bien par grandir.

Ce qui lui valut une gifle. Bruno s'en était allé marcher au bord de l'eau, parmi les maringouins et les bêtes qui rôdent la nuit.

Le Port Saint-François s'éveilla sous la neige. Les chiens en firent la découverte les premiers. C'était une neige bleue de peu de consistance.

Les coqs s'énervaient dans les poulaillers clos. Une femme sortit en châle. Elle alla vider un seau d'eau sale dans l'abreuvoir des cochons avant d'en tirer de la fraîche du puits. Une autre porte s'ouvrit et un homme alla dans son hangar quérir une brassée de bois.

Les cheminées de tout le village fumaient dans le petit matin. Le jour se leva enfin. Et il y eut aussitôt du soleil. La terre, qui n'avait pas encore refermé ses pores pour l'hiver, se mit à boire peu à peu la neige par en dessous. On était à la mi-décembre et pourtant cette neige ne tiendrait pas encore.

Dans l'église, Marie-Moitié et les femmes firent du thé que les hommes burent les premiers. La levée de ce jour rendait grognons certains. C'était le cas notamment d'un Julien d'un village voisin qui se mit soudain à crier, faisant sursauter tous les autres :

— On pourrait tous crever dans l'église, ils continueraient de faire comme si de rien n'était !

On ne pouvait pas savoir de qui il parlait, si c'était des autorités ou des simples habitants qui ranimaient la braise de leurs poêles. On ne fut pas plus avancé quand un autre lui répondit :

— Fie-toi pas aux apparences, Julien.

Quelles apparences ? Le matin était justement sans apparences, et le fondeur de cuillères le savait en se levant de sur son banc. Il s'approcha du poêle. Les hommes l'examinèrent avec curiosité dans la lumière blême. Le fondeur de cuillères les laissa faire en feignant de ne pas s'en apercevoir.

— C'est bien la première fois de ma vie que je bois une tasse de thé dans une église, dit-il à l'intention d'Hyacinthe. Pensez-vous qu'on pourra manger un morceau ensemble, ailleurs qu'ici, à midi ?

— Si on mange ensemble, à midi, ce sera forcément ailleurs qu'ici, lui répondit Hyacinthe.

Encore une phrase que personne ne savait trop comment interpréter. Certains en éprouvaient de l'inquiétude, mais le thé bouillant avait rendu la plupart sensibles à la colère qu'ils portaient en eux.

— L'abbé Mailloux va pourtant finir par se décider à venir dire sa messe.

— Il manquera pas de servants.

Hyacinthe n'avait pas changé de point de vue depuis la veille. Il disait que si jamais l'abbé Mailloux se présentait à l'église, il ne devrait y trouver que des femmes et des enfants. Pas des yeux rougis par le manque de sommeil et des faces mangées de barbe. Il ajouta que, selon ce qu'il avait été convenu la veille, les hommes auraient dû partir avant l'aube. Cette remarque en incita quelques-uns à prendre tout leur temps pour finir leur tasse de thé.

— Tu nous jettes dehors, toi aussi ? On boit notre thé et puis on s'en va. Mais ne te fais pas d'illusions, le Berluseau, on ne s'en retourne pas se cacher au fond des bois. On t'avait donné jusqu'au matin. Ton seigneur, on n'a pas eu de ses nouvelles. On sait ce qu'il nous reste à faire.

Cela avait donné lieu à une conversation âpre autour du poêle, sous les yeux étonnés du fondeur de cuillères. Il en ressortait qu'Hyacinthe Bellerose était à la tête d'un mouvement qu'il avait beaucoup de mal à tenir en main.

— Vous n'allez pas passer tout l'hiver dans l'église comme des moineaux sur la branche ? demanda le fondeur de cuillères.

— Tu vois, il est du même avis que nous, ton marchand d'oiseaux.

— Ts, ts, ts ! Fondeur de cuillères.

Les hommes se dirent que celui-là, avec son sens de la répartie, pouvait bien être l'ami du Berluseau. C'en était un autre Berluseau. Si c'était possible. Mais ils n'avaient pas envie, non plus, d'aller se détremper les mocassins dans la neige fondante que le soleil naissant avait déjà commencé à décomposer. C'était d'ailleurs ce qu'avaient rapporté les sentinelles qui étaient entrées, ne voyant plus d'utilité à se tenir dehors, appuyées contre le bois de l'église. On ne les avait pas remplacées. Quelle fonction pouvaient avoir des guetteurs que tout le village avait sous les yeux ? Il suffisait, à l'occasion, de tirer un banc sous une des hautes fenêtres pour constater qu'il ne se passait dehors rien que de très ordinaire. Et d'ailleurs les hommes, alourdis par le thé, s'étaient mis à sortir à tour de rôle, pour se soulager. Ils empruntaient la petite porte basse de la sacristie et ils pissaient sur la trace qu'avaient laissée les autres, contre le mur du cimetière. Phège et Jacquot en firent autant à leur tour.

— T'entends pas quelque chose ? demanda Phège.

— Oui, j'entends que ça fait glou, glou quand tu marches.

Phège se mit à rire dans le petit matin crispé. Quand il en eut fini, il insista.

— Je te dis que j'entends quelque chose.

— J'aurais cru que ça te passerait après que tu te serais soulagé.

Ils rentrèrent. Phège avait la conviction d'avoir entendu des pas. Il avait raison. S'il avait vu de qui il s'agissait, il en aurait eu le cœur tout chaviré.

Mister et le cordonnier avaient marché toute la nuit pour revenir au village. Le cordonnier était couvert de sang comme un boucher qui vient de faire son travail. Mais c'était Mister qui était le plus mal en point. Ça se voyait à ses yeux qui regardaient en dedans. Le cordonnier le pressait contre lui en le soutenant par la taille. Depuis que le jour s'était levé, il égrenait une même parole qui devait lui servir à trouver la force de mettre un pied devant l'autre :

— Meurs pas, Mister ! Meurs pas ! On arrive au village.

Bruno se pencha pour prendre sa pipe dans sa poche de jute. L'enveloppe contenant son argent y était toujours. Il avait dépensé presque deux autres dollars pour payer sa place dans le train. Depuis la veille, ce qu'il avait gagné fondait comme neige au soleil. Il bourra sa pipe et l'alluma.

Il aimait le faire quand il allait travailler aux champs avec son père. Surtout quand celui-ci s'énervait à cause d'un harnais cassé ou d'une dent de râteau tordue. Le père criait :

— Maudite machine ! Y a jamais rien qui marche. Fallait bien que ça nous arrive à matin.

Bruno bourrait tranquillement sa pipe. Cela contribuait à mettre encore davantage le père hors de lui.

— Fais quelque chose, espèce de sans allure !

Bruno allait prendre ce qu'il fallait dans le coffre à outils et venait habituellement à bout du bris. Le père tournait autour de lui comme un gros bourdon, mettant la main partout et multipliant les conseils.

— Serre ! Serre, je te dis. J'ai pas envie que ça lâche encore.

Bruno ne l'entendait pas. Il se contentait de faire son travail, chauffé à blanc à l'intérieur par le défi de réussir une fois de plus. Quand la panne était réparée, les deux reprenaient leur place respective et se remettaient à l'ouvrage. Bruno avait toujours sa pipe entre les dents.

— Je t'ai répété cent fois qu'on fumait pas en travaillant.

Bruno tirait voluptueusement une bouffée.

Le cordonnier et Mister se trouvaient devant le cimetière. Ils y pénétrèrent. C'était un petit cimetière de village, tout à fait à l'image du Port Saint-François. Au-dessus des tombes, il y avait surtout d'humbles croix de bois. Les monuments de pierre étaient réservés à ceux de l'ancienne aristocratie française qui étaient venus finir leurs jours dans la colonie. Les commerçants anglais commençaient à y ériger les leurs.

Le cordonnier n'avait plus qu'un tout petit oiseau de souffle. Mister, de son côté, ne vivait plus que parce que l'autre le forçait à marcher. Le cordonnier posa son fusil contre une pierre tombale. Mister était mou. Il fallait le soutenir. Le cordonnier le laissa glisser le long du monument. Assis par terre, dans la neige fondante, Mister ne savait plus où il était. Le cordonnier lui prit la tête dans les mains et la lui tourna vers le chemin d'en haut.

— Regarde, Mister. Regarde. Il est là, ton village. On est arrivés.

Mister regardait sans voir. Mais le cordonnier le lâcha en apercevant une troupe de soldats en habits rouges qui venaient vers l'église. Combien étaient-ils ? Cinquante ? Cent ? Il suffisait de constater qu'en marchant au pas, le képi bien haut et la baïonnette à l'épaule, ils allumaient comme un incendie sur le chemin. Un commandant à cheval les précédait. Hébété, le cordonnier s'aperçut qu'il était à quatre pattes. Il se tourna vers Mister pour s'assurer que l'autre voyait bien la même chose que lui. Mais Mister avait la tête penchée et regardait entre ses cuisses. Son haut-de-forme violet avait roulé dans la neige mouillée. Mister avait les yeux ouverts mais il ne voyait plus. Toujours à quatre pattes, le cordonnier se mit à tourner en rond autour du monument. Mister ! Mister !

Le cordonnier essaya de se relever mais il n'en avait plus la force. La mort de son compagnon l'avait tué un peu lui aussi. Il prit son fusil et se mit à ramper vers le charnier. Ses genoux glissaient sur la neige, dessinant une trace qui n'en serait bientôt plus une car l'herbe, tout autour, était en train de prendre le dessus sur cette purée mouillée.

La porte du charnier n'était pas fermée à clé. Qui aurait songé à y pénétrer ? En cette saison, il n'y avait à l'intérieur que des pelles et des râteaux. Le cordonnier essaya de se lever pour ouvrir la porte mais ses jambes étaient mortes sous lui. Il était devenu une bête qui rampe sur le sol. Il parvint cependant à abaisser la clenche en se servant de son fusil et il entra dans le noir humide. De peine et de misère, il referma la porte, la laissant entrebâillée cependant pour ne rien manquer de ce qui se préparait.

Pendant ce temps, dans l'église, Marie-Moitié avait remis du bois dans le poêle. Phège insistait pour dire qu'il avait entendu du bruit dehors. Hyacinthe se décida à envoyer deux hommes examiner la situation. Ils revinrent en criant :

— Les Anglais ! Les Anglais !

Un autre, qui avait pris sur lui d'aller ouvrir la porte qui donnait sur le cimetière, se mit à hurler de son côté :

— Les soldats sont en train d'encercler l'église !

Tous ceux qui s'y trouvaient s'étaient rassemblés autour du poêle comme si cet instrument était susceptible de les défendre. Hyacinthe et le fondeur de cuillères étaient du côté des femmes. Le père Étienne et Julien du leur, avec leurs hommes.

— Vous voyez ? dit Hyacinthe. Il est trop tard, maintenant. Si vous aviez fait comme je vous avais demandé, on n'aurait qu'à ouvrir la porte et à laisser entrer les soldats qui ne trouveraient ici que des femmes et des enfants. Mais il n'est peut-être pas trop tard. En faisant vite, vous pouvez peut-être vous en aller par-derrière.

— Il n'en est pas question, répondit le père Étienne. C'est une comédie qui a assez duré. Si ces soldats veulent se battre, ils nous trouveront devant eux.

— Pauvre fou, répliqua Hyacinthe, avec quoi veux-tu te défendre ? Avec tes mains nues ?

— Avec ma rage, dit sourdement le père Étienne.

Sa détermination emporta celle des autres. Ils se mirent à s'exciter mutuellement et à se convaincre qu'il n'était pas illusoire de croire qu'on pouvait tenir tête aux soldats. Il suffisait, pour cela, de poster les trois ou quatre meilleurs tireurs aux bons endroits, avec les fusils qu'on avait. Si l'un d'eux venait à tomber, on le remplacerait. On était nombreux.

Hyacinthe faisait non de la tête. Il se mit à marcher d'un bon pas vers la porte. Le père Étienne et Julien le rattrapèrent.

— Où vas-tu ?

— Remplir ma mission. J'avais dit que je mettrais ces femmes et ces enfants à l'abri et je n'ai pas l'intention de les laisser entre vos mains pour que vous vous en serviez comme d'un bouclier.

Le père Étienne et Julien le tenaient chacun par un bras.

— Non, monsieur le Berluseau. Tu vas rester tranquille à présent. Ton rôle est fini. Le nôtre commence.

— C'est toujours les mêmes qui paient pour les belles idées des autres, dit Hyacinthe à voix basse.

A ce moment on entendit, dehors, une voix qui avait du mal à s'exprimer en français. On comprit sans peine que c'était le commandant des soldats. Et ce qu'il avait à dire était particulièrement clair :

— Bellerose ! Nous savons que vous n'êtes pas seul dans l'église avec des femmes et des enfants. Il y a des Patriotes avec vous. Vous êtes cernés. Je vous donne deux minutes pour sortir en jetant vos armes. Sinon, je fais donner l'assaut.

Bruno avait appris à lire et à écrire mais n'entendait pas en rester là. Il voulait tout savoir, et, pour commencer, il s'intéressa aux bêtes. Il passait des heures à l'étable à observer les vaches. Les cochons n'avaient plus de secrets pour lui. Les moutons ne lui cachaient rien non plus. Quant aux poules, elles servaient à prédire le temps.

Au printemps et en automne, les vols d'outardes noircissaient le ciel au-dessus de la maison. Leur cri perçant le faisait se précipiter dehors. Son père et ses frères se moquaient de lui :

— Au lieu de regarder passer les oiseaux, tu ferais aussi bien d'aller sortir le fumier de l'étable.

— J'apprends des choses, répondait Bruno.

— La paresse, tu veux dire, répondait son père.

Bruno ne tarda pas à se trouver en position de prouver à tout le monde qu'il n'avait pas perdu son temps. Il était parti à la chasse avec deux de ses frères. C'était un jour lourd de printemps, la terre fumait, le nuage se confondait avec la vapeur qui en montait. Dans l'après-midi, les trois frères se rendirent à l'évidence : ils s'étaient perdus.

Bruno finit par les ramener à la maison après souper. Les deux autres étaient exténués et ne comprenaient rien.

— On a tourné en rond tout l'après-midi. On ne voyait pas l'heure de sortir de là. Tout à coup, Bruno a dit : c'est par là. On est revenus comme par enchantement. S'il le savait, le chemin, il avait qu'à le dire avant.

Bruno regarda son père en souriant :

— J'attendais le passage des outardes. C'était trop couvert pour que je puisse les voir mais je les entendais. Tout le monde sait qu'à la tombée du jour, ces oiseaux-là retournent se coucher au lac Saint-Pierre. Ça m'a indiqué la direction de la maison.

Il y avait exactement quatre-vingt-neuf soldats. Ils étaient placés sous le commandement de ce M. Stanley qu'on commençait à connaître un peu au village puisqu'il logeait souvent à l'auberge avec ses hommes. Les renforts étaient venus de William-Henry.

Tous les habitants du Port Saint-François, à l'exception des infirmes, des vieillards et des tout petits enfants avaient accouru devant l'église. Les soldats avaient débarqué de bonne heure au quai. Et la nouvelle avait circulé d'une maison à l'autre. Tout le monde était là : des gamins, pieds nus dans la neige fraîche, des femmes qui commençaient à parler de fuir pendant qu'il en était encore temps, et des hommes surpris dans le ronronnement de leur quotidien, les cheveux de travers et la veste boutonnée en jaloux.

C'était comme un cortège derrière les soldats. On ne savait pas ce qui allait se passer mais on ne voulait rien manquer. Pour ceux qui habitaient aux abords de l'église, c'était autre chose. Un homme était monté sur le toit de sa maison pour mieux observer la situation. Une famille sortait ses meubles et les chargeait sur une charrette. Devant chaque porte, il y avait des rangées de seaux pleins d'eau. On craignait le feu par-dessus tout.

Les soldats avaient commencé à se déployer devant l'église. Un certain nombre s'avancèrent vers le cimetière. D'autres en face. L'église était cernée. A partir de ce moment, les choses allèrent très vite. Le seigneur, le curé, le marchand Smith et le notaire Plessis discutaient en faisant de grands gestes. Quand ils se séparèrent, les civils coururent se réfugier sur le perron de la maison du notaire comme le leur avait recommandé M. Stanley. Mme Plessis elle-même était dehors dans son fauteuil, la vieille Noémie derrière elle.

Deux minutes ne s'étaient pas écoulées depuis que M. Stanley avait lancé sa mise en demeure d'une voix forte que la porte de l'église s'ouvrit toute grande et qu'apparut le père Étienne, les yeux hagards et la voix gonflée de colère.

— Jamais ! Jamais on ne sortira d'ici ! On se fera tous tuer jusqu'au dernier plutôt que de se rendre. Pour qui nous prenez-vous ? Si vous voulez qu'on sorte, venez nous chercher.

Il referma la porte. Le commandant resta bien droit, un instant immobile, puis il fit demi-tour pour s'en aller conférer avec les notables sur le perron de la maison Plessis.

Pendant ce temps, à l'intérieur de l'église, Hyacinthe et le père Étienne menaient une bataille à leur façon.

— Qu'est-ce que vous voulez ? demandait Hyacinthe. Qu'ils donnent l'assaut ? Qu'ils tirent sur l'église ? Qu'elle brûle avec nous tous dedans ? Ce n'est pas pour moi que je crains. Croyez-moi, si cela devait arriver, je ne serais pas fâché de quitter certains d'entre vous. Mais ces femmes et ces enfants n'y sont pour rien.

— Si c'est le prix qu'il faut payer, répliqua le père Étienne, on le paiera.

— Vous êtes des fous et des lâches. Vous voulez qu'elles restent parce que vous croyez que, tant qu'elles seront là, ils n'oseront pas attaquer.

La voix du commandant se fit encore entendre, dehors :

— Bellerose, il y a du nouveau. Nous sommes prêts à soigner et à héberger les femmes et les enfants que tu as remmenés au village. On les logera. Plusieurs se sont proposés pour le faire. Les autres, celles qui sont d'ici, s'il y en a, on leur rendra leur maison. Fais-les sortir tout de suite. Quand elles seront toutes en sûreté, vous sortirez à votre tour. Il ne vous sera fait aucun mal.

— Non ! s'écria le père Étienne. On sera seulement pendus ! Ça ne fait pas mal.

Il était évident que le père Étienne avait l'intention de tout faire pour empêcher Hyacinthe de se rendre à l'invitation du commandant. Hyacinthe le comprit. Il pointa son fusil, qu'il avait chargé, sur le vieillard belliqueux.

— Si vous tenez tant à vous battre, on se battra, mais quand les femmes et les enfants seront sortis.

— Mais, toi et tes amis, vous restez avec nous.

— Je n'avais pas envie de partir.

Hyacinthe entraîna les femmes et les enfants vers la porte qu'il ouvrit prudemment. Les soldats étaient toujours en position devant l'église, ceux de la première rangée un genou à terre. Le temps de jeter un coup d'œil et déjà quelques femmes étaient dehors entraînant leurs enfants. Hyacinthe se retrouva face à Marie-Moitié.

— Moi, je reste, dit la jeune femme.

Elle s'apprêtait à confier l'enfant à une vieille.

— Tu te rappelles la promesse qu'on s'est faite cette nuit ? demanda Marie-Moitié. Que rien ne nous séparerait, sauf la mort.

— Il ne s'agit pas de se séparer, nous partons chacun de notre côté. Toi, pour veiller sur l'enfant ; moi, pour essayer d'éviter que ces gens-là se fassent tuer pour rien.

— Et nous, crois-tu que nous n'ayons pas besoin de toi ?

La conversation tourna court à la suite d'une manœuvre des contremaîtres inutiles pour tenter de s'échapper. Le père Étienne et deux de ses hommes se jetèrent sur eux. Dans la confusion qui s'ensuivit, Marie-Moitié et le petit Irlandais furent entraînés dehors par d'autres femmes qu'on poussait dans le dos. Hyacinthe resta le dernier devant la porte qu'il referma lentement.

Ils demeurèrent tous un moment sans bouger, pour mesurer l'épaisseur du silence. Le fondeur de cuillères s'approcha d'Hyacinthe et lui mit la main sur l'épaule.

— C'est drôle, dit-il, tout commence quand tout finit.

Le train avait considérablement ralenti. Le temps de regarder où on était arrivés, et il entra dans Trois-Rivières en traversant le quartier de la gare et ses petites maisons d'ouvriers. Le temps d'apercevoir la rue Saint-Maurice pleine de chevaux et de voitures, et le train s'immobilisa dans un grand souffle de vapeur.

Bruno avait une faim qui le tenaillait comme dix diables dans le ventre. Il passa cependant à côté du restaurant de la gare sans s'arrêter pour ne pas entamer davantage son pécule. Dehors, c'était humide, et l'air sentait cette odeur caractéristique des usines de papier où travaillaient la plupart des ouvriers de la ville.

Bruno se mit à marcher d'un bon pas vers la rue des Forges, que les vieux appelaient encore Le Platon. Au bout, le fleuve s'étirait sous ses brumes. C'était là qu'on s'embarquait sur le *Jean-Nicolet* pour le Port Saint-François.

Bruno était chanceux. Le bateau partait dans une heure. Il paya son passage et s'assit sur un banc de bois. Pour la première fois depuis son départ du camp, il se mit à se faire du mauvais sang en se demandant pourquoi ses parents l'avaient fait revenir.

Dans l'église, on avait pris des dispositions pour soutenir un siège. Le père Étienne commandait. Hyacinthe, le fondeur de cuillères et les deux contremaîtres inutiles se tenaient à l'écart. Ils avaient compris qu'ils ne réussiraient pas à faire changer d'avis ces hommes qui voulaient se battre à tout prix. Il ne leur restait plus qu'à se tenir prêts à intervenir si l'occasion s'en présentait, pour éviter le pire. Hyacinthe dit au fondeur de cuillères :

— Ils veulent à tout prix brûler de la poudre.

— Et vous, vous n'en avez pas envie ?

— Je garde la mienne pour quand il ne leur en restera plus.

Il était vrai que bien peu d'entre eux avaient des fusils. En comptant celui d'Hyacinthe, il n'y en avait que trois dans l'église. Le père Étienne ne s'en inquiétait pas outre mesure. On était à l'abri, et les soldats étaient à découvert. Il commença par faire placer des bancs devant la porte, laquelle n'avait pas de fenêtres, de façon à pouvoir poster un tireur dans l'œil-de-bœuf qui s'ouvrait au-dessus, dans la façade. Ce fut Julien qui y grimpa. Deux autres hommes furent dépêchés à chacune des premières fenêtres latérales. Le grand Sébastien avait un fusil, l'autre une fourche. Cinq hommes furent chargés de surveiller la porte de la sacristie. Eux aussi n'avaient que des fourches et des bâtons.

Entre-temps, Hyacinthe s'était glissé derrière le banc qui obstruait la porte et il entrouvrit légèrement celle-ci pour regarder ce qui se passait sur la place.

— Tu veux t'en aller, Bellerose ?

— Je n'ai qu'une parole.

Le père Étienne faisait ses dernières recommandations :

— Vous allez voir. C'est facile. On les laisse commencer. Après, il n'y a plus qu'à se défendre jusqu'au bout.

Dehors, une voix se fit à nouveau entendre. Les fronts se plissèrent et les cous se tendirent. On avait cru reconnaître le notaire Plessis.

C'était bien lui. Du dernier conciliabule entre les autorités civiles et militaires, il était ressorti qu'il n'y avait plus d'autre solution que de donner l'assaut, maintenant que les femmes et les enfants étaient en sûreté. Mais le notaire Plessis s'était proposé d'intervenir.

— Laissez-moi faire une dernière tentative.

— Ce n'est peut-être pas inutile, répondit le seigneur Cantlie. Le fait que vous ayez pris la défense de ce Bellerose devant moi l'incitera peut-être à porter attention à vos paroles. Allez, faites vite, notaire, et tâchez d'être convaincant.

Plessis regarda sa mère dans son fauteuil. Celle-ci lui sourit très doucement et lui fit un petit signe de la main pour le réconforter. Alors le notaire descendit les marches du perron en regardant droit devant lui. Tout en avançant vers l'église, il tira son mouchoir de la poche de son manteau et se mit à l'agiter au-dessus de sa tête. Les soldats ne semblaient pas disposés à s'écarter pour lui céder le passage. Ils avaient reçu l'ordre de ne bouger à aucun prix. Plessis les contourna et vint se placer devant eux. Il s'arrêta à vingt pas de la porte.

— Écoute-moi, Hyacinthe. Je sais que nous n'avons pas toujours été du même avis. Cela n'a plus d'importance, aujourd'hui. Je comprends pourquoi tu t'es réfugié dans l'église. Je n'approuve pas ton geste, mais je le comprends.

Le père Étienne et Hyacinthe échangèrent un regard. Le premier voulait dire qu'il avait toutes les peines du monde à se retenir de donner l'ordre de tirer ; le second imposait de n'en rien faire.

— Qui est-ce ? demanda le fondeur de cuillères qui s'était approché d'Hyacinthe pour regarder lui aussi par l'entrebâillement de la porte.

— C'est un homme qui est en train de changer de camp.

— Tant qu'on peut changer de camp, la liberté n'est pas encore morte.

Le notaire Plessis s'était remis à parler tout en agitant son mouchoir.

— Sors, Hyacinthe. Je suis prêt à reconnaître à la face du village que tu n'étais pas animé de mauvaises intentions.

Les gens du Port Saint-François avaient surmonté leur peur et ils avaient fait quelques pas pour ne rien manquer des paroles du notaire. D'ailleurs, celui-ci parlait d'une voix forte et assurée. Le commandant était debout derrière ses hommes. M. Cantlie, le marchand Smith et Mme Plessis, sur leur perron. Dans le charnier, le cordonnier confondait ce qu'il entendait avec les propos de la vieille femme qu'ils avaient recueillie devant le village en flammes.

— Les gens qui sont avec toi, poursuivit le notaire, ont assez souffert. Sors. Je prendrai ta défense s'il le faut. Je sais, Hyacinthe, que tu n'es pas mauvais. Tu t'es laissé entraîner par certains agitateurs qui, n'écoutant que leur courage, ont fui à l'étranger.

Le visage du major Hubert traversa l'esprit du cordonnier.

— Par d'autres aussi, dit encore Plessis, qui se piquent de littérature et qui se soucient du peuple comme de la première semelle qu'ils ont cousue. Ce sont de mauvais génies qui veulent se servir de toi comme d'un pantin. Ils profitent de ton grand cœur. Ils abusent de ta générosité. Mais toi, tu es meilleur qu'eux.

Le cordonnier s'était évidemment reconnu. Le peu de cœur qu'il lui restait battait à tout rompre. En même temps, il ne pouvait faire taire la voix de la vieille femme, dans sa tête. « Nos hommes ; ils se sont laissé tromper par les belles paroles des parlementaires. Mais les Anglais, eux, ils n'ont pas tenu parole. Ils ont attendu que tous les Patriotes soient sortis de l'auberge, ils les ont pris, ils les ont emmenés sur des charrettes, puis ils ont mis le feu partout. Il ne faut pas écouter les parlementaires. Ce sont des traîtres. »

Le cordonnier épaula son fusil et tira en basculant à la renverse. Plessis resta un instant sans bouger puis son bras qui tenait le mouchoir s'abaissa lentement. Il pivota sur lui-même et tomba, la face dans la terre détrempée.

Dans l'église, le coup de feu avait pris tout le monde par surprise. Il n'y avait que trois fusils. Chacun regardait les autres.

— Qui a tiré ?

Mais déjà, une première salve s'abattait sur la façade. Julien, qui était posté à l'œil-de-bœuf, dégringola lourdement.

— Tirez ! Mais tirez donc ! cria le père Étienne.

Il arracha le fusil d'Hyacinthe qu'il déchargea avant de le lui remettre dans les mains et de monter prendre la place de Julien. Le temps de recharger et les soldats ouvraient toute grande la porte. Hyacinthe, le fusil à la main, et le fondeur de cuillères se rendirent sans résistance. On échangea encore quelques coups de feu. Un soldat tomba. Mais tout le monde avait compris que c'était fini. Il y avait des soldats partout qui criaient en anglais.

Les trente hommes de l'église ne furent bientôt plus qu'un petit troupeau de prisonniers qu'on poussa dehors sous le regard des villageois qui s'étaient approchés. Et, parce que tous les cœurs avaient du mal à se remettre à battre à un rythme normal, des invectives leur montaient à la bouche.

— Assassin ! Berluseau. Pourquoi tu l'as tué, le notaire ? Tu voulais qu'ils brûlent nos maisons ?

Le marchand Smith était là aussi. Il cracha par terre au passage d'Hyacinthe.

— On te pendra, Bellerose, et on sera débarrassé à jamais de l'engeance des Patriotes.

Le commandant avait réquisitionné deux charrettes. On y fit monter les prisonniers, et le cortège s'ébranla en direction du quai où le bateau qui avait emmené les soldats attendait, la vapeur haute.

Bousculée par la foule, s'efforçant de ne pas lâcher la main de l'enfant, Marie-Moitié courait pour rejoindre la charrette sur laquelle se dressait, de dos, la silhouette d'Hyacinthe. Elle n'y parvint pas.

SIXIÈME PARTIE

Le pain d'épice

« Je suis enfoncé dans un bourbier profond,
dans lequel il n'y a point où prendre pied ;
je suis entré au plus profond des eaux,
et le fil des eaux se débordant, m'emporte. »

PSAUME LXIX.

Une forte odeur de mort. Le murmure des prières. C'était à l'école. Le notaire Plessis et Julien reposaient sur les planches au fond de la pièce. L'abbé Mailloux, tout noir, se tenait à genoux au milieu de ses ouailles. Il récitait les litanies des saints.

— *Ora pro nobis.*

Des raclements de gorge. Des toux d'hiver. La porte s'ouvrit et Mme Plessis entra, portée dans son fauteuil. Elle était voilée de noir et elle avait un petit livre de prières dans ses mains également gantées de noir.

— *Ora pro nobis.*

Toutes les têtes se tournèrent vers elle. On s'écarta pour lui laisser un passage vers son fils. Seul le curé semblait ne s'être aperçu de rien. Quand Mme Plessis fut à sa hauteur, cependant, il interrompit ses litanies pour murmurer :

— Soyez courageuse, madame Plessis. Dieu vous soutient.

Les porteurs avaient déposé le fauteuil près de l'abbé qui était toujours à genoux.

— J'en ai grand besoin, monsieur l'abbé, dit Mme Plessis.

— Mais pourquoi avoir insisté pour qu'on veille ces malheureux dans la même salle ? demanda le curé. Ils ne sont pas de même condition. N'aurait-il pas été plus convenable de garder votre fils chez vous ?

— Ils sont morts dans la même aventure. C'est justice qu'ils reposent ensemble.

Mme Plessis fit signe à ses porteurs de la mener devant son fils. Pendant qu'elle se plongeait en prière, le seigneur Cantlie entra. La récitation des litanies en fut perturbée encore une fois. M. Cantlie resta debout, à l'arrière, et il se mit à lire dans sa vieille Bible. Les paroissiens se demandaient si Les Dieux qui sont Aux Cieux n'auraient pas un peu de mal à démêler les prières des catholiques et celle du protestant, qui montaient ensemble vers Eux.

A l'étage, dans ce qui avait été précédemment l'appartement de l'institutrice, la dame Morel assurait le service des morts à sa façon, en tranchant de grosses pièces de lard et en versant du petit blanc à ceux qui en réclamaient. Une odeur de tabac incrustait cette pièce-là. Jérôme et le père Mathias poursuivaient leur sempiternelle conversation :

— Moi, je dis que si les soldats avaient tiré tout de suite, il aurait pas eu le temps de faire son œuvre, le Berluseau.

— On peut pas savoir. Ces gens-là ont pas la tête faite comme tout le monde.

— Qu'est-ce qui lui a pris de tirer sur le notaire ?

— C'est ce qui arrive quand on veut marcher la tête haute et qu'on n'en a pas les moyens.

— Une coche mal taillée en emmène une autre.

— Bellerose, c'est lui qui devrait être sur les planches, en bas.

— Là où il est, il fera pas de vieux os. Quand il en sortira, ce sera dans une petite boîte en bois. Il aura même pas droit à la terre bénie.

Le seigneur Cantlie levait vers l'escalier des yeux de plus en plus exaspérés. Le marchand Smith, qui s'en était aperçu, fit un petit signe de la tête pour dire qu'il allait arranger les choses. Il monta promptement.

— Taisez-vous donc, dit-il. Paraîtrait que c'est pas convenable de dire à voix haute ce que tout le monde pense tout bas.

Dans la salle d'école, le silence s'était fait. L'abbé Mailloux était-il venu à bout de sa litanie ? Jérôme et le père Mathias, qui ne savaient rien faire quand ils ne parlaient pas, descendirent quelques marches. Marie-Moitié était là également. Quelle inconvenance ! Elle avait à la main le haut-de-forme violet de Mister. Elle resta debout un instant, dans tous les regards, puis elle pencha la tête et découvrit ce qu'elle cherchait.

Le corps du pauvre Mister, lui aussi sur les planches, avait été placé sous l'escalier. On avait jugé qu'il n'y avait pas suffisamment de place au fond de la pièce pour le mettre à côté des deux autres. Marie-Moitié alla s'incliner, devant la dépouille du vieux fou après lui avoir déposé son chapeau sur la poitrine. Savait-elle prier ? Ses lèvres bougeaient, en tout cas. Elle se releva puis elle vint, avec une assurance qui désarçonna tout le monde, se placer aux côtés de Mme Plessis, devant le corps du notaire. Mais ce qui surprit encore plus, ce fut de voir Mme Plessis lever les yeux sur elle et poser tendrement sa main sur celle de la jeune fille. Peu de temps après, les deux femmes sortirent ensemble. Et la nouvelle ne tarda pas à circuler dans tout le Port Saint-François que Marie-Moitié continuait d'aller tous les jours panser les jambes de Mme Plessis.

On ne fut pas peu étonné non plus d'apprendre que le seigneur Cantlie avait tenu sa promesse et que Marie-Moitié, comme les autres, avait regagné sa maison. Fait encore plus surprenant, elle avait insisté pour la partager avec les Irlandais qu'on y avait établis. Et la métisse s'était mise à enseigner à l'Irlandaise l'art de tresser des paniers.

— Mettez votre pouce, là. Vous verrez, c'est plus facile.

— M. Smith, c'est un drôle d'homme. Il vous jette dehors. A nous, il dit : c'est votre maison. Et après, quand ils vous font sortir de l'église, ils vous disent : rentrez chez vous. Mais la maison, elle n'a pas grandi.

— C'est toujours comme ça. Ils arrangent les choses à leur façon, mais ce n'est jamais eux qui se tassent. Pourtant, leurs maisons, elles sont bien plus grandes que les nôtres.

— On en a parlé, Allan et moi. On ne peut pas faire autrement que de vivre ensemble, ici, mais on tient à vous dire que la maison, elle est bien à vous.

Et la femme irlandaise tressait un bout de panier avant de reprendre le fil de la conversation :

— Quand je saurai le faire aussi bien que vous, et qu'on sera rendus dans un autre village, je pourrai toujours aider Allan en tressant des paniers. Heureusement que c'est sur vous qu'on est tombés. Sinon, je me demande comment on aurait passé l'hiver.

— Mon jardin a déjà été bien assez grand pour deux, puis pour trois. Maintenant, il faudra qu'il donne pour six.

Marie-Moitié sursauta en entendant sa propre parole.

— Six, reprit-elle, si jamais ils le laissent sortir de prison.

— Je sais bien que ça ne me regarde pas, mais pourquoi vous n'êtes pas allée à son procès ?

— On m'a fait comprendre que, si je m'y montrais, ça pourrait jouer contre lui.

— Une femme ne peut jamais faire de tort à son mari.

— Dieu excepté, répondit Marie-Moitié, personne n'a jamais voulu nous considérer comme mari et femme, dans ce village.

Le petit *Jean-Nicolet* décolla du quai, crachant sa fumée. C'était un beau jour clair mais froid du début de décembre. Bruno sortit sur le pont. Le fleuve respirait puissamment. Il donnait un cœur à tout le Canada.

Bruno venait de recommencer à sentir le sien dans sa poitrine. Il avait deux ou trois choses à dire en même temps. Et d'abord, que la vue de ces paysages familiers le rassérénait. Ensuite, qu'un cœur a bien besoin de savoir pour qui il bat. Bruno ne se reconnaissait plus lui-même après les événements des derniers jours. Il ne serait pas tout à fait apaisé tant qu'il ne serait pas rentré à la maison paternelle.

Le *Jean-Nicolet* avait pris le large. Trois-Rivières n'était plus que des fumées, derrière, sur la rive. Et le Port Saint-François qu'une promesse, loin devant, au-delà des saules tordus des berges.

En partant de la maison, à la fin de l'été, Bruno avait dit :

— Je sais pas quand je reviendrai.

Et cela voulait dire : pas avant le printemps. Si jamais je décide de vivre encore ici. Un enfant est un homme, à quinze ans.

On instruisait les procès des Patriotes. Une cour martiale avait été formée. Il appartenait à l'armée de traiter les cas de haute trahison. Le major général Mark Sullivan présidait. C'était un vieux militaire de soixante ans aux longs favoris gris. Un de ces hommes qui ont tété le sens du devoir dès leur naissance. Un de ceux qui, après avoir perdu tous leurs hommes dans un assaut inutile, annoncent qu'ils recommenceraient de la même façon si on leur en donnait l'ordre.

Le major général Sullivan était en outre bourru et porté à régler les problèmes d'un revers de la main. Il se plia de mauvaise grâce à l'appareil judiciaire. Celui-ci était pourtant considérablement simplifié dans la mesure où il s'agissait d'une cour martiale. Il n'y avait pas à tergiverser longtemps sur les condamnations. Il suffisait de prouver qu'il y avait eu haute trahison, et c'était la pendaison.

Le président du tribunal était assisté dans sa tâche par trois assesseurs, tous militaires comme lui, le lieutenant colonel John Hansen, ainsi que les majors William Macy et Charles Harrod.

Par réflexe, ceux-là ne disaient rien et se soumettaient d'emblée aux décisions du major général Sullivan.

Il n'était pas peu étonnant, toutefois, que le procureur de la Couronne soit un Canadien. Maître Louis-Philippe Chapard détestait les Patriotes comme d'autres les moustiques. Il n'avait que trente ans mais un vaste front, dégarni peut-être par le geste répété d'y poser la main en se penchant sur ses dossiers.

La procédure voulait enfin que le tribunal désigne un avocat militaire pour défendre les accusés. Le capitaine Miller le fit de bonne grâce. Il prit effectivement, comme c'était son devoir, le parti de ses clients d'office, mais son action était grandement compromise par un autre article de la procédure qui lui interdisait de prendre la parole. Son rôle se bornait à s'entretenir avec les prisonniers pour leur mettre les mots en bouche puisque ceux-ci devaient eux-mêmes contre-interroger les témoins et plaider.

Les deux premiers accusés furent emmenés dans la salle du tribunal, une haute pièce lambrissée de bois noir, un temple austère où une cinquantaine de curieux, de parents, d'amis ou d'adversaires s'entassaient pour des raisons diverses et souvent opposées.

Après avoir lu une première sentence en anglais, ce qui avait suscité des remous dans l'audience chez les parents et amis des Patriotes qui n'y entendaient rien, le major général se mit à en déchiffrer laborieusement la traduction.

— Jean-Félix Savoie, condamné à être pendu par le cou jusqu'à ce que mort s'ensuive, aux temps et lieu qu'il plaira à Son Excellence le commandant général des Forces armées de cette province, et chef du gouvernement, de désigner.

Savoie demeura imperturbable. Le major général Sullivan exhiba un second document.

— Joseph Desrochers, condamné à être pendu par le cou jusqu'à ce que mort s'ensuive, aux temps et lieu qu'il plaira à Son Excellence le commandant général des Forces armées de cette province, et chef du gouvernement, de désigner.

Les murmures de la salle avaient pris l'ampleur d'un tumulte. Desrochers, qui n'avait pas vingt ans, se cacha la figure dans les mains. On devinait, aux mouvements de ses épaules, qu'il sanglotait.

Le président du tribunal imposa le silence à grands coups de marteau de bois sur son pupitre et il fit signe au greffier de lire l'ordre du jour du lendemain.

— La cour reprendra ses audiences demain matin à la même heure, dans cette enceinte. Comparaîtra Hyacinthe Bellerose, accusé du crime de haute trahison à l'endroit de Sa Majesté la Souveraine, ainsi que du meurtre du notaire Jean-Michel Plessis, survenu le quinze du mois courant dans la province du Bas-Canada.

Le major général Sullivan donna un nouveau coup de marteau sur son pupitre.

— La cour est ajournée.

Il se retira en compagnie de ses assesseurs pendant qu'on emmenait les deux condamnés. Tout le monde s'était levé dans la salle mais personne ne songeait à s'en aller. Un homme s'approcha de la table des avocats. C'était un élégant jeune homme qui portait la tête haute.

— Quand pensez-vous qu'auront lieu les pendaisons? demanda-t-il à maître Chapard.

— Je me suis laissé dire que le gouverneur hésitait encore, répondit le procureur de la Couronne.

— On ne va quand même pas les engraisser tout l'hiver à nos frais pour les pendre au printemps!

Chapard sourit.

— Plaise à Dieu qu'on vous entende, monsieur...

— Thomas. Gregory Thomas. Je suis journaliste.

— Journaliste? C'est une autre forme de justice.

— Et vous, monsieur?

— Chapard. Procureur de la Couronne dans ces affaires.

— Eh! bien, maître Chapard, arrangez-vous pour que ces vauriens soient pendus au plus tôt et vous aurez votre nom dans mon journal.

Le bateau à vapeur qui remmenait Bruno au Port Saint-François faisait deux fois par jour l'aller et retour entre Nicolet, le Port Saint-François et Trois-Rivières, soit une quinzaine de milles en tout. Il était surchargé de marchandises, de bêtes et de gens. On y rencontrait toujours les mêmes figures. Bruno ne fut donc pas étonné d'être abordé par un petit vieux paternel qui lui mit la main sur l'épaule.

— D'où c'est que tu reviens, comme ça, mon petit Bellerose ?

C'était le père François, chauffeur de fournaises au couvent des sœurs à Nicolet. Un bon vieux d'une grande tendresse.

Bruno s'expliqua. Le père François insistait :

— Comme ça, tu t'en retournes chez vous ? Ils t'ont rien dit de plus ?

Bruno était légèrement agacé. Il n'avait pas envie de finir le voyage en compagnie du père François. Celui-ci s'en était aperçu.

— Bon, il faut que je m'en aille. Je veux pas laisser trop longtemps mes affaires toutes seules en bas. Le monde n'est plus comme il était. En tout cas, quoi qu'il arrive, oublie pas que je pense à toi dans mes prières.

Bruno ne comprenait vraiment pas pourquoi le père François lui accordait une attention particulière dans ses prières. Il leva les yeux. Le quai du Port Saint-François venait vers eux.

C'était une longue salle basse de plafond, sans un seul autre meuble qu'un poêle ventru au centre, d'où partait un tuyau démesuré qui finissait par s'enfoncer dans le mur de pierre. Il y avait quelques quartiers de bois près du poêle. Et neuf fenêtres étroites et hautes.

Les prisons débordaient de Patriotes. On avait fini par les entasser dans des salles comme celle-ci qui en contenait une centaine. Ils mangeaient assis par terre, sur leurs genoux. Ils dormaient à peu près de la même façon. Hyacinthe était parmi eux, de même que tous ceux qui avaient été arrêtés dans l'église du Port Saint-François.

Des bruits de clés et la porte s'ouvrit. Savoie et Desrochers furent poussés dans la pièce par quatre soldats qu'accompagnait le gardien.

— En v'là deux, dit celui-ci, leur sort est réglé à présent.

Il allait refermer quand il se ravisa pour ajouter :

— L'heureux élu, demain, c'est Hyacinthe Bellerose.

Un nouveau bruit de clés, et les prisonniers retrouvèrent le silence. Desrochers fit quelques pas avant de s'effondrer, à genoux, le visage dans les mains. Ses voisins l'entourèrent sans oser lui parler. Jacquot s'était mis à jouer de la flûte pour exprimer ce que ces hommes ne savaient pas dire. Il n'était d'ailleurs pas besoin de l'entendre pour savoir le sort qu'avait réservé le tribunal à ce petit jeune homme de moins de vingt ans qui avait cru, un jour, que la justice se trouvait au bout d'une fourche ou d'un fusil. Jean-Félix Savoie était resté debout devant la porte. Son regard traversait les murs de pierre. Il devait être occupé à chercher dans la ville une maison, puis, dans cette maison, une femme, entourée d'enfants qui étaient les siens, et qui faisaient semblant de continuer de vivre. Son sort à lui non plus ne faisait pas de doute. Mais il n'exprimait aucune émotion. C'était un notaire.

Au fond de la pièce, Hyacinthe regardait dehors par une des étroites fenêtres. Il sentit un souffle dans son cou. C'était le fondeur de cuillères.

— Je n'aime pas le faire, dit ce dernier, et je n'aime pas le mot non plus, mais permets-moi de te donner un conseil.

Hyacinthe tourna vers lui ses yeux d'homme qui n'attend plus rien.

— Tu dois laisser parler ton cœur, continua le fondeur de cuillères, c'est entendu, mais n'oublie surtout pas d'être plus malin qu'eux. Laisse-les dire. Réfléchis bien avant de répondre. Quand tu as trouvé une bonne réponse, tâche d'être convaincant. Parce que les juges, c'est pas des gens qu'on peut émouvoir. Encore moins quand c'est des militaires. Parle-leur des faits. Il te faudra des témoins aussi.

— Qui voudra témoigner pour moi ? demanda Hyacinthe.

— Mais le fondeur de cuillères !

Celui-ci prit Hyacinthe par les bras, comme il avait l'habitude de le faire, et lui sourit longuement.

— Le fondeur de cuillères aura déjà bien du mal à sauver sa propre peau, dit enfin Hyacinthe.

— Si tu es libéré, je le serai aussi, puisqu'on était ensemble.

Le fondeur de cuillères l'entraîna vers le mur contre lequel ils s'assirent côte à côte. Le jour n'avait plus de forces. La lumière baissait.

— Ne regarde pas trop dehors, dit encore le fondeur de cuillères. Ce qui s'y passe ne te concerne pas pour le moment.

— Crois-tu que ce que j'ai dans le cœur me suffise ?

— Tu as le cœur grand comme tout le Bas-Canada, Hyacinthe Bellerose.

Hyacinthe lui sourit à son tour.

Quinze heures plus tard, il était au tribunal, sur le banc des accusés. Maître Chapard venait d'appeler son premier témoin. C'était l'abbé Mailloux. Le curé était nerveux et essuyait constamment ses lunettes dans un petit mouchoir. Quand il n'était pas occupé à le faire, il se servait du mouchoir pour s'éponger le front. Le procureur de la Couronne allait et venait devant lui.

— J'ai tenu à obtenir votre témoignage, monsieur l'abbé, pour que vous nous aidiez à éclaircir un premier point. Depuis que vous connaissez l'accusé, quelle a été sa conduite ? S'est-il toujours comporté comme un bon paroissien ?

L'abbé Mailloux jeta un regard par en dessous à Hyacinthe qui ne le quittait pas des yeux.

— Hélas, non, répondit-il.

— Pouvez-vous nous dire sur quoi vous fondez cette affirmation ?

— Le père Bellerose est un excellent homme, mais son fils Hyacinthe fait son désespoir depuis bien des années. Il a séduit la fille d'une respectable famille du village et il l'a forcée à se livrer à un simulacre de mariage pendant que je célébrais la messe, un dimanche.

— Dois-je comprendre que vous faites allusion à ce qu'il est convenu d'appeler un mariage à la Gaumine ?

— C'est exactement cela, monsieur, mais le mot me brûle les lèvres et je ne veux pas le prononcer.

— Et selon les rites de Notre Sainte Mère l'Église, cette pratique peut-elle être reconnue de quelque façon ? En d'autres termes, ce mariage était-il valide ?

— Certainement pas.

Un premier petit frisson parcourut la salle.

L'avocat continuait d'interroger l'abbé Mailloux qui s'était remis à essuyer ses lunettes.

— Mais alors, en vivant pendant des années en compagnie de cette jeune fille, il transgressait les lois de l'Église ?

— Il a vécu constamment en état de péché. La preuve en est que Dieu n'a cessé de lui envoyer des épreuves, à lui et à sa famille : sa prétendue femme est morte, on lui a enlevé la terre dont il s'était emparé dans les Bois-Francs, son père a été chassé, avec tout le reste de sa famille, et lui a été condamné à errer en compagnie de simples d'esprit, pour expier ses fautes.

— Il est revenu dans la paroisse du Port Saint-François il y a un peu moins d'un an ? C'est bien cela ?

— Oui, et je ne suis pas arrivé, depuis, à le ramener dans le droit chemin. Il s'est embourbé dans le péché malgré la main secourable que je lui tendais.

— Iriez-vous jusqu'à dire qu'il affichait encore une conduite répréhensible ?

— Il était un constant objet de scandale. Il menait une vie de débauche en compagnie d'une métisse. Il m'a personnellement menacé. Aussi, n'ai-je pas été surpris outre mesure, le jour où il s'est emparé de mon église. Quand on transgresse la loi de Dieu, peut-on s'étonner qu'on ne respecte pas la loi des hommes ?

Chapard laissa la question de l'abbé Mailloux faire son chemin dans les esprits avant de continuer de l'interroger.

— Nous aurons l'occasion de revenir, plus tard, sur les circonstances qui ont entouré la prise de l'église par l'accusé et ses comparses. Pour le moment, j'aimerais que vous répondiez à une autre question, monsieur l'abbé. En vôtre âme et conscience, que feriez-vous si je vous demandais d'émettre un certificat de bonne conduite au nom d'Hyacinthe Bellerose ?

— Je n'hésiterais pas un seul instant, monsieur. Je le refuserais. J'ai le regret de dire qu'Hyacinthe Bellerose est un homme sans repentir.

Chapard retourna vers la table des procureurs.

— Je vous remercie de votre témoignage, monsieur l'abbé.

Le curé allait se retirer. Il avait déjà remis son mouchoir dans la poche de sa soutane quand le président Sullivan intervint :

— Attendez, monsieur.

Il se tourna vers Hyacinthe pour s'adresser à lui :

— En raison des procédures spéciales qui sont celles d'une cour martiale, l'avocat de l'accusé n'a pas le droit de parole mais l'accusé lui-même peut interroger les témoins s'il le désire. Hyacinthe Bellerose, voulez-vous que je retienne monsieur Mailloux ?

Hyacinthe se leva et resta un long moment sans rien dire, à regarder l'abbé dans les yeux. L'avocat de la défense, le capitaine Miller, lui faisait de petits gestes désespérés pour qu'il s'exécute. Hyacinthe parla enfin, mais il s'adressait à ceux qui étaient dans la salle.

— Dieu avait béni notre mariage, dit-il, j'en ai la preuve, car il ne nous a jamais, jusqu'au dernier jour, retiré notre amour. Quant à ma terre des Bois-Francs, elle ne m'a pas été ôtée par Dieu, mais par la British American Land. Et il y a une chose qu'il a oublié de dire, votre témoin : c'est qu'il a essayé de me voler mon enfant.

Maître Chapard était debout devant le banc du juge.

— Monsieur le président, cet homme n'interroge pas le témoin. Il se lance dans une plaidoirie.

Sullivan intervint :

— Hyacinthe Bellerose, avez-vous des questions précises à poser au témoin ?

— C'est inutile, répondit Hyacinthe, cet homme s'abrite derrière Dieu pour changer le sens de la vérité.

Et il s'assit, les mains posées sur les genoux.

Le bateau qui emmenait Bruno au Port Saint-François connaissait le fleuve comme un vieux cheval qu'on n'a pas besoin de guider. Naviguer en décembre au Canada impliquait une part de risque qu'il fallait savoir assumer. L'accostage constitua toutefois une manœuvre délicate qui dura une bonne demi-heure. Et encore, ne fut-il réussi qu'imparfaitement.

Comme cela arrivait fréquemment, pour des raisons inexpliquées, il avait fait plus froid sur les rives du fleuve que deux cents milles au nord. Des glaces s'étaient formées mais elles ne résistaient pas au courant qui les entraînait. Le quai du Port Saint-François s'avançait loin. Les glaces s'y accrochaient.

Le capitaine Sirois commença par essayer de pousser le banc de glace qui l'empêchait d'approcher du quai. Puis il chercha à le morceler. La cheminée du *Jean-Nicolet* crachait une épaisse fumée. Le petit bateau vibrait. La glace résistait.

En fin de compte, le capitaine Sirois jugea qu'il ne pourrait faire mieux. Ne restait qu'à jeter une longue passerelle entre le bateau et le quai. Ce qui fut fait avec force cris et invectives. Les passagers descendirent un à un, précautionneusement. Quand il prit pied sur le quai, il sembla à Bruno qu'il voyait le Port Saint-François pour la première fois.

Ce fut au tour de Phège d'être emmené devant le tribunal. Il n'aurait pas été plus effrayé s'il s'était subitement retrouvé devant le grand saint Pierre à la porte du Paradis. On lui ôta son bonnet de fourrure et le greffier lui tendit un exemplaire des Saints Évangiles.

— Voulez-vous mettre la main droite sur les Évangiles et jurer de dire la vérité, toute la vérité, rien que la vérité. Dites : je le jure.

Phège ne répondit pas. Il cherchait à rattraper son regard qui sautillait autour de lui comme un papillon. Maître Chapard s'approcha.

— Dites : je le jure.

Phège resta figé. Le greffier lui mit le livre dans la main. Le contremaître inutile regarda l'objet en ayant l'air de ne pas savoir ce que c'était.

Le président intervint.

— Vous êtes bien Joseph-Elphège-Dieudonné Précourt ?

Phège n'avait pas l'air de connaître non plus ce nom. Le président s'adressa au procureur de la Couronne :

— Cet homme ne semble pas comprendre ce qu'on attend de lui. Êtes-vous certain, maître Chapard, qu'il soit en état de témoigner ?

— Son témoignage m'est indispensable, monsieur le président.

— Dans ce cas, monsieur Précourt, je vous prie de vous exécuter.

Maître Chapard prit le livre des mains de Phège, lui posa les doigts dessus et, le regardant dans les yeux, lui dit en séparant bien les syllabes l'une de l'autre :

— Répétez après moi. Je-le-ju-re.

— Je le jure, dit Phège.

Chapard s'empressa de retirer le livre des mains de Phège comme s'il avait craint que l'autre revienne sur son serment. Il s'éloigna et prit la pose.

— Monsieur Précourt, vous faisiez partie de la bande de rebelles qui se sont barricadés dans l'église sous la gouverne de l'accusé.

— J'ai passé une nuit dans l'église, répondit Phège.

— Qu'étiez-vous aller faire à l'église ?

— Où vouliez-vous qu'on aille ?

— Pourquoi pas chez vous ?

Le marchand Smith, qui était aux premiers rangs dans la salle, se leva :

— Si vous ne le savez pas, je vais vous le dire, moi. Ces gens-là font profession de ne pas avoir de domicile.

Chapard s'empressa d'intervenir :

— Nous apprécions votre empressement à seconder la justice, monsieur Smith, mais ce n'est pas le moment.

Smith reprit sa place avec l'assurance d'un homme qui vient de faire son devoir. Le président Sullivan avait tout juste froncé les sourcils qu'il avait laineux.

— Monsieur Précourt, poursuivit Chapard, quand je suis allé vous interroger, en prison, vous m'avez dit que vous aviez participé, en compagnie de l'accusé, à ce que vous avez appelé une partie de chasse. Vous avez ajouté qu'au cours de cette partie de chasse, vous avez rencontré un certain nombre de femmes et d'enfants qui erraient dans les bois. L'accusé, qui conduisait l'expédition, aurait décidé de remmener tout ce monde au Port Saint-François et, là, ne sachant où les loger, il les aurait entraînés à l'église. Est-ce exact ?

— On peut dire ça.

— Écoutez-moi bien, monsieur Précourt. Vous m'avez dit, par ailleurs, qu'avant de partir de votre village, des hommes armés s'étaient réunis dans la maison de l'accusé. Étiez-vous parmi eux ?

— Nous autres, on n'est jamais invités à ce genre de choses.

— Alors, comment se fait-il qu'on vous retrouve en prison ?

— Est-ce que je sais, moi ?

— Vous m'avez dit, toujours au cours du même interrogatoire, que vous aviez vu des gens à genoux dans la maison de Bellerose.

— C'est pas moi, c'est Jacquot qui regardait par la fenêtre.

Le président Sullivan se pencha vers le procureur de la Couronne.

— Qui est ce Jacquot ?

— Un autre citoyen du Port Saint-François.

— Et ne croyez-vous pas, maître Chapard, qu'il serait opportun de lui demander ce qu'il a vu ?

Trois minutes plus tard, Jacquot prenait la place de Phège à qui on avait demandé de se tenir à l'écart sans bouger et prêtait serment à son tour. Chapard interrogea Jacquot :

— Alors, ils étaient à genoux, oui ou non ?

— Il y en a un qui est resté debout.

— Les autres étaient à genoux ?

— Je viens de vous le dire.

— Ils sont restés longtemps à genoux ?

— Le temps que j'aille le dire aux autres.

— Et qu'est-ce qu'ils faisaient ?

— Ils attendaient au bord de la route.

Chapard cherchait à cacher son exaspération.

— Je veux dire ceux qui étaient dans la maison.

— Ce qu'on fait quand on se met à genoux.

— Vous voulez dire qu'ils priaient ?

— Je pouvais pas entendre ce qu'ils disaient. La fenêtre était fermée.

— Leurs lèvres bougeaient ?

— Comme quand on dit des prières.

— Celui qui était debout, devant eux, c'était l'étranger ?

— Comment le savez-vous ?

— Ils avaient des armes ?

— Ni plus ni moins.

— Que voulez-vous dire ?

— Une faux, c'est-y une arme ?

— Et qu'y avait-il sur la table ?

— Ce qu'on trouve sur toutes les tables, un couteau et une chandelle.

Chapard abandonna son témoin pour se tourner vers le président et ses assesseurs :

— Vous aurez reconnu sans peine, messieurs, le cérémonial d'intronisation de la société secrète des Frères Chasseurs. Point n'est besoin de vous rappeler les buts de cette société. Vous venez de condamner, hier, deux accusés qui avaient prêté le même serment.

Puis Phège fut rappelé pendant qu'on emmenait Jacquot.

— Si vous le voulez bien, monsieur Précourt, vous allez nous dire ce qui s'est passé après que vous êtes revenu au village.

— On a fait comme tout le monde. On s'est trouvé des légumes pour la soupe.

— Des légumes que vous êtes allé éplucher à l'église, le plus naturellement du monde, avec des faux, des fourches, des bâtons et des fusils.

Ceux de la salle éclatèrent de rire. Phège était décontenancé. Il ne savait pas s'il devait rire lui aussi.

— Allons ! dites-le-moi. C'est bien ainsi que les choses se sont passées ?

Phège fit non de la tête.

— Vous aviez des armes, oui ou non ?

— On revenait de la chasse.

Chapard se frappa le front de la main et se tourna une fois de plus vers le tribunal.

— Je ferai remarquer à la cour que je n'ai jamais vu de Canadiens aller à la chasse armés de faux, de fourches et de bâtons.

Smith se leva de nouveau.

— Et moi, dit-il, je ferai remarquer à la cour que ces deux-là ne sont jamais allés à la chasse. Ils se contentent de manger le gibier des autres.

Chapard reprit promptement l'interrogatoire de Phège pour que le président n'ait pas le temps d'intervenir.

— L'accusé, Hyacinthe Bellerose, quelle sorte d'arme avait-il ?

— Son fusil.

Des murmures s'élevèrent de la salle. Hyacinthe regardait toujours droit devant lui. Son avocat, le capitaine Miller, se leva et vint lui dire quelques mots à l'oreille, mais Hyacinthe fit non de la tête et Miller reprit sa place.

— Et maintenant, poursuivit Chapard, réfléchissez bien. Qui d'autre, parmi ceux qui se trouvaient dans l'église, avait un fusil au moment où le notaire Plessis a été tué ?

— Julien qui est mort. L'autre était à une fenêtre de côté.

— L'accusé avait-il son fusil au moment où les soldats se sont approchés de l'église ?

— Oui.

— Où se tenait-il ?

— Près de la porte. Il regardait dehors.

— Son fusil à la main ?

— Oui.

Chapard avait obtenu ce qu'il voulait. Il conclut à l'intention du président et des assesseurs, dont un semblait porter bien peu d'attention à ce qui se passait :

— Monsieur le président et messieurs les assesseurs, nous venons d'établir avec certitude que l'accusé avait son fusil à la main et qu'il se trouvait en position de faire feu sur la victime au moment où celle-ci s'est effondrée.

Les remous avaient pris des proportions considérables dans la salle. Le président frappa sur son pupitre.

— Voulez-vous poursuivre votre interrogatoire, maître Chapard ?

— Ce ne sera pas nécessaire, monsieur le président.

Maître Chapard retourna à sa table compiler ses notes. Le président se tourna alors vers Hyacinthe.

— Désirez-vous interroger le témoin? Ou celui qui est intervenu précédemment?

— Non, répondit Hyacinthe sans se lever, mais je voudrais vous dire, monsieur, ces deux-là n'ont jamais rien fait de mal.

— On s'occupera d'eux plus tard. Pour le moment, c'est vous, l'accusé.

— Je préfère le dire tout de suite, conclut Hyacinthe, au cas où on oublierait de me le demander.

— Il est midi, constata le président. La cour est ajournée jusqu'à deux heures.

Le port Saint-François que Bruno retrouvait, en ces premiers jours de décembre 1935, n'avait rien à voir avec le prospère établissement qu'avaient connu ses ancêtres. La désastreuse débâcle du printemps de 1866 l'avait à peu près complètement détruit. Il n'était resté qu'une grosse maison de bois, la demeure du capitaine Duval, laquelle avait été vendue à un ancien maire de Nicolet, M. Louis, qui en avait fait un chalet pour sa nombreuse famille et un lieu de pique-nique pour ses employés. La maison se dressait en effet sur une butte entourée d'érables et de tilleuls qui l'avaient protégée de la débâcle.

Quelques personnes à l'aise de Nicolet fréquentaient aussi l'endroit à la belle saison pour canoter sur le fleuve en maillots rayés. Les jeunes gens y dressaient des tentes sur la plage. Mais il n'y avait plus trace du gros village qui s'y était élevé cent ans plus tôt et qu'on n'avait pas jugé utile de reconstruire. Et si le *Jean-Nicolet* consentait à faire escale au vieux quai du Port Saint-François, c'était pour rendre service aux cultivateurs qui, eux, n'avaient pas quitté leurs terres des rives du fleuve.

Appelé à témoigner et désireux de le faire en faveur d'Hyacinthe, le fondeur de cuillères était en train de se mettre en colère contre les astuces du procureur Chapard, qui commençait à regretter de l'avoir lui-même assigné.

— Écoutez, monsieur, j'avais compris que j'étais là pour vous aider à trouver la vérité. Pas pour que vous m'empêchiez de parler.

— Vous êtes là pour répondre à mes questions en qualité de témoin de la poursuite.

— Dites-le tout net. Vous voulez que je témoigne contre Hyacinthe Bellerose ?

— Nous voulons que vous disiez la vérité.

— Alors, laissez-moi parler.

— Vous parlerez tant que vous voudrez, mais commençons par éclaircir un point de départ. Vous n'êtes pas du Port Saint-François comme l'accusé ?

— A vrai dire, je suis de partout et de nulle part. Disons que je suis chez moi avec les gens simples qui ont le cœur grand, comme Hyacinthe Bellerose, justement.

— Passons. Qu'alliez-vous faire à l'église ?

— Vous m'avez bien dit qu'il fallait que je dise toute la vérité ?

Maître Chapard était interloqué.

— Absolument.

— Je ne vais jamais à l'église. Mes prières, c'est au fond des bois que je les fais, ou dans les cabanes des colons où m'emmène mon métier. Dans les églises, je trouve que l'encens et l'harmonium, cela fait comme des nuages, entre moi et la face de Dieu.

— Il a pourtant fallu que vous alliez à l'église, puisqu'on vous y a arrêté en même temps que l'accusé. Comment y étiez-vous entré ?

— D'une façon plutôt inusitée, la fourche dans le dos.

— Voulez-vous dire qu'on vous y avait contraint par la force ?

— Pas vraiment. Vous savez, celui qui tenait la fourche était un bon diable. Il n'était pas méchant. Il était simplement un peu nerveux, et les ombres de la nuit lui faisaient peur. Il ne me connaissait pas, il a voulu savoir qui j'étais.

— Il vous a donc fait entrer dans l'église. Qui y avez-vous vu ?

— Vous les connaissez aussi bien que moi. Ils sont tous dans la grande salle de la prison, à l'exception d'un malheureux qui a été tué parce qu'il tenait absolument à voir ce qui se passait dehors.

— Et que faisaient-ils ?

— Une chose vieille comme le monde, monsieur, ils avaient peur. Et vous savez ce que ça peut provoquer, la peur ? Il y en a que ça pousse à la lâcheté, d'autres à l'héroïsme. Ils étaient là, dans l'église, comme une portée de lièvres dans un terrier. Dehors, on entendait les aboiements des chiens. Ils se disputaient entre eux sur ce qu'il fallait faire. Attaquer ou attendre d'être dévorés vivants ? Celui que vous vous plaisez à appeler l'accusé était partisan de la manière douce. Oui, je sais bien que ce n'est pas ce que vous avez envie d'entendre, mais votre accusé n'a rien fait pour exciter les autres. Au contraire, il cherchait à les empêcher de commettre l'irréparable.

— Il préférait sans doute le faire lui-même ! dit maître Chapard d'une voix narquoise.

— Même si vous parveniez à le démontrer, ce ne serait pas vrai.

— Allons donc. Vous divaguez.

Chapard en avait assez. Il se tourna vers le président dans un grand geste de bras abattus.

— Il n'y a rien à tirer de ce témoin. Je le laisse à l'accusé puisqu'il lui semble si sympathique.

Hyacinthe se leva. Il ne dit rien. Ce fut le fondeur de cuillères qui s'adressa à lui, ignorant le major général Sullivan dont les sourcils se redressaient à mesure que le témoin parlait.

— Depuis le jour où je t'ai vu pour la première fois, dans les Bois-Francs, avec ta femme morte et ton enfant que tu transportais dans une poche sur ton dos, je le savais qu'on allait t'accuser de tous les péchés du monde. La vie fait, une fois de temps en temps, des gens de ton espèce, et ceux-là sont désignés pour porter la misère des autres.

Le fondeur de cuillères se tut un petit instant, puis il tourna son regard vers le président :

— Ce qui s'est passé dans l'église, c'était bien autrement que vous l'imaginez. Parce que lui, monsieur le juge, ça ne le concerne pas, les affaires des Anglais et des Canadiens. Vous pensez faire le procès d'un Patriote, et vous faites le procès d'un Juste.

Il s'adressa à nouveau à Hyacinthe :

— Tu leur diras, Hyacinthe, que les Patriotes, c'est les Anglais qui les ont tricotés, comme des poupées, pour se donner le plaisir de leur arracher les yeux, les bras et puis le cœur, comme le font parfois les enfants. Tu leur diras.

Le procureur Chapard était indigné. Il bondit de son siège.

— Ceci n'est pas un témoignage. Et, d'ailleurs, l'accusé n'interroge même pas le témoin.

— Avez-vous des faits précis à rapporter ? demanda le major général Sullivan.

— Si la haine et la misère ne sont pas des faits, moi, je n'ai rien à ajouter.

Le fondeur de cuillères se tourna une dernière fois vers Hyacinthe avant d'aller rejoindre de lui-même les soldats qui se tenaient quatre pas derrière lui.

— Adieu, mon frère.

Dans la salle, l'émotion était à son comble. Et le procureur de la Couronne ne voulait pas perdre la sympathie de son auditoire.

— Je demande à entendre le sous-lieutenant Charles Stanley.

Celui-ci s'avança bien droit, prêta serment de toute sa raideur et demeura au garde-à-vous pendant la durée de sa comparution.

— Monsieur Stanley, nous avons tenu à entendre votre témoignage pour éclaircir un point technique précis. Vous êtes militaire, vous avez une longue pratique des armes et vous commandiez les opérations le matin où le notaire Plessis a été tué. A votre avis, qui a tiré ?

— D'après la position des trois insurgés que nous avons trouvés dans l'église en possession d'une arme à feu, un seul peut avoir tiré sur le parlementaire. C'est l'accusé.

La salle se tenait sur le bout des bancs. Hyacinthe ne broncha pas.

— Vous êtes formel ?

— Absolument.

— Pouvez-vous nous apporter la preuve de ce que vous affirmez ?

— Oui, monsieur. La victime a été tuée d'une balle qui l'a frappée de face, en pleine poitrine. Or, le premier insurgé qui était armé était monté sur un banc. S'il avait tiré de là où il était, la balle, arrivant de haut en bas, aurait eu un impact tout à fait différent sur la victime. Le deuxième était à une fenêtre de côté, d'où il lui était impossible de voir le notaire Plessis, donc de l'atteindre. Par conséquent, une seule personne peut avoir tiré la balle meurtrière, c'est celui qui se trouvait dans l'entrebâillement de la porte principale de l'église, c'est-à-dire l'accusé, Hyacinthe Bellerose.

Le procureur Chapard avait peine à contenir sa satisfaction.

— Monsieur le président, ce que vient de nous dire le sous-lieutenant Stanley est d'une telle évidence que je ne vois plus l'utilité d'appeler d'autres témoins. Pour moi, la cause est entendue et nous perdrions notre temps à confirmer ce que nous savons déjà.

— Pas trop vite, maître Chapard, en acceptant de présider ce tribunal militaire, je me suis engagé à me conformer à certaines règles. D'abord, l'accusé désire-t-il interroger le témoin ?

Hyacinthe se leva lentement. Il regarda Stanley un moment. Son regard n'exprimait aucune colère mais seulement une grande tristesse.

— Vous dites, monsieur, que j'étais placé pour tirer sur le notaire Plessis. C'est vrai. Vous dites aussi que personne d'autre dans l'église n'a pu le faire. C'est vrai aussi. Mais il est aussi vrai que je n'ai tué personne.

Chapard était debout.

— Allons donc ! Finirez-vous par avouer ? Le sous-lieutenant Stanley vient de nous fournir la preuve de votre culpabilité.

Le visage d'Hyacinthe se durcit.

— Ma culpabilité, c'est dans votre tête qu'il faut la chercher, pas ailleurs.

— Monsieur le président, allez-vous laisser l'accusé se moquer du tribunal ?

Le major général Sullivan tira sa montre et annonça que le procès était ajourné au lendemain. Dans la salle, le journaliste Gregory Thomas se tourna vers son voisin.

— Il vivra deux jours de plus, dit-il, mais il finira tout de même au bout d'une corde. C'est le principal.

Le Bruno Bellerose qui était parti du Port Saint-François, à la fin de l'été, était encore un enfant. Celui qui y revenait avait la démarche et le regard d'un homme. Cela changeait beaucoup de choses.

Il remonta ce qui avait été, au temps du village, le chemin d'en haut, jusqu'à la route de terre qui reliait les fermes entre elles. Ce qui ne lui avait paru, jusque-là, que des objets d'amusement, gros arbres pour y grimper et clôtures à sauter, prenait maintenant la couleur du labeur. Bruno avait soudain conscience que tout ce qu'il voyait avait été fait de main d'homme, y compris le paysage. Il savait maintenant ce qu'il en coûtait pour abattre un seul arbre. Et ces terres avaient été entièrement défrichées par les premiers colons du Canada.

La maison des Bellerose se trouvait à cinq milles environ du Port Saint-François, en direction des Trois-Rivières. Bruno prit le pas de celui qui va loin. Déjà la grosse demeure ancestrale des Bellerose surgissait dans sa tête, avec ses galeries peintes en vert, ses bâtiments de ferme et sa cheminée qui devait fumer d'un bon feu d'érable.

C'était comme si cette maison avait été sa mère, une mère sans âge, qui ne vieillit pas. Il songea un instant à tous les Bellerose qui s'y étaient succédé. Il ne connaissait pas leur nom. Seule l'usure des marches de l'escalier témoignait de leur passage.

Marie-Moitié et l'Irlandaise qu'elle abritait s'entêtaient à finir leur panier respectif bien que la nuit fût tombée. Elles ne voyaient plus leur ouvrage, et leurs mains devaient se débrouiller toutes seules. Des pas sur le perron les firent sursauter. Marie-Moitié alla ouvrir. La dame Morel entra en coup de vent, tout essoufflée.

— Sainte mère de Dieu, dit-elle, je suis contente. Je craignais que tu sois au large.

— A ce temps-ci de l'année, on ne va pas bien loin. Vous avez du nouveau ?

La dame Morel regardait l'Irlandaise avec suspicion. Celle-ci se retira discrètement près du poêle.

— Viens vite, dit la dame Morel.

— Où donc ?

— Il a besoin de toi.

— Hyacinthe ?

— Sotte ! Quelqu'un à l'auberge. Prends tes affaires. Tout ce que tu as pour soigner les cas désespérés.

Marie-Moitié et la dame Morel traversèrent le Port Saint-François comme des ombres de la nuit. La dame Morel allait devant. Elle courait presque. Marie-Moitié suivait en s'efforçant de ne rien renverser du contenu de son panier aux herbes.

La dame Morel ouvrit la porte de ses écuries et entra pour allumer un falot. Il faisait chaud et l'odeur était forte. Marie-Moitié resta sans rien dire, étonnée qu'on l'introduise aux écuries pour soigner quelqu'un. Mais la dame Morel la poussa devant elle.

— Là ! Là ! Plus loin.

Ce qu'elle découvrit dans la paille la fit sursauter. Le cordonnier n'avait plus rien d'humain : une bête recroquevillée qui lutte contre la douleur en exhalant un souffle bruyant.

— Il s'est traîné à la porte de ma cuisine, expliqua la dame Morel, six jours passés.

— Pourquoi n'êtes-vous pas venue me chercher plus tôt ?

— J'espérais qu'il se requinquerait tout seul. Jusqu'ici, il avait l'air d'en avoir le vouloir. Depuis ce matin, il en a plus les moyens. Alors, tu me l'arranges ?

— Il me faudrait de l'eau chaude.

— Si c'est tout ce qu'il te faut pour me le ressusciter ! J'ai pas envie qu'il me meure sur les bras.

La dame Morel s'en fut à l'auberge de son pas de souris. Marie-Moitié se pencha sur le cordonnier dont le visage n'était plus qu'une grimace. Au rythme de sa respiration lourde il faisait des « Non ! Non ! » qui pouvaient vouloir dire n'importe quoi.

— Calme-toi, François. Tu me reconnais ? Marie-Moitié.

— Non ! Non !

— Je suis venue te soigner.

— Non ! Non ! Le curé. Je veux voir le curé.

— Tu le verras, François. Mais avant, montre-moi ce que tu as.

Marie-Moitié se mit en frais de détacher la chemise du cordonnier. Celui-ci, dans son impuissance, cherchait à l'en empêcher.

— Laisse-moi faire, François.

— Le curé.

— Je te soigne et je vais le chercher.

— Tout de suite.

— Tu veux te confesser ?

— Tout de suite. Avant de mourir.

— Puisque je te dis que tu ne mourras pas.

Le cordonnier ouvrit grands les yeux. On aurait dit qu'il venait de s'apercevoir de la présence de la métisse.

— Marie-Moitié, dit-il.

— Laisse-moi faire, répétait celle-ci, je vais te soigner.

— C'est trop tard. Ce que j'ai, tu ne peux pas me l'ôter.

— Laisse-moi au moins essayer.

— Tu ne peux pas. C'est dans le cœur.

— Qu'est-ce que tu as, François ?

— J'ai peur.

— Il ne faut pas avoir peur.

— Je veux me confesser.

— Te confesser, toi ?

— Je veux me laver avant de mourir.

— Tu n'as rien de mal dans le cœur, François. Tu as toujours eu tes idées, c'est vrai, mais on a le droit.

— Il faut que je le dise.

— Ce que tu as fait, avec les autres Patriotes, Dieu l'a voulu.

— C'est moi ! C'est moi !

— C'est toi, quoi ?

— C'est moi qui ai tué le notaire.

— Qu'est-ce que tu dis ? Tu délires ?

— C'est moi qui ai tué le notaire. Va chercher le curé. Je ne veux pas mourir sans m'en confesser.

Marie-Moitié leva la tête. Elle était étourdie. La dame Morel arrivait derrière elle, une bassine d'eau chaude à la main. Elle n'avait pas entendu la révélation du cordonnier qui s'était remis à geindre.

— Il dit qu'il a tué le notaire, annonça Marie-Moitié.

— Je t'ai pas fait venir pour le confesser, répondit la dame Morel, mais pour le soigner. Je sais. Il me l'a répété cent fois plutôt qu'une. Il délire, le pauvre garçon.

Marie-Moitié était debout devant la dame Morel.

— Il faut qu'il le dise au juge.

— Commence donc par le remettre sur pied.

— Non. Tout de suite.

— Il est à deux doigts de la mort.

— Raison de plus. Il faut y aller tout de suite. Vous allez me prêter une voiture et un cheval.

— Il n'en est pas question.

— Si vous ne m'aidez pas, je raconterai à tout le monde que vous cachez un Patriote dans vos écuries. Je le dirai au seigneur. Aux soldats.

La dame Morel était embarrassée. Elle n'avait pas du tout envie que Marie-Moitié mette sa menace à exécution.

— Tu veux partir comme ça ? Dans l'état où il est ? En pleine nuit ?

— C'est loin, Montréal. J'en prendrai soin en cours de route : j'ai autant intérêt que vous à ce qu'il vive.

— Bon, bon. Sainte Mère de Dieu ! Si c'est comme ça, occupe-toi de lui, je vais quérir le père Mathias. Mais j'y vais avec vous.

La dame Morel s'éloigna tandis que Marie-Moitié se penchait sur le cordonnier. Il avait recommencé à geindre.

— Tu vas te confesser, François. Devant tout le monde. Peut-être que ça te soulagera assez pour te ramener à la vie ?

La mère de Bruno courut à sa rencontre, serrée dans son tablier. Sur la pelouse grasse de feuilles mortes décomposées par les pluies d'automne, elle le pressa contre elle.

— T'en as mis du temps !

— Je suis venu aussi vite que j'ai pu. J'étais rendu au bout du monde.

Elle fit un pas en arrière pour le regarder.

— T'as pas grandi, mais t'as pas maigri non plus.

— On était bien traités.

— Mon pauvre Bruno.

Et elle le pressa de nouveau contre elle. Bruno était un peu mal à l'aise. Il craignait que l'odeur de Lucette soit encore sur lui. Mais sa mère s'était mise à sangloter.

— Mon pauvre Bruno, dit-elle encore. Ton père...

— Qu'est-ce qu'il a ?

— Il t'attendait pour mourir.

Le sous-lieutenant Stanley avait été à nouveau convoqué par le tribunal. Le major général Sullivan avait en effet décidé, après le repos de la nuit, de se conformer à la procédure et d'aller jusqu'au bout. Il n'avait jamais agi autrement de toute sa vie.

— Monsieur Stanley, dit-il, quand j'ai suspendu l'audience, hier, vous étiez interrogé par l'accusé. Hyacinthe Bellerose, désirez-vous poursuivre ?

Hyacinthe hésita un instant à se lever. Il semblait se désintéresser du témoin.

— Non, mais je voudrais vous dire quelque chose.

Le président hocha la tête pour indiquer qu'il était disposé à entendre ce que l'accusé pouvait avoir à dire, à condition que ce soit pertinent.

— Chapard, le procureur et cet homme, Stanley, ils ne

servent pas la justice. Tout ce qui les intéresse, c'est de prouver devant tout le monde qu'ils ont raison. Même si je n'ai rien fait et qu'il faut qu'on me pende.

Le président leva la main pour arrêter Hyacinthe. Il regrettait de lui avoir donné la parole.

— Je comprends que vous ayez intérêt à semer le doute dans l'esprit du tribunal à propos de ce que le témoin a affirmé, mais il ne suffit pas de dire le contraire pour le contredire. Il faut apporter de nouvelles preuves.

— C'est un militaire. Il dira ce qu'il voudra et vous le croirez, à cause de son habit et de ses boutons dorés.

Chapard se dressa :

— L'accusé devient insolent. Allez-vous le laisser faire, monsieur le président ?

— Pour la dernière fois, Hyacinthe Bellerose, désirez-vous interroger le témoin ?

— Je veux dire une dernière chose, énonça lentement Hyacinthe. Moi, je sais que je n'ai pas tiré sur le notaire Plessis. Et lui, soutient le contraire. Si c'est comme ça que les Anglais ont traité les Canadiens jusqu'ici, je commence à comprendre pourquoi ils se sont révoltés.

Sullivan frappa sur son pupitre avec son marteau.

— Ce n'est pas le moment. Vous n'êtes pas ici pour faire étalage de vos convictions politiques. Asseyez-vous. Le témoin est libéré. Monsieur Chapard, désirez-vous appeler quelqu'un d'autre ?

— Le seigneur William-Michael Cantlie.

Les soldats qui étaient de garde près de la porte allèrent chercher le seigneur Cantlie. Celui-ci, vêtu d'une redingote, portait sa Bible sous le bras. On lui tendit l'exemplaire des Saints Évangiles sur lequel les témoins précédents avaient prêté serment, mais il insista pour le faire sur sa vieille Bible. Le greffier se leva pour aller examiner le livre, il fit un signe de tête au président et le seigneur de Nicolet s'exécuta.

Il commença par rappeler dans quelles circonstances il était devenu seigneur de Nicolet. Il était arrivé au pays dix-huit ans plus tôt. Il avait d'abord occupé d'importantes fonctions militaires mais, l'âge venant, il avait commencé à sentir l'effet de vieilles blessures de guerre et il avait songé à finir ses jours comme un bon père de famille, parmi les Canadiens qu'il avait appris à apprécier, à aimer même. Ce n'était, selon lui, que de grands enfants à qui certains mal-pensants avaient monté la tête avec de belles paroles. Mais il insistait pour dire qu'il ne fallait pas prendre toute cette agitation au sérieux. Un peu de fermeté, et ce serait vite oublié.

Maître Chapard en profita pour rappeler au seigneur que son chargé d'affaires avait tout de même été tué.

— C'est un cas isolé, répondit M. Cantlie, dont les conséquences ne doivent pas rejaillir sur tous les Canadiens.

— C'est justement ce cas isolé qui nous occupe, monsieur. Nous sommes ici pour juger Hyacinthe Bellerose. Pouvez-vous nous parler de lui ?

— C'est un homme simple, lui aussi. Mais il est peut-être plus sensible que d'autres. Il a du mal à supporter certaines réalités inhérentes à ce pays, le froid, la terre difficile à défricher et à cultiver, certaine forme d'autorité, pourtant indispensable. Alors, évidemment, il est un peu révolté.

— Révolté ! s'écria le procureur de la Couronne, vous avez le mot juste. Hyacinthe Bellerose est un révolté. Savez-vous, monsieur Cantlie, ce qui arrive quand on ne se débarrasse pas des révoltés ? Ils font la révolution.

— Depuis que j'ai quitté l'armée, ce n'est plus mon rôle de mater les révolutions.

— Vous n'avez pas l'intention de nous empêcher de le faire ?

— Certainement pas, monsieur.

— Dans ce cas, dites-nous ce que vous savez des rapports entre la victime et l'accusé.

— Hyacinthe Bellerose et le notaire Jean-Michel Plessis n'étaient pas de la même opinion. Tout les séparait : la naissance, la fortune et les idées.

— A votre connaissance, cela les avait-il menés à s'affronter ?

— Constamment, monsieur, mais sur de toutes petites choses.

Chapard se tourna encore une fois vers le major général Sullivan :

— Vous avez entendu, monsieur le président ? Une vieille querelle séparait l'accusé et la victime. Une haine longtemps contenue. C'est ce que vient d'affirmer M. Cantlie avec une délicatesse bien compréhensible, quand on songe aux importantes fonctions qu'il occupe. Ce qu'il faut retenir, cependant, c'est qu'au moment de tomber sous un coup de feu meurtrier, le notaire Plessis surmontait justement les sentiments qu'aurait pu lui inspirer cette querelle, pour tenter d'éviter le pire. Il est mort, victime de son dévouement.

Et Chapard annonça qu'il ne retenait pas le témoin. Hyacinthe, lui, tenait à l'interroger.

— Monsieur Cantlie, avez-vous oublié ce que nous nous sommes dit la veille des événements ?

— Je n'ai rien oublié, Hyacinthe, et surtout pas que tu m'avais affirmé qu'il n'y avait que des femmes et des enfants dans l'église.

— Vous m'aviez promis de les loger, pas d'appeler les soldats.

— Tu ne m'en laissais pas le choix.

— D'une certaine manière, c'est vous qui avez tué le notaire.

M. Sullivan en avait assez entendu.

— Silence, Hyacinthe Bellerose. Mais vous n'avez donc aucun respect ?

— Monsieur Cantlie m'a très bien compris. Maintenant, si vous voulez que je me taise, je peux le faire.

Ce qu'il fit. Il n'avait pas quitté le président des yeux.

— Rengainez votre mépris, Hyacinthe Bellerose.

Le major général ne cachait pas le sien. Le procureur demanda à entendre le marchand Smith. Il n'avait pas songé à le faire témoigner, ce qui expliquait sa présence dans la salle, alors que les témoins ne devaient pas entendre, normalement, les autres témoignages. Le major général Sullivan consentit volontiers à cette dérogation. Chapard n'eut même pas besoin de l'interroger pour l'amorcer.

— Vous perdez votre temps. Il est coupable. Qu'on le pende et qu'on n'en parle plus.

Le président se sentit forcé d'intervenir, sans quoi le témoignage du marchand Smith risquait de dégénérer en un règlement de comptes.

— Surveillez votre langage, monsieur Smith. Vous êtes dans un tribunal. Nous respectons votre conviction mais vous êtes ici pour faire étalage des faits sur lesquels vous l'appuyez.

— Des faits ? J'achetais à ses frères du bois pour faire de la potasse. Un jour, il est venu m'insulter en pleine face pendant que son frère crachait par terre dans ma direction. Qu'est-ce que vous en pensez ?

— Évidemment, monsieur Smith, s'empressa de répondre Chapard.

Mais le témoin n'avait pas l'air de vouloir s'en tenir là.

— Vous voulez d'autres faits ? Vous savez qu'il y a un quai au Port Saint-François et qu'il est la propriété de la British American Land dont je suis le représentant. Quelqu'un, que je ne nommerai pas et qui a disparu quand les troubles ont commencé, vous voyez qui je veux dire, s'est acharné à mettre du bois sur mon quai sans ma permission. A la fin, j'ai fait jeter le bois à l'eau. Il prenait toute la place. Et vous ne devinerez jamais qui est allé ramasser ce bois à la dérive : Hyacinthe Bellerose.

Le président Sullivan commençait à trouver que le marchand Smith parlait beaucoup pour ne rien dire.

— Nous comprenons, monsieur Smith, que l'accusé est une forte tête, mais pouvez-vous nous exposer des faits qui soient plus directement reliés à l'objet de ce procès ?

— Tant que vous en voudrez ! Il ne faisait rien pour secourir ses père et mère. Les pauvres vieux n'ont pas pu payer leurs redevances. Le seigneur les a fait chasser en leur confisquant leurs biens, comme c'était son droit. Tout ça par sa faute, à lui ! Puis il s'est amusé à distribuer les biens confisqués aux villageois. Heureusement, ils sont honnêtes, nos villageois, ils n'ont rien pris.

— Monsieur Smith, je vous serais reconnaissant de conclure.

— Laissez-moi parler. Sa femme, la métisse, elle m'a dit qu'elle aussi était avec les Patriotes. Elle m'a même menacé en me mettant un couteau sur le ventre. Trouvez-vous que tout ça c'est assez relié au procès ?

Pour une raison inexpliquée, Bruno refusa de voir son père. Celui-ci finissait ses jours dans la chambre du bas, celle qui donnait sur la cuisine. La porte était entrebâillée. Bruno passa vite devant et s'efforça de ne rien voir.

Sa mère se désespéra tout le jour.

— Il t'attend. C'est lui qui a insisté pour qu'on te fasse revenir. Qu'est-ce que tu as, que tu ne veux pas le voir ?

— Demain, peut-être.

— Ça lui a pris pas longtemps après que tu as été parti, expliqua la mère de Bruno. Il disait qu'il n'avait plus de forces. Puis ses jambes ont commencé à lui faire mal. Maintenant, il ne peut plus lever le petit doigt sans crier. Le docteur Dubois dit qu'il est perdu. Il ne comprend pas qu'il ne soit pas déjà mort. Va le voir.

— Un peu plus tard...

— Si c'est comme ça, dit la mère de Bruno, je lui dirai pas tout de suite que t'es arrivé. Ça le fera peut-être vivre une journée de plus.

La charrette, conduite par le père Mathias, longeait des édifices imposants et s'engageait dans des rues dont personne n'avait jamais entendu parler. En partant du Port Saint-François, le père Mathias avait juré qu'il connaissait Montréal comme le fond de sa poche. En vérité, il n'était venu dans la grande ville qu'une fois, à l'âge de quinze ans.

— Tout a tellement changé, dit-il. Je comprends pas.

La nuit avait été longue et haletante. Au rythme du souffle du cordonnier qui geignait en répétant sans cesse qu'il allait mourir. En entrant dans la ville, Marie-Moitié avait interpellé un passant pour s'enquérir du lieu où étaient jugés les Patriotes. La dame Morel s'en était mêlée. Les réponses du petit vieux en avaient été déformées. On savait qu'on n'était pas très loin mais on semblait tourner en rond. Marie-Moitié déclara qu'on était arrivés. La dame Morel n'était pas de cet avis. Le père Mathias avait arrêté sa voiture au milieu de la rue. Les cochers qui venaient derrière, à cette heure de grande activité du début de la matinée, l'invectivaient. Marie-Moitié sauta en bas de la charrette. Elle courut, dans une allée bordée d'érables, vers un gros édifice de pierre grise.

— Celle-là, murmura la dame Morel, quand elle a quelque chose dans la tête, elle l'a pas ailleurs.

Marie-Moitié engagea la conversation avec un homme avenant. C'était le concierge. Celui-ci la rassura. Elle était bien au Palais de Justice. Mais pour témoigner, il ne fallait pas y songer. On devait y être invité par un des avocats. Marie-Moitié s'étonnait que quelqu'un qui avait quelque chose de très important à dire ne puisse pas le faire. Elle insista. Il confirma que le procès d'Hyacinthe Bellerose était bien en cours. Marie-Moitié retrouva un peu d'espoir quand le concierge lui dit qu'il connaissait tous ceux qui fréquentaient le tribunal : greffiers, juges, avocats. Il ajouta que si elle emmenait ce cordonnier qui désirait témoigner, il pouvait toujours le faire monter dans la salle. A l'interruption, il irait, lui, parler personnellement aux avocats et voir ce qu'on pouvait faire. Mais il ne voulait rien promettre. Il gesticulait pour bien ancrer cette idée dans la tête de la jeune fille tout en marchant à ses côtés vers la charrette.

Le père Mathias et la dame Morel veillaient sur le cordonnier qui était recroquevillé dans la paille. Il était au plus mal. Le concierge prit un air qui voulait dire qu'il trouvait plutôt inconvenant de faire témoigner un homme à l'article de la mort. Il parla d'une auberge, tout près, où on pourrait l'emmener pour le soigner. Mais le cordonnier réclamait Marie-Moitié. Il avait déjà un souffle de l'au-delà.

— Marie, Marie. Tu leur diras, toi. Tu leur diras que je leur demande pardon.

Il parut soulagé d'un grand poids et posa sa tête au creux du bras de la métisse. Le temps pour celle-ci de tourner la tête vers le concierge, et le cordonnier était mort. Alors Marie-Moitié courut vers le Palais de Justice dans lequel elle pénétra à toute allure. Le concierge hocha la tête.

— La pauvre fille, dit-il, si elle s'imagine qu'elle va faire la loi au tribunal !

Pendant ce temps, le marchand Smith achevait son témoignage.

— Mon idée est faite, monsieur. Quand un homme ne respecte pas la propriété, la vie des autres ne pèse pas lourd au bout de son bras.

A ce moment, Marie-Moitié, bousculant tout sur son passage, pénétra dans la salle d'audience. Elle était à bout de souffle.

— Écoutez-moi. J'ai quelque chose d'important à dire.

Elle s'arrêta dans l'allée. Elle ajouta à voix basse, comme confuse :

— Écoutez-moi.

Toutes les têtes s'étaient tournées vers elle. Hyacinthe se dressa. Ils échangèrent un regard qui en d'autres circonstances aurait été un baiser. Marie-Moitié cherchait à qui s'adresser. Elle se rendait bien compte que les personnages importants étaient ceux du fond, comme à l'église, et que ceux qui l'entouraient n'étaient que les fidèles de cette assemblée. Elle marcha vers les premiers. Les quatre soldats de garde n'attendaient qu'un ordre pour l'expulser. Le major général Sullivan passa la main sur ses sourcils.

— Qui êtes-vous et que faites-vous ici ?

Malgré sa prestance naturelle, Marie-Moitié était bien frêle, devant la tribune.

— Il faut que je vous parle, monsieur, c'est très important.

Le juge Sullivan trouvait la chose presque amusante. Cela le distrayait du fastidieux témoignage du marchand Smith.

— Vous ne pouviez pas attendre midi, à l'heure où je prends mon repas ? Savez-vous, mademoiselle, que vous venez de faire irruption dans une cour martiale ?

— C'est pour cela, monsieur, que je suis ici.

Le major général parut amusé de cette répartie.

— Mais d'abord, qui êtes-vous ?

— Sa femme.

— La femme de qui ?

— La femme d'Hyacinthe Bellerose.

La salle était au comble de l'excitation. Certains demandaient déjà à voix haute qu'on expulse cette femme sur-le-champ. Deux soldats s'étaient d'ailleurs placés de chaque côté de la jeune fille. Le président joua du marteau et dit dans un silence d'église :

— Et vous venez sans doute nous apprendre qu'il n'est pas coupable.

— C'est exactement cela, monsieur.

La salle essaya d'étouffer ses rires.

— Évidemment, conclut Sullivan, le contraire m'aurait surpris. Mais qu'en savez-vous ?

— Ce n'est pas Hyacinthe qui a tué le notaire.

— Alors, qui d'autre ?

— Le cordonnier.

Il y avait quelques personnes du Port Saint-François dans l'auditoire. Elles exprimèrent leur étonnement plus bruyamment que les autres.

— Le cordonnier ? enchaîna le président. Quel cordonnier ?

— François, le cordonnier du Port Saint-François.

Smith intervint :

— Elle est folle, monsieur. Elle dit n'importe quoi. C'est vrai que le cordonnier, il a la tête mal tournée lui aussi, mais il n'était même pas là le jour où ça s'est passé. On en était grandement étonnés, d'ailleurs.

Marie-Moitié s'aperçut alors de la présence du marchand Smith. Depuis son entrée fracassante, elle n'avait vu qu'Hyacinthe et le président. Elle fit un pas vers le marchand Smith pour lui répondre.

— Il y était. Il me l'a dit lui-même.

— Comment se fait-il, alors, que ce cordonnier ne soit pas en prison comme les autres ? demanda Sullivan. Où est-il, ce cordonnier ?

— Il est en bas.

— Et pourquoi ne vient-il pas témoigner lui-même ?

— Il est mort, monsieur.

L'irruption de cent Patriotes en armes n'aurait pas fait plus d'effet. Le major général Sullivan avait beau frapper sur son pupitre, il ne parvenait pas à rétablir le silence. Il finit par se pencher vers Marie-Moitié pour lui lancer d'une voix forte :

— Écoutez, mademoiselle, vous pénétrez ici comme une furie pour nous dire que l'accusé n'est pas coupable. Vous désignez quelqu'un d'autre à sa place. Mais ce quelqu'un d'autre est mort. Et vous êtes, en plus, la femme de l'accusé. Comment voulez-vous que je prenne votre témoignage en considération ? Non ! Je vous ai écoutée patiemment alors que j'aurais dû vous faire expulser tout de suite. Maintenant, je vous prierais de vous retirer de vous-même, sans que je me voie obligé d'employer la force.

Marie-Moitié se rendit compte qu'elle avait un soldat de chaque côté d'elle. Elle dit encore d'une voix brisée :

— Je vous le jure, monsieur, c'est le cordonnier qui a tué le notaire.

Les soldats l'avaient empoignée. Elle se débattit un peu mais c'était inutile. Elle criait tandis que les soldats l'emmenaient vers la porte :

— Si vous ne me croyez pas, demandez à la dame Morel.

— Un instant, ordonna Sullivan. Qui est cette dame Morel ?

— La patronne de l'auberge, répondit Marie-Moitié en tournant la tête vers le président.

— Qu'a-t-elle à voir dans cette affaire ?

— François, le cordonnier, il lui a avoué son crime, à elle aussi.

— Il ne serait pas inopportun qu'on l'entende. Peut-on l'envoyer chercher ?

— Elle est en bas. Je vais la quérir.

Marie-Moitié se dégagea de l'emprise des soldats et courut dans l'escalier.

Le temps pour la salle de reprendre ses esprits et la dame Morel était en train de témoigner. Ceux qui la connaissaient ne lui avaient jamais vu le menton si mou.

— D'où venait-il, votre cordonnier, quand il a frappé à votre porte ? demanda maître Chapard.

— Dieu sait d'où. Il était tout en sang. Un si bon garçon, qui lisait dans les livres, et tout...

— Et vous dites que vous l'avez caché dans vos écuries ? Pourquoi ne pas l'avoir soigné à l'auberge ?

— Ç'aurait pu faire jaser. Mon mari est trépassé, vous savez.

— Ne serait-ce pas plutôt parce que vous ne vouliez pas qu'on sache que vous hébergiez un Patriote ?

— Patriote ? Un si bon garçon.

— Et que vous a-t-il dit ?

— Ce qu'on dit quand on a perdu la raison. Il était presqu'au bout de son sang. Ça fait pas les idées bien claires, vous savez. Il invoquait sa défunte mère, les saints du Paradis, comme quelqu'un qui sent sa fin prochaine.

Marie-Moitié, qui s'était assise aux premiers rangs du public, se leva brusquement.

— Dites-le, dame Morel. Dites-le que c'est le cordonnier qui a tué le notaire. Il était dans le charnier.

— Un mot de plus et je vous fais chasser, ordonna Sullivan à Marie-Moitié. Allons, madame, cette jeune personne soutient que le cordonnier vous aurait fait des révélations. Voulez-vous nous en faire part ?

— Des révélations ? Oui, peut-être bien qu'il entendait des voix. Plus il s'éteignait, plus il parlait.

— Vous a-t-il dit qu'il avait tué le notaire ?

— Il l'a dit. Mais j'ai pas fait attention. Il n'avait plus tous ses esprits. M'est avis qu'il était retombé en enfance.

Chapard s'avança vers la tribune.

— Monsieur le président, messieurs les assesseurs, ne trouvez-vous pas que cette comédie a assez duré ? Cette femme ne peut rien affirmer et nous ne devons pas prêter foi à un témoignage aussi obscur.

— Avez-vous quelque chose à ajouter, madame ? demanda le président.

— J'aimerais mieux pas en dire davantage tandis qu'il refroidit, en bas, le cordonnier. Je craindrais trop qu'il vienne me tirer les orteils dans mon sommeil.

— Monsieur le président..., commença Chapard.

Mais il n'eut pas le temps d'en dire plus. Le président frappait sur son pupitre.

— La cour appréciera. Vous pouvez vous retirer, madame.

Ce qu'elle fit avec toute la dignité dont elle était capable. Marie-Moitié la suivit en l'invectivant d'une voix sourde.

— Lâche ! C'est les vivants que vous devriez craindre, pas les morts.

Et se tournant vers Hyacinthe avant de disparaître dans l'escalier :

— Défends-toi, Hyacinthe. C'est vrai ce que j'ai dit. Le cordonnier, il était dans le charnier. C'est lui qui a tué le notaire. Défends-toi.

Bruno passa une partie de la nuit au bout de la table de la cuisine à essayer de démêler les raisons qui faisaient qu'il n'avait pas envie de voir son père. Il commença par se dire que les événements des derniers jours l'avaient trop bouleversé pour qu'il puisse en supporter davantage. Le lendemain, sans doute, il serait prêt à affronter cette épreuve. Mais pourquoi en était-ce une ?

Bien sûr, personne n'aime revenir à la maison pour trouver son père agonisant. A plus forte raison quand rien ne laissait présager cette fin prématurée quelques mois plus tôt.

A moins que Bruno n'ait associé l'idée de son départ à l'apparition de la maladie de son père ? Celui-ci avait dit :

— Je peux pas te retenir de force. Tu as quinze ans. Mais j'espère que tu t'apercevras vite que tous les gestes qu'on fait sont pleins de conséquences.

Comme s'il avait voulu le menacer. Bruno en était à se dire que son père avait toujours été un adversaire pour lui, qu'il leur avait été impossible de vivre en paix côte à côte. L'un des deux devrait l'emporter sur l'autre. Et maintenant, Bruno craignait que ce fût précisément cela qui était en train de se produire.

Un long frisson lui monta dans le dos quand il s'aperçut que, sans s'en rendre compte, il avait pris la place du père au bout de la table.

Maître Chapard achevait son réquisitoire.

— Il n'y a pas grand-chose à ajouter. Hyacinthe Bellerose est accusé de haute trahison. Nous avons fait la preuve qu'il a pris la tête d'un groupe d'insurgés barricadés dans l'église du Port Saint-François, dans le but de s'opposer à l'autorité légitime. Il est également accusé de meurtre. Nous avons fait la preuve que c'était bien lui qui avait tué le notaire Jean-Michel Plessis. Chacune de ces accusations justifie à elle seule la pendaison. Aussi ne me reste-t-il plus qu'une seule chose à réclamer : quand vous aurez prononcé la sentence de mort, monsieur le président et messieurs les assesseurs, veillez à ce qu'elle soit appliquée sans délai. L'ordre en dépend.

Chapard retourna à sa table tout empêtré dans les volutes de son éloquence. Il se prit la tête entre les mains comme quelqu'un qui vient de faire un geste grave. Il se redressa cependant pour écouter la défense de l'accusé.

Dans la salle, la cause était entendue. On en discutait à voix basse. Le président ne paraissait pas s'en rendre compte.

Hyacinthe sembla d'abord chercher un instant un visage familier puis il se ravisa et se mit à parler comme à lui-même.

— On m'a jeté en prison parce qu'on m'a trouvé dans une église avec de pauvres gens qui n'avaient plus de maison. Depuis deux jours, au lieu d'essayer de comprendre pourquoi ils étaient si malheureux, d'autres personnes viennent ici vider toute la haine qu'elles ont dans le cœur. Ce n'est pas ça la justice.

Il se tut comme s'il avait tout dit. On en attendait davantage.

— Il y a des lois dans ce pays. Il ne faut pas faire ceci, il faut payer cela. Mais chaque fois qu'on passe à côté, même sans s'en apercevoir, ou parce qu'il n'y a pas d'autre chemin, on tresse un brin de la corde qui va nous pendre. Ce n'est pas ça l'ordre. Et la terre, elle est à tout le monde. Ele est surtout à ceux qui peinent pour la cultiver. En tout cas, il n'y a pas de raison pour qu'elle appartienne tout entière à ceux qui ont pour métier de regarder les autres travailler. Et Dieu, je ne crois pas qu'il porte un uniforme de soldat et qu'il nous surveille constamment pour nous prendre en défaut. Je ne crois pas non plus que l'amour d'une femme et d'un homme lui soit désagréable. Ça ne peut pas être ça, l'amour de Dieu.

Chapard était encore une fois debout.

— Monsieur le président, la plaidoirie de cet homme n'a rien à voir avec les chefs d'accusation qui sont portés contre lui.

— C'est exact, répondit Sullivan. Hyacinthe Bellerose, vous devez restreindre votre défense à ce qui s'est dit dans cette enceinte depuis le début du procès.

— Vous voulez me pendre, dit Hyacinthe, mais vous ne voulez pas m'entendre.

— Ce que nous voulons, c'est la vérité, une fois pour toutes.

— Eh ! bien, je vais vous la dire, moi, la vérité. Non, ce n'est pas moi qui ai tué le notaire Plessis. Je le jure devant Dieu. Oui, je suis un révolté. Mais je ne suis pas révolté contre les Anglais. Je suis révolté contre la haine, contre la misère, contre l'autorité qui abuse, contre la bêtise. Et je sais que l'injustice sera toujours l'injustice, en français comme en anglais.

Il tendit les mains derrière lui pour retrouver son siège.

— Vous avez fini, monsieur Bellerose ? demanda Sullivan.

Hyacinthe ne répondit pas. Alors le président donna un coup de marteau symbolique sur son pupitre.

— La sentence sera prononcée demain.

Au cours de la nuit, la mère de Bruno vint à la cuisine se faire du café. Elle avait les traits tirés. Elle veillait son mari depuis des semaines.

— T'en veux ? demanda-t-elle à Bruno après que l'eau chaude eut fini de passer.

Bruno fit signe que oui. Sa mère lui versa du café et s'assit en face de lui, à l'autre bout de la table. C'est elle qui parla.

— Je sais, dit-elle, ton père et toi, ça n'a pas toujours été facile de vous entendre. C'est la même chose pour moi, tu sais. Tu mets deux bêtes côte à côte, elles trouvent toujours à y redire. Un homme et une femme, c'est pareil. Peut-être pire. Mais ce n'est pas tout de connaître les qualités et les défauts de ses proches. L'important, c'est les faiblesses. C'est là-dessus que l'amour prend le mieux. A force de vivre avec quelqu'un, l'amour s'use. Mais la tendresse grandit. Elle finit par prendre toute la place. On voudrait qu'il n'arrive rien. Que la vie continue comme elle est. C'est pas possible. Alors, on pleure sur soi-même.

Elle se tut. Bruno s'aperçut qu'il l'avait écoutée sans parler. Depuis qu'il était assis à la place du père, il était devenu taciturne à son tour.

— Il dort ? demanda-t-il.

Sa mère lui fit signe que non. Alors il se leva et se dirigea vers la chambre de son père.

Marie-Moitié suivait Mme Gaulin. C'était une veuve pieuse qui se vouait au soin des prisonniers. La prison neuve se dressait au bord du fleuve, dans l'est de la ville. Pour cette raison on commençait à la désigner sous le nom de Pied-du-Courant. Mme Gaulin, Marie-Moitié et trois autres femmes franchirent sans difficulté la porte monumentale et montèrent à l'étage de la grande salle.

— Vous avez bien du monde avec vous, ce soir, madame Gaulin ! lui dit le gardien en sortant de son appartement.

— Ce n'est pas un soir comme les autres, monsieur Dupras.

— Je sais, répondit le vieux gardien.

Il désigna les femmes et Marie-Moitié du menton.

— C'est des parentes des condamnés, expliqua Mme Gaulin.

Le gardien fouilla, par principe, les paniers que portaient ces dames et ce qu'il y vit le rassura. Alors il alla ouvrir.

— Appelez si vous avez besoin.

Et il referma.

Il faisait sombre dans la pièce éclairée seulement par quatre chandeliers. On entendait remuer dans l'ombre. Marie-Moitié qui était près de Mme Gaulin la prit par le bras.

— Merci encore, madame.

— Tu faisais tant peine à voir. Et ça me coûte si peu.

Les hommes s'étaient approchés entre-temps. Mme Desrochers et sa fille, qui étaient parmi celles qui venaient d'entrer, se jetèrent au cou du malheureux jeune homme qui avait été condamné à être pendu. L'autre femme était Mme Savoie. Son mari la pressa dans ses bras puis l'entraîna à l'écart. Marie-Moitié chercha Hyacinthe qui ne l'attendait évidemment pas. Ce fut elle qui courut au-devant de lui. Ils essayaient de s'embrasser et de tout se dire en même temps. Hyacinthe s'inquiétait du sort de son enfant. Marie-Moitié voulait savoir comment le procès s'était terminé. Elle pleura en apprenant que la sentence serait prononcée le lendemain.

Ils s'éloignèrent. Assis contre le mur, ils restèrent longtemps à se contenter d'être ensemble. Puis Mme Gaulin appela tout le monde. C'était incongru mais une longue table avait été dressée. Il y avait une nappe blanche, des chandelles, des assiettes, des gobelets et ce qu'il fallait pour mettre dedans.

— A table, répéta Mme Gaulin. Approchez. Vous êtes tous conviés.

Quelques-uns, dont Phège et Jacquot, se précipitèrent. Marie-

Moitié n'avait pas envie de manger à la table des condamnés.

— On ne refuse pas une invitation à un banquet d'adieu, dit Hyacinthe.

Et il entraîna Marie-Moitié qui se retrouva aux côtés du fondeur de cuillères. C'était la plus étrange cérémonie à laquelle il lui avait été donné d'assister. Plus émouvante encore que le serment d'Hyacinthe, parce que, en face d'elle, étaient assis Savoie et Desrochers qui, eux, savaient que leur exécution allait avoir lieu au matin. Sans les encourager, les autorités du Pied-du-Courant toléraient ces banquets d'adieu.

Mme Savoie était effondrée sur son mari. Desrochers pleurait dans les bras de sa mère. Mme Gaulin commença le service. Quelques-uns mangèrent de bon appétit. D'autres pas du tout. Savoie finit par repousser son assiette et se lever après s'être dégagé de l'étreinte de sa femme. Il tira un bout de papier de la poche de sa veste et se mit à le lire :

— Demain mon âme sera devant son Créateur. Je ne crains pas ce moment. Le seul regret que j'ai en mourant, c'est de te laisser, ainsi que cinq pauvres malheureux orphelins, dont l'un est encore à naître.

Il s'arrêta. Sa bouche ne pouvait plus prononcer les mots. Et sa femme était sur le point de s'évanouir. Deux hommes l'aidèrent et on l'étendit dans le coin où Savoie avait l'habitude de dormir.

Le fondeur de cuillères ne pouvait plus y tenir. Il leva les yeux aux cieux et dit, en se tournant vers Marie-Moitié et Hyacinthe :

— Il n'a pas le droit de faire ça.

— On ne répare pas une injustice par une autre injustice, répondit Hyacinthe.

— Mais qu'est-ce qu'Il fait ? Où est-ce qu'Il a les yeux ? Ce n'est pas possible qu'Il nous voie et qu'Il laisse faire ça !

Mme Gaulin, qui l'avait entendu, était offusquée.

— Taisez-vous. Vous blasphémez.

Hyacinthe se leva à son tour et entraîna Marie-Moitié au fond de la pièce. Des coups de marteau résonnaient dehors. Des charpentiers devaient dresser en hâte la potence.

— Je peux te demander quelque chose ? dit Hyacinthe.

— Tout ce que tu voudras, répondit Marie-Moitié.

— S'ils me pendent, fais en sorte que l'enfant ne le sache pas. Pas avant qu'il soit assez grand pour comprendre que c'était une injustice.

Marie-Moitié se jeta en pleurant dans ses bras. Ils restèrent ainsi toute la nuit. Au matin, le gardien entra, accompagné de deux de ses collègues. Ils portaient un seau et des linges.

— Allons, c'est l'heure, dit le gardien. Je me suis montré plus généreux que le gouverneur. Maintenant, il faut que vous sortiez. C'est la toilette des condamnés.

La mère du jeune homme s'interposa :

— Tu crois que c'est nécessaire ?

— C'est la règle.

— Dans ce cas, je la lui ferai moi-même.

Elle alla prendre un pichet et une serviette sur la table et revint vers son fils.

— Je veux bien, dit le gardien en se dirigeant vers Savoie, mais faites vite, madame. Vous allez nous mettre en retard et c'est sur mon nez à moi que ça retombera. Allons, les autres ! Tout le monde sort !

Hyacinthe et Marie-Moitié étaient debout face à face. Ils ne se touchaient que par les mains. Marie-Moitié lâcha celles d'Hyacinthe et s'en fut en courant. Elle se retrouva suivie des autres femmes, sous un impressionnant appareil de bois qui se dressait au-dessus de la porte principale de la prison. Les ouvriers se dépêchaient de finir leur ouvrage à la lueur des torches qui retardaient quelque peu la levée du jour.

— Chienne de vie, dit l'un.

— Oui, chienne de vie, répondit l'autre. Tu peux le dire. Ils nous font travailler toute la nuit. Ce sera juste si on finit pour l'heure prévue.

— C'est pas de ça que je me plaignais, reprit le premier. J'ai le cœur qui me serre de penser qu'ils vont les pendre.

— Moi, je fais mon métier, conclut l'autre. Leurs affaires, ça me concerne pas.

Dans la salle de la prison, tous les prisonniers s'étaient rassemblés autour du poêle comme un troupeau frileux. Desrochers sanglotait à fendre l'âme. Le fondeur de cuillères s'approcha de Jacquot, il lui prit sa flûte dans sa poche et la lui glissa dans les mains.

— Joue, dit-il, c'est le moment.

Bruno entra sur la pointe des pieds dans la chambre de son père. Celui-ci ne l'entendit pas. Bruno s'approcha. Son père avait les yeux ouverts dans la pénombre et sa bouche édentée mordait l'air.

Bruno s'assit sur la chaise qui était près du lit.

— C'est toi ? demanda le père sans se retourner.

— Oui, répondit Bruno.

Il y eut un long silence. Les deux hommes respiraient le même air.

— C'est dur, dit le père, de se retenir pour pas mourir.

— Je suis venu aussi vite que j'ai pu, fit Bruno en baissant la tête.

Un autre moment de silence.

— Va le chercher, dit le père.

— Quoi ?

— Le canard.

Il y avait effectivement un vieux canard de bois sur la commode, qui intriguait Bruno depuis sa plus tendre enfance. Il alla le prendre et revint s'asseoir près du lit, le canard sur les genoux. Le père n'avait pas la force de bouger la tête pour le regarder.

— Tu l'as ? demanda-t-il.

— Oui, fit Bruno.

— Il est à toi. Je te le donne.

L'aube emmena des centaines de curieux devant la potence. Ils surgissaient de toutes les maisons. Ils avaient les poings fermés sur leurs manteaux parce qu'il faisait froid. Ils marchaient côte à côte sans se parler. La vue de l'instrument leur redonna la parole.

— Justice va être faite.

— Une vraie pitié.

— C'est bien fini, les rêves des Patriotes.

— Ils recommenceront. C'est toujours ainsi.

— Paraît qu'ils vont en condamner un autre, tout à l'heure.

Dans la grande salle dont les fenêtres donnaient sur ce spectacle, tous les prisonniers étaient autour du poêle à l'exception d'Hyacinthe et du fondeur de cuillères. Ces deux-là ne disaient rien. Ils regardaient le fleuve, au-delà de la potence.

Une clameur s'éleva, en bas. Savoie et Desrochers venaient d'apparaître au bout de la longue rampe qui donnait accès à la plate-forme. D'où ils étaient, Hyacinthe et le fondeur de cuillères les virent se mettre en marche. Savoie avait un pas solennel. Desrochers était porté par deux soldats et ses pieds traînaient derrière lui.

Hyacinthe et le fondeur de cuillères ne voyaient plus les condamnés. Ils devaient avoir atteint leur place définitive. Un cri agita la foule. Hyacinthe ferma les yeux.

Quand il les rouvrit, il était de nouveau devant le major général Sullivan. Celui-ci lisait laborieusement la traduction française de la sentence qui venait d'être prononcée contre lui.

— En raison des chefs d'accusation, l'accusé, Hyacinthe Bellerose, est reconnu coupable de rébellion contre l'autorité et, en conséquence, il est condamné à la peine de mort. Étant donné, toutefois, qu'il n'a pas été prouvé clairement qu'il a lui-même tué le notaire Jean-Michel Plessis, le tribunal recommande au gouverneur que la sentence soit commuée en exil à perpétuité.

La nouvelle de cette troisième condamnation agita tout le Bas-Canada. On s'indignait, dans certains milieux, de la clémence du tribunal. Le peuple était effaré mais se taisait.

Dans son bureau, le journaliste Gregory Thomas écoutait un jeune rédacteur lui lire l'article qu'il venait d'écrire.

— Maintenant que les exécutions sont commencées, le Bas-Canada tout entier pousse un soupir de soulagement. Mais c'est toutefois avec indignation que la population a appris que le gouverneur avait accordé au Patriote Hyacinthe Bellerose la commutation de sa peine en exil. Certes, voici un autre Patriote mis hors d'état de nuire, mais la vengeance populaire n'aura pas son contentement. On chuchote, dans certains milieux, que l'Australie est un trop beau pays pour donner asile à ces moins-que-rien.

Le jeune rédacteur posa ses feuillets sur le pupitre de son patron.

— Qu'est-ce que vous dites de ça, monsieur Thomas ?

— Tu n'es qu'un imbécile, lui répondit ce dernier en se levant.

— Qu'est-ce qu'il y a, monsieur Thomas ?

— Plus une seule ligne sur cet Hyacinthe Bellerose. Jamais. Parce que ce n'est pas un Patriote comme les autres. Lui, il dénonçait la misère et l'injustice sans faire de politique. Et ça, c'est très dangereux. Le gouverneur a pris la bonne décision en le condamnant à l'exil. S'il l'avait laissé moisir en prison, il aurait gâté les autres. Et, en le pendant, on en aurait fait un martyr dont on aurait parlé dans deux cents ans.

— Il est revenu, dit le père de Bruno. Il avait les cheveux et la barbe tout gris. C'était un homme mort qui vivait encore. Il s'est établi ici, dans la maison de son père. La métisse était avec lui. C'était le père de mon grand-père.

Il avala un peu de silence avant de poursuivre.

— Ce qu'il nous a laissé, les Bellerose l'ont encore dans le cœur. Toi aussi. Quand elle est morte, Marie-Moitié a légué le canard à celui qu'Hyacinthe avait adopté dans les Bois-Francs. Le vieux Timothy Burke se faisait appeler Tim Bellerose. C'était mon grand-père. Mon père m'a laissé le canard. Il est à toi, maintenant.

Bruno se surprit à sentir vivre le canard sous ses mains.

— Prends-en bien soin, dit encore son père. Sous ses plumes de bois, coule le sang des Bellerose.

Marie-Moitié marchait sur la plage du Port Saint-François. C'était longtemps après. Le printemps suivant. Elle n'avait pas été autorisée à revoir Hyacinthe de tout l'hiver. Et maintenant, ceux qui avaient été condamnés à l'exil, comme lui, étaient sur le point d'être embarqués sur un vapeur en partance pour l'Australie.

Le petit Irlandais jouait dans le sable, quelques pas plus loin. Il courut vers elle.

— Regarde, Marie.

La silhouette d'un navire se dressait sur le lac Saint-Pierre.

— Regarde le beau bateau. C'est sur un bateau comme ça qu'il est parti, mon père ?

— Oui, dit Marie-Moitié.

— Il est allé chercher du pain d'épice ?

Marie-Moitié fit oui de la tête.

— Moi aussi, un jour, je naviguerai sur les mers. Comme mon père.

Et l'enfant retourna à son ouvrage de sable.

Rang de l'Isle, à Nicolet, février 1981.

Table

Dans la collection «Boréal compact»

1. Louis Hémon, *Maria Chapdelaine*
2. Michel Jurdant, *Le défi écologiste*
3. Jacques Savoie, *Le Récif du Prince*
4. Jacques Bertin, *Félix Leclerc, le roi heureux*
5. Louise Dechêne, *Habitants et marchands de Montréal au XVIIe siècle*
6. Pierre Bourgault, *Écrits polémiques*
7. Gabrielle Roy, *La détresse et l'enchantement*
8. Gabrielle Roy, *De quoi t'ennuies-tu Évelyne?* suivi de *Ély! Ély! Ély!*
9. Jacques Godbout, *L'aquarium*
10. Jacques Godbout, *Le couteau sur la table*
11. Louis Caron, *Le canard de bois*
12. Louis Caron, *La corne de brume*

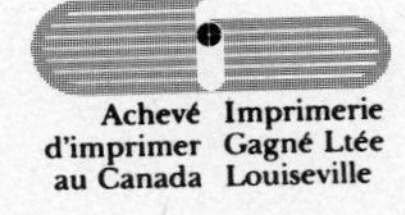
Achevé d'imprimer au Canada
Imprimerie Gagné Ltée Louiseville